孤岛

飞翼 著

天津出版传媒集团
百花文艺出版社

图书在版编目（CIP）数据

孤岛 / 飞翼著. -- 天津 : 百花文艺出版社, 2023.7
ISBN 978-7-5306-8562-4

Ⅰ. ①孤… Ⅱ. ①飞… Ⅲ. ①长篇小说—中国—当代 Ⅳ. ① I247.5

中国国家版本馆 CIP 数据核字（2023）第 104839 号

孤岛

GUDAO

飞翼　著

出 版 人：薛印胜　**责任编辑：**张　雪
装帧设计：谢蔓玉　**特约编辑：**韩玉龙
出版发行：百花文艺出版社
地址：天津市和平区西康路 35 号　**邮编：**300051
电话传真：+86-22-23332651（发行部）
+86-22-23332656（总编室）
+86-22-23332478（邮购部）
网址：http://www.baihuawenyi.com
印刷：涿州市荣升新创印刷有限公司
开本：660 毫米 ×960 毫米　1/16
字数：335 千字
印张：22.75
版次：2023 年 7 月第 1 版
印次：2023 年 7 月第 1 次印刷
定价：59.80 元

如有印装质量问题，请与涿州市荣升新创印刷有限公司联系调换
地址：涿州市百尺竿镇毛家屯工业区中心路 3 号院
邮编：072750

这本是短篇推理小说描写的是当代上班族一种真实的生活状态。很多人如故事中的石骏一样，冷酷的外表下，隐藏着一颗不安分的内心。

他们在工作中，擅长的领域极力展示自己的才华，又在生活中，作为社恐人士把自己变成一座孤岛。

最后，

把这本小说献给支持我的家人朋友们，

献给长久以来关注我的书友粉丝们，

献给一位逝去的友人！

飞翼

目录

目录

目录

目录

序章　原罪

人的本性原本就肮脏，不过是在这粪土般的东西上披着层皮，上点颜色，穿点漂亮衣裳，竭尽所能地装得漂亮些罢了。

——京极夏彦《巷说百物语》

“砰，砰，砰！”

六秒内，射击场一共传来了三声枪响，子弹出自同一支7.62mm口径的练习手枪。

六米，七米，八米，随着清脆的枪响，三个距离位置的射击靶各倒下了一个。

开枪的人，眉间自有一股英气，年龄不超过三十岁。他节奏掌握得极好，手部轻微地震动之后，依然维持平稳，波澜不惊，脸上显露出一副异于同龄人的沉稳之态。

他优雅地摘下右眼挡板，把练习手枪放回到枪套里。

“心跳每分钟105，非常完美。”

摘下医学测量仪器，周围一同前来测试的同事们不禁纷纷拍手称赞。

“康森教授培养的高才生果然名不虚传。”

“希捷市警界第一，实至名归。”

“连续三年获得全市技能评比第一，唐警官是位不可多得的奇才。”

“貌似他还是单身吧？”

“你看上他了？”

“讨厌，你不也是。”

…………

每位在场的人，关注的焦点不尽相同，赞美声倒是全部汇聚在一处。它的主人，正是刚刚开过枪的这位警探——唐纳德。

年轻的警探双手修长，不当警察，或许更适合从事弹钢琴之类的文艺职业，先天的优势加上后天在刑侦领域夜以继日地反复练习，他拥有的职业敏感度异于常人。

相比于市局里的偏才或怪才，包括几位默默无闻的庸才，年轻警探的涉猎极广：动机、证据链、微小线索、嫌疑人画像、痕迹鉴定、死因分析、伪装、错综复杂的人物关系。

警探到来的三年间，希捷市的破案率稳步提升。在市局内的案情研讨分析会上，年轻的警探常常侃侃而谈。对那些尚未侦破的案件，他大胆吐露自己的想法，从动机的本源出发，详细分析错过的细节——正是这些微不足道的细节，使警方失去了很多破获案件的重要时机。

与会者，就像聆听一部部精美绝伦的推理小说，对年轻警探的精彩分析时不时点头赞许。当然，这里仅仅是一座北方的省会城市，权限划归，案件侦破不可能插手到全国的范围。多数是仅仅一段时期、破获某个要案后，大家会要求年轻的警探讲讲他分析的许多小故事。

“唐警官，你分析得这么透彻，就像到过案发现场一样，是不是按照你的推理，那些所谓的悬案就全破了啊，我看差不多。”

“嘿嘿，不能那么说。”被称作唐警官的人，刚刚结束了一段颇为神奇的案情分析，他拿起桌子上的水杯，吞了一大口，补充侃侃而谈后流失的唾液，“中国有句古话：当局者迷旁观者清。其实真实情况下，办案人员第一时间到达案发现场后，很多搜集来的细节是不对外披露的。而一个微不足道的细节足以让你把之前的结论完全推翻，比如在描绘嫌疑人画像时，甚至是性别上的转换。”

年轻警官继续着自己的推理讲解：“例如一桩凶杀案件，可以公开的部分，常常被挂到网络或者主流媒体，作为一档节目播放，主要还是起到一个说教作用，警示世人不要犯罪，而命案现场的刺激画面和细节部分大多会被一带而过，避免有些人模仿，引起社会恐慌。”

大家听完都深以为是，身边的许多人——市井民众们，正是选择每周二、四晚收看省台的一档传奇故事类节目，根据主持人的提示，分析得头头是道，自诩案件看上去这么简单，不通过证据而全凭猜测帮警方确定凶手，最后发现和警方掌握的一样，于是乎他们飘飘然，瞬间感觉自己都能成为小说中的侦探，把复杂的刑侦工作当成儿戏。

“其实推理需要运用到案件的本身，平时用到的地方并不多。随着近年来高科技手段的介入，现在基本不存在最完美的犯罪了。”

墙上的幻灯片，适时切换出一堆常见的图片：高清摄像头、DNA 鉴定、指纹鉴定、脚印鉴定、电话窃听、卫星定位等等。

“狐狸再狡猾，一只揣着手机到处乱窜的狐狸，猎人只要轻轻动手，在监视器的画面前，吃着泡面、试试网络搜索就可以了。科技进步，当今社会人们的隐私越来越少，回到数十年前，它们其实不见得多么复杂，现场留下的证据虽多，奈何指纹采集和 DNA 库没有建立，满街又没有安装摄像头，简单的东西也就归于复杂。没有第一目击证人的案子，被害者恰巧朋友圈单一，基本时间久了就会拖延成悬案。”

几位实习生做着会议笔记，老警员难得聚在一起旁听。站在小讲台上的年轻人阅历深厚，他有着一本属于自己的经验记录本。

他将几年来在希捷市参与侦破的案子，一一记载在册。他关注的不仅仅是案件结果，更重要的是嫌疑人的动机。

“比方说，精神分裂等病症的患者，占了其中很大一部分，但不能单纯定义他们为变态；难道内心灰暗的人，犯案的概率就很大吗？通过大数据的比对，该理论并不成立。我认为，几乎每个人内心都存在灰暗面，只是他们把一部分邪恶的想法，深深地埋藏在心底，轻易不会爆发。其实在座的每一位，都曾经拥有或者正在萌发这样的邪恶想法。”

会议室的氛围被渲染得有一丝丝紧张，涉及自己身上，谁都不情愿对号入座。

“只要没有火苗去触碰引燃，他们的恶念可能一辈子都不会付诸行动，这就是我们在座每一位的经历，我定义为休眠火山。相反，我们抓住的那些嫌疑人，他们自制力更差，未能很好控制住这部分，非要将垃圾一般的情绪宣泄出来，轻者打骂，重者实施犯罪，这时，休眠火山转瞬成为活火山。生活中，没有死火山的定义存在。”

“这个论断很有趣。”资历较老的一位警员眼睛眯成一条缝，聚焦到讲台的中心，他的特长是犯罪心理学。他打断了演讲人的独白，“照小唐的意思，我们都是将垃圾情绪控制得无比完美的‘好人’，时间久了，是不是可以定义为‘好人’实际上都是隐性精神类的‘抑郁症患者’，心理健康程度反而不如犯人了。”

几位同事相视一笑，实习生们抿着嘴忍俊不禁，笑声中不含有丝毫嘲讽的成分，完全出于本心，觉得讨论的话题十分有趣。

唐纳德警官的一套完美的理论，在实际的应用中，已然多次获得成功。家中和警局办公室都堆满了和他有关的奖杯，那是很多人眼里职业生涯的巅峰。

然而在唐纳德眼里，摆出去的东西已成为历史，即将走出的下一步，才是新的人生挑战。

过去的三年岁月中，唐纳德经历的案子少有需要复杂推理的成分。归结起来，大概分为几大类：

第一种是恶意谋杀，动机充分，行凶者忍耐了好久，精神压抑到崩溃的边缘时，由于缺乏有效的心理疏通和辅导，最终伸出了罪恶之刃。行凶后，这类人多少受到了真实鲜血的刺激，幡然醒悟，与梦想中的场景分道扬镳，主动投案自首，大多有家人陪同。

第二种同样是恶意谋杀，行凶者谋划许久，了解对方的习惯、动向，通过踩点、精心布置，包括写下杀人日记，最后顺利得手。以为瞒天过海无人知晓，殊不知屁股未等坐稳，早已被警方盯梢。只需了解被害人的人际关系，与哪些人有怨有仇，顺藤摸瓜，通常一周之内足可以破案。

第三种是冲动行凶，又叫作偶然行为。实施犯罪者游走在善与恶的边缘，或因某件事突然将他激怒，或者童年的阴影久久堆积，突然受某个人或某样事物刺激。行凶者通常与被害者不相识，挑选被害人时存在偶然性。这类案件颇费脑筋，对于一般的刑侦人员来说，这类案件破获的速度，取决于他的真正实力。

若真能确定嫌疑人画像，通过全国联网的警方数据库，抓到嫌疑人只是时间的问题。个别拖得时间非常久的，会被定为悬案，悬案并不等于是终结，嫌疑人的各种特征都会被记录在案，如果嫌疑人再次犯案，一定会阴沟里翻船。近些年逐渐浮出水面，令市井百姓关注的案件，就归属于这大类。所谓法网恢恢，疏而不漏。

第四种：唐纳德的大学教授命名它为沉默型。意思就是，某天你路过某处，发现了一具高度腐烂的尸体，它停放在那里很久，若不是恰巧你的细心，还会停留很多年不被发现。即使警方赶来，法医鉴定出了有限结果，但是和数据库里没有相似匹配源，寻找尸源极其困难。即使到处张贴认领启事，几个月下来，也无任何人口失踪报案。线索就此中断。无人认领的可怜人最后一把火灰飞烟灭，没人知道他在世间曾存在过。

第五种与第四种恰好相反，突然失踪型。一日家里人急匆匆地报案，某位亲属突然失联，失联前的行为举止成为唯一的线索，警方会在二十四小时的时间限制后，展开大范围摸排——熟人、常去的店、工作单位、公共地点、手机信号最后中断处。失踪案出现好结果的概率微乎其微，除非失踪者本身患有精神障碍，仅仅是走失而已。大部分的情况，无非找个安静的角落，因为感情、亲情、债务、家庭纠纷等等，自杀或被杀。

第六种极其少见。起码回国三年，唐纳德从未遇见过。

自杀还是他杀，单从现场掌握的线索来看，不能够第一时间确定。甚至证据链和犯罪者故作的圈套，牵动刑侦办案人员把所有的精力和视线都转移到错误的方向上面。

俗称的“高智商犯罪”就是此类。犯案手法突破了常规，巧妙地规避众人的视线，包括高清监视器，完全可以被欺骗。

行凶者隐藏不露的动机，极难被察觉，表面上仍旧道貌岸然。

当犯罪者对实施的手段极度自信时，他根本不在乎掩饰和隐藏指纹，一切皆可在大庭广众视线下稳定地进行，只要在合理可控的解释范围内，警察甚至会被他们戏弄得团团乱转。

他们与其说在犯案，更像是排演舞台上进行的一幕话剧。他们喜欢作为旁观者，观赏警方陷入自己精心设计的剧本的泥潭。

唐纳德结束了这次精彩绝伦的讲演，同事们纷纷报以热烈的掌声，唐纳德走过他们的身边时，与会者不约而同站起身来响应。

“相比于你在美国留学，接触到的西方警界人才，和我们国内相比，你更倾向于哪里的刑侦技术呢？”

一位刚从警校毕业不久的女警员好奇地发问，忽闪的眼睫毛映在开着幻灯片的黑暗屋子里格外好看，唐纳德忘记了她的名字，过目不忘的本领显然不适用于自己的异性新同事之间。

唐纳德耸了耸肩，笑了笑：“不同的国情，法律不同，自有它的匹配之处，并无高低之分。若非要分出个胜负来，我想不存在现实中，仅存在于小说里。顺便说一下，我业余时间挺迷恋日本推理小说的，本格派和社会派都不错。”

“啊——”

在场的众人一片哗然。

原来大家心目中的警界神探，私下竟然喜欢看日本推理小说，这在所有人的意料之外。

第一章　猝死案

落花隐于平原，恶鬼隐于人间。

——松本清张《隐花平原》

一支劣质的香烟即将燃尽，唯有几颗火星儿还在闪烁。

烟雾缭绕下，石骏站在落地窗前眺望，远处是繁华的商业区，喧嚣声被楼宇的间距和一整面防弹玻璃隔离。白色的烟灰沾染在名牌西服的袖口处，他伸出修长的手指，轻轻拍了拍，转身离开了那面落地窗，返回到自己的办公桌前。他打开抽屉，把烟蒂小心翼翼地戳在一樽水晶质地的烟灰缸里，然后缓缓关上抽屉，将手边空调遥控器的开关打开。

室内空调开始运转，他曾测算过，几分钟，空气交换就会将办公室屋子的烟味彻底抽干，不留任何气味。

一年前开始，他答应过妻子，不再抽烟。

只是遇到些困扰，或者思索问题的时候，才会背着她抽上一两支，香烟都是些劣质的品牌，吸几口经常会呛得咳嗽起来。他毫不介意，也许只有此刻，才能感觉自己真真切切存在于世。

石骏的总经理办公室，位于大厦的顶层——第十三层。出于迷信，电梯和对外公告介绍里都写着，这里是“童话王国”的第十四层。

“童话王国”办公大厦是希捷市的标志性建筑，作为一家民营上市公司，市值五年内突破十个亿，成为前无古人后无来者的存在。它的经营项目从创办以来一直保持专一，当然，更应该称之为专注。

八年来专注做一件事，让孩子们开心，家长们心甘情愿地掏腰包，就是它的宗旨。

孩子们的钱很好赚。

创始人李久立作为家里的独子，深知这句话的精髓。他天性喜爱孩子，所以更了解孩童们的喜好。四十岁时，利用近二十年担任玩具分销商积累来的财富，他投资创办了“童话王国”这家充满童趣色彩的公司。

多年来营销一线积累来的客户，成为他最宝贵的财富，投身于生产、研发、销售、出口一条龙服务后，他的业务很快发展壮大，两年前还是租用的二层写字楼，如今已经拥有了按照自己理念建成的梦幻主题地标性建筑，员工超过一千人。

石骏就是在公司搬迁新址扩建后来到公司的。

他是非名牌大学管理专业出身，毕业后独自在陌生的城市闯荡，应聘的是产品研发部经理。他抱着试试看的态度，投身到新的领域。不善于表达的他，通过一年的刻苦努力，职位连连高升。一次偶然同李久立谈话，对方发现他对工作十分专注，二十五岁刚过，就破格提升他为副总经理。

直至几天前，李久立意外去世，石骏一跃而上，成为堂堂正正的总经理兼代理董事长，不到三十岁的年纪，就登上了事业的巅峰。

公司里总是会对这样的传奇人物窃窃私语，石骏的身世背景，成为大家茶余饭后的谈资。只听说前总经理李久立有一位海外留学的女儿，莫非石骏是他的私生子？年纪仿佛大了些，抑或乘龙快婿，亦未可知。媒体未曾披露过，这个人的人生前二十几年，和一个普通的大学毕业生没什么两样，档案里没有记载什么传奇事迹。

成为公司万人之上的角色后，石骏仍然不善于交际，唯一的变化，就是在最近的一次高管大会上，宣布他的继任。

坐在首位的他，新配了一副黑框眼镜，透过厚厚的镜片，看不出愉快或是其他的任何表情。

神秘的人，从此变得更神秘了。

石骏就是要给所有人营造这种氛围。

倒不是说有意把自己武装成人人敬而远之的样子，而是他自身对与人亲近充满着无可名状的恐惧。

年轻时的一件事，在他心中留下了深深的阴影，他怀疑自己患上了重度抑郁症，无法排遣，久而久之，恶性循环，他丧失了和社会良好接触的能力，网络上“社恐”一词，放在他身上倒也恰当。

石骏时常在想，多亏这个创业中的企业，才能赐予他这种完全意料之外的际遇，之前他应聘过很多不同行业的公司，都因缺乏相关领域经验而以失败告终。档案里，自然没有任何记录，一片空白。

石骏摘下眼镜，倚在座位上，并没有满意现在的状况和位置，内心更多的是孤独和空虚。

他拿起手机，指纹解锁，另一只手抄起一张便笺，上面娟秀的字迹出自妻子之手，清楚地写着“李心怡”的名字和一串数字。

拇指按下“137”三个数字，犹豫了很久，最终还是选择挂掉电话。

他不想把自己内心的薄弱部分完全展示给一个素未相识的人，就像探险者深入荒岛，被野蛮人俘获，剥掉所有衣服赤裸裸地被围观，如此场面将是多么恐怖、不可想象。

石骏捋了捋头发，看到手表上的指针已经指向夜里十一时，嘴角微微上扬，关掉了空调，整理一下衣服，站起身来。

一周前，前总经理李久立就猝死在这间屋子里的办公桌旁，也许只有他，才敢独自待在死过人的房间内。谁让自己是第一个发现的人呢。

家中的妻子一般在这个时间结束绘画创作，沏上一杯咖啡，在房间的某个角落等待丈夫的归来。

石骏走进电梯，按下了负一层的指示键，那里是“童话王国”的地下停车场。

自从前总经理死后，公司唯一的变化，就是第一次会议时辞掉了两个人，分别是李久立的秘书和司机。辞退决议是由他亲自起草的，赔偿给两个人各一笔足可以闭嘴的补偿金。

女秘书是李久立早期带到公司的，一个年近三十的独身女人。干练的短发，办事却很磨蹭，很爱自作主张，对电脑操作一窍不通。石骏厌恶她很久了，那种感觉说不上来，两个陌生人之间相互排斥，只有工作上有交集。现在终于有权将其辞退，他不希望一个处于上升期的公司，继续容忍这种毫无价值的人存在。

司机是位本本分分三十多岁的中年男人，人缘不错。只因为石骏的一句“我喜欢独自驾驶，其他员工公干可以打车，每月由财务统一报销，节约经费应该从高层做起”，就顺理成章被辞退了，没有人敢非议这件事情。

一辆新款帕萨特驶出地下停车场。

门卫站姿笔直地给车内的新总经理敬礼，石骏点了一下头，算是回应。很快，车子汇入了拥挤的车流中。

没有人会注意到它的存在，并不是想象中的豪车。有一些员工打赌他们老板座驾没准是一辆限量版的辉腾，直到好奇的他们来到地下车库近距离围观了一下，才彻底肯定新老板的奇葩口味。

今晚的天气十分清凉，北方的 8 月秋高气爽。

石骏驾驶着车驶入了本市一个看似中等规模的小区，在物业规划好的位置停下车，拿出公文包，走进了一座十多层的住宅楼。

打开房门，昏暗的门灯亮着，说明妻子还没睡。

换下鞋子，石骏又看了一下手表，指针显示十一点五十一分，拥堵的交通让本来半小时的车程延长了不少。

“我回来了，你还没睡？早点儿休息。”

沙发上坐着结婚已三年的妻子夏暖，她今年二十四岁，花一样的年龄，青春活力跃然于脸上，没有一丝皱纹，只是偶尔熬夜，出现了一点儿黑眼圈。

夏暖穿着粉色的蕾丝边睡衣，蜷缩在沙发的一侧，双手环抱着膝盖，手中拿着一本专业书籍，向丈夫投来了关切的目光：“没事，我也不累，吃过了没有？我之前做了些菜可以热热。”

“不必了，之前单位订过盒饭，再说这个时间，夜宵会使人发胖，我可不想。”

“哦，那好。其实我劝过你可以回家办公的，刚任职，不要那么坚持。”

“哎，没关系，公司安静的环境更利于思考，而且咱家隔壁的那个孩子……”说到这里，石骏皱了皱眉，一件不愉快的事再次浮现在脑海。

近一个月来，隔壁邻居家里似乎添了一个孩子，应该就是这样。之前坐电梯时遇到的那个孕妇，已经好久不见，估计是已经生下了宝宝。

多了一个孩子，家里总是会忙碌起来。

每晚七八点钟的时候，都会听见隔壁孩子的啼哭声，一直持续到很晚。一向有些神经衰弱的石骏，常常十分焦躁，躺下时也很难入眠。

更加悲剧的是，每天凌晨三点十五分，石骏会准时起来，不仅是受哭闹声的影响，他也不知道是什么在作祟。只要夜里睁开眼，一看床头柜的闹钟，总是三点十五分，前后相差不会超过两分钟。

人体的生物钟已然被打乱，他上网和翻看书籍，查阅了很多资料，不得要领，不知道究竟如何才能根治自己的这个习性。

夏暖起身，伸了一个懒腰，走向卧室，转身问："阿骏，我昨天不是给过你一个我大学时代最好闺蜜的电话嘛，你可以打给她，她开了一家非常专业的心理诊所，说不定可以解决你的困扰呢。"

"我知道。"提起伤疤，石骏有些厌倦，他脱下外套和衬衫，挥了挥手，"看情况再说吧，书上说我这类算抑郁症，不是一时半刻可以根治的。有本杂志上说都市里的人，大家多少都有点这类疾病，不用太在意。"

夏暖接过衬衫，抚平了褶皱，整齐地挂在衣柜中的衣架上，她轻叹了一口气，固执的丈夫总是让自己非常困扰，想帮助他，却又不知道如何下手。

犹豫良久，她还是选择发问，嘴角努向隔壁邻居方向。

"所以，你选择了投诉到物业？"

"哦，你都知道了？"石骏停顿了一下，随即换上睡裤，拉开套间洗手间的拉门，没准备继续对这个话题展开讨论。

"昨晚六点我刚到家，物业一个管理员就来敲门，说接到了你的投诉，邻居扰民，物业的意思是希望协商解决。关键都是邻居，一旦去对面说就挑明谁是举报者了，以后见面多尴尬。"夏暖骨感的身躯倚在洗手间的门口。

"你总是替他们着想。"石骏用清水拍了拍脸，抬起头，"可谁又会替我们着想呢？你也知道，我神经衰弱得厉害，入睡本就很难。"

"所以我才介绍个知根知底的心理医生给你。"

"好好好。"石骏擦干了脸，伸出手来环抱他的妻子，两人顺势走到了床前，聊着聊着，又回归到原点，“好吧，我不会再投诉了，忍忍，如果我再感觉有什么不适，我就联系你的好同学。”

“这就对了。”她轻快地点点头。

“那么晚安。”

“晚安，好梦。”

夏暖关上了台灯的开关，一张床，两个人，两床被子。记不得从何时开始，两人临睡前不再拥吻，而是默默背对着对方，各怀心事地入眠。

第二章　工笔画展

世上有不少人无法当主角，虽不能自己编剧，却能修饰、补充别人所写的剧本，让一本平凡的剧本变成为最佳剧本……

——横沟正史《本阵杀人事件》

认识夏暖，是在四年前的一个夏天。

作为玩具公司产品研发部的经理，石骏的事业正处于急速上升期。

他每天主动加班到深夜，隔绝了外边精彩世界的浮华。这样的日子不断重复着，他期待着一次质的改变。

市场部经理王伟成为撬动顽石的杠杆。

王伟生性好动，整日周旋于客户之间，处理事情游刃有余，和单位的每位员工都自来熟，当然也包括不爱说话的石骏。

他们本是地球的南北两极，奈何受不稳定磁场的吸引，不自觉地就混在了一起。

每天看到石骏，王伟都一副自来熟的样子，主动友好地打招呼："嗨，石经理，早啊。"

开始，石骏很不适应，只是羞涩地点点头，一对眸子礼貌性地与其相对，很快又飘忽到没人的地方，对这个乐天派的男人，他并不感冒。

后来，单位的几次大型聚会，王伟选择主动与石骏坐在一处。KTV唱歌时，他也会忙完其他的应酬，主动坐过来和石骏干杯，让他点上一首。

"石兄，不是我阿谀奉承你，你真的挺内秀。"

"呵呵，是吗，过奖了。"石骏轻轻摇头，借着酒精的力量，他打量着眼前的这位乐天派。

“美女，来，为我们兄弟点一首《老男孩》。”

王伟挥手叫来了包间中的K服，石骏看着眼前男人熟练的动作，一看就是位久经沙场的“老司机”，忐忑的心情轻松了不少，抱在胸前的手臂缓缓放下。

就这样，孤独高傲的石骏，毕业后第一次交上了一位好朋友。

王伟比石骏还要小一岁，却已经结婚半年，妻子是他大学时代的学妹，叫郭婉悠。

王伟在大学时代十分活跃，大二那年，就毛遂自荐，任学校宣传部部长，郭婉悠就是在招新的那年被他追上的。王伟攻势猛烈，各种节日里小礼物加小约会花样繁多，而且面容俊朗，肌肉线条匀称，具备着独特的魅力，正是青春萌动期的女生喜欢的类型。

毕业后，两人水到渠成结了婚。

王伟不甘寂寞，在“童话王国”当了部门经理后，经常在家中举办私人聚会，单身的石骏成为常客，郭婉悠做得一手好菜，贤惠的她经常席间恰到好处地与石骏闲聊。时间久了，石骏和王伟两口子成了朋友。

一天下班，石骏刚点好外卖，办公室敲门声响起，还未待他应答，门被推开了。

一定是王伟。

石骏知道，平时很少有人来产品研发部找他，而且能熟悉到敲完门直接开的，除这位外别无第二人。

“石哥还加班呢？哈哈，你真勤劳。”

王伟走到平时招待客人的椅子上坐了下来，眼里放光，望着石骏。

他的眉毛很重，认真时微微上挑，这名年纪并不算大、浑身荷尔蒙分泌旺盛的男人据说很受市场部女孩子欢迎，相互没少打情骂俏。

“嗯，有些新项目在调整，今晚打算画个草图。”

石骏遇到混得熟的朋友，话就多了许多，这种情况在他平淡的人生阅历中并不多见。

“明天周六有空否？”王伟说着，把进屋时手中一直握着的一张卡片潇洒地递了上来。他相信，石骏不会轻易拒绝自己的提议，产品研发部这位年轻经理的主见并不深。

“这是？”石骏放下手中的一张草图，随手接过了卡片。这张卡片即将改变他的人生，此刻他一无所知。

一张精致的美术画展邀请函摆在眼前。封面是一张古典仕女图，给人的感觉，不像是简单的LOGO印刷品。

“是这样。”王伟笑眯眯地注视着石骏的一举一动，“我媳妇的大学闺蜜，毕业后熬了几年，偶然的机会成为一位自由画家，明天要办画展，一周前和我们两口子约好的。按说即使天上下刀子我们都必须去的，奈何你弟妹婉悠的单位突然明天组织家庭集体出游，我也要参加，无例外不可以请假。哎，他们单位，你懂的，想来想去，石哥，你是否有空代表我们捎去问候？”

“这……”石骏很想拒绝，奈何邀请函握在手里，退回去又怕驳了一番美意，“兄弟，你知道的，我不太擅长交际，这种公众场合，我不知道该做些什么。”

王伟起身绕过桌子，站在石骏的面前，拍了拍他的肩：“石哥，你就去吧，对于画的品评，大家都不懂，无非千篇一律的阿谀奉承，而我知道你不会。你只管静静地欣赏，等到婉悠的闺蜜来了，上去打个招呼，替我们圆个场，说点儿自己的真实看画感受就可以了。

“我媳妇说那位女画家喜欢真实的品评，不要浮夸。对了，她还是位单身的美女哦。”王伟眨了眨眼，“兄弟给你创造了一次机会，在公司我看你也没机会发展情感生活，周末又宅家里，也该考虑终身大事了。”

一席话令石骏脸微微泛红，在去和不去间纠结，握着邀请函的手，此时已经浸满汗液。

王伟久经世事，看对方还在犹豫，给出关键一击：“好啦，我帮你订了，别辜负我们的美意，明天上午十点准时，市区格莱美酒店二层，等你消息。”

说罢，王伟转身向外走去，身影消失前留下一句话：“她好像是画什么工笔画的，我不懂，你去看看究竟怎么样吧，没准是个靠脸蛋吃饭的伪才女。无所谓，那样你也赚到了，哈哈。”

听上去就像参加一次相亲聚会，口气又像一定能成的样子。

石骏心里犯嘀咕。手中的邀请函飘散着淡淡的清香，很好闻。打开邀请函，“夏暖”的娟秀名字写在了尾页的落款处。

夏暖，好温馨的名字。

为了不尴尬，石骏准备今晚在网上搜一下工笔画知识，做做功课。

“喂，好老婆，今晚还不好好犒劳一下我，你老公谁呀，诸葛亮舌战群儒不过如此风采，哈哈，一切在计划之中。”王伟打了一个响指，悠哉地放下和郭婉悠联络的手机。想到一脸面瘫相的石骏，忍俊不禁。

周六的清晨，阳光洒进独身公寓的每间房内。

石骏昨晚熬夜浏览了很久关于绘画的科普知识，把手机闹钟调整到了七点，他怕迟到。

醒来时才发现担心是多余的，期待与忧虑混在一起，令他一夜睡得不怎么实，六点多醒来后就无法再次入眠。他索性起床站起了身，脑袋胀胀地发痛。

平日里工作上班，他从不在意自己的外表。普通的外貌，没什么需要过分修饰的地方，一直保持着清清爽爽而已。今早决心换换造型，胡子刮得格外干净，头发破天荒涂上一点儿发胶。

我天，太丑了，这是谁?

石骏看着镜子中不伦不类的自己，傻笑了一下，马上弯下腰，打开水龙头，把发胶冲洗掉。

简直是一个“电车痴汉”形象，头顶厚厚的“鸟巢”，这样出去，画展恐怕进不去的。

石骏很纠结。

重新吹干头发，石骏放弃了白色，选择了网购时指尖失误，买到的唯一一件粉色的衬衫套在身上，外面搭配了一件薄薄的休闲西服外套，踩上黑皮鞋，在镜子前最后确认了一遍，牙齿没有遗留任何早餐的痕迹，准备出发。

非工作日的时候，石骏几乎没在这个点出过门。上午八点，他打车奔赴遥远的市区。繁华的都市，休息日没有想象中的那么拥堵，尚未到九点，人就已经在格莱美酒店的门口下车。

尴尬，来得这么早，他完全不知道该做些什么。

更要命的是，他只考虑到着装的稳重性，没考虑天气情况。北方的6月中旬，室外闷闷的，往常开放冷气的办公室，穿着西服，时间久了也会瑟瑟发抖。未曾想，户外三十多摄氏度的高温加上紧张的内心，后背渗出的汗液早早把外套和衬衫黏在一起，导致十分难受。

昨晚应该冲个凉的。石骏掏出了常年揣在手提包中的手帕，轻轻擦了擦额头上的汗，仰望面前恢宏的高层酒店，迈着忐忑的步子走到近前。

“先生里边请，小心玻璃门。”

格莱美五星级酒店的门卫，同样穿着一身红色厚厚的工作制服，戴着白色手套和高高的礼帽，微微躬身，对石骏做了一个请的手势。

石骏故作镇定地点了点头，小心翼翼通过旋转门，迈进酒店的大厅。

听说“童话王国”的董事长李久立招待重要客人，常喜欢约在这里。石骏今天第一次来到这里，立刻被眼前的华丽大厅深深吸引住了，不知不觉，脚步已到前台。

“你好，先生，有什么需要帮助的？”前台甜美的女声令石骏回过神来，声音的来源处，是一张标准的瓜子脸。

“啊，您好，那个……”石骏脸微微一红，笨拙地掏出那张保存完好的邀请函，“我想去二楼，夏暖女士的工笔画展，是不是早了些。”

“哦，不早的，先生。”还是春风般的笑容，看着非常舒适，解答的每一句话语，都十分妥帖动听，“通常这种展会，一早我们就接待客人，远道来的，几天前就已入住我们酒店。先生这边请。”

前台美女伸出白皙的手指，引导着隔壁电梯的方向。立刻有一位同样美丽的礼仪小姐，身上斜挎着“欢迎观赏”的宣传条幅，报以迷人的微笑，望着石骏，示意他过来，同时按下了电梯。

石骏同礼仪小姐一起走进电梯，略微尴尬地拿出手机摆弄着，心想还好是二楼，否则平时与这样一位美女同处一个空间，会让自己感到不适，不知道该如何搭话。

伴着淡淡的香水味，电梯的指示灯显示到了二层，电梯门打开的一刻，石骏内心长吁了一口气，似乎又有些不舍。看来自己真的需要找一位女朋友了吧。

“先生，左转是沙发休息区，请您稍等，十点钟，右侧的展区会准时开启，之后还有午餐自助在三楼餐厅，可以去品尝下哦。”礼仪小姐俏皮地回答，对于陌生人，她们的专业术语总是那么的得体。

石骏机械式地点了点头，准备过段时间周末有空时，报名参加一个专业的社交礼仪培训课程，说不定那会帮助他在事业上前进很大一步。

看着沙发上穿着优雅的绅士和女士，一张张傲娇的脸向石骏投来陌生的眼光。他低着头快速走向一个角落，随手从架子上拿起一本杂志，想把头埋在其中，不希望被他人注意到。

翻开一页，石骏干咳了一声，满脸黑线，偷偷合上册子，才发现手中的是一本专门提供给男性阅读的某品牌时尚写真杂志。

见鬼。

石骏单位寝室的私人电脑中，虽然也存着不少此类书籍，偶尔休息时翻出来简单欣赏下以满足生理需求，可在这样的公众场合翻开这样一本露骨的杂志，使他坐如针毡。

如果现在就放回去，动作过大，反而会引起旁人注意。他考虑再三，还是将杂志翻到广告那页，装作认真的样子，脑子里却在祈祷画展的开幕时间早些到来。

第三章　初识夏暖

每每看到那样的白日梦，我的心脏就会如同挣扎在狂风巨浪里的小舟一般经历着一场骇人的颠簸。面对从未有过的激烈感情，我完全无法应对，有时甚至会热泪盈眶。

——岛田庄司《夏天，十九岁的肖像》

“先生，需要喝点儿什么，果汁、咖啡还是奶茶？”

石骏抬起头，长时间的低头让他有些眩晕，仔细寻觅了一下声音的来源，一张女生的脸出现在近前。

她穿着服务生的服装，笔直地站在这里，手里端着一个托盘，里面放着各种漂亮的杯子，杯子中盛满各类饮品。

“果汁吧，谢谢。”石骏适应不了咖啡的苦涩，品不出茶叶的内涵，奶茶更是没怎么喝过，便随口说出了果汁。

他伸手接来了一杯插着吸管、加入冰块的橙色果汁，触碰到她一只柔软的手时，心跳小小地加速。

“先生，您看这本杂志很久了，需要我为您换一本吗？”

“哦，不必了，谢谢，我只是……我只是在打发时间。”

自认为没人注意到自己的石骏，被小女生揭穿了看时尚杂志的事实，变得更加紧张了。他不断地告诉自己，画展马上开始了，必须淡定，万一公共场合闹出什么笑话，都会给自己以后的社交信心留下巨大阴影。

“好的，慢慢品尝，祝您愉快。”

一张笑脸转过，消失在休息区的人群中。

北京时间上午十点。优美的声音透过广播准时传来：“欢迎各位女士、先生能抽出时间，参加我市知名画家夏暖女士的工笔画展。展厅现在正式开放，请大家带好邀请函，有序入场。夏暖女士也将很快来到展厅，同大家一起交流画作。”

男人们陆续起身，绅士地牵起一旁女士的手来，他们大多是结伴而来的。当然仔细观察，就会发现其中也有男女关系很混乱的几对存在。

石骏孤零零地起身，把看了近一小时的时尚杂志摆好，跟随在众人的后面，缓慢地向入口处挪步。

不得不说，挂在墙上的每一幅作品都是那样的赏心悦目。

他昨夜在网上搜索到的很多作品，给石骏的第一印象比较生硬，只有身临其境，才能体会到其中的奥妙。

夏暖的画就有着这样的魔力。

景色、人物、动物，每一幅都刻画得惟妙惟肖，当他重新拿起邀请函的扉页时，不由得会心一笑，上面的那个美女，应该也是作者亲笔所画，可见未曾谋面的画家的一份用心。

在几幅优美的作品前，风度翩翩的商业精英们驻足欣赏，他们相互交流着，俨然把这次画展当作了一场社交盛宴，借机向事业上的合作伙伴和一些潜在伙伴们，递上自己精心准备好的名片。

每幅画的右下角，一个小小的玻璃框，都镶嵌着对应的醒目的价格。

看来，观赏会也是购买会，当场就会有人掏腰包的。

“于总，您看这幅怎么样？凤凰临山，象征吉祥，若您喜欢，我这就买下来给您送过去。”

“新家客厅特别空，你看挂上这幅风景画怎么样，我就是喜欢嘛！”

石骏听到人们议论不绝。

想着想着，不知不觉，他转过了一个拐角，这里挂着孤零零的两三幅画，显得冷清许多。灯光也是整个展会的死角，就如同石骏一样，经常处于社会一处很难被探知的角落，存在感很弱。

第一幅画上，是一座灰色调的山，上面怪石嶙峋，没有植物和景色搭配。

难怪放在这里。石骏暗暗琢磨。

大家更喜欢艳丽的事物，这幅画明显未能迎合众人的口味。

石骏走向了第二幅。

金色的光芒，像太阳一般，照射着大地。画布中央，一个模糊的男孩，托举着一个羸弱的女孩儿，奔向前方。

不知道作者想表达什么意思，非常抽象。

刚准备挪步到最后一幅，脑中突地灵光一闪：不对，这幅画明明第一次看，为什么会有似曾相识的感觉？

石骏停下脚步，目光重新移回到第二幅画上来。

渐渐地，脑中的图案愈发强烈，逼得自己快要窒息。

想起来了，终于想起来了，难怪似曾相识，它表达的意思，不就是那件事吗？

这是巧合吗？

过了这么多年，不可能有人知道的。

对，一定仅仅是巧合。他暗自想。

石骏再次掏出手帕擦了擦汗，慌张地注视着周围，还好没有人过来。

他呼吸急促，虽然这里冷气很足，却难以掩盖内心的燥热。

石骏决定先到休息区平复一下，否则一旦有人搭讪，就要露出破绽了。

十多年前的往事，梦中偶尔还会想起，为什么一幅画，竟会令自己触动这么大，难道潜意识还没有彻底忘掉吗？

阴霾的森林打开了一个缺口，血在流淌，沟通着和外界的联系。森林的主人告诫着自己，永远不准泄密。

“先生，您很喜欢这幅画？”不该发生的事情凑巧还是发生了，一个清脆的女声传进了石骏的耳朵。

他转过身，就在刚才发呆时，一位戴着墨镜、穿着休闲服，个子高高的女子，出现在面前，正对着自己微笑。

她的相貌被墨镜遮住了很多，但还是能通过露出的部分清楚地判断出，一定是一位清秀的女子。虽然并不像小说中女神级人物那样美得动人心弦，但是气质十分出众。

“哦，这幅不错。”

石骏搓搓手，不再直视对方，低下了头，又感觉说话不对视，显得不够礼貌，于是又抬起头，飘忽地看向四周。

“您的眼光颇为独到，能告诉我喜欢它的原因吗？”墨镜女子认真发问，侧耳聆听，像是很在意一个完美的答案。

石骏当然不会把联想到陈年旧事的感受说出来，顾左右而言他：“我觉得，怎么说呢，您别见笑，我不懂艺术，只是感觉上，这幅画看着很温暖，那个，分染，大概是这个名词吧，它用得恰到好处。”

石骏破天荒一连串说出了对这幅画的评价，也许是为了掩盖内心真实所想，不善言谈的他，这次竟然对一位陌生的女子，说了一大串话。

“呵呵，您很厉害。”女子伸手轻轻捂着唇，扬起嘴角，恰到好处地笑了笑，“我们行业的专业术语您也懂，不一般啊。”

“对不起，对不起。”石骏伸手挠挠头，“班门弄斧罢了，我昨晚现学的，好像是工笔画的染色技巧，什么染？”

“对的。”女子肯定地点了一下头，“分染、罩染、统染等等。然而这幅画，并没有那么复杂，如果是经过分染的画，渐变效果会更加模糊，而它，你看明暗度，却是区分得很明显的，只用到了点染，所以绘出它的时间只需要一至二天。”

“哦。”石骏连忙点头，似懂非懂。

“如果我没认错，您是郭婉悠的朋友？”

“啊，对，您认得我？”石骏回过神来，一边应答，一边也想出了对方的身份。

“是的，我们认识下。”女子摘下了墨镜，把一缕滑落到脸侧的头发挽到耳后，眼睛明亮有神采，五官非常精致。

她双手恭敬地递过来一张名片，上面印着“夏暖”两个娟秀的字体，与邀请函如出一辙。身份是工笔画家，某社会公益事业慈善大使。

“啊，你好。”石骏连忙接过名片，端详了一阵，随即去掏自己的手包，不好意思地笑了笑，“对不起，我来得匆忙，没有带名片。那个，我叫石骏，就职于‘童话王国’玩具公司，是个小部门经理。”

说罢，还尴尬地啧了一下嘴。

对方毫不在意，笑容如微风吹过湖面，波澜不惊："您真有趣，像应聘似的介绍，我早都通过他们两口子了解到你啦，婉悠昨晚还给我传来了她老公拍的一张你的照片。我刚才走出来，四处看看，感觉你就是他们俩说的那个人，才过来的。"

"哦。"石骏又挠了挠头，略带歉意地笑了笑，之前准备的客套话，包括要替王伟夫妇说的抱歉或是赞美词，随着这样的一次不期而遇，通通抛至脑后。

"石先生,您能喜欢这幅画,我还是挺开心的,它也是我最喜欢的一幅。"

"是吗？"

"嗯，当然，你看，我没有给它标注价格，就是不同于其他的，它是非卖品。"

"啊。"

"所以，您喜欢，我送给您如何？"

"这……"未曾想到，初遇夏暖，对方如此慷慨。他刚才看到，外面的画作中，普通的一幅都在几千块上下，贵一些的，差不多等于自己一年工资。

"您不喜欢吗？"

夏暖微笑着，等待着回答。

"不，不，我喜欢，可，这太贵重了。"

"没关系，画只在喜欢人的眼里才有它的价值。"夏暖说着，痴痴地望向那幅画，"因为这幅画的意识太模糊了，所以我只能做到如此的处理，并不完美。"

她转过头望向他："所以，请不要嫌弃，收下吧。"

"嗯，那，那就谢谢了。"

石骏从不会强烈地拒绝，当有一个人一直向他灌输观点时，他通常会选择默默听着，甚至接受，何况今天对面是一个有着浓郁艺术气息的女子。

夏暖开心地笑了。

接下来的时间，在她身边多了两位工作人员。在他们的陪伴下，她优雅地走上展厅正中的讲演台，身后是一幅仕女图背景，夏暖开始发表感谢致辞。

她的语言饱含着诗情画意，人们都围拢在四周。

来宾们不时为她的幽默发出笑声，又为她的睿智讲解，有节奏地鼓掌。

石骏一直站在众人的身后，向主席台敬畏地望着。

如果她能成为我的女朋友就好了，我会一辈子爱她。

石骏幻想着不切实际的梦。

自己区区一个部门经理，又如何高攀得上公众瞩目的女画家呢？

第四章 聆听者

请原谅我！请原谅我！你实在太可爱了，可爱到我舍不得让你活着！

——江户川乱步《虫》

展会在极其热烈的气氛中，由高潮转向落幕。

墙上的很多作品，都找到了愿意出价的买家。

石骏比较失落，觉得与夏暖的一面之缘，就这样结束了。还好，也有所收获，他决定等散场时，问一下工作人员，看是否能拿走夏暖答应送给自己的那幅画。当石骏还在拥挤的出口处，琢磨何时再进去说明才合适时，一位衣着得体的工作人员向他走来。

“先生您好，请问您是石骏先生吗？”

“我是，您是？”

“哦，不好意思打搅您，借一步说话。”

工作人员带石骏走向一侧窗边，那里没什么人经过。

“是这样的石先生，夏暖小姐托我带话给您，那幅画作不要着急，她还有些展会的相关事情要处理，请您下午方便时，给她打电话，你们再约。”

“哦，好的，谢谢。”

石骏颇感意外地点点头，未曾考虑过与夏暖的瓜葛还能继续，内心有些小激动，他在期待。

中午，石骏本来可以到三楼餐厅享用免费的自助餐。可一想到要和那些人，坐在一张桌子上吃饭，难免会尴尬，吃得就不会那么放松。他索性走出了格莱美酒店，吹着口哨，在附近四处寻觅，选了一家小面馆，推门走了进去。

用餐时石骏依旧如坐针毡。他故意放慢了吃面速度，眼睛始终没有离开手机屏幕上的时间。

“下午方便时给她回电话”，到底几点才算是严格意义上的下午时间段呢？她会不会也在用餐，或者疲惫的应酬后正在午休，如果电话不在恰当的时间打过去，惹到人家厌烦就不理想了，会给对方留下一个糟糕的印象。

石骏左思右想，都觉得不合适，就像一个刚坠入爱河的大男孩，犹豫不决。他一手拿着筷子，一手掏出夏暖的名片，就这样翻来覆去，看个没完。

时间稍纵即逝。过了用餐的高峰期，面馆中除了坐在不远处一边打哈欠一边看电视的店长大叔外，其他食客纷纷结账离开。

石骏碗中的牛肉面还剩下一点点，为了继续占座，他又点了一小瓶饮料，一盘小菜，摆在自己面前。

“朋友，喜欢就坐着，别拘束，我这里又不打烊，正好增加下人气。看样子，你不是面试就是相亲吧？”

洪亮的声音传到耳朵里。石骏发呆之时，老板回头望了下他，拿开嘴中的烟蒂，吐了一个大大的烟圈，和善地问道。久经世故的人，可以用心去审视一个坐立不安的人。

“对，对不起。”石骏急促地回答，用力点了点头，“我，我耽误您生意了吧，这就走。”

老板听完笑了，从旁边的冷柜里“哗”地一下取出一瓶冰镇啤酒，穿着拖鞋踢踏踢踏地走了过来：“没啊，别在意，随便坐，店里平时人也少，要不忙，喝点酒不，夏天喝冰镇啤酒很爽的。”

“不用了，谢谢。”石骏摇着双手，直白地回绝了对方。不知怎么，他对面店搭讪的老板充满了好感，多少和今天交了桃花运有关。

“哦，那没关系。”老板不再强求，把冰镇啤酒放到桌上，“看你的样子，倒像是相亲的，也对，第一次见面，喝酒容易给对方留下不好的印象，再来瓶冷饮也不错。”

“嗯。”石骏不置可否地点了下头，算是默认。与夏暖的关系其实还很普通，可听到别人把他们说在一起，还是很开心。

“您一直在这里开店？”石骏没话找话。

“是啊，老手艺了，做面传了几代，现在就剩下我了。”

“面真的很不错，我不是奉承，价格便宜还好吃。”

“哈哈，能听到顾客这样评价，我很开心。咱没别的手艺，除了做面，也就是爱好钓鱼。”

“钓鱼？”

“是呢。你们年轻人，想必认为那很无聊，其实，融进去之后，会发现有趣得很呢。”

老板说到这里两眼放光，转身走到后厨，没过一会儿闪出来，手里拿着一整套钓具。

老板就像孩童时期邀请小伙伴到家里展示心爱的玩具一样，把所有的钓具小心翼翼地从长袋子里拿出，并排摆在桌子上，一边摆，一边自言自语地介绍，令第一次接触到陌生事物的石骏大开眼界。

这样，时间又过了许久，观察到对面的年轻男子又不时地低头看表，面馆老板识趣地收拾起了自己的物件：“哈哈，抱歉，强行给你讲了这么久钓鱼的故事，也没顾及你是否喜欢，是我话多，话多了，别耽误你正事，快去忙吧。”

“没关系，和你聊天很有趣，也许有一天，我也会爱上钓鱼。”

“真的，那最好了，有时间去的话叫上我，我送你一套工具。”

“您太客气了，谢谢。”石骏起身，摸出钱来，“给您。”

“好，好，小兄弟，祝你相亲成功，若不觉得我这里寒酸，欢迎带着对象一起来。”

“一定一定。”石骏愉快地答应了，心想着谈对象对自己来说可能还是一件比较遥远的事，如果单纯为了吃面，倒是真的可以再来。老板善谈，能锻炼自己的交际能力，今天一中午的时间，毫无拘束，过得非常开心。

时间指向两点十五分。

石骏拿出手机，搜索出保存好的号码，按下了绿色的拨通键。

“喂，您好。”

在铃声第二次响起的时候，电话的另一端传来了熟悉的女声，这令石骏悬着的心微微放松，看来她此刻应该有空闲。

“喂，你，你好，你，夏暖吗，我，我是石，石……”

石骏在吃面时背诵好的一段开场白，却由于嘴部运动完全跟不上大脑的节奏，变得磕磕绊绊。

“啊，石先生，是你。”对面笑了一声，顿时谈话者之间扫去了一丝紧张的阴霾。

“嗯，是我。您方便吗？我的意思是，我想去，就是那幅画。”他羞于索要，不知该怎样完整地表述心里的意思。

“好的，我明白啦，你别担心。”夏暖动听的声音徐徐传来，“那幅画已经让我的助理整理包好，随时可以拿走，对了，你晚上有空吗？”

“有，有。”石骏拿手机的手已经开始颤抖，甚至声音都变得不自然了，生怕错过了生命中绝无仅有的机会。

“那真好，恕我冒昧，有个不情之请，晚上方便一起用餐吗？”

“啊，方便。”她莫非在约我？

“六点钟吧，我去哪里找您呢？”

“不麻烦，我离酒店不远，你定，你定。”

“那好，六点您在酒店门口等我吧，我们打车去，目的地不远。”

“好。”石骏爽快地回答。

“那就这么定啦，晚上见。”

“嗯，晚上见。”

石骏收好了手机，抬头望向天空。下午两三点的太阳，是北方一天中最毒的时候。他站在烈日下，并没有感到闷热和不适，伸出双手狠狠地揉了揉脸，确定这不是一场梦，才继续前行。幻想过无数次约会的场面，却怎么也没料到今天的情形。

不久，一家书店映入眼帘。石骏推门走了进去，拐角处，有几张座椅。

在琳琅满目的书架间，他漫无目的地寻觅，终于在一本名作家的推理小说前驻足，伸手抽了一本书下来，简单翻了几页，看几行字便着了魔，端起书走回到座椅处。

下午余下来的时间，他决定在这里打发掉。其他之处都过于喧嚣，不能使他完完整整地静下心来，现在，正需要一个分散注意力的东西，书是最好的伴侣。

店里不提供冷饮，石骏点了杯奢侈的咖啡，心安理得地拿书端坐。很快，他就被里面的情节吸引住，暂时抛开了心中的那份悸动。

小说讲的是一个颇为变态的男主人公，很多年默默地喜欢女主。每当女主生活学习中遭遇困境时，男主总是从阴暗的角落中出现，用意想不到的手法，帮助女主铲除成功道路上的敌人，不留痕迹。最后，女主一步登天，男主却甘愿为她死亡。

小说的结构非常好，疑点重重，每一章节从不同的时空角度切换，读起来不太吃力，恰到好处。石骏忍不住暗自拍案叫绝，男主的犯罪手法，作者是怎么想到的呢？莫非亲身实验过？书中把爱情与犯罪有序穿插，虐心而又变态。

现实社会中，是不存在完美的犯罪的。科技进步的今天，杀了人，总会留下蛛丝马迹，除非，自己十多年前的那次。

石骏不知怎么，噩梦般的经历，一天内竟然几次回忆起来。年少时的冲击感本已经很淡很淡，对了，都怪那幅画，可能真的有做贼心虚一说。明明画中的内容与实际相差甚远，为何总要在大脑中强加它们之间的关联呢？真是自找无趣。

石骏叹了口气，续过两次杯的咖啡，此时见了底。再看窗外，已渐渐黑暗，街道两侧灯火阑珊。

北方的城市，白天变得越来越短。即使太阳在的时候温度较高，如今月亮交替时，却微微有些泛凉。

石骏把书工工整整地放了回去。当下社会，实体书的经济已经日薄西山，只有少部分人，还在坚持每年一两本的节奏，把文字转化为淡淡墨香。石骏想，守候最后这片领土的执着者，才算是真正的成功人士吧。

推开书店的大门，石骏紧了紧西服。远眺格莱美酒店外墙的灯光装饰，心中满怀期待。

“石先生，让您久等了。”伴随着熟悉的声音，酒店门外驻足的石骏，望见了朝他款步走来的夏暖。

夜晚，她披着一件长款粉色外套，灯光下，较之前的成熟更多了一些乖巧。她右臂夹着一个白纸包好的物品，看大小，估计就是上午展厅中，令自己产生共鸣的那幅画了。

“没关系，我也才来。”

石骏抢上一步，接过了那幅画。其实自己的鼻尖，因为微风中的长时间站立而触感上有些冰凉，固执的他不愿把这种事强说给对方听，尤其是面对一位如此美丽的才女。她的话总是那么的顺耳得体，石骏非常钦佩，还在设想，如果她成了自己的女朋友，对自己的短板，刚好有一个很大的补足。

想着想着，两人乘上一辆出租车，一起坐在后排，挨得很近，还好要去的那家西餐厅距离并不远。一路上，石骏想方设法制造各种话题，两人聊得很开心。

伴着餐厅内优雅的音乐，石骏侃侃而谈，自己在童话王国公司的趣事，业务上的成绩，以及和王伟夫妻聚会的一些琐事。夏暖是一个非常好的聆听者，总能够恰到好处地给予回应，或是报以一个迷人的微笑。她的小动作很多，例如一只手托着腮，一只手敲击着太阳穴略作思索。

和她聊天是无比轻松自由的，石骏好久没有过这种愉快的体验了。虽然在王伟夫妇面前也很自在，他却从不会主动制造话题，使他们开心。石骏本以为自己缺失社交技能，没想到今晚通通找了回来。他试图逗一个喜欢的女孩子开心，并且表现得很不错。

第五章　热恋

“你知道人类最大的武器是什么吗？”

“是豁出去的决心。”

——伊坂幸太郎《金色梦乡》

杯中的红酒已然饮尽。

今晚的西餐美食，是夏暖点好的，包括红酒，也是她精心挑选。

石骏印象中，不曾有过吃西餐的经历。他认为那些不过都是哗众取宠的玩意儿，可今晚，他完全否定了自己的观念。如果有一位倾心的佳人陪伴，此处才是最好的选择吧。

“服务员。”石骏的脸颊微微泛红，自认为酒量还不错的他，此刻却败给了一瓶袖珍装的红酒，所谓的酒不醉人人自醉吧。

“先生，有什么需要吗？”

男服务生规规矩矩地走到身边，夏暖醉眼蒙眬地望着他，也是一脸的不解。

“你们台上的那个钢琴曲，很好听，我可以点歌吗？”

听完石骏的话，服务生尴尬地笑了。夏暖不觉莞尔，她没有出言阻止。

“虽然本店不支持点歌服务，但，也是可以的。”服务生面露难色，“先生你想听哪首，我去和钢琴师说，尽量满足尊贵客人的要求。”

“谢谢，我想听……嗯……”石骏这时才发现，自己平时的审美，都是在几首简单的流行歌曲之间，完全不懂得什么高雅艺术，一时的冲动，酒醒了不少。可他仍然坚持，自己的想法没有错。

“随便吧，平静、优美的，可以吗？”

“嗯嗯，当然，请您稍等。”

服务生转身离开，不久，餐厅中间的钢琴曲响了起来。

“《星空》。”夏暖端起手中的酒杯，微微抿了一小口，闭上了眼，“理查德·克莱德曼的《星空》，是他最经典的曲目之一，曲调如流星般的深邃、悠远，无论是在任何一种心灵的处境中，听到它时永远是徜徉仰望的心情。”

“喜欢吗？”

“很喜欢。”

“你懂得好多，我挺俗的，但我听到它，也是莫名的舒服！喜欢！”

石骏目光中，更多的是痴迷、温柔、欢喜。坐在对面的夏暖，此刻便是自己迷茫、彷徨、困惑中唯一的一束光。

他想托起这片光，即便自己只是小小的部门经理。

他决心坚持到底，让她做自己的女人。

石骏的野心，也就是从那天开始，在对一个女人的追求中逐渐形成的吧。

时光流逝。

意兴阑珊，石骏抢着为他们的第一顿约会晚宴买单。

虽然钱包被基本清空，最后一个礼拜兴许会饿几天肚子，况且他还要储蓄一部分。但石骏没有任何犹豫，为了买到开心，他可以舍弃身外的一切。

仰望星空，深邃蔚蓝。石骏想起了钢琴曲好听的名字《星空》。

十分钟前，他与夏暖在餐厅门口告别，他帮对方打了一辆车，望着远去的尾灯，恋恋不舍。

他把夏暖赠送的画作抱在怀里，上面，还留有她的一丝余香。

接下来该如何，石骏完全没了主意。再约人家，理由不够充分。今天相处的种种，又令他意犹未尽。要是换作王伟，一定大方地直接约下次见面了。

回到公寓，看到孤零零的单间，一阵孤独寂寞之感袭来。

石骏打开冰箱，又拿出了一罐啤酒，粗暴地拽落拉环，酒花倾泻出不少，顾不上手上和地上的残液，他狠狠地喝了一大口。

石骏打开电脑，挑了一部自己最喜欢的作品，关掉灯，细细品味起来。不知道为何，图像中的女人，汗水浸湿的脸总会让他联想成夏暖的容颜，仿佛间已经迷离，他控制不住滔滔不绝的思念。

就这样愣愣地欣赏了好久，这大概是他有生之年，第一次如此无聊地看完了一部完整的剧情。

他关闭电脑，躺在床上，辗转反侧。随手拿过手机拨弄，才发现有一条微信未读留言，留言的人，正是夏暖。

忘记了，聊得开心时，他们互相加了彼此的微信号。

“今晚很开心，我已到家，早点休息，晚安。”

第一次临睡前，有一位女子对他道晚安，这是不曾有过的体验。

他回了句“晚安”。

关上手机，不知何时，孤独的心灵，灰暗的森林，他早已泪流满面。

周一的早晨，经历了周日百无聊赖的空虚，石骏强打起精神去上班。

“行啊石哥，你真有两下子。”

王伟趁上午即将午休时，冲进了产品研发部的经理办公室，神秘兮兮地看着坐在椅子上、沉浸在单相思中的男人。

周一通常公司各部门比较繁忙，王伟像是已憋了很久，知道了一件天大的八卦，没敲门便走进屋，一屁股坐了下来。

“听说你替我们的答谢极其完美，对画的鉴赏水平有两下子。人家夏大美女不但赠画，还一起约会吃西餐，然后席间你还点了首曲子，我真不知道你还有这种情调哄女孩子开心。”

“你听谁说的，哪有。”石骏臊红了脸，有些享受，又有些不自然。

“还能是谁，夏暖可是我们学校当年的传奇之一，和我媳妇那么好的闺蜜，无话不谈，我能不知道吗？哈哈，你还瞒着。当初我要是先遇到她，没准我今天就是才女的老公了。”王伟谈起夏暖眉飞色舞。

“没，你想多了，我们就……就是普通朋友。”

“哈哈，还普通，你都承认朋友了，下一步，就是女朋友，再下一步，哎我去。”

“你啊，乱讲。”石骏起身走到了王伟面前，眼睛望了望门口，确定一下不会被别人偷听。

“我可不乱讲，做兄弟的帮帮你咋样？”王伟眼睛一转，站起身来，“明晚下班，去我家聚会，我和婉悠，就约你俩，现场撮合下。”

“别，这不好，太突然。”

“怎么，你不喜欢她，放弃？”

“哪有。”石骏慌不择路下极其狼狈，差点儿说出心中所想来。

“那就对了。”王伟眨了一下眼，“放心，虽然追求她的人也不少，可她从小成了孤儿，家世一般。你不介意她的家境吧？”

“不介意的。”石骏心里嘀咕，对方不介意自己现在的社会地位就算万幸。

“这么说来你就是同意啦，就这么定了。”

石骏还想说什么，却被王伟阻止下来，他本来没什么太多的主见，也想创造和夏暖再见面的机会，就由得这位市场部经理一手操办。

周二下午五点整，石骏破天荒地没有选择主动加班。他早晨出来时带了一身便装，下班前在办公室换好，去相隔几间的办公室敲门见王伟。

“呦，石哥今天真帅，迫不及待了吧，咱们这就出发，坐我车。”

王伟边笑边拍着石骏的肩膀，两人欢喜地驱车来到坐落于市中心的一处豪华小区。

这不是石骏第一次来，他曾很多次应邀参加王伟的家庭聚会。但今晚，要见一个对自己极其重要的人，还是颇显紧张、不自在。

石骏忐忑地走进屋子，空气中飘散着菜的香味。

原来夏暖在本市有一间自己的工作室，平时教授几位学员学习工笔画的相关知识，她的上班时间比较随性。今天，她早早地结束了课程，下午四点，就来到王伟家，陪郭婉悠准备晚餐，忙里忙外。

“石先生，我们又见面了。”

夏暖一身简单的职业装，配着套在外面的围裙，长发扎成一个马尾，以精致干练的形象出现在石骏面前。

恍惚间，石骏有了家的感觉，漂泊的内心，泛起了一丝丝温暖。

石骏没有在第一时间回答什么，冷场了许久，郭婉悠连忙搭茬儿：“哎呀，夏儿，你看我们石哥，是不是看你太美了，愣神了。”

“哦，我，我没。”石骏回过神，慌忙摆了摆手，不好意思地笑了笑，目光马上从夏暖的脸上移开了。

王伟在一旁添油加醋地说了许多话打圆场，石骏都没听进去。他赶忙找了个沙发的一角落座，客套地说道：“你们忙，你们忙。”

半小时后，一场温馨的家宴开餐。

王伟家的这张四方桌，平常都是夫妻俩各占一头，面对面坐下。

今天比较特别，王伟留了个心眼，和妻子郭婉悠挨在一排，嘴里还说着：“都自己人，别那么拘束，你俩离得近点儿，我们彼此对着坐聊天方便。”

石骏有些不置可否。暗自观察，夏暖并没有拒绝的意思，索性也就坐在了她旁边。

家宴的气氛总是非常热烈，今晚则更甚。

石骏察觉到王伟夫妇一直在帮他们两人问这问那，俨然充当起红娘的角色来。

石骏的业绩被王伟说得天花乱坠，而夏暖的绘画能力、个人魅力也被郭婉悠描述得色彩斑斓。

众人时而发笑，时而端起酒杯，夏暖的菜品成为津津乐道的一个话题，她确实有可能是一位贤妻良母——从小独立的她，做的菜能够符合每个人的口味。

家宴在夜深人静时落下帷幕，石骏鼓起勇气，主动打车送夏暖回家。

接下来的日子里，石骏和夏暖经常找理由单独出来约会。时间久了，两人慢慢地就走到了一起，确立了关系。

第一次牵手，第一次拥吻，第一次睡在一起……

石骏的第一次都交给了夏暖，他从没想过爱情的力量如此令人着迷。

婚姻不过是水到渠成。相识不满一年，以家为中心、有责任心的两个人，灵魂进一步碰撞，走向了婚姻的殿堂。

王伟、郭婉悠，是他们爱情的见证人。

婚后，夏暖对石骏体贴入微，石骏沉浸在幸福中，他的交际能力也不再是短板。就这样，在偶然的一次单位聚会中，石骏与同事攀谈间透露了一个绝妙的创意，刚刚海外归来、安心在国内发展的“童话王国”董事长李久立一眼看中了这位心怀抱负的小伙子，借着酒劲儿，董事长激动地握着他的手说道：“你做好准备吧，我明早就提拔你。”

言出必行。第二天上班，石骏就被叫到了董事长位于十三层的办公室。

酒桌无戏言，简单的工作交接，石骏成为董事长的助理。通过一步一步的努力，他最终跃居为集团副总经理。

第六章　诸多疑点

> 怀疑容易成瘾，一旦冒出头，往往像积乱云扩散般，以惊人的速度蔓延开来。
>
> —— 江户川乱步《人间椅子》

一支钢笔在唐纳德手中灵巧地旋转着，精神稍微一溜号，啪嗒一声被甩飞。

屋子里的几个人，目光交汇了一下，皱皱眉头，年长者继续发言。

“小唐，话说回来，你还要坚持自己的意见吗？”

“是的洪局，请再给我些时间。”

被称作小唐的人，年龄看上去不到三十岁，他有着令人羡慕的外表，皮肤白皙，眉清目秀。

唐纳德是一位典型的海归派，刚从海外名校毕业不久，在希捷市公安局当刑警，实现了儿时的梦想。

他大学里攻读的是刑侦学，是正宗的科班出身。

初到希捷市公安局，唐纳德凭借出众的外表、欧范儿的名字，成为众多年轻女警们追逐的对象。渐渐地，几件大案的侦破，唐警官在会议上的推理假设，关键性的发言，总能给混沌的迷局理出一条惊人的线索，老刑侦专家都开始佩服起这位年轻人来。

“小唐年轻有为，他的思维发散性强，不拘泥于传统。”

“不错，再积累一些经验，过个几年，完全能独当一面。”

“下次的案件研讨会，我们都应该报名参加。”

…………

局里局外，他一直是人们谈论的焦点，遇到主动示好的女同事，总是礼貌地给予微笑。

洪局长紧皱眉头，来回踱着步子，几次欲言又止，他不想打击屡建奇功的年轻下属。可媒体都在盯着这件事，这么长时间一点突破没有，上边压力很大，又不得不小心翼翼起来。

“小唐，说句不该说的话，其实我真的不明白，一件普通的猝死案件，究竟有什么好调查的？”

桌子上摆着一叠厚厚的卷宗，内容记载了本市著名企业“童话王国”前董事长李久立半个月前在办公室内死亡的经过以及验尸结果。

死亡时间是在一个普通周四下午的三点四十五分左右，报案人是他的秘书李娜娜。法医到达现场时，李久立正趴在办公室的桌子上，一动不动，早就失去了生命体征。第一发现人是公司的副总经理石骏，他说当时正在屋子里和他谈业务，突然李久立脸色一变就晕倒了，没有留下什么遗言。尸体经过法医初步鉴定，结论是心脏病突发。

李久立的遗孀刘燕女士坚持要法医解剖。她悲痛之余告诉警方，自己的老公年近半百，平时一直坚持锻炼，严格控制作息时间。每年会抽出时间体检，最近的检查报告单上个月刚刚出来，除了血糖稍高，其他一切正常，没有心脑血管疾病相关的结论。

“其实也正常，隐藏的心脏类疾病是医学上最难发现和观测的。”法医如是说，“城市的人们，工作压力大，十分疲惫，一个小小的诱因，都会导致心脏病发作而猝死，而且发病的平均年龄逐年走低，切不可忽视，所以还请家属节哀。”

刘燕悲伤地点头，心里认可了医学专家的结论。

可参与现场调查的唐纳德并不这么认为。他于事件发生的第二天，也就是周五的上午，将现场搜集来的照片一一过了一遍，包括石骏的口供。

问：您好，石先生，请问是您要求李娜娜拨打120电话的吗？

答：不错，是我。

问：好的，她拨完后，您又让她随即报警，为什么呢？

答：我曾过去拍了拍李董事长的肩，一动不动，低下身子观察，像是没有呼吸了。

问：所以……

答：所以我拨通了报警电话，因为我怀疑有可能是谋杀。

问：你怀疑？

答：是的，毕竟李董的健康状况一直不错，他在身体不适前，我们在外边吃过一顿午餐，回到办公室后，我们聊了会儿天，还喝了一杯茶，然后才出现不适的。

问：您的意思是，饭或者茶里有问题？

答：我不能肯定，午饭应该问题不大。

问：哦？

答：午餐我陪他一起，我不是仍健健康康吗？

问：嗯，您分析得有一定道理。我们会进一步调查，也不能排除，邀请你们吃午饭的人，充分掌握李久立和您的饮食习惯，在他喜欢吃而您绝不会吃的东西里下毒的可能。

答：也许吧，请你们尽管调查。

问：好的，这是我们的本职工作。对了，李久立死亡前，还见过谁吗？

答：只有李娜娜了，那个秘书，她走进办公室，给我们分别沏了一杯茶，然后离开了。

问：他还有位司机？

答：是，老张，那几天感冒恰好没来。中午出去应酬，是我亲自开车，载着董事长出去的。

问：哦，这样。

答：是的，有什么问题吗？

问：暂时没有，请您理解，我们只是例行公事。

答：你好像是在怀疑我，警官？

问：绝无此意，您不要误会。

答：好，如果没事，我是否可以走了？

问：啊，当然，从现在我们掌握的情况来看，您也只是接受正常的调查，我们绝无怀疑您的意思，如果有新的情况，我们再来找您可以吗？

答：好，我会配合。

初遇石骏，唐纳德觉得对方的话并不多，处事波澜不惊，每一句话都机械式地吐出来，其余的事情，一件不去多谈。

石骏主动怀疑有谋杀的可能，这一点令唐纳德印象深刻，许多人眼里的意外事件，第一发现人却有这样的想法，在过去的经历中绝不多见。

周五下午，唐警官赶到李久立和石骏与客户聚餐的饭店了解情况。负责接待的服务生，正是昨天接待那拨客人的那位。

服务生记得很清楚，一拨人先到来，就是企业方面的客户，并没有先点餐。整桌菜，是由后到的两位男士中的一位点的。

根据描述，点餐人应该是石骏。

菜品并没有什么异样，都是些大众菜系。中途李久立曾经插过一嘴，说想点一条自己爱吃的冰鱼，大家也都同意。

席间，李久立的状态看上去不错，面色红润，喝了一小杯白酒，席间还兴致勃勃地赋诗一首。服务生从唐纳德的口中听说中年男人回去后猝死，面露惊讶，直呼无法想象。

唐纳德认真做了笔录，却毫无头绪。真相应该就是直观上的解释，一场纯粹的意外而已。

晚上回到家里，唐纳德打开了音响，挑了一首热烈的曲子。他需要改变一下思路，下一步采访司机和秘书，或许会有所帮助。

翌日，刚准备去局里加班的他，接到了局长洪涛打来的电话。

“小唐啊，听说你昨天私下去了饭店进行调查。”

“是的领导。”唐纳德不明白对方的意思。

“你最近需要休息了，别再紧张兮兮，我们已经决定把这个案子定为意外事件，不涉及刑事犯罪。”

“不会吧老大，你一直很严谨的。”

唐纳德停下了脚步。

“哎，没什么疑问的。昨晚应家属刘燕女士的要求，法医解剖鉴定后才决定的，我们绝不武断。”

“结果是？”

“嗯,和估计的一样,排除了下毒的可能,李久立确实死于心脏病突发。”

“啊，还真是。”

“嗯，结论有理有据，现场屋内的全部物品，拿回去检测均不存在毒物反应，我们定案也是对家属和社会的负责。”

“老大，给个机会。”唐纳德固执己见，严肃地说，“我总感觉事情有些怪怪的，一定有哪里不对。”

“怎么会，你小子太敏感了吧？”

“不仅仅是敏感。”唐纳德清了清嗓子，“灰色的影子里，一条看不见的绳子，它在把我们的目光全部引向一条沟里，案子指向两个极端，如果真的是意外最好不过，如果是蓄意谋杀，那么对手毫无疑问是一位高智商犯案天才，阳光下的罪恶是对警方的挑衅，我申请继续调查。”

“时间没那么多。”局长话语中微微透露出不满，“公众人物的去世，拖得久，媒体会把压力都聚焦在我们这里，牵扯到‘童话王国’这类有头有脸的企业，谁都无法放下悬着的心。你慎重考虑吧，我们下周一就会对外公布由法医出具的死因结论。”

“哦，好吧。”

唐纳德满不在乎地放下手机，原本准备去单位加班的他，改变了主意。

职业的敏感，使他嗅到了一丝隐藏的杀意。

如何能让警方的公布推迟呢？他想起洪涛那张不苟言笑、褶皱横飞的脸，再去恳求显然没戏。他暗暗考虑，灵光一闪，计上心来。他从随身的档案袋中抄了一个地址，叫了辆车，只身前往新的目的地。

“叮咚。”

清脆的门铃声响起。唐纳德缩回手来，向周围一望，想不到市中心高楼林立，中间竟裹着这么一大片豪华别墅群，此处的物业费一定是个天文数字。

唐纳德的家境算是同龄人中的佼佼者，父亲是军人转业后从商。可耗费金钱购买这里的一处房产，估计只有李久立这样级别的人才有实力吧。

空洞的门铃声在三层别墅内回响，大概几秒钟，门廊呼叫器里传来了女人的声音。

“你好，哪位？”

“啊，您好。”唐纳德掏出证件，凑在拳头大小的显示器上，“我是希捷市局的警察，有事拜访刘燕女士，前几天我们见过面，不知道她方便吗？”

“警官，真的抱歉，夫人心情很糟，拒绝一切来访，您看可不可以改日？”

对面低沉沉的女声回答，大概是宅子里的用人。

“麻烦您再帮我去说说。”唐纳德没有放弃，“法医鉴定结果已经认定了心脏病猝死的判断，可我认为仍有疑点，请您转告夫人，否则周一就要盖棺定论，但我坚持相信李董事长死于他杀！”

这句话果然起到了震慑的效果，对方顿了一下，连说声“请您等等”。没过几分钟，别墅的大门推了开来，憔悴的刘燕在女佣的搀扶下站在门口，眼神空洞无光。

“唐警官，刚才我听阿美说，我丈夫的案子有了新的进展？他……”

刘燕有气无力地开口，一脸期盼的神色望着年轻的警官。

之前的一番话，不过是唐纳德焦急时，临时起意，编出的一句破门砖。

他对罹难者家属的心情剖析得格外透彻，连忙接口道：“详细情况我们进屋说，外边不是很方便。”说罢，还故意观察了下周围，仿佛有小报记者正在偷偷盯着他们一般。

“对对，您看，我都忘记了，请进。”刘燕侧过身，让出一条路来。唐纳德走过她身边时，感觉一阵风就能把对方吹倒一样。

深受如此打击，连日的失眠，就算是修养十分得体的贵夫人，继承了夫君的一大笔财产，短期内也无法打起精神来。

第七章　王伟升迁

人一旦不再缺钱，之后就会对地位和名声感兴趣。古今中外，这一点都是永恒不灭的真理。

——高木彬光《人偶为何被杀》

一楼的客厅足有社区篮球场那么大，偏中式的装修风格，古色古香。

唐纳德被让到了硕大的真皮沙发上，室内一定安装了中央空调之类的东西，外边的燥热马上被隔离，舒适的空气使人昏昏欲睡。

“唐警官，你认为我家老李的死，不是意外？”

刘燕刚刚落座，就忍不住发问。

她焦虑的目光望过来，唐纳德对自己刚才的虚言内心不住地抱歉。

“嗯，是这样，目前有一些线索，我们暂不方便透露。但现在时间紧迫，我想让夫人答应一件事，不知道方不方便？”

“好的，你说吧。”刘燕没有继续问下去，看上去比较相信眼前这位年轻人。他年龄上看着不大，举手投足间，却充满着坚定的信念。

“法医的程序已经结束，遗体下一步将被火化。我以个人的名义希望您能现在就站出来，说怀疑案子有疑点，要求殡仪馆继续保存遗体，以协助破案。”

“这……”

“您觉得很为难？”

“那倒不是，保存遗体的钱我们出得起。只是警官，需要多久呢？不可能一直……”

“我知道，就以半个月为期，怎么样？”唐纳德喝了一口茶，往前探了探身子，他觉得提议有希望。

“不是不可以，那么用途是什么呢，要有什么不对，现在你也可以去随时检查啊。”

“哎。”唐纳德叹了一口气，像是在自言自语，“我总觉得，假设真的是他杀，那么这次我遇到了一位非常可怕的对手，只要证据不被毁灭，多存在世间一天，他就会坐如针毡！夫人，浅显的犯罪心理学揭示，嫌疑人只要听说被害者的躯体一天不消亡，极有可能自乱阵脚，心理防线崩溃。”

刘燕激动地站起身，内心剧烈地挣扎，来回踱着步子。唐纳德知道，眼前的这个女人，正在和中国传统观念“入土为安”固有的思想积极对抗着，究竟是一查到底还是草草了之，决定就在一瞬间。

“好吧，那就按你说的去办吧。”她闭上了眼，虚弱的身体深陷在沙发里。

“您答应了？”

“是的，我马上召开新闻发布会，同时对警方提出质疑。您放心，凭借我们的影响力，延期并不难。”刘燕站起身来，毫无征兆地弯腰，对面前的年轻人鞠了一躬，“我愿意尝试一次，相信你的推断，我曾托人在局里打听过你，他们说你很出色，这次希望也一样。”

唐纳德站起了身，走上前轻轻拍了拍刘燕的手：“谢谢您的信任，一切就交给我吧，我将竭尽全力，倘若真存在凶手，必然揭开他罪恶的面纱。”

“嗯。”

刘燕暗自神伤，望着墙上的一幅全家福。如今已是物是人非，幸福的三口之家已然破裂。

唐纳德随她一起望向全家福。

“您和李先生，有一个可爱的女儿。”

“是的，她在国外努力地完成学业，现在还没敢告诉她，怕影响到她。哎，可惜啊，下次回来，再拍这么一张照片，不可能了。她的这张生日照，只能成为我的回忆。”

与悲怆的遗孀告别，年轻的警官心情凝重，切身体会到身上的担子重了许多。人世间的福尔摩斯少得可怜，许多聪明者更喜欢作壁上观。

“小唐，洪局让你去他办公室一趟。”

刚到单位，未等屁股坐热，新来的一位毕业生，没大没小地喊了唐纳德一声。

“哦，好的。”

唐纳德冲对方点点头，整理了下警服，他能预测到某些事情的发生。毕竟信息时代，什么都瞒不住。

“小唐，这就是你的杰作吧。”

一进办公室，门尚未关好，洪涛直接站了起来，两眼瞪得大大的，看样子正处在愤怒无处发泄的情况下，一张本市早报，直接被摔到了桌子上。醒目的标题《童话王国前董事长李久立死因成疑，遗孀发布声明要求追查到底》映入眼帘。

唐纳德心想，刘燕的行动速度还真够快，嘴中却一点不服软：“啊，还有这事？洪局，家属要求了，我们也不好不照办吧。”

洪涛一脸的不悦：“早知道，我真不应该私下给你透露消息。她一个女人，孩子又不在身边，能有什么主意，肯定是你，通过手段联系上了她，一番花言巧语，竟然让她改变了主意。哎，不知道，这之后又要平添多少麻烦，你看吧，我们成了风暴的中心。”

“洪局，怎么能这样说？寻根问底，不正是我们的职责所在吗？”唐纳德咄咄逼人。

“话是没错，可是把许多的精力，浪费在一个平淡无奇的猝死案，你觉得很有趣？”洪涛不甘示弱。

唐纳德拉过椅子，坐在了局长的对面，没有职权的高低，只有对职业的敬畏：“我不这么认为，起码，本案是有动机的！”

“动机？你指的是？”

“其实了解过皮毛的人都知道。”唐纳德说出了自己的结论，“财产继承及相关问题一直是此类案件的诱因。虽然李久立一死，他的夫人将依法继承他的遗产，但按常理考虑，李久立活着对她的价值更大；李久立还有一个女儿在国外留学，据了解与父母关系融洽，何况已经两年没有入境记录，不可能突然回来对亲爹犯下罪行；李久立家庭观念十分传统，意味着独女不可能继任接管玩具公司，那么这个庞大的玩具帝国按次序该由谁继承呢？”

局长办公室的五层楼背后，不远处，就是“童话王国”大厦的衬景。

“它即将迎来新的主人，而动机，或许就在那里。”

洪涛伴随唐纳德的指引，也将目光锁定在了反光建筑的第十三层塔尖之上。

呼之欲出的名字，两人心照不宣，陷入了久久沉思。

每周五例会，是已故董事长李久立立下的规矩。

不管有多忙，部门经理以上的高级主管，都必须在周五下午赶回公司，十三点准时在十二层会议室讨论本周重点及下周工作安排。

瞬息万变的儿童玩具市场局势令从业者不敢有丝毫的马虎怠慢，始终保持与一线市场接轨，多一份警惕和敏感，对公司增益无限。

上周五的例会，因李久立的意外去世，由副总经理石骏协同元老级的董事墨常主持。

墨常是李久立的一位老工友，在董事长发迹前，就在一起从事玩具分销的工作。后来李久立投资创办公司，他也是第一位毫不犹豫、砸锅卖铁入股进来的。

李久立常常慨叹，老墨就是他的左膀右臂，无论风雨飘摇还是风光无限，始终站在他的身后，默默守候。除了发妻刘燕之外，只有这位老兄从不欺骗他，是他创业道路上一位真正意义上的诤友。

不知是什么原因，墨常对石骏并不感冒，他们之间总是保持着一定的距离。

墨常在上周五的会议上，尚未从失去李董的悲痛中走出来，精神恍惚，神情落寞。所以即使在石骏当场宣布辞掉李久立老部下司机张通达和秘书李娜娜时，他也没有任何表示。

到了公司新总经理的选举阶段，石骏抛出问题，扫视会场一周，征求大家的意见。

“我看只能是石总，还有更好的人选吗？放眼整个公司并没有。”

作为石骏派系的代表，客服部程三强首先提议表态。虽然到了真正董事会会议表决时，他的级别根本不够。

“对，对。”

“石总现在的股份占比，已经是我们童话王国的实际控制人，何况老董事长生前一直器重他。”

与会的高管们窃窃私语。个别对石骏颇有成见的人士，殷切地望向墨常，等待他的决断。

墨常依旧低头不语，算是默许。也难怪，他年长李久立五岁，即将退休，懒得插手公司事务，只求不动自己的股份，每年等待公司年底分红便好。

事后的会议纪要如此写着：一、张通达、李娜娜辞去公司内职务，财务、人力资源部配合尽快离职；二、拟任命石骏副总经理为童话王国新任总经理兼代理董事长，行使相关权力；三、招聘秘书一名，请人力资源部尽快落实；四、下周五的高管大会，将由新任总经理石骏为大家讲解公司新战略。

“听说了么，李总死因成谜，家里不同意火化。”

“嗯，好悬的事。不过话也说回来，当时就石总在他的办公室，两个人共处一室，死了一个，谁知道发生了什么。”

“嘘，别瞎说。李总对石总好着呢，他俩没见过红过脸啊。”

“谁说得准，东郭先生和狼呦。”

“有道理，有道理。”

公司的人，总喜欢八卦和窃窃私语。

万事难料，谁又能想到，一位土里土气、忙于加班工作、不善交际的男子，三年内爬升得如此迅速，简直是童话般的奇迹。

“说不定，石骏就是李久立的私生子。”

不知谁的神奇推论，倒被很多人当作了事实。

王伟忐忑不安，推开了总经理办公室的大门。

引他过来的，是公司的新任秘书。她是一位年轻靓丽的女孩子，经过多轮选拔、最后墨常董事亲自点头，石骏也非常满意。

女孩据说有外国留学的经历，操着一口流利的英语，一米七二的身高，穿着得体的女士西服。她美腿修长，踏上高跟鞋，无论哪个角度，的确看着顺眼、无懈可击。

底下人已经开始继续谈论，腐败逆袭的石公子哥，是不是安逸后准备身边包养一位甜甜的“小秘”。

“没准是墨董事安排的美艳炸弹，面试时韩美琳衣着那么暴露，守旧的老头子竟然破天荒同意了，唯此一次，墨常与石骏意见统一。只等哪天石总私生活混乱栽进去，‘童话王国’会重新迎来改朝换代的。”

说实话，王伟心里没底。

即使几年相处下来已经称兄道弟，包括媳妇还是经自己夫妻介绍的，可王伟清楚地知道，自己琢磨不透石骏的内心。

尤其对方高升，自从成为公司副总、比自己高出几个级别时，温馨愉快的家庭聚会就再也没开办过，对方开始逃避。

他没准一直认为我是个阿谀奉承、带着谄媚的人。如今独揽公司大权，准备找机会收拾我了吧。

王伟硬着头皮，忐忑不安地走了进去。再也不是当年不敲门打招呼直呼石兄的时光了。

“石总您好，找我有什么事？”

王伟走到办公桌前边，不安地搓着手，没敢轻易坐下，密切观察着石骏的一举一动。

“兄弟，快坐。”石骏久违地笑了，站起身，绕过桌子走上前来，一把按住王伟的肩膀，压着他坐了下来。

“喝茶不？”

“还行，不渴，呵呵。”王伟胆子大了许多，“兄弟”两字将气氛渲染得比预想的融洽许多，石骏不是个说翻脸就翻脸的人，那么今天的局面，对自己很有利。

果然，一切朝着王伟有利的方向发展。

石骏走到茶盘前，用刚烧的热水亲自沏了一壶茶。倒掉了第一杯，把第二杯双手递到跟前来。

“尝尝，客户送的，滇红功夫茶，怎么样。”

“啊，好。”王伟受宠若惊地接过杯来，心中暗暗感叹：这小子规矩学会得真快，品位提升了不少，不再是当年懵懂时了。

“不错，石总，今天找我来……”

“唉，私下别这样，还叫我石哥，听着亲切。”

“行，哈哈。”王伟又品了一口茶，目送石骏坐回到总经理的座位上，不禁发牢骚慨叹，“石哥，还是你厉害，有真本事，我啊，这些年，也就一张破嘴而已。”

石骏嘴角上扬，对夸奖不作评论：“人各有优点，物尽其能，兄弟，你也干了市场部经理这么多年，辛苦了。今天来没别的意思，一件事提前讲，我准备提拔你做整个区的市场部总监，你看如何？”

“真的？”王伟端着的茶杯差点落在地上，他做梦都没想到，会有如此好运，要知道，总监比现在的职权提升了整整一大级，而且薪水翻倍，和客户谈判时，油水也十分丰厚。

王伟曾和妻子私下研究过未来前途的事。

郭婉悠是个明事理的人，在石骏成为副总时，她就对老公嘱咐道：“以后别指望石骏亲自提拔你，他的内心，说不定早就憎恶你这类人了，满嘴虚话，奈何过去没权力，就默不作声，隐忍下来。这种人最可怕，只怕未来，他攀爬得越高，你的位置就越危险，一个不留神便开除你。”

王伟当时听完，嘴上强硬地说着不会，后背却渗出层层冷汗。想起石骏越来越冷峻的目光，不禁打了一个哆嗦。

第八章　他的秘密

他们都是内心破了个洞，重要的东西正在从破洞逐渐流失。

——东野圭吾《解忧杂货店》

王伟吹着口哨返回家中。

妻子招呼他过来用餐，看见丈夫一脸得意的神色，不禁好奇地问："你今天这是怎么啦，撞了什么邪，我的王大经理？"

"还叫经理呢，哈哈。"王伟脱下外套，伸出右手的食指敲击着餐桌，"我的郭美人，明天，请叫我王大总监吧。告诉你个好消息，我升迁了。"

"真的？"郭婉悠一脸的不可思议，嘴中"呲"了一声，摇了摇头，"莫非，石骏提拔的？"

"对嘛，哎哎，别这样，我可得提醒你下，现在要叫石总，尤其当着众人的面。就在一小时前，他亲自约我到办公室谈的。怎么样，我就说咱的眼光错不了，你的担心都是多余的，石总经理可不是一位忘恩负义的人啊，刚上任，首先就想起提拔我。"

"那就好。"

郭婉悠的兴奋程度随即收敛了几分，她对石骏总是充满着疑惑，最近一年来，与石骏基本没什么交集，只是偶尔与闺蜜夏暖联络一下。

夏暖表面上看起来很开心，以她们共处一个寝室的经验，即使一句话中的停顿，郭婉悠也能感觉到对方的困惑，禁不住郭婉悠的软磨硬泡，夏暖微微透露出她的焦虑：婚后，石骏在夫妻层面上百般体贴，照顾有加。他年少时父母离异，将他寄养在亲戚家，每月邮寄来少得可怜的抚养费，所以与从小失去双亲的夏暖身世遭遇相似。两人生活中相互理解和相互扶持，偏偏石骏不知为何，就是不愿意要孩子。

其实两人正到了该要孩子的年纪，况且夏暖答应，自己授课并不是太忙，一旦有了孩子，愿意花更多的时间陪伴孩子。

可石骏听了总是打断她，并且言之凿凿：趁年轻，要以事业为重，要孩子不着急。就这样，这事儿一直拖延了下来。

夏暖有时为此不开心，石骏马上服软，用各种方法来哄她。实在烦了，他就躲到一个角落，不言不语。

这件事令夏暖难以启齿，时间长了精神很受打击。她从侧面开始了解石骏的工作、私生活，甚至查看他的手机。

他是一个完美无瑕、没有任何污点的男人。除了偶尔看看男生们都喜欢的片儿，交际圈子非常的单一，不可能有出轨的对象。她又心虚，莫非是自己不够美丽，便开始购买性感的衣服，翻看时尚画报，经常出入美容院进行各种门类的保养。每天在石骏回来之前，都要检查一下自己的妆容，看是否哪里出了问题。

夏暖各种努力讨好老公，几次夜深，情调布置得非常好。当石骏把她推到床上，准备进一步行动时，人突然起身消失，转眼间，从床头柜里拿出安全套。

夏暖气不过，对屋子进行彻底的大扫除，把阻碍他们间关系的东西全部扔掉。可石骏毫不在意，每次还是像变戏法一样，每到关键时刻，便从手包中抽出新的安全套，然后才继续温存下去。

夏暖确实喜欢孩子，她希望他们之间早一点儿有爱的结晶。而石骏，他可能打心底根本不喜欢孩子吧。

可是，一位儿童玩具的产品研发经理，却打心眼里不喜欢孩子，那工作中，他那些稀奇古怪的研发思路和创新激情又源自哪里呢？

都说从事一份事业，必须彻头彻底地热爱，发自内心地喜欢，才是真正的工作者。

石骏几年内的连续高升，如果不是以对孩子的喜爱为出发点，他根本不会有那么多创意的新发明。

真是一个充满矛盾的综合体。

“你看，家长只需要下载手机App，关注我们童话王国的官方微信，轻轻触碰一下开关，这面板就会被唤醒。”

一天晚上，石骏把自己的智能玩具新成果首次展示在妻子面前。

“面板上会闪现五颜六色的光，柔和而不刺眼。这个年龄段的孩子正处于对新事物的敏感期，如果他的小手触碰到了某个图形，图形就会立体地展现出来，并配有生动的小故事音频。家长和孩子间，多一些这种亲子互动，对孩子的智力发育帮助很大。”

石骏平时话少，回到家中见到妻子会稍稍多了些，但都比不过每次介绍他的创意时那样滔滔不绝。遇到擅长的东西，他就会口若悬河，眼中放光。即使出席报告演讲，也从未出现过任何卡顿，就像换了个人一般。

“它真棒。”夏暖循序渐进，注视着神采飞扬的丈夫，“我相信，你未来一定是一位好爸爸的。”

石骏的眸子，忽地暗淡了下来。他没有继续话题，只是默默收起了新玩具，走进卧室，留下一个孤单的背影。

夏暖叹了一口气。睡在同一张床上的人，永远走不进他的内心。

“我已经努力过了，亲爱的。”

夏暖一边啜泣，一边在电话中向郭婉悠诉苦：“一切都是徒劳，现在，他说自己患上了抑郁症，工作上压力过大，我不敢再苛求他什么了，顺其自然吧。”

此时的石骏，已然是风光的公司副总经理，宝座稳固。

郭婉悠生了一个可爱的宝宝，百天刚过。王伟夫妇正沉浸在一家三口其乐融融、无限的甜蜜之中，转变了身份的两人，更多了一份家庭的责任，爱情也更加的稳固。所以，她深刻领会到好闺蜜的心痛。

“抑郁症据说大家多少都有点儿。”郭婉悠一边喂孩子一边宽慰着夏暖，“记得咱们寝室的李心怡吗？她毕业后自己做起了心理医生，名气很大，不妨给你老公推荐下。”

出于好心，郭婉悠给了夏暖李心怡的联系方式。

“至于要孩子那事，你别担心，我家王伟那口子有了主意，让我转告你。”

“什么？”夏暖有些好奇，她不在乎王伟知道这件事的尴尬，更在意他的建议。

“他的招儿挺损的，我犹豫了好久，觉得与其你们纠结在原地，不如试试也行。”郭婉悠放低了声音，“要不你……”

唐纳德的线索链基本处于断掉的边缘。

想想前几天，自己信誓旦旦地劝刘燕女士，将李久立的遗体保存，将本案继续调查下去。唐纳德满怀期待地希望接到线索电话，或发现心虚者的奇怪举动，却都没有发生。

桌子上的卷宗倒是越垒越厚，都是他熬夜整理的成果。相关人员的笔录、谈话记录、疑点，他都做了完善的总结。

这样下去不是办法，洪局不可能一直等下去，唐纳德必须更进一步主动出击。

昨天下午，唐纳德约了李久立的司机张通达在一家咖啡厅见面，他们进行了深入的交谈。

结果令人失望。

张通达自从离开“童话王国”后，还没有物色到新的工作。临走时，财务按石总的意思，给了他一整年的薪水，又在他孩子升学选校问题上给予帮助，令这位老司机格外满意，所以少了许多闲言碎语。

“哎，警官，说实在的，我开始一直以为石总和李董事长保不住私下真有啥隔阂，”张通达看着眼前年轻的警官，无话不谈，“那句话咋说来着，对，算我小人之心度君子之腹了。

“石总上任就把我赶走，我是一百个不情愿。

“今年啊，家里很需要钱，何况我没犯过啥大错，年纪可能大了点儿，但不影响开车啊，我的驾驶证 A 本，每年都体检。

“我怎么也算公司元老吧，大家谁不认识我？就他，刚来时我俩就不咋说话。”张通达接着自己的话题，越聊越没边，“估计看我不顺眼，还好这下离职了，眼不见心不烦。

“哎，也不能一味地否定，石总心地还算善良，或者真是减员增效节约开支，辞我也对。咱没啥特长，一把岁数，说白了就是混个退休。”

“好了好了。”唐纳德一口喝掉了杯中剩下的咖啡，挥手喊着服务员续杯，打断了司机的无聊独白，“张先生，接下来的时间，我问你答，李久立出事当日，你为什么没来？听说是感冒请假了。”

“啊，对。”张通达被呛了一句，不太适应，调整了一个舒服的坐姿，开始回答，“我前几天就感冒了，李董劝我回家歇歇，咱想坚持来的。后来石总也提，怕我把感冒传染给他们，你知道，石总都这么说，我就不必找不自在，干脆回家养病，反正工资照开。”

唐纳德皱了皱眉，将这段话认真记录下来。

“还有其他的吗？您仔细回忆下，一些微小的事情也可以。”

张通达皱眉思索。平时，他就是一个粗人，即便真有什么细节，他也会忽略。

“没了。”

他的果断回答差点儿让唐纳德喝下去的咖啡一口气喷出来。

“哦，好吧，买单。”

“嘿嘿。”张通达略表歉意地笑了，端起杯子，一饮而尽。琢磨半天蹦出一句话来，“不好意思啊，咱就知道这些，李董总说我粗枝大叶，年头多了，改不过来。就像感冒那次，我和石总赌气，当天就休假回家了，可没想到，李董事长还是被我传染了，你说这不怪我么。”

“李久立死前几天感冒了？”

张通达吓了一跳，不明白他为什么对这件事感兴趣：“是啊，李董的媳妇——嫂子不知道我休假，有天下班晚了她打电话给我。你知道，我们曾经是老街坊，处得挺好的，时不时电话往来。她电话里责备我，是不是接李董喝酒应酬去了，老李正感冒呢，我说我有病休假，不清楚，就把石骏的电话给了她。我想那几天都是石总陪他的吧，石总也会开车。”

唐纳德迅速把张通达这段话记下来。张通达一脸的困惑，估计看到了一个精神失常的刑警，难道感冒还能致人猝死了？没听说过啊。对方只是笑笑，耸耸肩，没有说明原因。

唐纳德自己也不清楚突破口在哪里，他仅仅是不愿意放过任何一个细节。

接着唐纳德又马不停蹄地要来了李娜娜的手机号码。作为李久立的秘书，被辞退的第二人，同样令他感兴趣。

李娜娜的电话一直处于关机状态，打听到了她的租房地址，赶到时恰好房东在，结果房东告知李娜娜在离职次日就退租了。

唐纳德的另一条线索中断。

第九章　割裂人生

人类无法记住不抱任何情感的对象。既不喜欢也不讨厌的对象，对人类而言就像不存在一般，因为“记忆”不会被“弥补”，想象力也无法被唤醒。少了想象力辅助的对象，越是回想反而越会渐渐遗忘。

——西泽保彦《完美无缺的名侦探》

门外的流言蜚语，包括王伟的告密，石骏暗中谋害李久立上位的传闻，映在椅子上男人的脑子里。

石骏拨弄着打火机转子，面前的电脑处于锁屏状态。

随手拿过桌上的手机，轻轻刷新朋友圈。

有趣。

石骏自言自语了一句，嘴角微微上扬。

他的“有趣”，是对朋友圈中整天刷屏抱怨自己抑郁的几位无病呻吟的“惯犯”而言的。在他看来，真正的抑郁症患者，应该是他这种：不食人间烟火，连朋友圈都懒得刷存在感，凡事都默默埋葬在心里。直至某天，他这种人离世，周围人也不会在情感上认为缺失过什么东西。

这不能称之为“抑郁”。无知的人一定是寂寞孤独冷，发状态只为寻求安慰，唯恐全天下不知道。石骏刻薄地想，倒也算是一类精神疾病，该送去医院好好治治。

石骏放下手机，把内线电话粗暴地拽到身边，带轮子的转椅被他压得向后退去了不少，整个人离办公桌远远的，转过身透过玻璃望向户外的蓝天，按下了拨通键。

“小韩，下午例会需要的 PPT（演示文稿）完成了吗？”

小韩是接替李娜娜的韩美琳秘书。

曾经的石骏为了避嫌，对身边美丽的女子都敬而远之。难怪李久立开会时，谈及工作状态，都时常提及这位部下，是年轻人中的榜样，值得每位员工学习。

李久立认为自己已经够细致，可比起石骏来，还真差了那么一大截。

每到酒过三巡，一堆年轻人张罗着去夜店或者 KTV 唱歌，唯独石骏，静悄悄地坐在角落，偶尔陪市场部经理王伟唱唱歌，眼睛目不斜视，李久立透过人群观察，点头赞许：这样的人，必成大器。

渐渐地，石骏的地位在李久立的提携下紧逼墨常，成为李久立的左膀右臂。

自从李久立去世后，石骏的行为举止，正在众目睽睽地注视下，悄然发生着改变：韩美琳上任伊始，经常借着汇报的机会，扎在十三层的董事长办公室半小时甚至一小时之久，连一向觉得石骏胆小、为人正直的王伟，都萌生了不好的猜测。

“嗯，请领导放心。”电话的另一边，韩美琳怯生生地回答。

“好，这是我继任总经理后的首秀，你有空再检查一遍，包括会议室投影仪的使用，一定要合拍。”

“明白，我这就去。”

石骏闭上了眼睛。一个妖娆的女人形象在他脑海中挥之不去，她不是夏暖，倒是像极了韩美琳。

下午，希捷市“童话王国”股份有限公司新领导班子走马上任后，石骏总经理亲自召开了第一届全体高管大会，主要议题是推广他们的最新玩具产品。

追根溯源，新的玩具产品开发历时一年半，由石骏亲自率领团队，并且在前董事长健在时，刚刚去拍板签下代工工厂，准备批量生产。它承载着业界期待的目光，又恰逢李久立猝死事件，媒体一阵宣传，相信上市后能够很快锁定中高端市场，赢得盆满钵满。

这小子运气真不错。

几位公司副总私下谈论，石骏三天前，刚刚以很低的价格收购了李久立之前所有的原始股份。一旦产品上市，公司顺利入市，年底股价随大盘趋势上扬，本市最年轻的亿万富翁恐怕即将诞生。

也许是嫉妒心作祟，石骏通过某种下流诡计杀害李久立的谣言，传出了多个版本，描绘得绘声绘色，简直可以写成一部小说。

韩美琳昨晚加班，公司里立刻传出她和石骏的流言蜚语。尤其是过去嫌弃石骏其貌不扬，没正眼瞧过他的单身女青年、已婚少妇们，更是编排了一系列香艳故事。

石骏走进会议室，严峻的目光扫视了一下周围，会场的气氛瞬间安静下来。

王伟穿着整齐，按照级别，他坐在了椭圆形会议桌、离主席的位置较远的位置。可他并不气馁，第一次参与高层会议，内心激动溢于言表。他特意选了件浅蓝色西服，精心修饰了一番。多亏了新任总经理对他的提携，清楚内情的同事都来主动巴结自己，他内心禁不住狂喜。他的性格外露，渴望这种众星捧月的感觉。王伟引以为傲，觉得用不了多久，倚着总经理这座靠山，注定前途似锦。

“人都来齐了，我们现在开会。”石骏坐在李久立的位置上，放下了手机和钢笔，双手交叉放在桌子上，嘴巴凑到摆着的话筒前边，“会议开始前，我先宣布一件事：‘智慧娃娃’的代工厂商，准备另签，原合作协议作废，法律部会后请清算下违约金，我签字审核后赔付给乙方。各位还有什么异议，尽管提出来！”

语毕，本就波涛暗涌的湖面犹如投入一枚石子，顷刻激起一片哗然。

“智慧娃娃”项目，前前后后，公司的先期技术投入达到八千余万元。包括请来了业界著名的瑞士、英国、德国等国家的玩具设计大师，专门为这个新奇玩具进行研发，石骏原所在部门人员几乎通宵达旦地工作，投入大量精力，可以说是集结了 21 世纪人类智慧的结晶，它的问世将引发玩具界的新革命。

产品的理念，力求不把孩子单纯的作为孩子看待，而是设定为家长的朋友一般。随着社会进步，巨大的生存压力摆在面前，父母双方通常都需要工作赚钱。孩子的教育及陪伴工作，大部分由老一辈承担，可两代人间的隔阂，是一道无法逾越的鸿沟。所以“智慧娃娃”应运而生，它的外观与一名正常的四个月婴儿相似，采用进口硅胶，无论怎样咬都没有关系。

他们首先买回了不少国外优秀的正版玩具，拆开后考证内部结构，更甚者买来了芭比娃娃的设计图纸，进行拆分和还原；其次，石骏充分考虑到最先进的仿生学的合理运用，“智慧娃娃”放在孩子身边，可以时刻根据孩子的喜怒哀乐，播放各种故事、音乐等。第一批测试用户体验后反响很好，相信一旦问世，必将直接取代简单的有色牙咬玩具以及安抚奶嘴。

代工的工厂是李久立董事长最后拍板，他出事前最后中午的那顿午餐，就与这家代工厂商一起，以求未来合作愉快。此刻，眼看发布会已经召开，下周立刻布货上架，正是供不应求、代工厂商忙得热火朝天之时，石骏突然提出更换代工厂，引发的多米诺骨牌效应可想而知。

何况双方的合作协议早已签署，如果现在更换，等于单方面毁约，要赔偿一笔价格不菲的违约金。而且公司如今的情况，等于重组大换血一般，若说取消就取消，信誉度不保，“童话王国”的前景都会受影响。

王伟的孩子此时此刻正试用“智慧娃娃”，是几天前石骏托秘书拿给他的。小孩儿虽然还不会说话，但他的眼神中充满着欢喜，百玩不厌。包括晚上睡觉，没有了妈妈的陪伴，凭借一个真人大小的婴儿，就能够迅速相拥入眠。

王伟相信，石骏的这个产品上市后一定大卖无疑。作为市场部总监的他，打算通过私人渠道自掏腰包，以成本价囤一批货，待到洛阳纸贵、供不应求时，再放到市面上狠狠捞上一笔。

所以当石骏的第一个决定发出时，他的嘴张成“O”字形抽搐。对于奖金直接和业绩挂钩的自己而言，简直是晴天霹雳，他的业绩单瞬间化为泡影。他暗自感叹，石骏还真是语不惊人死不休啊。

“这样不好吧，整个战略怎能因为一个人的决定就全盘否定？”品牌宣传部副总陈文斌抑制不住心中的不爽，一千万的广告费真金白银投放了出去，作为前董事长亲自提拔的业务骨干之一，他把最后的决定权押在了墨常那里，“墨总，您看呢？”

“嗯，从长计议，从长计议。”墨常既没同意陈文斌的建议，对石总亦未否定，大家琢磨不透，都等待着他进一步解释。

办公室里，安静的氛围令时间静止。

“总经理，如果您能在短期内找到新的代工厂商，作出保证，我觉得这件事可谈。”墨常的表态，惊掉了不少人的下巴，“新大洲公司，被业界评为‘山寨第一厂商’，虽然已和另一家同类公司并购后重新包装，对外宣称要引进先进设备，树立品牌，奈何过去劣迹斑斑，业界共知，由它代工确实有损我公司一贯形象。”

陈文斌现场被将了一军，沉默不语。

过去的几年，无论石骏有什么提议，墨常永远都站在对立面，不挑点瑕疵必定不开心。李久立刚刚辞世，莫非这老家伙一看局势不妙，担心自己的退休分红问题，背离本心，跳到新总经理阵营了吗？

“好，墨老作为本公司元老，深谋远虑，意见甚合我意。”石骏带头鼓起掌来，“只要我们新的班子上下团结一心，制定优秀的产品策略，相信无论何时推出新品，都可以迅速占领市场高地。”

“我也同意。”王伟站起身，既然已经到了这种局面，不带头表个态，有愧于兄弟对自己的提拔，“石总经理的决策志在千里，我代表市场部表态，会最大限度安抚急切期盼的客户。饥饿营销，本来就是市场营销的一种策略，相信客户在我们的耐心讲解下，一定会理解，继续保持关注，再配合我们策划的一些抽奖活动，抓紧消费者的内心，将产品推向一个崭新的高度。短暂的停歇后，生产出来的‘智慧娃娃’，届时不但国内畅销，未来还会布局全球中高端店铺。‘童话王国’的对手们，现在是他们最后的喘息之机了，到那时，大概只剩下哭泣。请各位不妨一同享受大战前的美好氛围吧。”

王伟的讲话，成功转移了人们对违约一事的视线。他把大家的讨论重心，全部都转移到如何铺设市场，将“智慧娃娃”推向全球上来。

瞧见石骏满意的神色，他在自己心中点了一个大大的赞。反正今天墨常难得不反对，说这些话，所要得罪的人中，没几个比自己职位还高的，所以有恃无恐。

会议的第一个议题，就算达成了共识。以陈文斌为代表，之前一脸不平的几位，也不再言语。众人心中倒是有些开始佩服，石骏短期内运用政治手腕，不知不觉间，拉拢了大半个公司。

“接下来，我来说下一件事，韩秘书，请切换 PPT。”

石骏站起身，戴上黑框眼镜，目光停留在墙壁上缓缓下降的白幕。韩美琳款款起身，优雅地走到石骏身边的座位坐下，打开笔记本电脑。

韩美琳俨然成了石骏的影子，两人在公司中形影不离，表面上关系保持得还算得体，没有被旁人撞见出格的行为。

石骏清了清嗓子，根本不需要稿件，一切内容了然于胸。使用 PPT 的目的，不过是图文展示起来更加丰富多彩，给石骏的讲解锦上添花。

看着口齿清楚、语言表达十分流畅、举手投足间极其自然、风度翩翩的新任总经理，王伟瞬间跳了戏。

他在专业知识上的领悟，超过自己许多倍，说起玩具的创意，简直是一位业界的天才人物；私下的相处言谈，他却磕磕绊绊，比不过初出茅庐的大学生。但讲起擅长的事来，立马变成一位超级演说家。细细品味归类，算作是接触到的人中，人格分裂症状最明显的人物之一。

他一直没打算要孩子？

想起妻子转述夏暖生活中的困惑，王伟心中满是疑问：一个不喜欢孩子的人，却在玩具领域屡次创新，究竟是戴了一副假面具极力掩饰，还是一个能把工作和生活硬生生割裂的人呢？

天才多是不被理解的怪胎，再者就是一个躲在阴暗角落里彻彻底底的变态吧。

王伟殚精竭虑，妻子最喜欢的宫廷剧中伴君如伴虎的情景正在自己身上真实上演。他认为自己具备出色的爬升能力，愿意放手一搏，豪赌的结果不是一落千丈，便是在前进的聚宝盆中分一杯羹。他的焦虑和谋划，没有告诉家中的郭婉悠，怕妻子太过操劳。

第十章　郑氏拉面

“不知为何，我都搞不清你到底是好人还是坏人了。”

“毕竟我不像饮料那样，贴着草莓味或柠檬味的标签。”

——伊坂幸太郎《余生皆假期》

还有两页，PPT 演示即将结束。

“下面由我来介绍一下公司新的领导团队。”

石骏示意秘书及时翻页，回身望向了白板上最高的位置，多少次的暗暗幻想，如今终于成为现实。

石骏　集团副总经理

看见白板上的字，石骏脸色瞬间暗淡了下来，他没有回头，也能想到背后某些看热闹等待自己出丑的人此刻唯恐天下不乱的表情。

“对，对不起，石总。”韩美琳怯生生地说道，就在几秒钟前，她还是高傲得不可一世。

她昨晚熬夜制作 PPT，期间接了一通追求者的电话令她心烦意乱。她随手直接复制粘贴了 U 盘中别人制作的“童话王国”外宣 PPT 模板。

起初，她还小心翼翼地删掉了李久立的名字，记得把石骏的位置平移了上去。可千万个不该，原副总的职务及人物介绍竟然忘记了更改。如今当着全公司的面让石总经理下不来台，导致演讲卡壳，自己的饭碗看上去不那么稳固了。

初到公司来的第一周，石骏喜怒无常的性格使她如履薄冰。他从不袒露内心的真实想法，这一点如一道屏障，隔在两人中间。

外边的传言纯属于恶意诽谤，起码目前来看，石骏每次找她，都是在谈工作。他指出，作为一个初来乍到的新人，只凭脸蛋儿和英语水平，是无法在竞争中占据绝对优势的。石骏坚持老董事长李久立的遗志，让每一个“童话王国”的员工了解公司业务，这样才对公司的未来有信心和拥有更多的归属感。

韩美琳对石骏坦言，她在之前的应聘中碰了很多次壁，英语出众的应聘者多如牛毛。她最后选择试试“童话王国”总经理秘书的职位，这是在她所有投过的简历中，薪资最高又觉得最没希望的一份。

可任何事都有意外，韩美琳意外地收到了面试通知，意外地从墨常挑剔的眼光中胜出，又意外地被石骏选中，来到公司后，她才知道一切都不简单。

前董事长意外离世，新总经理不能服众，更成为谋害前董事长的嫌疑人之一。更奇怪的是，最后面试她的两个人，正是在公司台面上打了三年仗的敌人冤家，录用她的决定竟是两人第一次意见的统一。

她很珍惜这次机会。一个人归国来到陌生的城市，海归的背景在这个弱肉强食的年代收效甚微，托不到人情关系，求职四处碰壁。

“童话王国”不仅月薪足够丰厚，还有员工单身宿舍，公司解决了一位单身女孩儿的生活所需。

回到这次会议，此刻韩美琳的脑中一片空白，耳朵嗡嗡作响，出现了暂时性耳鸣，视线极度模糊。她抬起深埋在液晶屏幕前的小脑袋，分辨不清周围人的表情。

更多人是在嘲笑吧，看见很受领导器重的新任秘书公然出丑，那些本来就不情愿承认石骏总经理身份的人，此刻正在幸灾乐祸，认定了冥冥之中自有因果报应。

“公司人员的构成，我在这里就不再赘述了。”石骏转过身，似笑非笑，“我就是从经理到副总，从副总到如今的位置，一切已然定型，望各位新老同事随我一道，为了李董事长的遗志和梦想，继续努力，谢谢大家。”

掌声还是稀稀拉拉响了起来，算不上多么热烈整齐。一部分嫡系拍得格外起劲，陈文斌等高管不好驳了顶头上司的威风，为了保住自己的饭碗，抬起手送给了新领导面子。

近两个小时的会议结束。

推开会议室的门，王伟长吁了一口气，虽然里面冷气吹得很足，空气中却充满着火药味，石骏几乎栽了一个大跟头，不排除新秘书受指使有意为之。细细品来也不大可能，没必要放弃丰厚的待遇，触及总经理的底线。

或许冥冥之中自有天意。王伟脑中闪过的也是这样的念头：权力的世界，管他光不光彩，哪怕只是昙花一现，赌徒仍愿意守候它开放的一天。

想到一小时前，力挺石骏的一番慷慨陈词，王伟暗自为自己叫好，随机应变的本性，总能在竞争者强劲的赛道上收获满满。

韩美琳忘了自己是如何走出那间屋子的，慌乱中放弃了一贯的礼貌和矜持。她没有像往常一样，对经过身边的每个人报以微笑，也没有和石总交流。关掉投影仪，她像躲避瘟疫一般低头跑出了屋子。

石骏认真观察着每个人的表情，亦真亦假，牢牢记在心里。

他的演讲完毕后，整个人又变成了一个不愿说话、拒绝交流的害羞青年，头也不回地走出了会议室。他没有选择坐电梯，怕里面的人令自己尴尬。他爬了一层楼梯，回到十三层——全公司唯一属于他一个人的密闭空间。

董事长办公室里，石骏瘫在座位上。他闭上眼睛，摘下眼镜，双手用力按摩着太阳穴，告诫自己需要保持清醒理智。

脑子里闪过一个奇怪的念头：几天前，听说警方按刘燕要求，并没有火化遗体。不知道是谁的提议，好像看上去真把自己定为谋杀李久立的第一嫌疑人。

念头很快消散，一张刑警的面孔出现在记忆中。唐什么警官，好像给自己做过笔录，一副“我怀疑你就是凶手”的姿态。听闻警方去拜访了张通达和李娜娜，下一位又该是谁呢？尽管来吧，若真把这个案子，定义为谋杀案，我倒要看看你们警方有什么能耐！

"咚咚咚。"

一阵软弱无力的敲门声打断了石骏的思路，他调整好情绪，严肃地沉吟了一声："进来。"

不出预料，走进来的是韩美琳，无精打采的，眼影有些暗黑，应该是哭过之后弄花的。

"领导，不知您现在是否方便，可我必须要说，今天的事完全是因为我的工作马虎造成的，对不起。我知道会议对您极其重要，如果您决定开除我，我没有什么怨言。"说罢，女孩恭恭敬敬地鞠了一躬，呆呆地站在原地，没有坐下，就像学生时代，一位做了错事的学生被老师罚站一般。

石骏听完，没有发出任何声响，时间仿佛静止。

呆立在原地良久，韩美琳受的打击仿佛更甚，一时间，她感觉头重脚轻，一个踉跄，几乎扑倒在办公桌上。石骏终于起身，扶着她坐在一旁迎客的沙发上，然后转身站到落地窗边，望向室外。

"晚上有空吗，一起吃个饭。"

"啊，有，石总您不生我的气啦？"

"我说过生气吗？下班后来找我，我现在不想说太多。"

"哦，好的。"韩美琳一脸疑惑与迷茫，明明自己犯了错，却被约吃饭，完全不是一个道理嘛。她不敢多问，连忙起身，一句"打搅了"，准备告退。

"你出去别哭哭啼啼的，把妆好好弄弄。"冷不防，身后的石骏补充了一句，"软弱的人不配站在我队伍里，明白吗？未来可能比今天更加困难，没有一个强大的内心是不行的！"

"哦。"

韩美琳停顿了一下，回身关上了办公室的门。

晚上六点左右，公司的人已然散去得差不多，夜色渐浓，石骏换了一身便装，出现在公司地下停车场。

他熟练地发动了车子，打了下方向盘。几天前在4S店做了一次保养，踏下油门的一刻，松弛有度。

他驶出停车场，车子没有像往常开往回家的方向，而是打着右转，进入附近的一条辅路。微风中的路边，同样换过一身衣服的韩美琳招了招手，看车子停下，微笑地踏上了帕萨特。

不同于上班时标准的职业装，韩美琳穿着一款长度适中的裙子，踏着七厘米的高跟鞋，带着一对大大的耳环，重新补好妆后，更显青春靓丽，相比较起来，石骏仿佛老了十岁左右。其实两人的年龄差，不过六七岁而已。

“想吃什么？”石骏直视前方路况，随口问了一句。

“啊，都行。”韩美琳忐忑不安。

“没意见我就定了，吃面。”

“哦。”

接触一段时间，韩美琳早已对总经理的各种怪癖嗜好习以为常。

再没了言语，石骏打开车载广播，调到一个点歌台，音乐充斥着车厢。一股淡淡的幽香，随着音乐声在车厢内飘忽。

韩美琳出于女孩子的敏感，并不记得石总有使用香水的习惯，大概是载过其他的女乘客吧。在她的眼里，坐在驾驶位置上的男人，样貌普通，不算太老，话不多，喜欢安静，真做他的女朋友，一定非常无聊。

女朋友？韩美琳双霞微微泛红，瞎想什么呢？据说人家娶了位女画家为伴，幸福着呢。之所以今晚敢和他赴约，是内心就认为他是这样一个无趣的男人，不会讨女孩子欢心，更别提搞什么办公室恋情了。

听了大概七八首歌的光景，车子路过繁华的市区。擦肩而过的是五星级格莱美酒店，最终在一家牌子不大的一楼底商门前停了下来。

郑氏拉面

四个字，拉面的“拉”字，因为灯泡的年久老化，失去了左半边的提手旁，“立面”两字霓虹灯来回闪烁，有点滑稽。

“哟，小石，今天这么有空，过来了？”店里生意冷淡，老板正拿着苍蝇拍拍打蚊虫，见走进来的两位有一个熟人，立刻热情了不少，穿着背心短裤迎了过来。

“还好，今天家里爱人出差，去外地办展览没人做饭，就寻思带同事来您这里蹭一顿晚饭。”

石骏热情洋溢，并未遮遮掩掩说话结巴，看上去一定和老板是很熟了。

“吃点什么？”

“我要一碗红烧牛肉面，加几个常点的小菜。”

“好嘞，姑娘你呢？”老板没拿笔记录，靠的就是伶俐的脑子。

“我，这个……”韩美琳眸子无辜地望向两人，老板不给菜单，第一次来这里，她哪里知道该点些什么。

“喏，在墙上。”石骏努了努嘴，脱掉外套，不再搭理身边的美丽女子，瞥向挂在门廊上的电视机，里面正在直播一场世界杯足球赛半决赛。

韩美琳恍然大悟，看向那面墙，上面密密麻麻写着详细的菜单。

“来碗火腿炒面好了。”韩美琳很少吃这类小吃，约会通常都选择在西餐厅，偶尔加班较晚会泡上一碗面，她觉得里面的火腿不错。

“好嘞，二位稍等，我去去就来。”

郑老板把肩上的毛巾顺到小餐桌上，简单擦了擦，一个转身，人就奔向了后厨。

第十一章　江心岛

一天中，太阳会升起，同时还会落下。人生也一样，有白天和黑夜，只是不会像太阳那样，有定时的日出和日落。有些人一辈子都活在太阳的照耀下，也有些人不得不一直活在漆黑的深夜里。人害怕的，就是本来一直存在的太阳落下不再升起，也就是非常害怕原本照在身上的光芒消失。

——东野圭吾《白夜行》

下午散会后，韩美琳躲在洗手间的一个隔断里，独自哭泣了许久。

精神的高度紧张，再加上哭泣格外耗费体力，坐在店里几分钟，闻到飘散开的香味时，她咽了一下口水。

放在平时，对卫生条件和食材颇为挑剔的她，路过这家名不见经传的面馆，一定懒得瞧上一眼。

今晚是个例外。

生理上饥饿的诉求，况且算是向石总赔礼的一顿晚餐，又是领导请客，她不敢说些什么。

热气腾腾的一碗炒面端上餐桌，色泽饱满，香气四溢，味道一定不错。

她准备谦让一番，谁知一旁的石骏毫不客气，端起碗来就喝了一口红烧牛肉面的汤汁，并且责问她："你还不饿，等什么呢？"

"啊，不。"韩美琳回过神来，顾不上淑女形象，周围也没什么人，伸出筷子夹起炒面，津津有味地吃了起来。

入口丝滑，弹力齐备，恰到好处的汤汁勾芡，火腿的味道渗透得彻底，有些酸，微微甜，好久没吃过如此美味的面条了。和这个比起来，加班时的泡面简直太难吃了。

“嘿嘿，味道不错吧。”

“是呀，真心不错，味道很棒。”无须过多修饰词，韩美琳表达人间美味的词汇用时方觉太少，短时间内找不出更加匹配的词来。

“哈哈，还是丫头你有眼光。”郑老板拎过一提啤酒来，上面散着冷气，未等她言语，灵巧地用筷子“砰砰砰”连起开三瓶，放到他们面前。

“话说回来，小石要是没眼光，咋能一步登天，你在他身边，可得多学多问。”老板典型的东北汉子，说罢，自行举起瓶子喝了起来。

石骏二话不说，放下筷子，拿起酒瓶磕了一下餐桌，直接凑到了嘴里，算作是两位好友间的干杯仪式。

韩美琳犹豫片刻，心里默念全当是给上司赔罪，同样伸手提起了一瓶，也直接喝了起来。

剧烈沉淀的泡沫，搅动着嗓子很不舒服。冰冷的酒水，第一波才抵达胃里，刹那间翻江倒海。

郑老板第一个放下了空瓶，前后间隔不过六七秒，石骏同样倒立着瓶子，示意已干。韩美琳则难受得眼泪夺眶而出，坚持了良久，咕嘟了几个泡泡，还是选择放弃。当嘴唇离开酒瓶的一刻，呛到了一口，一侧身，吐了出来，再一看，一瓶酒还剩下三分之一。

石骏和郑老板，不约而同对视着哈哈大笑。这一刻，他们的笑声中没有掺杂任何的烦恼，就像一场比赛中挑战成功的孩童，天真无邪。

“丫头，你够努力了，别勉强，多吃菜，喝酒是我们男人间的事。”

郑老板递过来一沓纸巾，又掏出了两支烟来。自己点燃一支放到嘴里，又伸长了手，帮石骏点燃。

烟雾缭绕中，石骏难得笑了，露出不算洁白的牙齿，吞云吐雾间，一脸轻松。往日的凝重与阴霾，顷刻烟消云散。

韩美琳不甘示弱，把啤酒倒入一边的杯子里。两个男人一旦举杯，她就主动参与，不想欠这个人情。

少言寡语的石骏，一直被郑老板指引话茬，谈论着钓鱼的乐趣。看样子，石总经理应该是在发迹前便和面馆老板结缘了。

郑老板的业余爱好，是在天气晴朗时，带上钓具找一处常去的河沟或者不知名的水塘，一坐就是一天，什么生意赚钱或是食客登门，通通抛在脑后。被权力和利益蒙蔽了双眼的人们啊，少有这种怡然自得的情怀。

石骏看样子是慢慢被对方带上了瘾，两人经常结伴而行，成了他生活中的唯一一项业余爱好。

最近半年，随着石骏事业高升，闲暇时间少了，下班也很少路过来吃面。故而这次的好友团聚，气氛格外热烈。

石骏曾开玩笑地说，等自己发达了，想在"童话王国"为郑老板谋个职位做做。郑老板每次都婉言拒绝，直言企业的环境自己没办法适应，做面的祖传手艺，不能到他这里失传了。

郑老板至今单身，据说年轻时错过了一个不错的女孩。由于工作外派常年出差，双方都无法接受痛苦的异地恋，爱情最终败给了现实。自此之后，郑老板就丧失了结婚的信念，整日和面馆、鱼塘打交道，时间长了，也都独自熬了过来。

各自喝掉了四五瓶后，两个男人都有些微醉，包括陪了大概两三瓶量的韩美琳，突破二十多年来自己的人生极限。

"丫头，实在人，别再勉强自己，我们都不喝了，坐会儿就散。"郑店长憨厚地笑了笑，抓起几粒花生米，津津有味地咀嚼。

石骏从厕所回来，精神恢复了不少，略带歉意地摆摆手："小韩，是不是听我们聊钓鱼，十分的无聊啊。"

"还行，有美食吃，了解到石总生活中的另一面，蛮不错的，并不像想象中的那么严厉。"韩美琳借着酒劲，胆子大了不少。身旁的石骏听完，只是微微皱眉，脸上显出不在意的神色，在女孩子迷离的目光中，看上去另有一番迷人的吸引力。

石骏不同于某些公司的高管层，出门就换了一副姿态，酒桌变色龙，没完没了劝女孩子酒喝，宿醉时借机占便宜什么的。他依旧是本本分分的一个人，只有孤独与他为伴。

"老郑，我们买单吧，时间不早了，下次再来。"

“不必，我能收老朋友钱吗，哪天有空，陪我再钓一次鱼就行。”

郑老板不停地摆手，一直没报出菜的价格。石骏没再谦让，抽出了两张红色的钞票，压在桌子上。

两个男人互相绕着肩，都没提及钱的问题，一起走出小店。

韩美琳嘟着嘴，微微有些嗔怪男人们喝完酒一点儿不顾及女同事的感受，只好小跑几步晃悠悠跟上，奔到门外。

送别了面馆老郑，石骏掏出了车钥匙，听到解锁的声音，被韩秘书一把抢夺过来。

“领导，喝酒不能开车。”

“哦，对对，不好意思，我太兴奋竟然忘记了。”石骏转过身来，看向眼前的女子，目光发直。

“打车吧，我送您回家。”说完，韩美琳抬手拦车。

不久，一辆夜班出租停在了两人面前。

韩美琳搀扶着石骏一起坐到了后排，他与她的身体接触，一直保持着合理的距离。

“领导，您家的地址？”

“哦，你晚上有别的事吗？”

石骏依旧答非所问，听得韩美琳心脏狂跳，尤其酒后血液循环飞快。

“有空。”她小声回了一句。说完就开始后悔，这等于答应了对方接下来的任何请求，石骏要做什么？莫非真的趁老婆不在家，夜不归宿，计划带女秘书直接奔向宾馆吗？

出租车司机不禁猥琐地笑了一下，大概明白了车上乘客的关系。

“师傅，麻烦，江畔公园。”

“好嘞。”司机接到了男乘客的指令，挂挡、松离合、踩油门，车子窜得飞快。他通过后视镜瞧着后座上的男女，一言不发：美丽女子摆弄着手机，显老的男人鼾声正起。

二十分钟后，司机故作聪明地把车子安稳停在了靠近江边公园隔着街的一家宾馆，转身咳嗽了一声，提醒道：“二位慢走，算上燃油附加费共七十八元。”

石骏被推醒，不明所以，韩美琳付过了车费，红彤彤的脸蛋，搀着石骏走下车来。

江风拂过，石骏清醒了不少，看到眼前的宾馆，他缓过神来，立即臊红了脸。

“司机乱停，我的意思是带你去江边公园走走，清醒清醒，随便聊聊，直接回去睡觉不利于健康，电视里常常这么说。这，这是哪边？”

韩美琳“哦”了一声，彻底放下了忐忑不安的心，回答了句：“没错，离得不远。”耐心领着石骏直到江畔。

时间到了夜里十点，江堤两侧，基本看不到什么行人。微风吹过柳树，枝头在不停摇摆，两人坐在码头边不远的河堤栏杆上，借着月光和路灯，自由自在地攀谈起来。

如果距离再近些，俨然是一对热恋中的男女。可他们间，一直隔着一道看不清楚的线。

石骏在有意保持着距离，从刚才吃饭开始，到坐车，到现在。合理的距离，倒让韩美琳猜不透他的内心。

“小韩，你觉得，我是他们口中的凶手吗？”石骏沉默后终于开口了，他的话，比今晚的江风还透彻心扉。

“凶手，什么凶手？”韩美琳明知故问。

“呵呵。”石骏放肆地笑了，既然对方有意回避这个问题，何必自找没趣。

“李董事长的死，公司的人的谈论我都记在心里，遗体迟迟不火化，又蒙上了一层阴影。你在这一点上对我不诚实，贴身的人不说真话，时间久了，我就沦为彻彻底底的庸人，古今的例子不胜枚举，但我不是昏君。”

石骏嘿嘿干笑了几声：“我的存在，只能使‘童话王国’这个公司更美好。

“你不要以为我很自负，酒后胡言乱语，其实此时此刻，我才最诚心。

“都说我是个无聊的人，我自己感觉也是：很难和陌生人交往，没人愿意和我聊天。根本原因在于我不会聊天，笨拙得找不到合适的话题，感觉自己说多了做作，说少了又不完美，我就是一个如此纠结的矛盾综合体。

“今晚我尚能坐在这里和你聊天，不是我的人格魅力有多大。说白了无非是我的级别压着你，否则你才不会闲得无聊陪一个年长无趣的男人在这里吹着风闲扯淡呢。”

石骏一口气说了许多话，不给对方接话的时间，说完长叹了一口气，这些话憋在心里太久，像要爆炸了一般。他长长地伸了一个懒腰，平常在公司众目睽睽以及监控的注视下，好久没这么酣畅淋漓。

韩美琳嘴角上扬，机灵的小脑袋后仰，双手支在栏杆上，月光映在脸上闪闪发光：“领导您喝多了。好吧，也许我之前和其他人一样，真的认为您很无趣，可通过今晚的面馆之约，我想我将改变自己的主观臆断。

“你呢，总是把坏的、黑暗的东西，深深压在心底，其实你本质善良，却选择主动逃避生活，自己把自己孤立。就像站在前方浓雾中的江心岛上的人，得不到陆地的那种归属感，就这么错过了多少个本可以停泊补给的港湾。时间长了，孤岛上荒草丛生，没有了生机，破败不堪。”

韩美琳的犀利点评，直击石骏的灵魂深处，令他酒意清醒了不少。想起了今晚从沉默寡言到不吐不快，有违自己一贯的风格，便又刻意地闭上了嘴，悠荡着腿，冷峻的目光重新凝聚在浓雾中去了。

“走吧，今天就到这里。”石骏拍拍屁股上的尘土，站起身迈开步子，“愿我们未来的某天还有机会，能像今晚，静下心来，坐着随便谈谈。”

“好，我随时奉陪。”

韩美琳点点头，肯定地答应了他的请求，起身跟了上去。

孤岛上的灰暗森林来了位奇奇怪怪的客人，不切合实际的想法在石骏的脑子里过了几遍。

第十二章　古板老人

大众总喜欢将真相扭曲到自己可以接受的程度，这就是一种充满惰性的思维方式。在这种思维方式下形成的道德标准，根本连狗屁都不如。

——岛田庄司《异邦骑士》

又是一个本该休息的周末，唐纳德既不能选择宅着睡懒觉，又不愿参加朋友的婚礼，心情乱糟糟的。

李久立的卷宗已经整理成册，他在脑中过了一遍所有的细节。剪不断，理还乱，再这样下去，自己都快要神经衰弱了。

局里除了他，鲜有人关注这个案子，大家的注意力全部转移到城东河里新发生的杀人碎尸案上。

那起案子的线索分析会上，唐纳德心不在焉，用手中的铅笔描绘了一张草图。仔细观瞧，是一张男人的脸，那张脸属于石骏。

“小唐，你来谈谈，对此案犯罪嫌疑人应如何剖析定义？”洪涛把碎尸案的核心问题抛给了心不在焉的唐警官，与会人员齐刷刷地望过来，等待优秀刑警的宝贵意见。

“呃，我想，死者常常健身，体力应该不错，凶手年龄不会超过三十五岁，年龄过大恐怕难以得手；其次，凶手在现场泥泞河岸留下的足迹一深一浅，可以分析出该人左脚微跛，走路的重心在右腿处；再者，凶手大概与被害人并不相识，从女性死者留下的外衣看，是一位夜跑爱好者，当晚属偶然相遇，临时起色心，开始只是想强奸，动静较大害怕暴露，才痛下杀手。能随身携带分尸的工具，是典型城市拾荒者的配置，正常的上班族不会带那种工具，太显眼了；在附近小区贴些启事，是否有谁在案发的时间听到楼下有异响，也许会有收获的；我看到现场附近有一盏路灯，不够隐蔽，没准有目击者。总的来说，中年男人、单身、跛脚、流浪汉，是嫌疑人的几个重要特点，可以调查城东桥底下的乞丐。提示大家，注意下分尸的动机，没有深仇大恨，掐死后放在河道里是最好的选择，分尸动静过大反而会造成当场暴露，嫌疑人这一点极其不明智。换作是我，分尸的时间完全可以用来破坏现场，有用得多。综上所述，本案更符合嫌疑人临时起意的特点。”

洪涛认可地点了点头，心中夸赞年轻小子果然聪明，当然，如果不是猝死案子上要了一个小聪明，小唐其实蛮厉害的。哎，好吧，放手让他自己去查，待碰壁的一刻，教训远比说教管用。

洪涛认为，李久立的死，根本就是一场意外。他询问过唐纳德进展，对方把采访者的笔录毫无保留地拿出来。

石骏、刘燕、张通达，都做过一对一专访；“童话王国”的董事长办公室，最后午餐的酒店，全都扫过一遍。以洪涛二十多年的刑侦工作经验，基本可以认定没有疑点，笔录上标注的一点特别事项，他曾考虑过，所谓杀人的圈套，不可能实现。

唐纳德敲开了一扇豪华公寓的大门，手里拎着小小的礼物。窗边的藤椅上坐着一个佝偻的背影，两鬓斑白，此人正是李久立的老朋友——墨常董事。

“墨老您好，我是市局的唐纳德，您叫我小唐就好。”唐纳德换过拖鞋，恭敬地坐在距离椅子最近的沙发一角。他将手中的礼物递给用人，那是洪局收到的新鲜茶叶，被他好说歹说要了过来。

“嗯。”墨常睁开了被太阳光照射的眼，缓慢地朝唐纳德望来。

墨常是刑侦排查前两名的访谈对象，奈何他心情一直很糟，拒不会客，只参加每周五的公司例行大会，散会后，第一时间就被司机送回家里，多数时间总是静静发呆。有时拿起手机，翻看很久前的照片，触景生情，长吁短叹，老泪纵横。

墨常的妻子因身患癌症在八年前去世，丧妻之痛使他打不起精神，家里一儿一女都在远方，少有陪伴。后来还是李久立拉了他一把，他全身心投入“童话王国”新公司的建设，慢慢忘记苦恼，走出阴霾，成为仅次于董事长的二号风云人物。

这几年，石、墨两人关系很糟，因为工作中意见不和，动不动就大吵，“童话王国”因此形成两大对立派系。墨常经常气不过，拽着石骏到李久立面前评理。

唐纳德心中疑问不少，又不知道该从何说起。提李久立吧，怕他控制不住感情，心情一糟，哭将起来，就再无谈话的兴趣了；说石骏吧，又怕他想起过去不开心的事，敌人当上了总经理兼代理董事长，搁到谁的头上，估计兴致好不到哪里去。

“这盆兰花，样子真好看，好清香啊。”唐纳德开始寻找突破口，觉得陪上了年纪的人聊些花花草草，应该是不错的选择。

“嗯，还行，昨天刚开的。”墨常注视着花草，微微显露出一丝得意的神色，平静地说道，“最近一段时间疏于打理，否则旁边的那盆‘一帆风顺’，不会早早凋谢，哎，花期很短，可惜可惜。”

“墨老很喜欢养花吧，我看这边的暖阳台，好多叫不出名字的植物呢，有些枝干，都盘出窗外了。”

“算是小小的爱好吧，消遣。孩子不在身边，有植物的陪伴也挺好，它们也是有生命的存在。”

墨常站起身，伸手轻抚一丛枝叶，仿佛触及爱人的脸颊，眼中充满着柔情，还凑近小心翼翼轻轻嗅了嗅。

“可我见您办公室，为什么一盆没有呢？一定是您平时太忙，不好在工作时间打理吧。”唐纳德在李董事长猝死的当天，逐一走访过公司主要高管的办公室，认为如果是他杀，凶手的屋子里，一定还存在不能马上消去的蛛丝马迹。

印象中，墨常的办公室收拾得很干净，据说都是自己亲力亲为，办公摆设都比较古典，风格与家中相近。但办公室中，未见得有花草的存在，于是随口问了一句。

墨常点点头："小伙子，你观察得很细，其实我都一把年纪了，有什么工作忙不忙的。"他转过身拿起杯，喝了一口水，"都是老李啊，和我多少年的交情，大概是有些过敏性鼻炎，也不知道是什么引起的，大概夏秋交替，季节忽冷忽热之时，就会发作。我了解他，就不愿在办公室弄花，他经常来我屋里聊天，我怕万一哪种花朵过敏，影响了他的状态。"

"哦，原来是这样。"唐纳德提起笔来，若有所思，继续问道，"李久立先生的这个小习惯，还有谁知道吗？"

"呃，你问了个奇怪的问题。"

"对不起，就是好奇，随便聊聊。"

"哦，我想想，他的妻子、司机老张、秘书小李时间长了大概也能知道吧，我的记忆力现在不太好，你别见怪。"

"包括石骏石总经理吗？"唐纳德穷追不舍。

"他，嗯，那小子很仔细，估计也清楚吧，他的办公室，应该一样不种植盆栽。当然，通常上了年纪的人才喜欢，听说小石就喜欢钓鱼。"墨常说完，像是想起了什么事情来，"警察同志，你这么问是什么意思？听说你们正按照谋杀案调查，莫非怀疑上小石了不成？"

"这个我们不方便细说，还在侦破阶段。"唐纳德观察着对方的表情，试探性地问道，"墨老，您觉得石骏石总经理，会是杀害李久立前董事长的凶手吗？"

"不会。"

意料之外，墨常语气坚定，回答得极其果断。

唐纳德一惊，急忙问道："为什么呢？您这么肯定，我有些话不知当讲不当讲？"

"但说无妨。"

"'童话王国'，墨、石不和，是公开的秘密。"

"哈哈。"墨常洪亮的笑声打断了唐纳德的话语，"说这句话的人，恶意挑拨，我建议石总经理应该全部开除。"

"哦，这么说，您不这么认为？"唐纳德一脸惊讶。

墨常离开暖阳台，几步走过来，坐到了唐纳德的身边："我与小石的分歧，全是为公司前景着想，是谋求更好的发展道路上的争辩，完完全全对事不对人，我们就是在这样督促中彼此进步。这一点老李很清楚，要不他又如何容得下两个不停拌嘴的部下，整天打架，耽误企业的发展。"

这下轮到唐纳德发蒙了。准备好的激将法，本以为波澜不惊时突换画风，将墨常一军，老人家必然破口大骂，发泄一番，说石骏的不是，从中可能寻求到不少的疑点。一般对手都会把死敌的弱点分析得清清楚楚，比旁观者的眼光更加透彻。谁知墨常完全不按套路出牌，甚至言语间倒维护起石骏来，令他猝不及防，无法应对下去。

根据警方线人的报告，刚刚结束的"童话王国"未来发展大会上，石骏上台立足未稳，就否定了前任董事长签下新大洲代工的议案，作为拥有绝对话语权的墨常，竟然当场表示同意，看样子并不是空穴来风，莫非两人私下达成了某种默契？

"墨老，您看是否在某个方面，需要警方的干预，我们会维护公民的话语权。"

"哈哈，唐警官，我明白你的意思。"墨常满不在乎的神情，戳破了唐纳德的心思，"我没有受到来自任何方面的恐吓与威胁，言论非常自由，警方其实没必要那么疑神疑鬼。我与小石，现在仍是非常好的领导与下属的关系，相处融洽。我深明'将相和'的道理，我也愿意相信，我们的公司在石骏总经理的英明决策下，未来五年，一定更加成功，翘首期待吧。"

唐纳德没有想到，老人家一说起公司来，慷慨激昂，还是老一辈的热血，就像扛枪上战场一样，活生生一副这个年纪的"愤青"之态。言辞中没有一点虚伪的成分，难道真的是自己考虑失误了吗？还是老油条久经世故练就了一副无敌川剧变脸？

"而且有个不公开的秘密，我索性直言坦白。"墨常挪了挪身子，故作神秘地贴近了唐纳德，"新的董事会选举，八个董事提议对新董事长的不记名投票，我提名的就是石骏。"

听完此言，唐警官惊讶得嘴巴都合不拢了。果真如此，之前自己做过的功课以及推理，必然要全部推翻。

他原先的假想是，石骏设计杀掉李久立之后，下一个目标没准就是一向不和的墨常。谁知道这次拜访，当事人的口述完全不符合他的猜想，两人竟志同道合、惺惺相惜，正在为玩具公司的下一步发展勾勒出一幅宏伟的画卷。

果真如此还是故布疑阵？墨常的访谈记录，下方空白处被打了一个大大的问号。

如果有人包庇犯罪嫌疑人，那只有两种可能：第一，出于亲情或利害关系的包庇；第二，他们有可能是共犯。

墨常显然不是第一种，剩下的，指向可怕的第二种事实。

唐纳德想到这里，手不禁颤抖了起来，真如推论的指引一般吗？面前的老人，其实与石骏，因主从犯案的关系连接在了一起，或是被胁迫？直觉告诉他未必这么简单。

时光倒流，唐纳德又回到了太平洋彼岸的大学教室。

一节课上，教授康森博士一字一顿地说道："有时我们怀疑一个人，毫无缘由，认定他就是嫌疑人。追索的过程中，小小的疑点拼凑在一起，却不能坚定地说出凶手就是他。你会困惑、迷茫，对侦破案件的信心深受打击。"

"那我们该如何？"一位日本留学生用生硬的英语提问。

"很简单。"康森博士推了推厚厚的眼镜，放下手中的书本，"并不一定侦破的初始点就是正确的，也就是我们常说的动机。如果刑侦人员在介入时,被各种误导信息带进了沟里,请清空固有的观点,回到原始出发点。"

回到原始出发点。唐纳德默念。

接下来的半个小时，墨常打开了话匣子，估计近期无聊，老人家比较闲，他喋喋不休抱怨着社会上乱七八糟的事情，对国际局势高谈阔论，但绝口不提石、李二人的事，谈话的分寸掌握得极好，想当年也是从营销岗位做起，聊天技巧修炼得炉火纯青。

"墨老，您知道新大洲公司的事情吗？就是你们之前的代工合伙人，听说对这次解约非常不爽，'童话王国'单方面撕毁合约，对面放出风来一定会报复，您打算任由石总经理肆意妄为？”

墨常点点头，稍微考虑了一下，避重就轻地回答：“警察同志，想必你也知道，商场如战场，瞬息万变，没什么太多的道理。新大洲公司之前出过问题，信誉度本来就低，花了不少公关费用，才重新恢复媒体的形象。谁知道是否本性难改呢？商人间的承诺抵个屁用。石骏上任第一件事，能够力排众议对此及时纠正，换一家公司是在规避风险，对公司形象负责，相信已故的老李也是这个心愿吧，只要短期内能找到替代的加工厂，损失就会降到最低。所以我才说，我和石总之间的矛盾，是对事不对人。”

问不出更多详细有用的情节，唐纳德起身告辞，再次感谢墨常的接待。

“老李不行就火化了吧，我们这代，都讲究入土为安。”墨常扶着门边，临别时嘱咐了一句。

唐纳德若有所思。

如果说，本案动机被定义为继承权问题，石骏的所作所为，目前来看合情合理，得到了众人表面上的一致肯定，玩具公司早就成为他的囊中之物，一定程度上减弱了作案的动机；董事墨常本无争夺权力的野心，李久立有女无子，从未透露过家族掌门的决定。那么得出结论，不出意外，按照顺位，石骏就该是“童话王国”的接管人，当然除了他，记得还有一个人，呼声很高。

阳光的照射下，唐警官翻开了一本小手册，里面画着童话王国公司错综复杂的关系网络。谢小川——海外部门任职，公司的副总经理。唐纳德在他的名字后画了一个问号。

一旦如墨老所言，将相不和，谢小川顺杆攀爬的机会最大，难道他才是猝死案背后的始作俑者吗？公司的流言蜚语，对石骏的恶意攻击，缔造者会是同一个人吗？

案发当天，印象中没有这个人在。

毫无存在感的人，会不会一直在暗中引导警方越走越歪？

第十三章　百变石骏

无论怎样隐藏起真实表情，假面之下的表情依旧是时刻变幻的呀。

——绫辻行人《奇面馆事件》

唐纳德一声叹息。

这次遭遇的敌人，远比想象中可怕得多。

一场不留痕迹、完美的犯罪。他连对手是谁都分辨不清。

记得日本新本格派推理之神，岛田庄司有过几部小说涉及完美的犯罪。小说中的情节，在唐纳德的脑海中逐个过了一遍，觉得没有一样能够和本案匹配。

他用了最笨拙的排除法：不是时间偷换、没达到蓄谋已久、动机尚不明显、触发条件几乎不存在。一个人能在公开场合下杀掉另一个人，简直就是天方夜谭。

“童话王国”的监控录像已经翻看过多次，最接近案发现场的一个摄像头安装在十三层董事长办公室的门口：

下午一点三十八分刚过，两位身穿西装的男人来到门前。年轻的是石骏，年老的是李久立。石骏推开了大门，让李久立先进屋，自己随后跟了进去。

摄像头大概呈45度角拍摄，能较为清楚地看到李久立的脸，如假包换。他的神色颇为得意，也许是之前酒桌上合作项目进展得非常融洽的缘故。

他拿着一张纸巾，一直没有松手，时常顺手捂在口鼻处。这印证了司机张通达的笔录，李久立看起来那几天确实被传上了感冒。

警方当然不会错过任何一个细节。李久立使用的纸巾，事后都在垃圾桶里被找到，化验结果证明不含毒物，排除了身边人故意投毒。

酒店方面也配合调查核实过，纸巾是他们自己委托制作的，来用餐的每位食客都有，被掉包的概率很小，没人愿意去做那么没有把握的事。纯碰运气的杀人手法，一定会被冷静的凶手嗤之以鼻。

五分钟后，李娜娜端着壶嘴冒着热气的水壶走了进去，又在几分钟后拿着水壶退出。看样子只是应里面人的要求去泡茶。

石骏的口述，验证了这一结论。

接下来，李娜娜急匆匆地跑进，又很快跑出。石骏说正是李董事长不行了的一刻，李久立趴倒在桌子上，他通知秘书，请她进来看了一眼，她选择出去喊人报医，随后又报警。

由于李娜娜到现在仍了无踪迹，监控的画面解释，都采用了当事人石骏的口述。时间上倒是比较吻合，没有太大出入，唐纳德等警员不得不暂时接受。

唐纳德关上了已经看过了十几遍的监控录像，闭上眼睛，靠在椅背上。

既然陷阱没有作用，我主动示弱，看看又能怎样。

他仿佛下定了什么决心，双手重重拍了一下桌子，站起身，眼中闪着犀利的光。到警局即将满两年的他，愿意迎接嫌疑人赤裸裸的挑衅。

虽然动机不清楚，你也总会露出破绽。

他没有选择在谢小川的那页停留，耗费太多精力，抬起头，直勾勾望着白板上石骏其貌不扬的照片。

哀乐在殡仪馆响起。

遗孀刘燕，悲痛地与每一位送别者握手寒暄。墨常老泪纵横，哭倒在水晶棺材前，几乎晕厥。司机张通达一直陪伴在他的身边，尽力搀扶。

洪涛也在，身后几名身着警服的同事，代表警方出席了李久立的葬礼。

就在昨晚，唐纳德一反常态打电话给他，说准备放弃那个案子，调查的结果，基本认定是心脏病猝死。

洪涛没有说太多，锋芒毕露的年轻人他见得多了，敢于否定自己的人，未来成长才更快。

洪涛和局里的几个人，包括唐纳德在内，一早赶到市郊殡仪馆，参加这场葬礼。

葬礼上，各种经常曝光的企业家名流，数不胜数，媒体记者就来了十多家。包括灰溜溜被单方面解约的新大洲公司总经理张浪，也带了几个高管，献上花圈。

代工的合同解除对他打击严重，之前据说推掉了其他的零活，为了配合“智慧娃娃”的量产，新购进了不少设备和技术工人，这次解约令他措手不及，十分被动。

张浪此次前来，准备借机会和墨常再作沟通，试图令“童话王国”的高层改变主意。谁知来了后才发现，墨常的状态非常糟糕，连走路都不利索，说不明白话，时常晕厥，一副随时准备叫救护车抢救的架势，根本无法接近。

万众瞩目的焦点，姗姗来迟。

石骏一身黑衣黑裤，戴着黑框眼镜，胸口别着白花，手捧一束黄菊，表情肃穆。

从脸上看不清他心中所想，石骏始终给人如此印象。

唐纳德密切注意他的举动，心中时刻警醒自己，狡猾的狐狸常常伪装成猎人的样子存于世间。

石骏走到近前，伸出手，与刘燕紧紧地握着。唐纳德离得较远，听不清楚，大概是一些安慰的话吧。

刘燕频频点头，他又转身大步向前，把手中的花放到了正中的花丛中，俯下身子，亲自搀扶起了墨常，耳语几句。

随石骏一道前来的人里，王伟的表情变化明显，他极善于掩饰，马上恢复正常，而品宣部的陈文斌陈总，愣在原地，一副看到了不可思议事情的样子，这一切，都被唐纳德收入眼中。看来，自己对石、墨二人关系的判断应该没错，墨常的反常袒护，一定有原因。

石骏一行人，绕着中间李久立的遗体一周，抬头望见左右苍劲的笔体，一副黑色的挽联：知人善任、童趣永恒。

简短的八个字，是由墨老亲自写的，充分概括了李久立董事长辉煌的人生。石骏看后沉默不语，瞥向灵堂中央黑白照片，久久矗立。

他弯下腰来，对着棺材连鞠了三个躬。秘书韩美琳同王伟一左一右上前搀扶，不停说着："石总节哀，节哀。"

一幕幕刻在脑海中，唐纳德陷入久久沉思。

我对他的判断真的错了吗？

他如果不是一个好演员，举动确实过于悲怆了，就像一个失去人生导师的幽灵，浑身没有一点生机。

石骏的一举一动，仿佛诉说着内心的悲伤，充满着绝望，感染了在场不少的同僚、合作伙伴。他们或多或少听说过石总是如何从平凡人被李久立慢慢提拔直至今天的，能够理解他此时此刻的心情。

大家聚在一起，彼此交谈、寒暄，没多久，葬礼渐渐变成了一场别样的社交活动。

除了新大洲的几个人，大家几乎把石骏包围在了中心。

洪局长还是往上凑了凑，他没有忘记此行的目的，尤其有媒体记者在场，警局决定解除和石骏之间因这起案件出现的一些小误会。

"您好，石总，我是希捷市公安局的局长洪涛。"

一听是警方人员，在场的人马上联想到社会上传得沸沸扬扬的"童话王国"李久立死于他杀的传闻，警方一直没有定性，拖到今天。

大家都变得安静起来，等待解开谜团。

"哼。"石骏转过身，半应不应，石骏和唐纳德的目光碰撞到一起。

唐纳德耸耸肩，显示出无所谓的样子。石骏大概觉得面熟，听闻有人查起案子没完没了，大概就是这小子，与自己年龄相仿，长得挺帅。

"各位媒体朋友，既然大家都在，我有件事和大家说。"

洪涛脸上写满了歉意，呵呵一笑，试图打开尴尬的局面："之前我局因为一些小小的疑点，怀疑过‘童话王国’李董事长的死是一宗刑事案件。

“我们局办案警员经过半个月来周密的走访排查，已经完全排除了他杀的可能。所以麻烦各位记者朋友们，不必再捕风捉影，请如实报道我们的论断。”

一番话说完，众人炸开了锅。很多李久立的生前好友、合作伙伴，窃窃私语，媒体记者有的开始打电话，大多数直接把洪涛几个人围了起来，询问详细细节。

“那个，大家安静，请考虑下场合的严肃性。”洪涛被拥挤的话筒架到中间，一脸无奈，“死者为重，有问题，我们警方愿意在葬礼结束后接受短暂访谈，请大家保持安静。”

接下来发生的事，皆不是刑警唐纳德放在眼中的重点了。他从众人包围中溜了出来，发现了同样溜出来的石骏，正在公司几人的陪伴下退出殡仪馆，随后来到了后院。

几名下属陆续乘车准备离去，石骏也打开车门，坐上驾驶座。原本女秘书韩美琳准备坐进副驾驶的位置，刚探下脑袋弯动小腿，被唐纳德抢先一步，控住车门。

“美女，对不起，位置可否让给我，我是警察。”

唐纳德亮出证件，随之报以迷人的微笑，招牌式的微笑已成为他的杀手锏，效果斐然。

说话间，唐纳德发现对方亦美得惊艳，不由得视线多停留了一秒。

“这……”韩美琳望向车内，等待指示。

“小韩，你去打个车先回公司吧，不要紧，作为合法公民，我们有义务配合警方办案。”

“不敢不敢，不是办案。”唐纳德挥挥手，坐到了石骏身边，“刚才我们局长已经解释得很清楚了，都是误会，一切是我的马虎，导致案件出现歧义，我只是和石总闲聊下，一路上解释这个误会而已。”

“请便。”车子发动，留下了路边疑惑不解的韩美琳。

“石总，谢谢您让我上车，想必之前警方的怀疑对您造成一定程度上的困扰吧。”

“还好，我只管公司业务方面的事情，新闻怎么说，随便。”

石骏冷冷地回答，目不斜视，眼睛直勾勾盯着前方的路况，对唐纳德友好的赔罪并不感冒。

“哦，那就好，石总大度，怪不得李董、墨总都非常欣赏您呢。”

唐纳德毫不气馁，继续寻找话题。他感觉提到墨老的名字时，石骏微微愣了一下，然后用一阵长长的沉默掩饰。

“石总车子新买的，保养不错啊。”

“嗯，刚做过保养。”

“哦，可见您生活中，真是个仔细的人啊。”

唐纳德不停地说，石骏有一句没一句地回答。

确实是一位极其无聊的人啊，唐纳德心里不禁想，这类人的画像在变态杀人案中很普遍，活在自己勾勒的灰暗世界里，干一些疯狂的事，驾驶车的人是不是也是一类呢？

唐纳德认为，起码在追踪疑点和真相的道路上又前进了一步，作为刑侦人员的操守与行为准则，成为刑警的第一天他心里就默默发誓：道路上遇到再多的阻碍，必须坚持住，不放弃。

接下来一路无话，车载音乐在即将到来的晌午，惹得人昏昏欲睡。帕萨特停在了“童话王国”的室外停车场，唐纳德解开安全带，第一个打开门走下车，与随后下车的石骏一起走进公司大楼。

石骏的车，保养后通风系统顺畅，空调开得很足，坐久了，浑身冷得不自在。

“对不起，您先回办公室，公司厕所在哪儿？我去去再来拜访您。”

“你自便。”一齐出了电梯的石骏，抬手指了下标牌，唐纳德略带歉意地笑了笑，小跑着离开。

这是他第二次来到“童话王国”公司总部十三层，上次来是李久立猝死的那天，当时忙得不可开交，没有使用厕所，故此问了下一旁的石骏。

“笃，笃，笃。”

“请进。”

石骏抬起了头，一张不愿看到的脸，虽然他很耐看，一般的小女生也许都会喜欢。

“不好意思，石总，车上吹得太凉，就忍不住上厕所方便。”

唐纳德挠挠头，自然地坐在了他心目中嫌疑人的对面：“我在想，上次您陪李董事长回来，就如刚才我们这般步骤吧。”

“哼。”石骏拿起了手机，点击进入了微信朋友圈，似乎一丁点儿没被对方触怒，“我不明白唐警官的意思。”

“哈哈，随口一说，您别见怪。”

第十四章　姜太公钓鱼

每个人，曾经用过的每一个手机，都埋葬着各自的记忆。手机可以被我们抛弃被毁灭，但构成手机的零件、元素，乃至金属，将永远留存在这个世界，哪怕化为碎片。就像记忆，同样是无数光盘似的碎片，连同我们的青春一道粉身碎骨。

——蔡骏《最漫长的那一夜》

石骏放下了手机，朋友圈中毫无新意。

一些人无病呻吟，一些人转发励志文章、心灵鸡汤，一些人专注地打着微商广告。还好不是国庆节这样的日子，否则足不出户，你就可以在微信里踏遍全球，饱览神州风采、领略异域景色。

石骏拉开抽屉，拿出一包烟，自己叼了一根，抖了抖烟盒，顺手把另一根递了过来。

“抽吗？”

“哦，不好意思，我不吸烟。”唐纳德摆摆手，看着石骏拿起打火机，点燃香烟，“石总，印象中，您不是一个吸烟的人。”

“呵，警官，请不要总是主观臆断，我发现你特别喜欢把自己的想法强加给别人。”

“什么意思？”

“吸烟尚且如此，观察人又怎么能透彻呢，是不是？你不该一直怀疑，我是什么可笑的嫌疑人，从一开始就错了。我凭实力上位，公司需要我、依赖我的创新，我早晚都会是继承者。”

“您误会了，我没有啊。”唐纳德刚开场，就被对方将了一军，必须格外小心，才不会败下阵来。“石先生，我是觉得我们间存在误会，所以今天冒昧一路跟来，想好好解释一下。”

“仅此而已吗？”

“是的。”

“我不善交际，而且你认识到了错误，我原谅就是了，何必多此一举，我不介意。”石骏吐了一个烟圈，淡淡地说道。

“那就好。”

“嗯，我们本就没什么交集。作为警员，外国留学生，单身小青年，你比我风光得很，若不是我现在的位置，走在路上，你未必肯正眼瞧我吧。”

石骏话里带刺，咄咄逼人。

唐纳德无可否认，不愿辩解什么，看上去对方也了解了自己一些情况，是否发觉了什么弱点呢？

“这次也算不打不相识了，石总，中午有空吗？我想约您吃个饭，算作赔罪礼。”

冷峻的石骏，嘴角微微上扬，他特别喜欢这个表情，手里来回摆弄着打火机：“我看不必了吧，耽误你时间，况且我什么都不想说。既然警方已经解释清楚，就不要来骚扰我们了。‘童话王国’接下来需要的是稳步前进，陷在刑事案件的旋涡中，股价已经一跌再跌，行将触底，我要对得起前董事长的栽培，用更出色的成绩，告慰李老在天之灵。”

说完，石骏站起身，眼角微微湿润，扭过身子，背对着唐警官。他的意思已很明显，石骏只是维系最后的一丝礼节，就差直接下达逐客令了。

“好吧，期待与您下次相聚，届时我们只作为朋友，找一个轻松的环境聊聊天，喝酒或者咖啡，那么再见。”唐纳德不再强求，起身告辞。

石骏一直把背影交给对方，再没有任何表示，意思很明显：希望永远不要再见。

石骏的背影在门缝中变淡，墙上高高悬挂的一幅“有才气而无学识，有阅历而无血性”的字引起唐纳德的注意。这是石骏新换上不久的座右铭裱框。

唐纳德长吁了一口气，跟石骏这种拒人以千里之外的人聊天，既压抑又浪费脑筋，让人有一种神经紧绷的压迫感。即使是参加每年的刑侦技能测试时，也不曾有过这种体验。

唐纳德抬起头，余光扫到了摄像头，那天就是它拍摄到的画面吧，成了案件的佐证之一。

“警官，您慢走。”唐纳德回过神，一个俏皮的女声回响在身边。

“谢谢美女，再见。嗯，我是不是在哪里见过你？”

唐纳德一念之间，脱口而出，在殡仪馆外边见到女秘书时，就有种似曾相识的感觉，只不过当时重点是混上石骏的车，才没有细问，现在再次见面，感觉更像某人了。

“您真会说笑。”韩美琳帮忙叫了电梯，拨弄了下长长的头发，显然刚回来换过工装，“莫非俊俏的警察也喜欢和漂亮的女孩子搭讪吗？我刚从国外回来不久，怎么会见过？上次您来时，我还未应聘进来呢。”

一想也是，两人相视而笑，直至电梯门关闭。

我应该见过她，不是国外，最近，是哪里呢？

电梯下降得很快，唐纳德心不在焉，没有注意到数字的闪烁，只感觉停顿了一下，“叮”的一声，就低着头，抬脚往外走。

“你是唐警官？”

唐纳德抬头看看来者，一位个子高高、长相中等偏上的男人，不确定地叫住了他。又是一张似曾相识的脸。

“您是？”

“果然是您，我是王伟，集团市场部总监。”

“啊。”唐纳德想起了听局里不少人说过，王伟是现任总经理石骏的死党，几年来一直拥护左右，最近还破格升了职，几小时前，他们在葬礼上打过一个照面。

“这才六楼，我也要下去，您是准备回去吧？”

“啊，对。”唐纳德说着，迈出电梯一半的脚收了回来，看了眼数字，正如对方所说，溜号使他差点犯错，提前下电梯。

“真巧，在这里遇见您。”

“嗯，是啊，出去忙吗？你们石总看上去对你不错。”

“哦，忙。”王伟点点头，毫无戒备，“石总更换了代工公司，派我去现场看看。石总其实对谁都好，心地善良，只不过不善交际，不喜欢和别人套近乎罢了。他刚来公司时，就和我有缘，哈哈。”

王伟挠挠头，言语间显露出一份自豪和骄傲，无形间提醒旁人，自己就是高层喜欢的一类人，让你们都歧视石骏、当初不看好石骏，现在又开始嫉妒石骏，所以我受宠属于必然。

“嗯，我观察石总是个很有魄力、独具慧眼的人，愿王总继续高升！”

“哈哈，多谢夸奖。”电梯停在一楼，短暂的聊天即将结束，王伟先行迈了出去，回头说道，“我赶时间，先走一步。警官，我与石总私交甚密，可以负责地告诉你，石哥是个好人，对家、对工作都没说的，否则不可能研发那么多有趣的儿童玩具，请你们别再打扰他了。既然都结案了，请给我们以自由的空间，这个年代，口水淹死人的。”

“一定，一定。”

石骏究竟是位怎样的人呢？唐纳德的概念越来越模糊了。

十三层的落地窗前，石骏手中的香烟即将燃尽。

他低头目送穿警察制服的年轻人在王伟身后走出了大厦，一切都该结束了吧，苍蝇般的人，愿你永远都不要再出现我的面前。

你曾经试图在水中扑腾，离我的小岛真的很近了，也许只要用力伸直手臂，就能触碰到岸边。可惜岛上茂密的森林，浓雾笼罩，它的主人决不允许你登岸。

手中的烟快燃尽时，石骏张开拇指和无名指用力掐灭，拉开抽屉，小心地把烟蒂陈列到烟灰缸里面。下巴长出了胡茬子，得知李久立的葬礼将在今天上午举行，昨晚他彻夜未眠。

中午的希捷市公安局，失去了往日的喧嚣，安静异常。

经常见到的集体伏在办公桌上吃工作餐的壮观场面，今天未能上演；或者三三两两搬出几把椅子围拢，拉出一块白板，用记号笔在上面涂满案件的证据链，今天的白板也安安静静地放在原地，上面涂画的东西尚未完全擦净。

唐纳德丝毫没有用餐的意思，他从锁着的柜子里拿出一打卷宗，上面写着：童话王国前董事长李久立猝死案。

不错，所有人应该真的都放弃了，包括洪局长也被蒙在鼓里。其实自己这招放长线的鱼饵已经撒了出去，只等一条潜伏在池塘底、精明无比的大鱼上钩。石骏不是很喜欢钓鱼吗？尽管试试看。

一无所获？

不，其实犯案手法，尚存在一种可能。

唐纳德拥有的卷宗足有一本中篇小说的厚度，包括他自己设计出不少诡计。新添入的一个完整犯案手法上，他还没进行过实验，只是理论上的可能性。

他并不着急实验，即使实验成功了，摆在石骏的面前，以那家伙现在的样子，只会挖苦地笑笑，说上一句“天方夜谭”。

因为触发整个过程的条件必须配合得天衣无缝，而且一次使用，未必能成功，所以他调查过石骏前一段时间的异常举动，去验证自己猜测中有多少可行的条件。

但仍然不能直接公布，手法有了，却没有动机，更缺少决定性的证据，提交到检察院，一定会被驳回。

唐纳德写下了新大洲公司总经理张浪、市著名女画家夏暖的名字，这两位还需要继续想办法走访，捎带着有空再去下石骏近期做汽车保养的4S店。

一切都必须秘密进行，“大鱼”显然加强了戒备，不能以警方的身份公开调查。否则会惊起鱼儿搅动池底的淤泥，彻底游开。

“小唐，回来了啊。”

洪涛的声音在门口响起，紧接着一张国字脸出现，坐在了唐纳德面前的办公桌上，一只脚支着地面：“吃过午饭没，同事们都在隔壁不远的如意堂大酒店，有空不妨去参加，正热闹，还没散。”

“今天……什么日子啊？”唐纳德疑惑不解，不记得是什么重要的日子，是谁的生日吗？大家中午都不在。

“啊，说起这事，你也真是的。小唐啊，不是我说你，好好的推理，却给别人做嫁衣喽。”

“哦？”

“记不记得上个月省厅新调来的迟子建迟警官？”

“啊。”唐纳德想起了一张同样英俊的脸，英俊的同时，桀骜不驯，明显是争强好胜的性格，来了后对同事爱搭不理，继续保持高高在上的状态。他时常在案件分析会上主动发言，顶撞洪局，连名声在外的唐纳德也不放在眼里，两人针锋相对的画面不时上演，唐纳德索性选择闭嘴，讨论会彻底变成了对方一个人的舞台。

近期，由于唐纳德被李久立的案子困扰，来过几次局里，两人很少打照面，对方也是个大忙人，忙着侦破凶杀案，想短时间内作出业绩，彰显能力。

“莫非迟警官破了大案？恭喜了。”唐纳德心不在焉。

“确实是大案，就是上次会上，我找你发言分析的碎尸案。迟子建听完你的分析，一声不响，按你的提示线索，真把案子破了，一个三十岁、常年住在桥底下的拾荒者被捉拿归案。至于杀完人后碎尸的动机正在确认中，说是心理变态，没体验过把血和肉割裂开是什么样子的，天真地想尝试下，还淡定地对着几块人体组织猥亵，不服不行，线索到处都是。”

“嗯，算他机灵吧，起码肯听我一言。”

“什么啊。”洪涛摆摆手，“他上午来找我签字，说是自己写的案件工作总结。我拿过来一看，里面根本没提你，全是他多方调查走访，尤其对嫌疑人的判断，自称凭借丰富的经验大胆假设，逼近案件的真相。”

“然后，您还是在落款处签了字确认。”

“哈哈，小唐，别这么说。”洪涛拍了拍他的肩，脸上堆满了歉意，“省厅来的嘛，我也是顺水推舟了，到头来都是在为我们希捷市公安局做宣传。”

“嘿嘿。”

“别太在意。何况话说回来，若不是你非要搞什么乱七八糟的谋杀案，这案子原本是你的，年底评优评先用处很大。”

“我不需要。”

“再不需要也考虑下吧，下半年一晃也快。想再找什么大案要案，难喽。”

第十五章　警花许琪

所谓外行，即便只是在围棋或者将棋中获得了初段水平的认证，大概也会跟立下了大功一样，感到扬扬自得的。相反，他们却忘记了自己的实力和专家之间还有着十多级的差距……

——高木彬光《人偶为何被杀》

唐纳德目送洪涛走出办公室，心中想到了一些琐碎的事情。

案件发生，唐纳德永远关注的是隐藏在暗处的动机，动机属于犯罪心理学的范畴，永远处于溯源的最高层面。通过不断地研究动机，总结成教材，对社会的实用度、对罪犯认识自己犯下罪行的程度，远远超过抓住凶手本身。一般情况下，理性是断案的基本要素，可偏激地抛开感性认识，即使凶手被绳之以法，他们也始终认识不到自己的错误。唐纳德在办案时，尝试过多一些感性，去了解嫌犯的情感经历，对案件的侦破颇有益处。诸如教科书般抓捕嫌疑人结案定罪邀功，交给适合它们的人去做更好。

伴随嘻嘻哈哈的笑声，门外来了一大批人。

人群最前边的，是总想着“出类拔萃”的迟子建。

“哟，看看谁，神探唐sir回来了。”迟子建阴阳怪气，眼睛眯成一条缝，挑衅地望着唐纳德，嘴里学着港台电视剧里的称谓，不伦不类。

“嗯，恭喜了，子建兄。”

“别介，我可不敢，希捷市第一神探，人人都知道您的大名。”迟子建把外套一脱，潇洒地搭在肩头，拽过一把椅子，坐在唐纳德的正对面。

然后拿出兜里的指甲刀，轻轻挫着纤细的指甲，一脸挑衅的神情，头发油亮，格外刺眼。

“案子破了没？集团内部夺权凶杀案，可不得了，简直是一本商战题材的小说。听说‘童话王国’如今人人自危，见了穿警服的进去，就像见了瘟神，哈哈。”迟子建狂妄地大笑道。

“对不起，我很累，你们聊。”

唐纳德不想在无聊的话题上继续纠缠，现场的气氛已然十分尴尬。

“哟哟哟，唐大侦探生气了，我可不敢。”迟子建收起指甲刀，站起身，身子微微弓着，倾斜向唐纳德的座椅，离得很近。

“子建兄，你这是什么意思？”唐纳德身子尽量贴近椅背，拳头开始紧握，自己怎么说也是全市近身格斗技能比赛第一名，他之所以一直在隐忍，只是因为在单位里不想把事情闹大。

“别气嘛。”迟子建倒是身体后仰，腾出空间来，看上去对自己刚才的挑衅行为十分满意，“刑侦人员，经不起嫌疑人挑衅，一旦失手伤人，可是行内大忌。”

“哼。”

“哈哈，不服气是吧，愿意赌上一次否？”

“什么？”

“赌今年年底全市刑侦工作人员的技能评分。听说你之前已经连续三年第一，这次，我迟子建打算破这个纪录。怎么不敢吱声了，你万一破获了轰动全市的‘上市公司夺权杀人案’，我看一定能得第一，哈哈。”

迟子建说完，坐回椅子上，优哉游哉地前后摇摆。

他有九成的把握，年底的评比，自己凭借杀人碎尸案四天零十个小时的侦破速度，绝对会在评比中脱颖而出。论社会影响、论完美破案率自己都胜过唐纳德一头，他近期登上希捷市《生活报》的头版头条，接受过不少采访，已然成为媒体眼中的新兴红人。

他之所以如此自信，还源于他私下详细分析过档案中关于李久立猝死案的核心内容。在他看来，无非是一起简单的猝死案，凶手能在众目睽睽之下，甚至监控器底下行凶，基本没有什么可能。

迟子建心底打着小算盘，想赢得彻底，争强好胜的心许多年都没变过，今天当着众位同事的面，羞辱下不可一世的市局小师弟。

“我接受你的挑战。”唐纳德握紧拳头，一字一顿。

“哦？”迟子建来了兴致，对方在他的挑逗下终于不顾难度极高应战了，他眯缝的眼睛有了神，普通案子在他眼里远没有同行间的比赛更有趣，“好啊，空口无凭，大家作证。”

“好。”唐纳德松开了握紧的双拳，微笑着点头。

“干赌不过瘾，加上些赌注吧。”

“你说。”

“哈哈，听闻唐神探一直对直属辖区内丽汇区的警花许琪有兴趣。”

“别瞎说。”唐纳德慌忙掩饰，掩盖不住一颗悸动的心。唐纳德不知道迟子建从哪里听到的传闻，被人一语道破，有些不好意思。

两人正是在去年的技能比赛中认识的。比起本事来，许琪强于很多男同事，令在场的唐纳德刮目相看。

比赛结束后，唐纳德通过洪涛的关系，拿到了女方的电话号码，得知对方还是单身，他的内心躁动不安。

就在过去的半年，遇到丽汇区附近的案子，唐纳德都主动请缨，哪怕走失老人的案子，都愿意亲力亲为。洪涛明白他的心思，卖给他这个人情，在不忙的时候，就派他前去。到了适婚的年龄，在不影响工作的前提下，主动接触一下单身女同行也是不错的选择，既不耽误工作，又解决了个人问题，可谓一举两得。

双方都属于既有才华又有相貌，简直是天造地设的一对儿。几起案件，唐纳德充分展示了自己的推理才华，颇得许琪赞美，说不定也为之倾心。

唐纳德本来谈吐不凡，但在心仪的女子面前，却是一副遮遮掩掩的姿态。好几次主动约会，他都买好了电影票，一到开口时，不是自己忙，就是对方突然接到了什么案件。

哎，警察的工作就是如此，何况双方都身处其中呢。

此时此刻，迟子建说出她的芳名，不知是何居心。

“许大美女与我合作过一次，我对她比较倾心。”迟子建恬不知耻地说，“既然男未婚、女未嫁，我们又年龄相仿，哈哈，不如这样，谁若是在年末的评比中胜出，就光明正大去找她约会吧。”

唐纳德既没答应，也没否定。想起许琪的美丽可爱，他暗下决心，为了自己的颜面，也为了能光明正大与许琪约会，我一定要胜出。

唐纳德直视了迟子建很久，拿起外衣，潇洒起身，走上了继续寻求真相的长路。

买了一张机票，是异地的一座城市，唐纳德没有行李需要托运，轻装上阵。

隆隆的起飞声响起，他坐在靠近安全出口的位置，拿起携带的一本推理小说，礼貌地向空姐要了一杯果汁，安静地阅读着。

趁着飞行这段时间，唐纳德终于可以认真地去阅读一本好久以来一直想看的好书了。书店尤其会做生意，在各地机场的每个角落，随处可见书的影子。纸质书的退化进程日趋明显，可飞机上、机场的书店，仍固执捍卫着纸质图书的尊严。

唐纳德读书的另一个目的，源于他从小对密闭空间固有的恐惧。

医学上称之为“强迫陷害幻想症”，所以他每次订购机票时，都会选择飞机中间逃生通道的位置。虽说他非常清楚飞机在高空一旦出现了故障，即使在逃生门口的乘客也占不到什么便宜。然而他仍固执地优先抢购这个位置，买不到就换乘交通工具。随着年龄的增长，唐纳德一直试图改变自己的这一弱点，恐怕有朝一日被犯罪嫌疑人发现利用，但却一直不能克服。

小说的内容十分精彩，分散了他对恐惧的注意力。

一个女人与男子结婚后，家庭美满，但一直没有孩子。丈夫因固执的守旧理念，在婚后一年终于提出了离婚，同时有了婚外情。妻子同意离婚，去了娘家，远在外地，杀死了家中约会情人的前夫。警方的调查极其细致入微，妻子的不在场证明充分。

唐纳德合上书，闭着眼睛对书中的诸多疑点进行了分析，待读到犯案手法时，还是吃了一惊。作者巧妙地描写了一桩完美犯罪：妻子利用前夫生活中的一系列规律事件，在结婚那天，早已在家中设下了迷局，陷阱一旦启动，丈夫必死无疑，可她一直不忍心，觉得如果可以永远安定地生活下去，就不必触发杀死他的机关。故事到了最后，她还是举起了屠刀，伸向了毫不知情的前夫，多米诺骨牌式的倾倒，导致了最后的悲剧。

哎，这帮写小说的作者真变态，他们是如何设下的局，简直就像犯案后把犯罪过程记录下来一样。

唐纳德合上书的时候，飞机已经提示系好安全带，准备降落。

李久立的案子，也应该如此。

他更坚定了自己的假设，待这次回到希捷市，就准备亲身试验那个联动的诡计。当然，诡计中同样缺少一个触发的机关，他希望在此行的目的地找到答案。

休闲装的口袋里，翻出了一张设计惊艳的邀请函。

松涛市美术艺术馆诚邀知名工笔画家夏暖女士，展出作品三天，期待您的光临。

唐纳德戴上一顶帽子，架上墨镜，摇身一变，成了旅行团中的一员。

飞机平稳着陆。唐纳德长吁了一口气。

打开行李架，背上双肩包，舱门开启的一刹那，热浪由门外涌入。

可惜空调不能安装到户外。也正因为如此，李久立才中了亲信设下的圈套吧。唐纳德的探案笔记中，又多了这么一句描述。

正义之剑即将出鞘。

第十六章　真凶疑容

不管多么聪明的人都有低潮的时候。也有虽然不是自己的错，却被别人牵连困顿的时期。

——凑佳苗《告白》

论及刑侦学中各类的探案手段理论，例如《侦查学原理》《犯罪心理学》《毒理学》《痕迹分析学》等等，唐纳德算得上领域内一位数一数二的行家。他涉猎中西方多部推理经典名著，常常结合实际案件，代入现实中侦查，这一点难能可贵。

相比于科班出身的警员，唐纳德的思路常常另辟蹊径，一些别人绞尽脑汁的案子，哪怕先破了案，研究不透动机，到他这里，不过小菜一碟。

错误的步骤是办案效率低下的通病，每一个案件，通常先有动机，被警方发觉，然后顺藤摸瓜，找到根源，挖出一个扭曲的灵魂。

一种灵魂等待拯救，一种灵魂在杀人之门的边缘来回徘徊。

当然第三类依旧存在，灵魂迷失在灰暗的森林里，你永远看不见他的脸。

对于“工笔画”艺术，唐纳德不得不承认自己是一位彻底的门外汉。

临行前，他试图在网上查找些资料，那些索然无味的名词，令他伤透了脑筋。倒是关于石骏夫人夏暖的介绍，出于职业敏感，他牢记于心。

夏暖自从嫁给石骏后，公众场合露面的机会日趋减少。可以推测想象，她的内心世界，多了对家人的责任。这发生在不断飞速进步的石骏身上，实属正常。婚后丈夫职位接连攀升，跃居到“童话王国”最上层，作为妻子怎能不自豪开心。

唐纳德看过媒体的深层披露，两位名人夫妻一直没有孩子。最近半年，夏暖的画展又陆陆续续地重新开办起来，从侧面印证了家里暂时没有下一代的负担。

唐纳德在无子女这里做了标注。开始时他还不太明白自己为什么会注意到这个，总觉得缺少一点儿合理的东西。后来很快想清楚，“童话王国”是以制作儿童玩具为主业，石骏从研发团队起家，一位对玩具创新理念独具匠心的人才，怎么会婚后三年一点动静没有呢？莫非夫妻一方有些难以启齿的问题？

话说回来，随着科技的进步发展，一个千万身价的老板，配一个百万身价的女画家，通过各种手段，想要个孩子不难吧。

这其中有什么隐情？唐纳德百思不得其解，或者这也是解开线索链紧密的一环。他考虑过当面问石骏，别说现在已然被列为不受欢迎的名单，就是在过去，被陌生人问及如此隐私的问题，也很难会开口吧。

突破口只剩下他的妻子夏暖。

趁对方毫无防备时旁敲侧击，一点点的收获也是难能可贵的。

唐纳德走进松涛市美术馆。

他从第一幅画开始细细欣赏起来。

唐纳德正流连于一幅古代仕女图前，右手托腮，体会其中的奥妙所在，这是他平时断案的一个小习惯。

“先生，看来您很喜欢这幅画。”

“是的，非常不错。”他发出由衷的赞美。一会儿，他缓过神来，谁在和自己说话？他寻觅声源所在。

他在网络上看过几次照片，搜集过一次档案里的关联人信息。唐纳德过目不忘的本领，知道了来者的姓名。

唐纳德想起自己的目的，选择装傻：“嗯，我绝不是假意的赞美，真的很棒，女士，您也喜欢这幅画？”

对方笑了笑，目光游走在画作之间，她保持着独有的矜持，浑身散发出艺术家的高贵气质：“这里的每一幅我都喜欢，只有自己喜欢的东西才敢拿来展览。它们就像我的孩子一样，我能清楚地记得创作每一幅画时的过程。”

“哦，您原来是，作者？”唐纳德故作惊讶，并没有主动说出夏暖的名字。唐纳德使用谈话技巧，让对方说出名字来，从而更好地消除对方的警惕。

“是的，先生，很高兴认识您，我就是作者夏暖。”女士果然随引导介绍了自己，“您看的这幅，是我临摹北宋韩拙的《贵妇夜游图》，原作人物线条采用白描画法，勾勒时用了多种笔触，绵密细致。我在临摹时，加入了王维先生的水墨画法，使色彩更为艳丽，原本觉得挺失败的创新，色彩的张弛度会埋没白描时的艰辛。但创作完成后，给圈内好友欣赏时，大家却很喜欢这种创意，认为贵妇的华丽，理应如此表现。古人创作时，早期不重视色彩，想必后期兴盛起来时，也该画风如此。”

唐纳德不禁暗暗赞叹，对方的学识果然出类拔萃。还好没临阵磨枪，把自己伪装成行家，那样反倒露馅了。不如虚心地听作者讲解，是画以外更美的享受。

“谢谢您，女士，我相信心境到达一定程度，才有您的领悟。”

“呵呵，您客气了，对不起，我刚刚冒昧打扰，您可以继续随意观看。”

“好的，能拿到邀请函，参观是我的荣幸，看样子不虚此行。”

唐纳德没有巴结的成分，说得十分坦诚。石骏竟然拥有这样贤惠又知书达理的妻子，物以类聚，人以群分，他怎会犯下肮脏的罪行呢？

唐纳德从侧面了解过所有汇总的资料，石骏是嫌疑人的概率低得可怜，警方会因为别人的结论推翻嫌疑人的画像吗？显然唐纳德不会。当日能接触到李久立的人很有限，排除了远距离遥控作案的可能，石骏完成起来简单许多，敢在阳光下作案的嫌疑人，必定有最大的把握。

听说石骏在言谈方面几年内有了一定的进步，不再是当年一声不响、唯唯诺诺的科研者了。一方面是职位权力的持续扩大，膨胀的自信心代表着话语权；另一方面，多少也和耳濡目染的枕边人有关。

执着于绘画艺术的女画家，身上的突破口不多，唐纳德来来回回在每幅作品前徘徊，心事重重。

这时，一位装束怪异的女人引起了他的注意。

出于职业的敏感，唐纳德扫过几眼，发现对方竟然也使用了伪装手段。

女人较为臃肿，挺着一个大肚子，看画的同时，余光一直追踪着夏暖的步子。

有趣。

女人肚子里明显用过填充物，后背故意佝偻判断不出身高，高高的礼帽、深黑色的墨镜，换作一般的过路者，不仔细留意，不会对这样一位看似上了岁数的妇人感兴趣。可作为刑警的唐纳德则不同，凭着刑侦职业的敏感度，根据对举止和眼神的推测，女人明显是在掩饰什么。

唐纳德索性装作看展品看得十分出神，不停变换着步子向对方靠去。

恰巧夏暖一个转弯，越出了女人的视线。

女人不再在意举止上的异常，唯恐跟丢了目标。贴着过道的一侧快速移动，几乎撞上了靠过去的唐纳德。

“对，对不起。”是一个非常稚嫩的声音。

女人说完开始后悔，大概是在惊讶，声音使伪装现了原形，她有一双大大的眼睛，看了一眼面前差点撞上的男人，马上挪开，不敢与人对视。

这双眼睛我见过。似曾相识的感觉再次袭过年轻刑警的全身。

自从接手李久立的案件以来，好多次出现似曾相识的感觉。是自己的嗅觉过于敏感，还是?

唐纳德脑袋中回忆着一些类似的事件。

利用这个间隙，女人一声不吭地离开了。

恰如小说中的情节。警察在探案的同时，经常会在探求线索链的道路上遇到奇奇怪怪的人。

奇怪的人一般被分成两类：第一，他们是死者的熟人，对警方的定论持怀疑的态度，一直通过自己的手段，寻找事情的真相。这件“尘埃落定”的案子显然有这种可能。

第二，他们是凶手，或者知道涉及案件的某人，可能掌握什么秘密、厉害的关键。既然不可能一直盯着证人，最好的解决方式，是让证人永远闭嘴。

死人永远比活人更安全。

想得越深越恐怖。唐纳德不能允许第二种假设的发生，在警察眼皮子底下杀人，是赤裸裸的挑衅。

糟糕，女人消失在视线里。

嫌疑人的警惕性一般都极高，何况是精心伪装过一番的。万一刚才短暂的对视被识破自己也是伪装者，极有可能刺激对方提前行动，必须马上去确认夏暖的安全。

嫌疑人之一直被定义在石骏身上，未必真的是他，如果是一位关注度不高的女人，才是让所有人放松警惕的存在。

李久立没有外伤，意味着任意性别的嫌疑人都可以轻松涉案，不同于外伤遭受攻击的一类，不费力气下的杀人，一个女人也可以做到。

李娜娜，李久立的女秘书，案发后消失。

一个与案件有关联的名字闪现在脑海，唐纳德心脏狂跳。

唐纳德再次回忆起监控的问题。如果在监控上做手脚，对十三层监控位置最了解的人，不正是经常出入董事长办公室的她吗？

难怪似曾相识。

走进监控摄像头内，一切正常，回身关门的一瞬，监控会出现视觉的盲点。

印象中，当时李娜娜手里拿着烧开的水壶。如果此时从掩盖的袖子里，拿出一点毒物，涂抹在细长壶嘴的位置，进屋先倒水，为董事长沏茶，犯案的时机，不是没有可能。

至于不让石骏中毒，简单的手法可以实现。例如清楚地知道石骏不喜欢泡茶的习惯，个人喜好矿泉水、果汁什么的，只需在两人回到公司前，在董事长屋里会客的桌子上摆上石骏喜欢的饮品即可。

进屋的两人如此熟悉，又是完美谈判后回来的闲聊，石骏完全可能进屋后随手拿起饮料来喝。相对于年轻人，偶感风寒的李久立更重视养生，看见聊天时副总喝着东西，自己定然也会条件反射地想要喝点什么。

接着，李久立便打电话给秘书李娜娜，掉进了事先设计好的陷阱。

这个陷阱，比起唐纳德给石骏设计的诡计，实施起来轻松简单得多。基本可以一次成功，李娜娜带着水壶自然地退出屋子，找一个无人的角落仔细清洗壶口。

至于屋子中的茶杯为何没检测出毒物残留，暂时无法破解，可能是在案发后第一时间被掉包。隐约印象中，警方到达现场鉴定时，确实在一旁的桌子上发现了一瓶喝剩下的果汁。

哎，百密一疏。

当时大家都纠结在果汁中是否有毒这一点上，单单错过好奇地去问一下这瓶是谁打开喝的。如果可以化验到瓶口处的唾液，与石骏吻合，那么通过茶水下毒的概率变得非常大，李娜娜早就该被控制起来。

亡羊补牢，愿犹未迟也。石骏是否真正的清白，待找到李娜娜再作判断。

想到这儿，唐纳德迅速朝女人消失的地方快步走去。

话说回来，李娜娜和夏暖间有什么联系？

绑架。

一个词闪过脑海。

会不会是李娜娜知道石骏发现了她的手法，怕事情败露，想要挟他？

石骏一直对警方不友好，这一点被她利用，电话中威胁只要什么都不说，就可以保证夏暖的安全。石骏是聪明人，考量利弊后未必会报警，况且自己也在这个案子中获利，更有可能当时静静观察到李娜娜的一系列举动而作壁上观，任其害死李久立……

哼，真想不到，我竟然会被这个女人耍了。

之前掌握的动机中，与这位存在感不强的女秘书暂无瓜葛。

石骏在本案中的定位或许真的不是凶手，只是重要知情人。抑或有什么把柄握在李秘书的手里，每次的访谈都是设计好的回答，导致警方的调查始终摸不透它。

一刻追不上那个女人，唐纳德的心始终悬着。

第十七章　济州攻略

济州岛位于朝鲜半岛的最南端，四面环海，毗邻南太平洋，隶属于韩国的国土。

相较于陆地上同纬度的四季更迭，这座火山喷发形成的小岛归属温带海洋性气候。岛上全年平均温度在 20 摄氏度左右，早晚温差较小。五十年间，最近一次的下雪记录，是在 2015 年 12 月间。

即便下雪，地表层的热度使雪落下立即融化。因路面底下为火山石结构，存不住水源，渗透得很快，所以无论何时走在街上，都是清清爽爽的干净。

每到 4-5 月，或是 9-10 月，岛上会经历几次台风。

台风登陆时，岛上的少部分原住民以及大部分的韩国本土移民（俗称新民）足不出户，学生停课、工厂停工，躲避气候灾害。济州靠近海边的机场，飞机停飞，从中国大陆来的游客，一般会按航空管制要求转飞上海，待安全后择日再飞过来。

沿海地区的台风过境，天昏地暗，煞是瘆人，更别说像济州这样的一座小岛了。飓风引发的各类次生灾害无法估计。

岛的面积不大且物资匮乏，补给基本通过空运或海运，在岛上能吃一顿新鲜的水果蔬菜，绝对算得上是奢侈了。

朴正东出生在济州岛，作为土生土长的岛内人，小时候同家人去过一两次首都，记忆模糊。后来父亲因工作单位不景气，心灰意冷，没有留下遗书，决然跳进了汉江。

朴正东大学没有选择继续读下去，辍学待业，这在国民教育水平较高的国度被视为另类。

“哎，没办法，家里没个主心骨，说多了，万一随他爸而去，就彻底失去活下去的信心了。”

说这句话的，是朴正东的母亲。她一把年纪还在开店，凭借精湛的茶道手艺，教左邻右舍年龄适宜的女孩子们茶道。收取的费用很少，勉强贴补家用。

由于疏于管教孩子，朴正东经常出门消失个一日半日，要不就是整日闷在自己的单间里，电脑一开一整天。时间久了，形成了习惯，也不知他和谁厮混在一起。

最近，家里电费缴纳的频率越来越高，母亲问朴正东时，他不耐烦地回答：“我这段时间自学了汉语，他们说来自中国的游客一直络绎不绝，我想学会后，去应聘地导或者临时店铺的翻译。”

说完，朴正东一本正经、字正腔圆地说了一些外语。母亲听不懂，但确实听说邻居孩子有不少做这行的，挣不少钱，也就由他去。

当然，朴正东隐瞒了母亲一件事：最近，他在互联网上使用一种非法社交软件，认识了许多中国朋友。其中的一位比较有趣，聊得很投缘，还说想推荐自己几桩赚钱的生意。

对方年龄未知、性别不详。头像是一个漂亮的娃娃，从没见过的一种玩具。

“真的只有这么简单吗？我不想犯罪。”朴正东打过字去，用的并不是标准的汉字。

上个月，朴正东按照中国网友的提示，用二百八十元韩币，买回了一本枪械类书籍，拍照传到网上聊天对话框里。他怀着忐忑的心情，告诉了对方自己的个人银行账号，没过几天，一笔五十万元韩币的国际汇款，打到了这个账户上。

一段时期内，诸如此类的小要求，频繁地从中国网友嘴里提出，看似一件比一件容易。朴正东如同正在参加一档免费的真人秀闯关节目，听从要求买回了一些乱七八糟的物件，包括格子衬衫、太阳镜、粉色游泳圈、救生衣、弹弓、塑料水枪、口香糖、袖珍耳机、丝袜、裁判员口哨、黑色油漆、成人杂志等等。照例，上传照片后的几天，账户里准时收到来自中国境内不菲的报酬。

朴正东欣喜若狂。

一天傍晚，朴正东刚去中央银行领过一笔酬金，路过一家口碑不错的小吃店，点了许多好吃的回来与母亲共享。母亲问他钱从哪里来的，他欺骗母亲说是当翻译几日的薪水，母亲疑惑地点点头，还鼓励他："正东，这样就对了，自食其力，虽然不是稳定的工作，起码有一技之长。"

朴正东似懂非懂地点点头，晚餐后马上回房，打开电脑，登录国际版聊天账号。

中国网友说有更简单的赚大钱的买卖等着自己，他十分期待。

"嗨，朴先生，按照韩国当地时间，今晚你来得挺早。"对话界面弹出问候。

"你也是，玩具人。"朴正东一直不知道对方的名字，只当作是一位来自神秘东方国度的老板，他试图问过一次对方的名字，神秘人拒绝回答，时间久了，干脆就按头像称呼他玩具人，对方欣然接受。

几句话切入正题。

"下一笔是大买卖，做好准备了吗？你将得到相比较过去百倍的奖励，完成得好，还会有额外更丰厚的奖励。"

"嗯，我准备好了，但还是我说的前提，杀人犯法的事我可不行。如果您有此类要求，就请另请高明吧。"翻译软件把朴正东的意思准确传达给对方。没有丝毫犹豫，对方很快就回复了。

"到现在为止，我想我还没有让你做过违法的事情吧。"

话是没错，朴正东心想。

中国人的要求真是奇特，便利店就能买到的东西，何必委托他购买呢？钱赚得过于容易，心里反倒不怎么托底。

正在考虑中，对方陆续传过来几张照片，照片上是同一个女人。

正面照，侧面照，证件照，全身像。有几张明显是在摆拍，对着镜头做出各类表情。仅凭偷窥的人，拍不出来像这样清楚的照片。

照片中的女人个子不高，面相没什么亮点，长了几颗雀斑，身材也一般。

虽然都是一样的黄皮肤，朴正东还是能通过五官特征的细小差距，初步判断照片中的女人应该是中国人。

“觉得这位中国女人如何？”

对方及时发来的一行字，破解了朴正东的疑虑，他不了解对方的意思，犹豫了很久才回复。

“真实的想法吗？”

“直言不讳地说吧。”

“好，非常的普通，令人失望，在我们全民普及整容的国度里，我建议她去试试。”

朴正东尚有很多刻薄的评价，因为顾及对方的感受没有说出，万一是人家的意中人呢。

中国的神秘人很快回复他，字里行间，绝无厌烦的情绪，令他稍微松了一口气。

“你的评价十分中肯，还好，我结识了一位诚实的人。看样子，如果照片中的人站到你的面前，你绝对不会对她产生什么想法。据我们多次对话了解，你还是单身。”

“我宁缺毋滥。”

“哈哈，我懂了，那样最好了，恕我冒昧地问一句：你看过了几天前拍给我的那本成人杂志了吗？”

“看过了。”朴正东没有隐瞒，说完又拿过那本杂志多瞧了几眼。

“欣赏完美女之后，你的任务就来了。”对方在不停打字，“据科学研究，对美女盯着看久了，再看到一个相貌平庸的女人，会令他们印象更加深刻，你觉得呢？”

“还好吧。”朴正东闭了下眼睛，刚才照片中中国女人的脸，确实较为完整地出现在脑海中。搁在平时，除非拿着照片，否则街头擦肩而过，恐怕也无法集中精力准确识别对方的脸。越洋的网友，貌似研究过一些心理学，分析得很透彻。

“我对她的印象越来越清晰了。”

“完美，恭喜你，离拿到巨额奖金又近了一步，请继续按照我的提示进行。”

“嗯。”

“明天韩国当地时间下午三时，请准时前往海滨不远处的济州国际大酒店门外，密切注意准备进入酒店的每一位女士，找到照片中的这个女人。她受不了外面的暴晒，一定会乘坐有空调的出租车，当然，她只会几句韩语，打车和司机交流比较麻烦，大概率会乘坐一台有中文服务标志的出租车。”

朴正东的思维随着对方的描述飞速运转，脑中浮现出一位女子，正推着旅行箱，从一辆有中文服务标志的出租车上下来，潮乎乎的海风吹在她脸上，她露出感觉闷热的神情。画面感极强。

神秘网友的言辞，到如今才贴近正题，他的忍耐力也真是够好的，莫非是位女性？

朴正东开始分析对方的性别身份，同时隐约考虑到对方之前大费周章的目的，手有点颤抖，不愿意往坏的方面去想。他把自己的疑虑汇聚成文字，发给对方。

“你这么在乎那个女人干吗，是要让我跟踪她吗？”

“你答对了。”

“然后呢？跟踪一个人是很不道德的。她到底和你是什么关系，出轨的妻子、情妇、离家出走的女儿、骗子、贪污犯？任何一个地方的法律都是不允许的，何况我只是一个普通人，跟踪的要求，应该找私家侦探来做，他们更专业，还保证不被对方发现，你给的钱足够了，无须浪费在我身上。”

“呵呵，你说对了一半，首先我向你说明，她和我的瓜葛比较混乱，在这里我并不准备阐明，而且你比私家侦探更有优势，我就是希望她发现你的跟踪。”

“什么？”突破了常规的意识范畴，朴正东忍不住发问，“你是个疯子吗？提这些稀奇古怪的要求？跟踪人，让对方发现，什么逻辑？”

“对啊，就是这样，你认为很难吗？犯法吗？”

“这……”

朴正东停止了打字，对方的要求并不难，跟踪一个中国女人，同时又要被人家发现，也没有触犯法律的成分在。最多被跟踪者厌倦了，报告警察处理，而警察对这种事也不会过多介入。

“喂，朴，你还在吗？”

“嗯。”玩具人通过几次跨国账号汇款，知道了朴正东的名字。朴正东偶尔也暗自后悔，因为贪心，在陌生人面前暴露得很彻底。

“当然，我的计划，你要完成起来有些难度。”

“例如？”朴正东想到了一句话，天下没有免费的午餐。

“开始时，你可以装作十分专业的样子，和她保持较远的距离。初来的两天，研究女人的行动轨迹，每晚上线对我汇报，注意细节。之前我转给你的钱，买了那些小物件，一定剩下很多余款，先垫付作为你的跟踪花费吧，需要交通工具、景区门票、酒店用餐，尽管使用。”

“哦。”朴正东心里有些不情愿，本以为揣到口袋里的钱，归自己随意支配，未曾考虑到，对方的心思缜密，已经早早替他计划好了钱的用处。他虽然有点儿舍不得，但一想可能将换回更大的回报，就平衡了许多。

“第三天，你带上三周前买好的一件显眼的格子衬衫，慢慢缩短与她的距离，然后想办法利用看似偶然的机会，制造几次无意的擦肩而过。第四天，就要想办法让她怀疑，有一个男人一直在跟踪她。”

“她不会报警吗？”

“我肯定不会。”

“万一她冲过来质问我，我该怎么办？”

“死不承认，说是路过的。”

“这样就可以了？”

“可以，然后继续跟踪她，留意她的行动轨迹。”

对方几次肯定的回答，使得朴正东充满好奇。

“你离我们那么远，为什么如此肯定？”

“推理，最完美的推理，别问太多，你不懂。”

朴正东确实被神秘人绕得稀里糊涂，如此大费周章，不知道有什么意图，像一根看不见的线，时刻牵引着自己。会犯错吗？恐怕即便犯了错，仍然被蒙在鼓里吧。

“我这么一直跟踪，要到什么时候，有什么意义？”

“意义暂且我不会告诉你，按照我的意思去做，我会根据你每天搜集回来的反馈，估算停止的时间。放心，我想不会超过一周的，事成之后，你继续安稳地过日子，钱会一分不少地打给你。”

看到最后一句，朴正东眼睛一亮，顾不得考虑太多，既然如此，相信别人一次又如何呢？

下线后，朴正东躺在床上，彻夜未眠。等待他的将是一次新奇的挑战。

第十八章　跟踪一位中国女人

朴正东穿着格子衬衫，几步窜入了步行街的人群中。

他将昨晚玩具人布置的任务在脑海中过了一遍，照片上的中国女人，今天真的会来吗？

首尔时间下午两点五十分。

济州大酒店门外，熙熙攘攘，是一个适合观察目标的环境。朴正东扮作来海岛避暑的本土游客，拿着从公交站台买来的旅行地图，装作观看的样子，余光密切注意着开向酒店门廊的出租车，带有中文服务标志的成为重点排查对象。

海风吹拂在脸颊，下午室外的气温大概在 25 摄氏度左右，但由于紧张的缘故，他的后背还是洇湿了一片汗渍。

朴正东完全没有当侦探的功底，一套门路都是临时从小说和电影中拼凑学来的。

想象中，私家侦探是跟踪高手，一般都是退役或离职的警察担任，例如《名侦探柯南》里，青山冈昌塑造的毛利小五郎就是因一次事故离开警界，干起了私家侦探。

另一些影视剧中的神探，行踪诡秘，配备高级窃听工具，拿着军用望远镜，怀揣高清卡片摄像机，灵活的手使用起来如同变戏法一般，在目标溜号的片刻，已经连拍几十张。然后潇洒地离去，隔日会见委托人，戴着手套把装着照片和录音笔的信封往桌子上随意一甩，委托人就乖乖地拿出钱来。

可实际中的跟踪却与影视剧中的大相径庭。

朴正东身上唯一可以用来拍照的设备，是一部破旧的三星手机，去年意外进水后，来电铃声几乎听不见，至于高级监听设备更是痴心妄想。还好委托人的要求并不太难，他争取用双腿和眼睛就搞定，尽量节约经费才是上策。考虑了些没用的事情，他抬手瞧了眼腕上的手表，已经十五点十一分了。

目标女子尚未出现。

确定自己没有错过任何重点，朴正东的心里也犯了嘀咕：玩具人的预测难道出现了失误？

不可能，朴正东立即推翻了自己的论断，玩具人一直没错过，他之前说的每一句话，都一一应验，倒像是未卜先知一样。他既然言之凿凿地说中国女人会出现，不妨再等上一等。

“谢谢，麻烦师傅，你帮我把行李箱取下来就可以了。”

一段流利的汉语传进了朴正东的耳朵，由于对汉语的学习很有限，他仅听懂了“谢谢”等几个字。

说话的女人，个子不高，伸手从司机手中接过笨重的行李箱，从一款名牌皮夹里掏出人民币支付了车费。

“谢谢美丽的女士，您慢走，祝您来韩国旅行开心。”

中文生硬的司机大叔一脸笑容，韩币的汇率近两年波动较大，他们更喜欢收取美元和人民币作为酬劳。

女人的个子不高，戴着一顶遮阳帽，脸上有些许雀斑，靠厚厚的化妆品遮盖着。岁数大概在三十左右。平庸的脸部线条放在平时，不会给人留下任何印象。

朴正东瞥了一眼，就认出她正是自己等待了很久的目标。

他行动变得僵硬，女人丝毫没有在意路边一个打扮土气东张西望的韩国男人，径直走向济州国际大酒店，腰板挺得笔直。

此人一定接受过相关的礼仪站姿专业训练，朴正东对女人的第一印象就是如此。普通的长相，一米六出头的个子，身材一般，一身的服饰倒特意露出了名牌的标志。较难判断她的身份，如果是某位老板的情妇，她又不符合一般人的审美；若是位杰出的女富豪，年纪仿佛小了一些；浑身散发的气质，倒像是见过大场面的人。

目送女人在迎宾服务生的指引下进入酒店大厅，朴正东合上地图，快速奔了过去。他低着头绕着旋转门，成功混了进来。午后的阳光透过巨型玻璃窗照射到地砖上，格外刺眼，头顶的吊灯也全部亮着，朴正东之前略微了解过，这里一宿最便宜的价格也在五百元人民币以上。

中国来的女人正在前台办理入住登记手续,回忆起玩具人交代的事情，注意留心对方的细节，他不敢怠慢，几步走到了女人身后不远处，停下来东张西望，装作是排队等待的焦急神态。

前台接待熟练地敲击键盘，一口流利的汉语，猜测意思大概是通知女人已经办理完。

接待退还给女人一张黑色卡片和护照，朴正东了解过，这种卡片是该酒店的 VIP 卡，办理时需要首次充值五万元人民币，享受免预约免排队等一系列优惠服务。看起来女子的来历不简单，应该是常常来玩。

女子把卡片塞到钱夹的一个暗格里，每一个暗格都微微露出一张不知名卡片的一条窄边。

通过女子姿势的熟练程度，大体可以确定这张卡就是她自己办理的，或者长时间自己保管，否则不可能如此自然。

女人微微弯下身子，拽上了旅行箱的手把，拖动微微有些吃力，箱子里一定装了不少东西。这也正常，女人出行，特别是旅游，箱包里不带上一些亮丽的衣服换穿，随时在景区拍照，定会显得另类。

女子路过朴正东的身边，目不斜视，抬头望了一眼墙上的挂钟，像是确认了一下时间，然后按下电梯的按钮，止步等待。

朴正东完美抑制住擦肩而过时的紧张情绪，自然地转身暂时远离了前台。望着女人的背影，如果现在跟踪她一起上电梯，密闭的空间一定会引起对方的注意，那样就丧失了跟踪的意义，今天原定计划是不暴露。

表针指向十六点五十分，朴正东看到电梯的指示灯在十五层停留了一会儿，接着空着下来，他确认了女人所在的楼层后，就离开了电梯间。

女人上楼后一直未再露面，酒店提供早中晚三顿餐食，想必两个小时的空中飞行令女人非常疲惫，晚餐就在酒店内解决，如果没有约会，她今晚可能不会出现。

从一系列行为推断，女子常来济州岛，除非有特别目的，晚上她几乎不太可能自己外出。酒店离海滨浴场较近，晚上，独行的人一般不会选择去玩；步行街和夜店都集中在岛的西北部西归浦区，女人既然没有选择那里的酒店入住，可能对那类的娱乐活动提不起兴致，应该仅仅是天气好的时候，换好泳装出门，步行到海滨享受一下舒适的日光浴吧。

第十九章　破晓

“咕噜噜”，肚子响起了警报，太阳能路灯亮起的时候，朴正东结束跟踪的行程，乘坐公交车赶回住宅。

岛上的居民不多，公交车司机晚上六点下班前就自己打烊了，地铁还没有通，再晚些回去只能选择昂贵的出租车了。

公交车上没有几个人，昏黄的灯光下，朴正东找到靠窗边的一个位子，打开窗，湿湿的带有咸咸的海风是济州岛特有的味道，热带大叶植物伴着微风摇曳。偶尔交错的几台旅游大巴，里面传来混杂着各种语言的喧嚣吵闹声。

车子靠向了站台，这里距离朴正东的家不足五百米。

朴正东跳下了车，身后传来车门关上再次启动的声音。

地面的灰尘极少，由于整座岛屿都是火山岩组成，地面被雨水浸透后，一小时内必干。所有公路上均见不到排水系统的影子，一切纯天然。火山岩的缝隙，会把灰尘同积水慢慢过滤掉，流向太平洋海底。

街上静悄悄的，偶尔遇见几个行人。他路过一家二十四小时便利店，推开门，径直走到一排货架前，拿起了一盒拉面。返回柜台结账后，朴正东打开面条的盒盖，在一边的水管接了没过面饼的水，然后走到角落，放进微波炉加热。

韩国随处可见这种提供一切便利的店面，朴正东通常选择在此处加工好再回去享用，否则过大的动静会把母亲招来东问西问。

朴正东端着热气腾腾的面碗，蹑手蹑脚地打开家的外门。

房间里的灯已经都灭了。操劳了一天的母亲，想必已经早早入眠，借着窗外的月光，能看到桌上留着一些简单的饭菜，想必是等待儿子归来特意准备的。

朴正东顺来一碟母亲亲手腌制的泡菜，光着脚挪到了自己的房间，不弄出一点儿声音。抬起腿勾上了房门，长吁了一口气，把食物放在小书桌的电脑旁。他脱掉衬衫，甩到床上，拉上窗帘，爬回到电脑前。点亮了桌上的小台灯，登录到几个月来常进入的国际聊天频道。

半小时前，对方已经在离线消息中留言。

“嗨，朴，怎么样，今天的工作顺利吗？”

看到对方显示正在线，朴正东急忙打字回复消息。

“顺利，目标出现，我跟踪她，女人一直没有发现我。”

“好，你果然没有让我失望。”

对面发过来一个微笑的表情包。

朴正东拿起小叉子，搅拌调料，混合均匀，津津有味地吃了起来。

他将下午的遭遇，原原本本地向玩具人汇报了一遍，加入了许多自己认为非常合理的分析。他想，对方一定会很开心，我的脑筋不亚于一位专业的侦探了，说不定可以再多加一些奖金。

消息发出去后，对面停顿了很久。

“你还在吗？”

“哦，当然。朴，你的跟踪任务完成得非常出色，我在根据你的描述，判断一些事情。对了，中途感觉她对时间很在意吗，经常看表吗？”

“不算太在意吧。”朴正东回忆着回答，“进酒店后我怕被发现，没有第一时间跟进去，至于她刚进去时看没看过时间，我不是很清楚。唯一确定的一次，就是她办完手续坐电梯前，特意瞧了下酒店大堂挂着的时钟。”

“她全程用过手机没，你能确定吗？”

“哦，我想想。”

朴正东喝了一口面汤，托着下巴极力去回忆。

对，下午一直觉得一件事情比较怪，想了许久不知道哪里古怪，现在经过提醒，发现了一个容易忽略的关键点。

“对了，那个女人没有用过手机，或者可以确定地说，她没有带手机。”

“哦？你是如何做出这个判断的呢？”

“她在前台办理入住的时候，一般情况下刷过 VIP 的黑卡，手机会接到一条扣费的短信。这个女人开始明显忘记了自己没有带手机，还下意识地低头去翻看了自己的包，估计马上想起来没带，所以慌忙在掩饰，其他人觉得无所谓，可我一直在观察她的细节，所以感觉情境很别扭。”

“哈哈，你分析得十分准确，不亚于私家侦探了。”

“别这么说。”电脑前的朴正东一脸得意的神色，“对了，其实分析起来就奇怪了，一个在异国他乡出游的人不带手机，国内的亲属担心了怎么办，不符合常理。”

“这不是你关心的事了，我已然了解。”玩具人显然知道原因却不愿吐露，“想想下一件事吧，你离她比较近的时候，她的面部妆容如何？”

“这……”朴正东再次陷入回忆，对于一个男人来讲，观察一位陌生的女人本来就很不礼貌，何况是盯着别人的脸，加上自己不太能分辨出女人是否化过什么妆。

“大概，也许妆化得很重，白白的……”

“白白的，就像涂了某款防晒霜。”玩具人补充道。

“对，应该是防晒霜。”朴正东重复了一遍对方的判断。

“很好，根据你的观察，她去了十五层。济州国际酒店的后边，是一片茂密的热带椰子树一类的植物，隔着植被的远处，就是海滨浴场。”

“嗯，是这个格局。”朴正东插了一句，很明显对方来过这里，比较熟悉地形。

“七八月份的时候，正值岛上享受日光浴的好季节。”

玩具人没来由地感叹了一句，朴正东不明所以。对方则继续打字，对话框显示正在输入。

“住在酒店十层以下，几乎看不到海边的情况，十五层的高度，想必能轻松地望到海滨浴场的情况了，然后观察何时人少，可以换装出门过去享受一番，擦好了防晒霜，女人都喜欢这类的日常保养，想想都舒服惬意啊。”

玩具人又聊了些关于女人旅游的故事，听上去比较无聊，对方思维的灵活跳跃程度，超出了朴正东的想象。

“朴，待你吃完泡面，我来布置下明天你的行动吧。”

“你怎么知道我在吃泡面？”

朴正东问完，警觉地朝四周环顾，摄像头关得好好的，他突然感觉未曾谋面的网友像日夜监视着自己一样。

“哈哈，还真被我猜对了，这只是一个简单的推理：根据你每天的在线时间，我判断你的家庭日常用餐时间是在晚上五点一刻到六点之间，作为家中的独子，想必父母都是以你为中心安排的晚餐时间。之前的聊天中，大体判断出你是位没有工作的宅男，所以吃饭时间才固定，不像其他上班族会工作加班或应酬。用完餐后，你一定无所事事，只想把自己关在屋子里上网聊天。”

朴正东深深佩服对面网友的判断能力，莫非是一位警察或者侦探，因为种种不方便的原因，跨国联系我帮助破获一起案件吗？

几种假设飘荡在朴正东脑海里，对方没有给他足够的思考时间。

“根据你汇报给我今晚离开酒店的时间，以及你的聊天账号上线的时间，我大概判断出你家与酒店间的距离。还能赶上晚班公交，你当然不会选择坐昂贵的出租了。依据公交车的平均速度和岛上的路况，翻开济州交通图，大概可以将你家的坐标限定在一个区域。没正式工作的年轻人回来晚了想必怕家里责问，一定不敢弄出很大动静，而这时，便利店的泡面是最好的选择，制作时间短，携带方便，这样你有足够的时间快速回到家里，因为跟我的约定，想早一点把消息告诉给我，让我放心，急着拿到赏金。我说的没错吧，一边吃泡面一边对着电脑屏幕的你？”

“好厉害。”朴正东看完上面的文字，由衷感叹，“朋友，有空的时候，你可不可以教教我推理，好有趣。”

“呵呵，你接下来听听我的计划，待你大功告成时，也逐渐变成为一位推理大师了。”

“真的？那你说说看。”朴正东一口喝下碗底的拉面汤，聚精会神等待对方的安排。

“通过你的形容，她的状态比我预计的要糟，怕她有所异动，所以我们的一切计划必须改变，可以提前。”

“哦。”朴正东似懂非懂。

“明天上午，你去酒店附近转转，看看能否碰到她出来。出门前，带着上星期二买到的口香糖和袖珍耳机，袖珍耳机的线提前用剪刀剪掉，只留下耳部收音的部分即可，然后用嚼过的口香糖黏住袖珍耳机的背面，争取在拥挤的地方塞到目标女人的口袋或者包里，就大功告成。”

“这……这是什么？”朴正东设想着中国神秘网友要求制作的小东西，恶心且不实用，女人过后会很容易发现，认为是哪个小孩的恶作剧吧。

“哈哈，你觉得这个装置像什么？”对面发过来一个有意思的问题。

“这……外观上，可能类似于一个窃听器，但它没有任何窃听的实际功能啊，起不到窃听对方的效果。”

“你说对了，常人看过第一眼，都认为是一个精致的微型窃听器。朴，你想，一个养尊处优的女人，出门溜达回到宾馆，偶然发现身上多了这样一个小东西，她会怎么做？肯定会拿下来细细研究，最后发现不过是一个小圈套。”

“嗯，有一定道理，也许吧。”

“不是也许，是肯定。看到我们的这个小设计的外观，自然而然会联想到电视或小说中的窃听器，几乎不会拆下口香糖来仔细研究。而且这个女人，最近正处在神经质、异常的敏感状态，如果她在中国就感到有人在时刻跟踪自己，因为她知道了某项秘密，有人放风要杀她灭口，于是慌慌张张不带手机逃到国外，以为这样安全了。结果到来的第二天，毫无察觉地被放了一个像窃听器的东西，你觉得她还会怎么想？”

听到玩具人的解释，不知道是屋子里的燥热，还是联想到的事实，朴正东裸着的后背、脖子，均渗出了汗液。

“女人一定会想，放风杀她的人跟随她来到了济州岛，已经掌握了她的行踪。放在兜里的窃听器，或者是慌张大意的露馅，或者是一次赤裸裸的警告，她会毫不犹豫地把东西处理扔掉。”

“对，你回答得很好，这是她该做的事。”

“女人不会因害怕而选择报警吗？”朴正东问出了心中的疑虑。

“当然不会，你说过了，如果她真想报警，一定会把手机带在身上。

这次出行没带手机，可见她拒绝和外界的一切联系。嘿嘿，何况女人做过的事，本来就是违背法律的事，权衡利弊，她即使处在危险的境地，也一定不会报警。”

“哦，我懂了。”提到了警方，对面用了不屑的口气，看样子绝非自己当初设想的警察寻找优秀人才帮助破案的猜测。玩具人身份成疑，手段或多或少有些卑劣，不知道会不会安排自己做些触犯法律的行为。

朴正东正渐渐触及计划的核心部分，隐隐觉察不妙，他考虑过退出，但是巨额奖金摆在面前，只要完成几个简单的小任务，相信坚持下来，回报一定满满。

只要自己不犯罪，助纣为虐一次未尝不可，何况中国女人在玩具人的介绍中也不是什么省油的灯。

第二十章　完美计划

清晨的脚步临近，床上的韩国青年辗转反侧。

几乎没有什么考虑的余地，朴正东在昨晚睡觉前，把今天的行程逐一规划了一遍。

朴正东拿出美工小刀，拽过袖珍耳机，几下割掉了线绳部分扔进垃圾桶，留下了黑色的听筒，不去仔细观察，看上去还真像窃听器。他接连做了四个这样的装置备用。

朴正东穿上昨天的格子衬衫，经过汗液的浸泡，领口处已经泛黄。平常都会扔到卫生间的脏衣篓里，等母亲凑够脏衣服再开洗衣机。想起还要连续穿上几天给对方留下深刻的印象，夜里回来又懒得洗，只好每晚尽量平整地铺在床上或椅子上，穿在身上不至于皱巴巴的。

“你要去哪里？”

朴正东斜挎着一款磨旧的老式单肩包，打开房门时并不见母亲的踪迹，当他蹑手蹑脚窜到门口，准备提上鞋子时，母亲的声音从背后传来，她正准备出门，瞧见了鬼鬼祟祟、昨晚不知道去哪里疯的儿子。

“我……”朴正东转身尴尬地笑了，望着母亲的表情，还好没太生气，只是语气里有些责备，他放心了许多，想出了背好的台词，“妈妈，您别担心，我出去赚钱啦，正有一份不错的工作等着我，去当中文翻译呢。用不上几天，就会有价格不菲的薪水哦，也省得您总是教课出去操劳了。”

“真的假的？你少来骗我。”

母亲疑惑的神情显露在脸上：“你说说看，在哪里打工？邻居金家兄弟几个，说是没在附近的步行街免税店看过你。”

“啊，那是当然了，我怎么会在那种地方，很累又赚不到几个钱，快被中国留学生垄断啦。我在离家远些的济州国际大酒店工作。”

“你去了那里？”

“是啊。”朴正东回答母亲，“最近中国的客人很多，我去那里大厅帮着招待，有时去浴场负责海岸营救，您知道，我的水性很不错的。”

“哦，好吧，希望你说的都是真的，那吃过早饭再走吧。”

“不了。”朴正东转过身，拧开了房门，“今天客人会多，好几个预定的旅行团，我要早点儿去，昨晚加班主管一直在培训这件事，不想迟到，早餐就在车上吃吧。”

“好，那你路上注意安全。”母亲不厌其烦地嘱咐，二十三岁生日刚过的儿子，在她眼里不过是个长不大的孩子而已，她总怕儿子被心术不正的人引入歧途，“正东，相信你是最棒的，加油。”

朴正东嘴里叼着一节细细的香肠，坐上一辆开往海边的公交车。他找到靠门的位置坐好，正赶上每天九点前的上班高峰期，车上的人比较拥挤，男人和女人都低头摆弄着手机。

朴正东从没体会过上班族的压力，父亲自杀时，他懵懂的心里觉得有些不值，为了金钱不惜搭上生命的代价，跳入冷冰冰的汉江，成为电视节目中每隔一两天就会播报的普通的跳江自杀案件之一，仿佛和自己无关，该忙碌的事情还在继续。

朴正东的家庭是传统的韩国家庭之一，母亲嫁到朴家后，便辞去了工作，整天学习插花、茶道，随街坊同样年龄的女人外出散步、美容、聚会用餐，挣钱的任务完全压在了父亲仁拓的肩上。

朴仁拓是一位传统的韩国男性，每月从一家世界五百强钢铁企业拿回约六百多万韩币的固定工资，经济萧条不景气，这些钱在同龄人中勉强是一个中游的水平，维持老婆的日常花销，供儿子少量的学费，剩下的钱还房子的贷款，再留不下多少了。

老婆还算比较贤惠，每月尽量节省在自己身上的开销，经过几年也攒下了一笔钱。后来朴仁拓迷恋股市，经常偷偷地拿钱炒股，由于不懂行，立刻被套牢，资金缩水严重。再加上单位一直随波动的经济裁员，面对家庭和事业的双重压力，朴仁拓无法交待，选择了自杀。

自杀是发生在朴正东高中时代的事情了，现在想起来感觉很遥远。朴正东用力去回忆，父亲的面容在脑海中很淡很淡，母亲这些年一直怕自己步父亲的后尘，犯下无法挽回的错误，但愿这次的经历是愉快的，究竟该不该信任未曾谋面的神秘网友呢？

朴正东撕下包装纸，将口香糖塞到了嘴里。嚼得差不多后吐在手上，依次按扁粘在耳机听筒的背面，黏黏的有些恶心。做好了四个，放在挎包里怕粘住，朴正东用口香糖的包装纸光滑一侧贴在背面。

时间是上午九点三十七分，朴正东出现在与济州大酒店相隔一条街道上。在这里，可以清楚地观察到进出酒店的人士。

朴正东找了个舒服的公共设施落座，拿出昨天买的旅游地图放在腿上，眼睛盯着正前方。

不知道女人几点会出门，勤劳的人也许早已出去，朴正东可能已经错过了跟踪的时间。他之所以依旧如此淡定地坐在这里，根据玩具人的判断，女人十分谨慎，上午极有可能不出现，而下午耐不住寂寞，大概率出现在海边。

偷窥的位置极好。酒店出来的人极少望向马路的对面，由于昨天近距离见过的缘故，朴正东有自信从身高、着装、走路形态，准确锁定目标。

上午的时间极其无聊，朴正东找了个背光的地方，减少了太阳的炙烤，闷闷的空气在室外呼吸久了仍然是不顺畅的感觉。朴正东根据多年的居住经验推断，最迟下周，台风即将来袭。

午餐时间，朴正东的眼球因长时间眺望有些酸酸的，起身活动了一下，在附近找了家快餐店，打算吃饱再备战下午的工作。

酱汤的味道回味于嘴中，吃完午饭已是下午一点多。“城市里的传统美食越来越不正宗了。”朴正东抱怨了一句。传统的东西，正逐渐被外来商品所替代。

朴正东没有选择继续坐在对面，上午坐了两个小时，起来时腿已经麻木了，就在酒店台阶和马路边闲逛，对方出来他同样可以捕捉到。

目标于下午两点半出现。

朴正东停下了脚步，精神顿时警觉了起来。

女人戴着一顶当地产的手工编织草帽，像是错开时间在附近逛街购买的，价格不菲；戴了一副黑漆漆的太阳镜，怕晒到的样子；身上穿着薄薄的纱裙，长度直达小腿，裙子里面隐约是一件天蓝色的比基尼。

玩具人的判断十分准确，时间和装扮，一定是去后面的海滨浴场，享受下午闲暇时光的日光浴吧。

朴正东和女人大约保持两百米距离，这个时间点，小路上的人不是很多，他不敢离得太近，毕竟没到玩具人要求的故意让她发现的步骤，要循序渐进地安排。

女子挎着一个小巧的手包，估计是等下享受服务时搁在身边方便。这样清凉的装扮苦了身后的朴正东，犹豫了很久，不知道“窃听器”粘到哪里既不被当场发现，还能保证她回到宾馆或无人的处所再看见。

手包绕在腕子处，拉链完好无损，里面的东西是房卡、银行卡、现金之类。单身出门的女子通常会十分留意现金财物，片刻不离自己的视线。

沿着街角，再走下去就是景点开发的海滨浴场，朴正东打开自己的挎包，拿出一个做好的“窃听器”，费了些时间小心翼翼剥开粘得很紧的包装纸，露出的一面贴着手心，握在手里，寻找合适的时机。

朴正东买了张门票，女子的身影还在视线内，他跟了上去。

一群长相身材差不多的本地姑娘，穿着各式的短款比基尼，迎上来开始推销各类产品。

“先生，需要鞋拖吗，沙滩装我们都有。”一个妹子操着夹杂着英语的中文，挡在了朴正东的面前。她们观察刚进来的男人，想愉快地玩水，肯定缺少这些设备。

“我，不必了，谢谢。”朴正东初次距陌生女孩如此之近，脸上反而爬满了羞涩的神情，失去了平时偷偷看成人杂志的勇气，抬头瞄到女孩胸前，马上低下了头。

“哦，好吧，祝您愉快。”听到男游客操着地道的济州岛口音，女孩马上换了一副面容，转身离开。

分心的光景，女人走出更远，朴正东暗叫了声不好，错过了时机，破坏了计划，玩具人晚上一定会生气的。

朴正东连忙加快了脚步，和一位准备下水的大叔几乎撞了一个满怀，对方极不礼貌地用母语骂了他一句。朴正东无暇回应，眼睛始终没离开目标。

还好，女人终于停止了脚步，在一处遮阳伞下面停了下来，有一处躺椅打开放在那里，旁边是一个小板凳和一张圆桌。

朴正东放缓了步子，原来女人是在寻找一处可供乘凉，又提供按摩的地点。显然躺椅上打着哈欠的帅小伙儿，引起她浓厚的兴趣。

也许要求跟踪的玩具人就是她远在国内的老公，为了掌握证据，方便回国后离婚，省去了分割财产的麻烦。今天把“窃听器”藏过去意思很明显：你的所作所为我都一清二楚。出轨的一方在财产分割时永远处于劣势。朴正东暗暗思忖。

简单交涉后，女人从手包里拿出了几张红色的钞票，韩国小伙儿连声道谢揣进裤衩的口袋。女人褪去外裙躺在沙滩椅上，闭着眼享受日光。

小伙儿打开精油箱，将晶莹的液体在双手中搓匀加温，然后轻抚在女人的腿上，女人闭着眼享受，墨镜和帽子脱放在一边，手包果然握得很紧，与朴正东判断的一致。

只剩下一个机会了，朴正东想起了一件事，他有了主意，等待时机到来的一分钟，立即采取行动。

大约二十分钟，正面的按摩基本结束，小伙儿轻轻呼喊了下几乎睡着的女人，告诉她可以翻身，然后自己拿着手巾，离开躺椅，向大海的方向走去。

机会就在眼前，朴正东知道小伙儿此时是去海水里洗手了，这个间隙较短，朴正东从相距五十米远的地方站起身走了过去。

女人后脑朝着上方，昏昏欲睡，朴正东趁四下无人注意，把手中的“窃听器”粘到内构朝上的草帽里，还牢牢地固定了一下。

大功告成。

抑制不住欣喜，朴正东转身离开，消失在吵闹的人群中。

第二十一章　游戏天平

李娜娜已经彻夜失眠很长一段时间了，无论换过多少处地方。

豪华的别墅住进去后没有主人的感觉，反而更像是一个多余的人。

本来自己既没有姿色，又没有学识，仅仅因为自己的小聪明，在宿醉后诱惑领导走上了背离婚姻的道路，换来今天的生活。

一切都是舶来品，导致她在高贵且优雅的现实面前常常自惭形秽。在他原配夫人的面前抬不起头，在他的下属面前毫无存在感，甚至在他的司机面前提不起嗓门来。

可她还是成功了，在阴暗的角落里有了一席之地。

李娜娜熬出了头，相信自己的未来将一片美好，对方不离婚又怎样？她不在乎虚伪的一纸明文，只要自己过得开心快乐就够了。世人追求的不过如此，何苦自寻烦恼呢。

成功人士重视的名利和地位，自己都可以尽全力维护，表面上就是领导和下属的关系，不越雷池半步，正是她聪明的地方。想要的全部得到，欲望全能满足，何况自己已经脱离了青春妙龄，身材容貌没一样具有竞争优势。

五六年前，高考落榜的李娜娜来到城市，她从未想过外边的世界原来如此精彩。车水马龙，灯红酒绿。她暗自定下了目标：我要在城市有一套属于自己的房子，数量可观的存款，体面的工作，帅气的男友，当然，有钱的男友足可以取代帅气，是她在今后的工作中总结出来的经验。

李娜娜无疑成了赌上生命的成功人士，经历了几次坎坷的应聘，上苍终于眷顾了这个平凡的女人一次，她认识了同在小型玩具分销公司的李久立。

李娜娜刚认识李久立的时候，李久立只是个毫不起眼的年轻人，在她眼里，还不如蒸蒸日上的墨常更有利用的价值。李久立任劳任怨，经常加班辛苦工作，这在一个趋炎附势的出纳眼里，无疑是费力不讨好的小工角色。

奈何就是这个最不受关注的年轻人，在赚够了足够的积蓄后，某日突然有了自己的想法，拉拢墨常成立了属于自己的玩具公司。还好李娜娜平日里一副笑面，见到每位工友都礼貌地打个招呼，她相信世上无不可结交之人，就是这一小小的人物特点，注定了她和李久立的关联还在继续。李久立极念旧情，把这位瞧得起自己的老工友招到了新创办公司的麾下，一步一步，当上了自己的秘书。

然而李久立却不知道背后的隐情：李娜娜早因为工作的懒散，经常算错账，分销公司已经准备开除她。还好李娜娜的人脉广，及时知道了这个重要消息，顺势投奔了李久立。没想到一次投机行为，让她赢得盆满钵满。

然而美好的幻想都化作七彩泡沫，随着李久立心脏停止跳动，一切都幻灭了。一直沉迷于物质金钱的享受，虚度了青春中最好的近十年光阴，该错过和不该错过的皆成为过眼云烟。个子不高、身材缺乏亮点、相貌平平，李娜娜已经失去了与同龄人竞争的全部优势。

在“童话王国”，她不可一世；只有两个人是例外。固执的墨常、孤僻的石骏，是李久立最后的底线。这是她无论如何也不敢轻易冒犯的两个人。

从男人和女人背地里好上的那天开始，男人就曾对女人说：“世上只有两样东西我给不了你，一个是名分，我的位置注定了不可能离婚；另一个是叫我砍掉我的左膀右臂，谁惹你我都愿意继续宠着你，唯独墨常与石骏，‘童话王国’的构造我需要他们一齐分担，否则一个人根本顾不过来。尤其那个叫石骏的小伙子，是我近年来潜心培养的对象，未来也许会成为我的接班人，希望你们在工作时顾及我的情面，相处得愉快。”

李娜娜点了点头，抱着一份人不犯我我不犯人的心思，小心翼翼地维护着几个男人间的关系。墨常是一个老古董，当初混的职位比李久立高，条件优越，可惜墨常不解风情，丧妻后仿佛对女人完全失去了兴趣，拒绝参加任何娱乐活动，闲暇时光喜欢把自己关在办公室里或者家里，足不出户。

炎热的夏季，李娜娜一身清凉上阵，按照公司订阅的欧美时尚杂志的潮流，在网上店铺淘来几件以假乱真的便宜货，喷着农贸市场里三十元淘来的茉莉花味香水，解开领口的两个扣子，下半身穿着黑色短裙，侧面接缝还用剪子特意开了个小口。

嗒嗒嗒。

高跟鞋许久放在出租屋内落灰不穿，走起路来感觉格外的累。李娜娜整理过工资的报告，复印一份拿在手里，想到了一个不错的理由，敲开了墨常屋子的门。

“墨哥，忙什么呢？自己关着门多热啊。”

门并没有上锁，她一边敲击一边转动门把，很轻松地推了开来，出于节约成本的考虑，屋子里只安装了一部风扇，空气不流通，时间久了还是闷闷的。

“小李啊，什么事？”

大概是来者的一身另类服装惊到对方了吧，墨常放下手中的报纸，规矩地坐在椅子上，面向她，一脸的疑惑。

李娜娜妖艳地笑了，这个表情今早对着镜子练了无数次，她觉得还是颇能令人怦然心动的，随手带上了门。

迈着小步子几步走到墨常的面前，伸手扶了下办公桌的内侧，手臂半支撑，屁股一半落在上面，一半依偎着。换作是一位国际模特一定会惹得不少人流鼻血，可她的身高局限了这种美感，绷直了脚勉强维持够得到。

墨常身子一弓，坐着的转椅往后挪了半米，尴尬地笑着，本想低头去看地面，奈何一双紧绷的肉腿十分碍眼，瞧多了显得十分不礼貌，又不敢得罪每天走来走去的小出纳，老板身边的红人。

“呵呵，看把你吓得，我又不能吃了你。”

李娜娜低头拍了一下对方的大腿，墨常一个激灵，整个人像通电了一般，浑身麻酥酥的。

“墨哥，忙完了闲聊会儿呗，我能有啥急事，妹妹我看到你这个月加班费好高,超过一些小帅哥的基本工资了,特地来犒劳犒劳你,别太辛苦了。”

说完，一张复印纸递到了墨常面前，上面密密麻麻记载了工资奖金的明细项，老男人悬着的心，微微放松了下来。

“别泄密哦，老板可不让我假公济私，提前泄露工资的秘密。”

“一定一定。”

墨常接过复印纸，目光总算有所寄托，一刻都不愿意放到别处。

趁着简短的间隙，墨常脑中开始认真地分析。

出纳李娜娜平时一直打扮得土里土气，这次虽说不比平时，但绝对谈不上洋气，还是叫作不伦不类更贴切，尤其一股刺鼻的酒精味，莫非是勾兑的香水。她在屋子里的言谈举止，傻子都明白她怀的什么心思，别是老板准备开除自己设的美人计吧。

墨常在妻子患病去世后，一门心思都投身于工作中，加班的时长增加了不少，挣钱的原动力充斥着空虚的内心。

近几个晚上和李久立一起吃饭时，老李透露了些想自立门户的意思，一幅伟大的蓝图等待一步步实现。理想归于现实，投资尚在犹豫中，哪有心情顾得上儿女私情，何况面前的李娜娜明摆着是个见钱眼开的主，今天不知道搭错了哪根筋，主动进屋勾搭起自己来了。

“小李，没什么事情我出去下，才想起来该去趟厕所了，人上了岁数养成了到点方便的习惯。”

墨常不等对方同意，从椅子上站了起来，迈着大步逃亡一般地冲到门口，心想再待下去，被工友们看到了，指不定说出什么闲言碎语来。

李娜娜一脸没好气地盯着老男人的背影，心里琢磨要不是听说你攒了不少积蓄，我才懒得理你。

“哼。”

李娜娜狠狠地甩了下手，复印纸揉成一团扔向了垃圾桶。

从那之后，墨常再见到李娜娜时，仅仅打个招呼而已，李娜娜见对方一直对自己冷冷淡淡，几周过去也就彻底没了兴趣。

李娜娜目标转移，换了种委婉的方式，工作中开始照顾起李久立的小细节，这次男方感激得一塌糊涂，根本没看清李娜娜的用意。

一个月后，李久立下定决心，辞掉了口碑不错的职位，携手墨常，投入自己的所有积蓄，创办了“童话王国”玩具公司。

曾经鼓励照顾过自己的妹子，李久立念及旧情，不顾墨常的隐晦提点，把李娜娜找来任出纳。

李娜娜的事业迎来了新的春天，自己都颇感意外，考证方面马马虎虎的她，在新的公司摇身一变成为元老，不久便升为主管，管理几个大学毕业高才生，虚荣心充分得到满足。

苦心人，天不负。

李娜娜将激励的谚语全部用在了歪门邪道上。

风声传说李董事长因为工作的分歧和妻子大吵了一架，她必须马上有所行动。

晚间故意制造合理的加班机会，借老伙伴的关系帮董事长订餐沏茶，端着便当走进李久立办公室后，拖延好久才出来，穷尽思路想出活跃气氛的话题，谈一些开心的东西，给因家庭不和而郁闷的李董事长带来些许的慰藉。

时间久了，李久立察觉到出纳小李比较贴心，索性大笔一挥写了一份调令，让李娜娜成为自己身边的唯一秘书。那是在“童话王国”初始的两年，二十多人挤在租用的写字楼里办公。

更近的距离，朝夕相处，李娜娜掌握了董事长的一切，李久立对花粉过敏使得她放弃了继续泼洒低劣香水，投李久立所好，她接触的事物都转变到高雅的圈子里。

她一直在等待一个合适的机会，离他更近。然而李久立始终保持两性关系间的合理距离。几次走到宿醉的悬崖边，一旁的墨常拽了他一把。

李娜娜敢怒不敢言。

我不信两个男人能天天如胶似漆地混在一起，老虎还有打盹的一天呢。

干柴烈火终于归结于一个酒后的夜晚，李娜娜如愿以偿，李久立事后悔恨不已。

既然事已成定局，双方选择默默接受了这个事实，何况女人答应不会触犯雷区，其他的条件没什么不可以。

就这样幸福甜蜜地度过了几年，偷情的刺激和金钱地位上的收获，李娜娜觉得自己是世界上最幸福的女人之一。

直到有一天,一双孤傲的眼睛出现在“童话王国”高级领导层的视野里。

石骏的出现，打破了游戏天平的平衡。

第二十二章　逃离

美梦破裂在那个普通的午后，李娜娜第一次进去时还略有深意地看了一眼李董事长，谁知一瞥即永别。

过度的操劳使李久立两侧鬓角斑白，他静静地趴在那里，像极了雪地里的一座被掩埋的雕像，身体的热量正在逐渐散去。

李娜娜惊慌失措地按照石骏的交待报了警，颤抖的双手不能自已，三个简单的数字敲了好几次才成功，同警方的谈话间，泪水不自觉浸湿了并不俏丽的面庞。

不，不可以这样。李娜娜内心千万次地告诫自己，一旦李久立发生了任何不测，必须第一时间跟对方撇清关系。

我不是什么好人，希望在相恋的人死后，做一次唯一的“善事”——维持身后的名誉。

医生和警方调查时，李娜娜强忍着低落的情绪配合着，规规矩矩地回答，内容反反复复只停留在工作层面。

还好石骏他们几个人在，尤其从来都看不上眼的石骏那小子，貌似成为警方排查案件的关注点。李娜娜悄悄地离开，因为全身上下毫无亮点，年轻的警探并没有把不起眼的她作为怀疑对象。

打车到出租屋，李娜娜一刻没有停留。路上就已经考虑过未来，避免东窗事发，逃掉是最好的选择，况且成为实际掌权人的石骏本就看不惯自己，何必自讨没趣。

之前的小细节处理得相当完美，屋子里没有李久立的任何痕迹。

两个人每次的约会，都选择在李久立郊区一幢别墅里。别墅每隔两天上午会有一位用人打扫，李娜娜从不在那里过夜。

李久立说过，别墅的存在只有他的妻子、女儿、墨常和石骏四个人知道，作为私人财产的一部分，这些年间几乎无人过问。李久立曾想过过户给李娜娜，被她婉言谢绝。她依旧选择住在三十多平方米的出租屋内，不能说是想法不多，恰恰相反，她是一位野心极度膨胀的女人，成为李久立的情人后，清楚地知道自己的价值，所以尽可能小心翼翼地维护自己的地位，多余的金钱存到卡里，长久的相恋不现实，等李久立将来退下来的时候，自己还有资本。

刚过三十岁的李娜娜内心充满矛盾，以前是对金钱和权力的贪婪，占有欲一旦满足了，她倒有些无聊，感觉失去了人生目标；下一个人生起点又在哪里呢？

李娜娜打开衣柜，从里面选出几年间买过最心仪的衣服，塞进了行李箱。随着身材日渐走样，一些衣服穿上去已经显得臃肿。在相当长的一段时间里，李娜娜按照书上的方法开始减肥。可能由于体质的原因，效果始终不明显。她甚至很少照镜子，不敢面对自己。

下午七点刚过，李娜娜站在了长途客车站。她从小贩手里加价买了一张开往异地的汽车票，钱对她只不过是一个数字而已，更重要的原因是她不想使用身份证，给警方或者石骏留下任何线索。

李娜娜上衣内侧的贴身口袋里，揣着一张银行卡，里面的金额大约在七位数，持卡人是李娜娜，巨额的钱款是帮助李久立保管的。她在一个极其秘密的场合拿到了这笔现金，现金的主人属于新大洲公司的总经理张浪。

李娜娜不想泄露这个秘密，关于这笔钱到手的原因，自李久立死后，世界上大概只剩下张浪和李娜娜知道了。只怕张浪听到消息，发现人财两空，会派人跟踪自己；她也怕那个石骏，对他总有说不出的恐慌。她回忆起来当天两次进办公室的情况，隐约发觉有些不一样的地方，可惜当时匆忙没有多加留意。哎，有时人就是有这种莫名其妙的感觉，可能精神受了刺激，自己过于神经质了吧。

石骏到底了解多少我和李董的关系？李娜娜不确定这件事，也是她出走的原因之一，随着事件的端倪渐渐显露，届时找上自己的人一定会越来越多，欠债、欠人情、欠一个交代。而现在自己拥有的都是一点一滴搏来的东西，绝不亏欠任何人，她拿得心安理得。她希望找一处不像希捷市那样繁华的小城，开始一段新的生活奇遇。

李娜娜坐在车厢中间靠后的位置，思虑着未来的前途命运，不知不觉靠在玻璃窗上睡着了。

一阵噩梦将她惊醒。

梦中，李久立不再是和蔼可亲的情人，而是滴着血污的恶鬼，干枯的老手贴着她的肩膀，张着腐臭的嘴巴吹了她一脖子冷气，嘴里幽幽地说："你害得我好苦，还我命来。"

李娜娜一个冷战，胳膊上密密麻麻的鸡皮疙瘩冒出来，睁开蒙眬的双眼，车窗外细雨绵绵。

黑暗中，仿佛有一双眼睛一直在注视着自己。

自车站排队上车时，她就感觉身后泛起一阵凉意，应该就是从那时开始的吧，女人的第六感告诉她，有人正在跟踪自己。

李娜娜猛地转过了头，借着夜间车厢内昏黄的灯光，大部分乘客闭着眼睛，鼾声四起。偶尔与一两位乘客目光交错，他们均不像心里有鬼的样子。那对母子肯定不是，学生也不像，老年人显然不合乎逻辑，究竟会是谁呢？

李娜娜转回了头，瞧向前方。

一个个黑黑的后脑勺对着自己，连性别都判断不出来，更别提去前面挨个观察一次了。只有司机和售票员一男一女出于解困的原因闲聊打趣，间隔几秒嘿嘿笑一下，算作车上仅有的生机吧。

好久没有在夜晚孤独的一个人了，灯红酒绿的世界正在逐渐远去，不安感突生，也许是患上了被迫害妄想症，自己已经如此小心迅速，怎么会有人在这么短的时间内跟上自己呢？

迅捷的媒体应该在熬夜整理稿件，等明天的早报，才会正式刊登今天本市最爆炸性的新闻吧，那时，我已在外地，是非恩怨，像是在听别人的故事。

胡思乱想间，李娜娜再次昏睡了过去，一夜的梦里，任何人都没再出现过。

靠着玻璃的脑袋，被凉意侵蚀而醒。

夏天的北方清晨，太阳刚刚露出地平线，外边的气温依旧不是很高。晚睡晚起的习惯已然养成许久，李娜娜已经很久没有这么早观察过外边的世界了。

李娜娜怔怔地望向窗外，一片陌生的建筑群出现在自己面前。

希捷市，再见。无名小城，你好。

长途客车终于驶向了终点。

司机踩下刹车，按动车门的开关，一刻不愿多看，倚在座位上，闭上了疲惫的双眼。一旁的乘务员，尽管上半夜坚持了许久，还是没熬过困意的洗礼，零点一过，倒头睡了起来，直到现在还没有睁眼。

李娜娜配合站台的人员，找出车厢底部存放的拉杆箱，身体睡醒时的余热还未散去，人便消失在了熙熙攘攘的人群里。

她来到路边的一个二十四小时提款机前，观察了下，未见有人尾随，急急忙忙掏出带着体温的银行卡，插进去，输入了李久立的生日密码。

显示器上的余额令她无比满意，若不是携带不便，真想都取出来带在身上。总觉得把钱放在卡片里很不安全，万一哪天银行冻结了自己账户，自己的所有财产届时将化为黄粱一梦。

李娜娜取出三千元现金，对着摄像头仔仔细细地点过一遍，这是她作为小企业出纳多年来养成的一个小习惯。确认过金额，李娜娜把钞票揣在挎包里，手机从昨晚开始就关机了，瞧见提款机上的时间显示七点零三分，她准备找一个地方歇歇脚吃早餐。

早餐的时刻，李娜娜对未来进行了一番构想。

首先最好弄一个假的身份，租一处离市区不远又不太张扬的房子住下来；接下来工作可以慢慢琢磨，反正金钱足够挥霍几辈子；然后就是物色刚刚参加工作，没车没房没存款的小帅哥了。崭新的人生棋局正在铺设，寻找棋子的过程中自己也作为整盘棋的一部分脱不开关系。

一种压迫感再次袭来，仿佛黑暗中有一双紧紧注视着自己的双眼。

这次比之前清晰了不少，如果说认识的人中谁有类似的眼睛，她想起了副总经理石骏的一双狐狸眼。

李娜娜不由得打了一个冷战。

对，对，怪不得反常。

李娜娜隐约记起来了，最后一次见到石骏，他在死去的李董面前，冷静得异常，看起来像是早知道对方会死掉一样。为什么会有这种感觉？那时来不及细想。

现在回想起来，不正是他冷峻的面容吗？还有一双闪烁疯狂的光芒的狐狸眼。

李娜娜猛地打了一个哆嗦。

李久立不是猝死，而是真正地死于他杀！

一个惊人的猜想回荡在脑海。作为目击证人之一，当时李娜娜的目光和石骏接触过几秒。

几秒足以致命，石骏是否已经想起了此事，那么如今她面临的不再是简单的警方询问和失去财物的问题，疯狂的凶手甚至会让自己从世界上永远地消失！

石骏究竟用了什么手法杀死了李久立？

李娜娜加快了步子，想摆脱那双狐狸般的眼睛。

警察初步断定是心脏病突发引起的猝死，可记得昨天下午，自己第一次走进屋子里沏茶倒水时，坐在位置上的李董只是有些干咳，未看出丝毫患病的前兆，石骏短期内是如何得手的呢？

是电影中常见的密室杀人？

下午的办公室是够闷热的，估计是两人刚回来，没有及时开空调，后来匆忙进去看趴着的李董时，感觉屋里凉爽了许多。

李娜娜越是焦急，越想起来些没用的东西，还没听说过空调藏毒杀人的。再者实施起来，屋子里的两个人岂不是要同归于尽。

走出来的石骏无论是气色还是神态，没有一丁点儿问题，这个人天生的冷血，倒是符合他在李娜娜心里一贯的印象。

听说警方当场基本认定是自然死亡，就应该没问题吧。

记得警方有个刑侦勘察的人员，问过当事人很多问题，好像姓唐。唐警官年纪轻轻、细皮嫩肉、眼珠幽蓝、有点儿像混血，倒是很符合自己的审美呢。

李娜娜的胡思乱想能力确实无人匹及，她用了一些非正常手段，多花了些金钱，如愿找到了一层十分考究的单身公寓，拎包入住，周围的压迫感在房门关上后终于消退了不少。她好好地洗了一个澡，重新梳理了下潮气打湿的头发，享受着暴风雨前的宁静。

第二十三章　李娜娜传

李娜娜彻底混不下去了，三十多岁的人，自理能力依旧很差。

来到陌生城市的第三天，李娜娜在几家网站上抄下了一些较为适合自己的招聘信息，但她不敢直接投简历，很怕暗处的人雇佣黑客顺藤摸瓜找到她。

下午四点半刚过，天色微微暗下来，李娜娜才敢出门。

小街的拐角处是一个老旧的公用电话亭。李娜娜昨晚买菜的时候，顺便购买了一张 IC 电话卡。

在希捷一类的大城市，IC 卡五年前便退出了历史舞台，而这样的小城镇，电话亭仍然有用武之地。

昨天下午她观察了许久，透过卧室窗户的一角，三个小时内大概有两个人使用过那部公用电话：第一个是个老男人，他停留了几秒，摸索着裤兜，好像发现自己没有带卡，焦急地踢了一脚拉门愤愤离开；第二个是一个带着小孩的年轻妈妈，倚在里面像是聊了很久的样子，时间长了小孩觉得无聊，左顾右盼。这让李娜娜确定了这部电话好使、准备买卡打几通自荐去应聘，手机是万万不敢再用了。

小城离希捷市不算太远，几天前的新闻已经传遍大街小巷。

李娜娜暗自庆幸当初的选择极其明智，警方显然把猝死案当成了凶杀案立案调查。电视里虽然没有披露嫌疑人的名字，但是继承了“童话王国”最高位置的人肯定逃脱不了嫌疑。

迟早要查到我这里，一旦警方同银行合作调取我的账户信息，巨额的不明财产一定会出事。还好没有新大洲公司的信息披露，李娜娜松了一口气，李久立的死，她觉得和张浪一段时间以来的小动作脱不了关系，张浪万一狗急跳墙，供出我和李久立的事情就糟糕了。

她见过唐警官一次，年轻的侦探心思缜密、逻辑清晰，再深入下去，恐怕早晚会把证据都串联起来。

那是李娜娜不想面对的一天，维持现状，相信对每个人都更好吧。

考虑到利益链的关系，李娜娜隐约明白了自己所处的位置。

石骏、墨常、张浪、刘燕，几个人被一条暗线紧密地牵扯到一起，其中的任何一环出了问题，谁都逃不掉。

李娜娜知道一部分事情，不是全部。冰山一角有时足以致命，希望致死的那条命，不是自己。

拨过了纸上记下的几个号码，李娜娜泄气地低下了头。

她不敢轻易泄露自己在“童话王国”任职的经历，现在社会上传得沸沸扬扬，风口浪尖上怕出问题，而其他的经验，自己约等于没有，再加上学历一栏歪歪扭扭的字迹填写着“高中毕业”，在这个大学生泛滥的年代真的挺难。

返回单身公寓，李娜娜食欲不振，煮了一碗泡面。

离开李久立的日子里，身体的虚弱加上精神的紧张，她瘦了快三四斤，经常提不起食欲，整天处于浑浑噩噩的状态，坚持了八年多的晚睡晚起的作息规律一朝改变，面色泛黄，一副病恹恹的状态。

李娜娜打开电视机，许久想不起来有什么可看，玩具公司前董事长离奇猝死案，成为她每晚关注的重点。

一则新闻引起了她的注意。

《前童话王国董事长遗孀刘燕女士宣布丈夫的尸体暂且不火化，要求警方彻查此案》

莫非有了什么新的线索？一个不好的猜测浮现在脑海。

背景资料介绍，副总经理石骏顺利地成为“童话王国”新的掌权人，董事长的职位下周就会选举出来，他被业界普遍看好。资料的结尾，记者写出了自己的分析，怀疑本案与“童话王国”的继承权问题有关，虽未点名，但正常人首先都会对年轻的后辈石骏上位抱有怀疑的态度吧。

在这之后一张照片出现在屏幕上，警方向社会征集了一个重要线索。

李娜娜，女，三十一岁，原任职于童话王国科技股份有限公司总经理秘书，现处于失踪状态，警方初步怀疑是案件知情人，请有线索的群众与下面新闻线索电话号联系，此人暂无出境记录……

李娜娜急忙拿手指按下遥控器的静音键，立即起身拉严了窗帘。

她靠在墙壁上，耳朵贴着墙面，隔壁和周围没有什么异响，不知道小单元的隔音效果怎样，但愿房东不会有兴趣收看这档节目吧，当初租赁时尽管留的名字是假的，但是做贼心虚，她还是害怕对方记得自己的样子。

怎么办?

新闻已经播出，警方一定会铺开天罗地网来寻找。如今的小城暂时比希捷市安全些，可网络媒体的发达程度，早晚会露出破绽的。

必须尽早再作打算，她把刚刚摊开两天的衣物又重新收拾起来，舍弃了几件累赘，其余装在箱子里。自从依靠的大树倒塌的一刻，她就做好了学习候鸟不断迁徙的准备。

下一站定在哪里呢?李娜娜内心比较迷茫，附近的城市看上去都不安全，这几日被人盯梢的感觉犹未散去。

晚上自己待在屋子里，门一直反锁着，为了保险起见，卧室门又锁了一道，双重保险听上去可笑得很，但起码能给自己心里一丝安慰。

究竟谁在跟踪自己呢?除了警察之外，目的会是什么呢，难道真有人要害我灭口?我知道的秘密足以致命吗?

保险起见，今晚好好休息，明天一早，养足了精神立即出发。李娜娜打定主意，护照还在有效期内，也许出国避避风头是个不错的主意。

钱包里存放着一张酒店的 VIP 黑卡，李娜娜每年的个人假期都会偷偷地乘坐航班飞往最近的免签地韩国，李久立则选择舍近求远，先飞赴南方，再于第二天转机，两位秘密的地下恋人就这样避开所有人的目光，相约在济州国际大酒店某个房间，度过难忘的几个昼夜。

异国他乡，反倒有很多值得留恋和回味的地方，岛上他们搭建了属于自己的茂密森林。物是人非，剩下的唯有一个人孤独的怀念。

飞机的引擎声隆隆作响，谁又能预料，陷阱的口袋不但没有被戳破，反而越收越紧了。

李娜娜来到韩国，目的有几个。

第一，躲避警方和暗处一直追踪她的人（如果真的存在），待李久立案件尘埃落定后，再做下一步打算。

第二，身体和精神上需要好好放个假，过分紧绷的神经，自新大洲总经理张浪搅进来后一直乱乱的。李久立的猝死，绝不是偶然。

第三，最重要的原因，都说韩国的整容整形技术出神入化，在世界前列。她打算花费一笔高昂的费用，在身上不满意的地方动动刀子。

岁月催人老。

漂亮的女人，一旦过了三十岁的门槛，脸上的皱纹逐渐增加，皮肤松弛，生过孩子后的一段时间不注重保养，身材很快也将走形。

李娜娜清楚地意识到自己并不漂亮，虽然还未生育，但一段时期内尽享山珍海味，缺乏锻炼，肚腩的中心位置就会悄悄地挺出来，远看倒真像是孕妇一般。

1503 房间。

结束了两个小时的空中行程，李娜娜甩下鞋子，扔下皮箱，呈大字躺在柔软的床上，感觉十分惬意。透过落地窗，眺望远处的白色海滩，水天一色的蔚蓝，使她过度紧张的身心全部放松了下来。

冲过凉，洗刷掉了身心连日奔波的劳顿，李娜娜拿起床头的电话熟练地按下了内线的呼叫键，红色的指示灯闪烁，动听的中韩英三国语言互译声传来："您好，这里是济州国际大酒店，欢迎您的光临。客房清洁服务请按 1，机票预订服务请按 2，餐饮提供服务请按 3，其他服务请按 9，谢谢。"

她犹豫了一会儿按下了 3 号键，今晚疲惫懒得出门，一个小时的时差需要细微的调整，和中文服务简单地交流后，一小时内，便会有一顿正宗的西餐自助端进房间来。

李娜娜每次同李久立过来，都会选择一家正宗的西餐厅品尝美食，在异国他乡享用西餐，她感觉更加有情调。

房间里的电脑可以登录中文网站，这次前来，李娜娜把手机留在了出租屋内，考虑过用不上的东西揣着是一个累赘，有种随时挎着定时炸弹的感觉，离开了电子设备的束缚，人顿时轻松了许多。她早早入睡，算是一场美容觉了，第二天早晨起得也很晚。

李娜娜拉开窗帘，望着海滩，李久立曾经站在这个位置上，朗诵着一句：面朝大海，春暖花开。不通文墨的李娜娜每次都是笑笑，句子听起来很美，她一直不明白真正的含义，想再问对方一次时，他的灵魂已经飘上了天。

时过境迁，诗人的情怀永远是体会不到了，有的仅仅是孤独和寂寞陪伴。

李娜娜脑中最近反复出现的几个词汇：失眠、健忘、患得患失。曾经自己也算是女强人，如今被现实冲击得破败不堪。

她挺胸抬头的高傲样子，不知道还能维系多少天。

希望我昂起倔强的头，能一直坚持到呼吸停止的一刻吧。

李久立死在面前，对她的触动特别大，原先以为死亡离自己很远，不过是几十年后慢慢接受的事实，当它真真切切提前来到你的身边时，恐惧还是像海浪般一层叠着一层袭来。

下午海滩边人少了许多，李娜娜想，去享受一次日光浴吧！她现在特别渴望白天，恐惧黑夜的到来。

走在林间的小路才一会儿，被跟踪的压迫感再次袭来。

无论加快步子还是稍微放缓，压迫感持续不散，确定不了目标，她故意往人多的地方去保证安全。

海滩上，李娜娜享受着舒适的按摩，放松了神经，缓缓闭上了双眼。她决定，管它明天怎样，如果还能活着，多享受几天海滨浴场的日光浴也好。

人生，不就是要在享受中平稳度过吗？

第二十四章　朴正东传

我的名字是朴正东，今年二十三岁，韩国济州岛人。大学因故辍学，无业，直到有一天在聊天软件结识了一位IP地址显示在中国的神秘网友，“他”彻底改变了我的生活。

三个多月间，他向我提出了购买各种古怪东西的要求，按照他的指示，我的屋子里多出了一堆稀奇古怪、看似毫无关联的东西。

每次购物回来，我都打开聊天软件，把购买的东西的照片一张张上传。对面的网友看过后非常满意，要了我的银行账号，每隔一段时间准时会有一笔国外转账打进来。

金额非常丰厚，远远超过了物品本身的价值，让我一度怀疑对方是不是脑子坏掉了，钱多得不知道该怎么花。

随着最近我们的密切交谈，“他”开始给我详细布置任务，一桩设计许久的计划方案浮出水面：看似买到的乱七八糟的物件，一个个分别派上了用场，他要求我去跟踪一位来自中国的女人。

中国女人平庸至极，面容、身高、身材不足以作为谈资，除了表面气质上维系得很好之外，她出手阔绰，是个地道的富婆。

我按照他的要求，展开不同方式的跟踪，把行动所有的细节每晚一一向他汇报。

中国神秘网友的推理能力十分出色，导致我一度怀疑他的真实身份是一位私家侦探或警察，怀着不可告人的目的，遥控我代他跨国完成一项艰巨的任务，至于他不能亲自前来的原因暂时不详。

根据女人的妆容，准确地推断出她准备晒日光浴；女人看表的小动作，准确地推断出她没有带手机；女人的步子，准确地推断出她处于恐惧中；命我在合理时间放上去的“窃听器”，显然起到了非常好的震慑效果。

“窃听器”放到帽子里的设计属于灵光一动，神秘网友听上去比较满意，第二天又嘱咐我一番说辞。

于是，我上午来到了济州国际大酒店的前台，对着前台的接待说了句：“十五层的中国女士打电话聘一位当地的翻译，电话的线路不是太好，我想她说的是在 1503 或者 1505 吧。”

十五层只有单数的房间面对大海，中国网友的推理十分精彩，女人一定住在单号的房间，1501 在拐角处，视野不好，通常情况下不会被推荐给 VIP 客户，经常去酒店的人都知道。1507 和 1509 位置也不错，所以中国网友特意提前打过越洋电话，作为 VIP 会员预订时被告知两间房已经住人，只剩下 1503 和 1505。

四花级酒店通常十分反感任何人以预订房间的名义过度打听客户的隐私，中国神秘网友合理地避开了对面触发电话录音的最低权限，剩下两个房间号中，必有一个符合我侦察的十五层房间。另一个细节，酒店东西各有两部电梯，我记得女人是从东侧上去的。疲惫了几天的人大多懒得多走几步路，既然她选择了一侧，一定是最近的位置，所以推理出十五层楼的 10 号房间往上的号码，入住的概率极低。

所有的推理都合乎逻辑。

前台接待伸手敲击了一下电脑，十分轻松地调出来十五层的入住信息。

“1503，有一位中国女人入住，是 1503 吧。”

“是的是的，谢谢。”我掌握着说话技巧，听起来十分自然，“我印象中是03的，当时恰好公司来一位老人咨询，不好拒绝，太吵我没有听清。”

前台微笑着点了一下头：“需要我们内线拨通吗，你们怎么约见？”

“哦，不，不用麻烦，都是我的工作失误造成的。”我边说边不断点头，符合当地的文化礼仪，“我直接上去好了，之前电话里预订也是当面讨论一下意见安排，外国人来我们这里自由行如果不熟悉语言，行动上比较麻烦，如果她不在，我们再电话联系。”

我向前台简单解释后便离开了，淡定地乘坐上电梯。

中国神秘网友昨晚特意嘱咐过我：未来的某天，也许有人会来调取酒店监控的内容，虽然概率极低，我们也必须防患于未然。过于夸张的表演会被列为有嫌疑的对象，普通的交涉才会为行动的完美落幕画下句号。

十五层，电梯停住，两侧的门慢慢打开。

我走出电梯，昨晚已经提前看过了济州国际大酒店每一层的平面图，左手边是 1501 号房间，不是我的目标对象。监控器下，我仍然朝那个方向张望了一眼，以免露出破绽。

两分钟前，电梯里监控的死角被我悄悄发现。我挪到死角里，从裤兜里拿出一个与之前相同制作手法的“窃听器”来。我装作握拳敲门的样子，将粘着口香糖的“窃听器”按在手心。

对着空气敲门的姿势，我练习了很久，利用视频监控收录不到声音的盲点，相信配合我焦急的表情和在空气中用力前后挥动的手臂，看过这段记录的人一定以为我的静默表演是在用力敲击房门。

挥动手触摸到房门的一瞬间，我把“窃听器”粘到了猫眼的正中间，我的一系列动作只需要一秒多一点点，收回手臂，看到自己的杰作，我幅度极小地点点头。

接下来，我又重重地用手扣了上去，这次是真的敲门。

“哪位？”

里面传出了说中文的女人的声音。

我依计划行事，对方一旦回应，立即转身向安全通道的方向疾步走去，同时边走边掏出手机，只做口型却不发出任何声音。中国神秘网友说过，看过这段录像的人，一定会认为作为中文导游翻译的我没有见到约会的游客，急急忙忙想打个电话再去确认下这件事，行为举止必须配合得天衣无缝才行。

在安全通道的门后，我停住了脚步，这里又是一个监控的盲区，我躲在这里仔细去听，发现大约过了一分钟，开门声传来，然后是一阵细细碎碎的声音，再接着重重的关门声在走廊回荡。

一切顺利。

我打了个响指，徒步下到十四层，在那里按了电梯，今天的任务圆满完成。

我心里感叹玩具人的考虑天衣无缝：目标女人第一天通过帽子里的“窃听器”，已经清楚地发现了有人跟踪她，恐慌的情绪笼罩着她。现在她独自待在酒店房间里，认为是安全的，这时突然传来敲门声，无人应答，她会从猫眼中去看，确定门外人对自己的安全是否构成威胁。接着就会惊奇地发现，猫眼被堵住了。

持续听了一段时间，门口没有动静，她会忍不住好奇心打开门来看。她不相信跟踪者敢在白天并且有监控的情况下做出什么过分的事，于是她按常理打开了门，环顾四周无人，转身看到了猫眼上的“窃听器”，偷偷弄下来收进了房间，我们的计划就算完成了。

“我们的目的究竟是什么，恐吓她吗？一直持续下去？”

昨晚我按捺不住长久以来的好奇心敲击键盘，向对方问起这件事，换来“他”既不肯定也不否定的回答。

“算是一小部分吧，离成功只差最后一步了，明天到酒店按我的计划办完，下午的时候查询你的银行卡，那是近三天的任务奖励。到现在为止，不是没触及犯罪一类你的底线吗？去做就是了，成功后再告诉你不迟。”

成功后。只怕成功后“他”会永远下线，彻底消失在网络的世界里。我得留一个心眼，万一真是触犯法律的事，悬崖勒马还来得及。

今天下午，一切依他昨晚所言，完成继续投放“窃听器”任务。我查收到了一笔不菲的国外转款，对方的账户信息被隐藏，转账地址栏写着欧洲瑞士——一个对公账号。相信只是一个空壳公司吧。

夜幕降临，我和母亲吃过晚餐，怀着期待又忐忑的心情，关上房门，打开电脑，登录熟悉的聊天界面。“他”昨晚曾预告过，今晚将交代最后一个艰巨的任务，大笔奖金能否赚到全靠我明天的表现。

升级打怪的感觉总是十分刺激，我期待与“最终 BOSS”的会面。

“朴，你很准时，看上去今天的任务都顺利吧？”

玩具人经常一语中的，省下了叙事中许多不必要的麻烦。

“嗯，都按你的计划办的，她把‘窃听器’拿回去了。”

“Perfect！”英文单词透露出对方愉快的心情。看样子之前几天的铺垫，对方比较紧张，当一项项都完美落实后，最后一步倒像是极其简单的水到渠成。

“朴，你的能力真的不错，相信经历这件事后，你甚至可以去尝试做一位真正的私家侦探了，我绝不是恭维，小事上的处理认真细致，帮了我大忙。”

“哈哈，你过奖了。”我摆弄着手中的银行卡，又是一笔不小的收入进账，玩具人费尽心思还出手阔绰，以后不知道还会不会遇到这种天上掉馅饼的机会了。

“听好，朴，我告诉你最后的计划，记好接下来的每一个字。”

我的手有些颤抖，眼睛盯着聊天对话框，一刻也不敢离开。

“按照规律，明天下午，女人还会去海滨浴场，你预先赶到你说过她常做日光浴的地方。

“多给些钱，给那位按摩的服务员小生，一千元以上人民币吧，千万不要吝啬。让他答应你，下午这段时间，由你代替他接待顾客，所造成的损失都由你赔偿，价格谈妥后，要求他尽量走远，随便找一处开小差就行，不要被女人发现。

“你手里五周前购买的短水枪该派上用场了，今晚用黑油漆上色，让它远远看上去就像是军械杂志第二十七页的那款，确保能以假乱真，女人认不出就好。然后挎上背包，装上救生衣、游泳圈和弹弓，路上捡几块小石子，约莫一个指节那么大，岛上火山岩形成的石块比较轻，用弹弓射出去两百到三百米时就会落下去，保持足够重的力道就可以了。”

“这是？”我回复了一句，了解了玩具人的安排，满脑子疑惑，觉得这更像是一场恶作剧，以前具有想象力的计划不复存在，只是要去做一些小孩子才喜欢的事情。

“你需要模仿按摩师的手法为她按摩，闲聊时尽量注意谈话技巧，不要露出破绽。待周围人开始减少的时候，试探着提出一个建议：哦，美丽的女士，每天按摩多无聊，现在正是南太平洋玩水的最好季节，水中的活动会让您全身心放松，而且对保持身体的迷人曲线十分有利。她一定会犹豫，因为自身对水的恐惧。”

“对水的恐惧？”

“嗯，这是我掌握的情况，非常可靠。届时你打开包裹，像一位推销员一样，告诉她如果下水体验，可以提供免费的救生衣和游泳圈，十分安全，她的意志会慢慢动摇，想办法把她骗下水，我们的任务就基本完成了。”

我关上了电脑，全部的计划已经了然于心。

女人下水后我需要做的一些事，大概才是他这些天来想要实行的重点吧。

关掉灯躺上床，我又仔细地把计划回忆了一遍。确实，我这么做根本不清楚会导致什么后果，应该不会犯罪吧。

玩具人在聊天结束前告知我酬劳的金额，是一个足以触动我内心的数字，明晚无论事成与否，他坦言那时都将是我们最后一次交流沟通。

其实我心中隐约掺杂了一种不舍的感情，长期的线上聊天，已经成了我每天晚餐后的习惯，未曾相见的对方，经常鼓励我，让我找到了失去的一部分自尊心，这是过去从来没有过的事情。以后将要断绝任何联系，我心里空空的，我还能继续振作起来吗？我不确定。

中国有句古话：士为知己者死。我可能配不上这句话，顶多算是鸟为食亡吧。

第二十五章　苏格兰场

美好的事物总是无法在记忆中留下痕迹，清清楚楚刻在心头的总是一些悲剧。

——宫部美雪《所罗门的伪证》

时间从不会被人左右，无论是帝王还是百姓，它对众生的眷顾都是平等的。

朴正东临走前又检查了一遍行囊，确定不差任何一样东西后，走出了家的大门。

时间是 2016 年 8 月 13 日星期六，韩国时间下午一时十五分。

正是一天中太阳最毒的时刻，中国女人习惯把这段难熬的时间错过去，拉上窗帘，在酒店的房间美美地睡上一觉。

韩国小男生此时此刻并不知道今天所做的一切将会带来什么，内心竟然有些期待，胆子较之前大了许多。中国的那位神秘网友，言辞间仿佛也不能完全推理出结果会向怎样的方向发展，“他”同样在等待远方的答案。

朴正东正在进行一场游戏，而谁又在主宰这场游戏的结局呢？

合理的位置。

几天的摸索，使得朴正东再来观察目标时，第一时间选择了最有利的位置。他站在酒店通往海滨浴场小路的街口，穿着一件普通的白色衬衫，等待着猎物的出现。

女人悠然地从酒店的转门中走出来，还是清凉的海边装扮。

朴正东一刻不敢耽搁，不再理会对方，转身向海滨浴场跑去。

浴场今天的人不是很多，空气潮乎乎地扑在脸上，这是要变天的表现，全岛的天气预报都在警报台风即将来袭。

台风能隔断所有的联系，掩盖所有的证据。

细皮嫩肉的年轻按摩师还在，躺在椅子上优哉游哉，面容精致得过分，朴正东第一次见到就怀疑对方整过容。

“嗨，朋友，打扰了。”朴正东走到他跟前，拍了拍对方的肩，急急忙忙从口袋里掏出大把钞票，时间紧迫，他不想讨价还价，率先拿出诚意来，“和你商量件事，下午我来接你的班，这些钱归你，你只需要离得远远的，别过来，怎么样？”

“啊，什么？”年轻按摩师睁大眼睛望着朴正东手里的钞票，惺忪的睡眼变得狡诈起来，“为什么？我有一个大客户，她会给我很多很多的钱，而且指名要求我来按摩。”

“她给你的钱，我都可以加倍给你，而且……”朴正东说到这里邪恶一笑，故意拉长了声调，在讨价还价中占尽优势，“而且一位姿色平庸的女人，想必你早就厌倦了吧。现在有个机会，不用服务她还可以拿到钱，这样岂不更美？”

前天朴正东也在这里蹲点了一下午，观察到按摩师中途去海中洗手时一脸厌恶的表情，手用香皂来回洗了很多次。看起来还是希望顾客是位一等一的美女吧。

年轻按摩师被戳破心事，回忆起几天来不愉快的小经历，一脸不爽，被朴正东全部捕捉，暗叫了一声有戏。

“好吧，既然你喜欢就来啦，我的这些精油，你需不需要，浪费啊。”小伙儿一边往兜里收钱，一边露出贪婪的神色，“别把人家吓跑了，你到底什么目的呀。”

朴正东笑嘻嘻又从包里拿出一沓人民币，大概有两千元的样子，再次塞到了对方的手里：“别多问了，我有我的理由，算是私家侦探的任务吧，这些瓶子我全包了。你快去找个地方，好好快活一下吧。”

“随你咯。”小伙儿揣上钱心满意足地跑开了，把按摩的低廉用品都留了下来。

十分钟后，面带疑惑的中国女人走到近前，朴正东躺在椅子上，眯着眼睛透过缝隙捕捉到了她的身影。

“喂，昨天的小帅哥呢？我记得我没走错地方吧。”

朴正东装作不太情愿的样子，慵懒地伸个懒腰，揉揉眼睛坐了起来：“谁，你找谁？”

他使用的是生硬的中文，会的几句派上了用场。

“哦，就是昨天躺在这里的，here，a boy。”女人恋恋不舍，发现对方不太精通汉语，焦急间连续讲出了中英两国夹杂的语言，连比画带猜。

朴正东之前受过玩具人的临时培训，反复演练过她的几种问题。一般与外国人交流时，只要关键的词汇听得懂，沟通不存在太多的障碍。

“Sorry，他今天生病请假，由我代替，听说过有一位来自中国的美丽女士每天准时来，所以让我特意待在这里，期待为您服务。”

女人明白了他的意思，上下打量一遍，这令朴正东浑身不爽，如同货架上的商品等待选购一般。

女人略带满意地点点头，褪去薄纱外套，在朴正东搀扶下躺了下来，摘下墨镜和帽子，朴正东恭恭敬敬地摆好，然后坐在椅子上，照葫芦画瓢，用手揉匀了精油，贴近女人过于丰满的身体，慢慢揉了起来。

看着女人闭上眼睛放松且满意的表情，他松了一口气。其实像这类按摩没有太多的技术成分，不必报名参加专业训练，弄本书自学就可以成材。富有的人们只注重触感，对于真正能起多大功效并不太在意，钱花得够了，也就心安理得了。

二十分钟后，女人细小的鼾声响起。

依照学来的技巧，朴正东轻轻拍了拍女人的大腿，整个身子探向女人耳边，缓缓地吹了一口气，柔声说道：“OK，please wait，switching surface.”

女人“哼”了一声回应。朴正东奔向海边洗手，身后的女人睡眼惺忪，配合着起身，转过来趴在了躺椅上。

接下来的半个小时，朴正东继续不紧不慢地为女人推拿着后背，眼睛却一直没闲着四处观察。海滨的人来来去去交替了几拨，由于他们的位置本身处于一个凹进去的海湾中，距离热闹的地区有一段距离，不容易被打扰，附近的人渐渐变得少了。

朴正东掌握着时机，确定了几次几百米内不会有人闲下来注意他们这里时，唤醒了女人，准备开展玩具人昨晚交给他的最后计划。

“美女，按摩结束了。”

“哦，谢谢！”

女人极不情愿地起身，仿佛很享受这次愉快的按摩，伸伸懒腰望向天空，口中不禁赞美：“天气真不错，这里的环境简直棒极了，空气都是新鲜的。”

“嘿嘿。”似懂非懂，朴正东谄媚地笑了笑，正是进一步提建议的好机会，自己不会轻易错过，“这里的风景很棒，为什么你不去水里游泳享受一下呢？对身体线条锻炼十分有帮助的。”

说完，朴正东伸出双臂向前舒展，做了一个蛙泳划水的动作。

女人呵呵笑了，印象中这几天她心事重重，没这样自在地笑过，显然明白了他的意思，觉得新来的韩国小男孩的确很可爱。

“No，我怕水，不会游泳。”

等待的就是这一句，朴正东笑了笑指向自己的包，拉开拉链，里面装好了提前准备的救生衣和游泳圈，打开气阀凑上嘴吹了起来。

“免费，一切免费，我推荐你去试试。”

朴正东说着把吹好的游泳圈递了上来，趁对方尚在犹豫间，把救生衣紧紧地套在她的身上，竖起大拇指：“OK，现在你十分的安全。”

穿上一身游泳装备的中国女人没再拒绝，说了句“谢谢”，便朝大海的方向走去。

朴正东脸色瞬间阴沉了下来，与之前的谄媚形成剧烈反差，因为紧张，他额头青筋爆起，望着女人远去的背影，他麻利地脱下白衬衫，换上之前跟踪时给女人留下过印象的格子衬衫。

朴正东从包里拿出涂过黑漆的水枪，款式与军械杂志里的类似；嘴上叼了一个足球比赛用的哨子；弹弓调好了松紧程度，抄起几粒捡来的石子藏在右手手心。

“嗵，嗵，嗵。”

石子飞快地弹出，歪歪斜斜地落在海里，溅起许多水花，朴正东及时调整了角度，后弹出去的几枚落在了中国女人的附近。

女人开始精神极度兴奋，下水后扑腾起的海水掩盖住了不少石子落下的水声。朴正东吹响了口中的哨子，将“水枪”稳稳地端在手里，做出电视中常见到的射击姿势，上面缠着女性黑色丝袜。

离远看上去，就像是专门为手枪消音准备的设备；如果一个眼睛高度近视的女人，会觉得自己像极了在用装着消声器的手枪瞄准她。而之前为了示威，连开几枪，子弹全部打入附近的海水里，像是在戏弄即将到手的猎物一样。

设想一下，一个晕水的人，眼睛高度近视，又神经衰弱了很久，好不容易放松精神被人劝下了水，本该是卸掉包袱的一刻，遇到上述的事，她又会怎样？

朴正东也想知道，她会怎样。

中国女人听到了声音，转身朝着相隔四百多米朴正东的方向望来，表情由疑惑到焦虑，立刻又变成了深入骨髓的恐惧，露出水面的上半身控制不住地如筛子一般颤抖，大声叫了起来。

“啊！”

叫声被他口中尖锐的哨子声掩盖，即使有好奇的人盯上他们，也会觉得和其他的度假情侣没什么区别：男人举着水枪，正在向女人滋水，海中女人冲她的爱人扬起水花开心地笑着。

李娜娜试图躲避手枪中射出的子弹。

她在海水中跑了几下，由于腰上游泳圈的羁绊，一个踉跄跌倒，呛了几口海水，救生衣拖着她浮出水面后，她又半屈着身体，使上半身和脑袋全部浸泡在齐腰深的水下。书中讲过，水的阻力能够减缓子弹的冲击，虽然从没想过自己会被追杀，但是一周多来，总感觉自己被跟踪和窃听，可见并不是自己的妄想，一定是谁想杀她灭口，无论自己掌握了何种秘密。

挣扎是徒劳的，海面重新恢复了宁静。

朴正东及时止住了自己的行为，感觉真的能弄出人命。之前他盘算过在认定接近犯罪的一刻，马上停手，他履行了自己对自己的承诺。

可事态已经朝着不可挽回的方向发展了。

“先生，需要什么帮助吗？”

两位海岸救援队的义工奔了过来，他们几分钟前接到举报，有一对亚洲情侣仿佛在沙滩上进行着什么危险的事情，到达时却发现只有一位拿着黑色东西的年轻男人呆立在原地。

“快，有个女人溺水了，我也是路过才发现。”

男人说出的事实更加惊悚，海面上隐约漂浮着游泳圈，预示着溺水的女人恐怕已经遭遇不测。

趁着救援队招呼人下水的间隙，朴正东迅速装好了来时带着的挎包，不想留下一点证据。他自作主张，没有按照玩具人的指令就把女人放在帽子里的手包，偷偷揣在兜里。

一大群游客围到海边看热闹，正是溜掉的好时机。

朴正东出于好奇，关心着与女人有关的故事，相信稍后整理她的贴身之物，可以无限接近事实。一直被利用的感觉非常不爽，经过不断地探索，相信他能接近真相。

第二十六章　后会无期

每个人都是座沙漏，时间从出生那刻开始往外流，至死去那刻流尽。

——那多《十九年间谋杀小叙》

朴正东忐忑不安地乘坐公交车回家，一路上密切注意周围动静，怕有人跟踪自己，时间久了，才知道一切都是多余，不过是自己心虚而已。

经过了多少站地，终于回到了熟悉的地方，朴正东心里稍稍松了一口气。他陪母亲心不在焉地吃过晚餐，去了趟洗手间，心事重重地回到自己的房间，反锁了门，没敢开灯，打开电脑的同时，拧亮了桌上的小台灯。

朴正东从床上拿过白天背的挎包，找出中国女人精致的小手包。打开它，如同窃取另一个人的隐私，也许可以通过女人的随身物品揭开她的身份之谜，更进一步，也许可以推测出玩具人的真实身份。

包里有一个精致的圆形盒子，打开里面上方镶嵌着一面小镜子，大概是化妆镜吧。一张济州国际大酒店的黑色 VIP 贵宾卡，上面印着英文字母“LI NANA”，朴正东不懂得拼写规则，也许是汉语拼音，像是一个女人的名字。他庆幸卡片落在自己的手里，女人真的出了意外，身边没有能证明死者身份的东西，警方断案难度会增加，自己无形间帮了玩具人的大忙。

一把长杆门钥匙，不像是普通门锁的钥匙，这柄钥匙目测长度更长，制作更加精美，钥匙柄刻有镂空花纹，看样子有年头了。谁知道中国的房门钥匙会是什么样子呢？朴正东没去过，也许那里的富人们就喜欢这一类型也说不定。

一张卡片，上面印着蓝色和白色相间的图案，可能是一张中国的银行卡，正面一连串的数字，底下印着“LI NANA”的字样，背面是一行歪歪扭扭的中文签名，值得注意的是，卡片被严严实实地包裹在一张白色A4纸里，可能对它的主人来说十分重要吧。

一沓一百元人民币，朴正东仔细点过，一共二十五张，他欣喜若狂地揣到兜里。

和之前判断的一样，中国女人果然没有随身携带手机，这一点值得推敲，不符合现在正常人的日常出行习惯。

另一点同样让朴正东心惊肉跳，女人的护照不在里面。护照留在房间，等于暴露了身份，再加上此时附近海边传来了一位同样来自中国游客不幸的消息，很容易将两者放在一起考虑，产生联系。那么再次调取录像，朴正东就处在最危险的境地。

朴正东一时间没了主意，把除了现金以外的东西，原封不动地重新放回手包里，把手包压在床褥的中间夹层。他怀着忐忑的心情坐在电脑前，快速登录国际聊天软件，他清楚，今晚极有可能是和玩具人的最后一次谈话，事情究竟严重到了何种程度，需要再次听一听对方的分析和推理。

“你好，在吗？计划进展顺利，那个女人也许沉到了海底，我没敢多待，怕被怀疑。我现在害怕得要命，怎么办？”

朴正东按捺不住急躁的情绪，率先发话，对话框显示对方此刻正在线上。

“嗯，我知道了，你先看看这个。”

还好，玩具人并未爽约，在如此糟糕的情况下依然回复，而不是拍拍屁股走人，不支付最后一笔酬劳，信誉度还是很高的。

对方发过来一个网址链接，朴正东毫不犹豫地点开。

一条关于济州岛内的即时新闻播报映入了眼帘。短短的几行字，在整幅报纸版块中一丁点儿不显眼。

今日下午，南太平洋“浪涛”海滨浴场，一位不明身份的外国女性游客戏水时不幸溺水，经海岸自救队的及时处理，送往最近的济州道医院治疗，暂时脱离生命危险。因呛水时间过长，女子现处于无意识状态，经调查本次事件属于意外，现无任何关于该女子的身份线索确认，望有提供线索者拨打电话：0233××××，与我们取得联系。

文字下方，附着一张一寸左右的头像图片，图片中的女人脑袋上裹着绷带，目光空洞，一脸茫然对着镜头。

那正是自己一直跟踪的目标——那个来自中国的女人。

她竟然没死？不知是该庆幸还是失落，远在电脑另一端的玩具人会怎么看，会认为我办事不力吗？

“哦，原来是这样的结果，我知道了。”

朴正东惴惴不安地回话，等待对方的答复。

“呵呵，我也是一小时前才看到的。朴，不管怎么说，我认为你最后办的这件事，结果在我的接受范围内，还是要感谢你。”

朴正东长舒了一口气，眼前就像堆满了真金白银。

“你真的这样认为吗？其实，其实我觉得，你是想让我把她杀死吧，只是不用亲自动手而已，你是想远程遥控犯罪，让我不经意间杀了她，对吗？”

朴正东的问题很大胆很尖锐，既然得知目标没死，自己也良心稍安，想多探出一些事情的原委来。

“哈哈，随你怎么说怎么猜，我和她的利益关系太复杂，是不会原原本本告诉你的，你少知道一些更好，反正可以拿到报酬，岂不更美？”

“万一她清醒过来怎么办？会对我们不利吗？新闻说她只是短暂的无意识而已，你不担心吗？”朴正东又试探性地问了一句。

“朴，我的朋友，你倒关心起我来了，她尚有一口气在不好吗？莫非你还要真的去让她再死一次么？呵呵，开个玩笑，言归正传，我在网上了解过，晕水的人在紧张状态下见到四周全是水并且溺水的情形，把这一情况可能造成的结果推算了一下，得到的结论是 20% 的可能死亡，15% 的可能短暂失忆，长期失忆成为植物人，也就是常说的脑死亡，概率在 60%，还有些其他不可控的状态，我算作 5% 好了。如果一个人想让另一个知道重大秘密的人闭嘴，显然通过上述方式达到目的的概率在 90% 以上，所以我一定要尝试。新闻没有过多披露，我推测她的状态想必不会很好，否则不至于对外征求线索吧。脑死亡是她此生所得，宿命吧。”

“宿命。”

陌生的两个字，反复回荡在朴正东的脑子里，韩语中没有文字能准确解释这两个汉字博大精深的内涵，他似懂非懂。

“多少天来，在济州岛关于那个女人发生的一切都掌握在你的手里，仅仅是优秀的推理吗？”

“很大程度我们依靠的是科学，小伙子。”玩具人今夜讲了许多话，言语间透露出岁数起码到了中年的样子，“先知道你的对手恐惧什么，有规律的意识是什么，结果可能有几种，但只有达到了行为人的目的，才是世界上最好的名推理。”

“这么说来，你是位名侦探？”

“不，事实上恰恰相反，名侦探是我永远的宿敌才对。”

“你到底是谁？可否告诉我，我答应你，绝不会告诉别人。”

“狂风暴雨即将来袭，恶劣的天气将洗刷这场罪恶，贪得无厌的女人自食恶果。我是住在覆盖这座岛 70% 面积的森林里一个灰暗角落的人，为了躲避敌人在所不惜。我的生命里没有太阳，直到自己的本体被埋葬在这片抑郁的森林里。”

拗口的言语令朴正东似懂非懂。

“朴，终于到了要说再见的时刻了，未曾蒙面的我们，通过网络世界相处得很愉快，今夜，我的账号即将注销。”

玩具人在继续打字。

“收尾的工作就由你来完成吧，万一哪天警察找到你，记住，告诉他们你正在自食其力地寻找一份地导的翻译工作，偶然间和出意外的女人有了交集，相信你的母亲可以作证，即使与酒店的口供有些出入，既然没有出人命，到头来也会不了了之。他们如果通过女人随身携带的护照摸索到国内的身份加以确认，届时由我在中国妥善安排，你大可不必担心，这是所有人都可以接受的意外。

“最后记住我的忠告，你如果拿到了任何属于那个女人的东西，除了钱财之外不要贪婪，一把火全部烧掉，对谁都是有好处的；我让你买过的那些小玩意儿，一并处理掉，当然，成人杂志你留下做个纪念也罢，我不在意。”

朴正东静静地看着，时间已经到了深夜，外边已是漆黑一片。

玩具人考虑得细致入微，不留下什么痕迹，甚至连朴正东偷拿女人的东西都推理到了，朴正东庆幸自己没有和玩具人为敌。

“再见，哦，不，用后会无期更加恰当，我不会再要求你做任何事情了，济州岛的推理剧场，就落下帷幕吧。明天下午，你注意查收银行卡款项的变动，‘杀死 BOSS’的奖励一定会让你满意的。朋友，别宅在家里了，去用钱做些事情吧。或者有空，办理签证，来中国玩玩，开开眼界也是极好的选择。”

对方的输入到这里戛然而止。

“再见。”朴正东发过去这两个字，没等再说些什么，对面的头像框已然灰暗。再打下什么字，发送时提示对方用户不存在。

可爱的“玩具”头像就这样消失了，好像是黄粱一梦，只剩下卡里的现金证明它真切地存在过。

朴正东心里空空的，颇感失落，自此生活又将归于平淡，未来的日子何去何从，韩国年轻人朴正东处在人生的十字路口。

第二十七章　从前我死去的家

2001 年，炎热的仲夏。

太阳炙烤着地面，燥热的空气呈现水花似的波纹，那时希捷市的街道上车辆很少，空旷整洁，多数的空地荒废着，杂草丛生，城市中没有几座像样的大楼，城市化的进程刚刚起步，没有通地铁，自行车还是主要的交通工具，穿梭在街头巷尾。

每当临近下班的时间，国有企业的厂区门口人满为患，清脆的车铃声响伴着嘈杂的谈话声，偶尔几辆桑塔纳夹杂在其中，都会招来羡慕的目光。

刚刚压好的柏油马路，黑色的沥青暴露在阳光下，散发着焦煳的味道，调皮的孩子路过时打闹嬉戏喜欢踩上几脚，被路过的成年人呵斥，又嘻嘻哈哈地跑开了。上面留下深浅不一的鞋印，是童年的记忆。

下午四点半，到了学生放学的时间，希捷市第三中学的下课铃声回荡在沙土铺成的校园里，一阵风吹过，沙土飞扬。三层破旧的红砖教学楼，外墙没有用白灰涂抹，里面隔出三十平一间的简陋教室。由于生源不足，第三层楼的一半被改成教师寝室。

这所学校的学生们平均成绩糟糕，大多调皮捣蛋，经常发生校园内外打架的事件，令校长颇为头疼。更头疼的是有些学生情窦初开，但学校的性教育和健康知识还是一块处女地。家庭教育的观念又相对落后，久而久之，得不到正确引导的青少年就会误入歧途。

抑郁的森林就是在那一年的夏天吧。

石骏陷入了痛苦的回忆，与过往有关，和一位女子有关，纠缠不清，牵扯了许多年，也许即将迎来结局。

按下 ESC，退出了一款先进的翻墙聊天软件窗口。

几个月前 IT 部总监穆永鹏为了巴结石骏，为当时是公司副总的石骏——李董事长身边的红人，推荐了几款有意思的东西。包括聊天软件、种子免费下载器、外服的《大逃杀》游戏账号。

石骏头脑精明上手极快，迷上了几款小软件。后来李久立意外死亡，风波逐渐平息，当上总经理的石骏长期浪迹于网络中无法自拔，与妻子夏暖的温存渐行渐远。

电脑退回到主界面，一则新闻的窗口拉拽到右上角，里面是用韩文书写的各类信息。石骏刚刚关闭手机里的一款拍照翻译软件，下午五点刚过准备回家。

驱车行驶在拥挤的道路上，路过曾经的初中母校，如今早已建成综合购物中心。第三中学的故事，只存在于石骏的脑海里。

十五年前，石骏十四岁。父亲多年酗酒、赌博、借高利贷、勾搭别的女人，母亲忍无可忍，收拾了家里几样值钱的东西，装在箱子里，趁石骏的父亲晚上喝酒不在家时，做好了一顿饭，陪儿子静静地吃完，嘱咐儿子去房间里写作业，默默地离开，永远没再回来。

醉醺醺的父亲回来后，搜遍了整个屋子，打遍了所有亲戚家的电话，没得到任何有价值线索，将一肚子的窝囊气全发泄在了弱小不懂事的石骏身上。

他伸出强壮的右臂，抓起石骏上衣的领子，把他拖拽到客厅。

“你这个没用的兔崽子，你妈妈走了都不知道，写个屁作业。”

说罢一个大耳刮子落在了石骏的右脸颊，那块皮肤瞬间变得通红，火辣辣的感觉，石骏一瞬间丧失了听力，捂着脸趴在红油漆涂过的水泥地上“哇”一声哭了。

“你还有脸哭，我问你，你妈回来都说什么了？她告没告诉你她去了哪里？”

连踢带踹，石骏一边摇头，一边不停架起两个小胳膊来回躲闪父亲的攻击。

平时父亲也经常动不动就发脾气，大部分时间属于无明火起，家里人小心地不去做错事，父亲依旧不依不饶，在外边畏畏缩缩，见到厂子的组长点头哈腰，回到家却像换了一副嘴脸，一口闷气无处发泄，不是打妈妈，就是打石骏。

打的时候妈妈看不过，把儿子紧紧护在怀里，今晚的情况大不相同，没有了妈妈的保护，父亲的打骂更加肆无忌惮了。

年少的石骏发现哭泣使父亲打自己时的力道重了许多，他冷静下来，擦干眼泪望着对方一声不吭。父亲渐渐累了没了脾气，抱头坐在冰冷的地上，从毫无感情的眼眶中滴下泪来。

“我是不是很没用，你们打心底都瞧不起我。外边点头哈腰一个月辛辛苦苦下来挣不到几个钱，那个婆娘拿走了家里的存折，我们的日子往后怎么过啊，呜呜呜……”

中年男人的哭声在安静的夜里无比凄凉，几分钟前还穷凶极恶的他，哭起来的样子击碎了石骏一颗纯真柔软的心。

“爸爸别难过，一切都会好起来的，妈妈真的不要我们了吗？”

石骏揉了揉红着的脸颊，爬了半米来到了瘫倒在地上父亲的面前。

伸出的小手，犹豫了一下，又缓缓地收了回来。男人的哭泣声停止了，长吁了一声，起来拍拍裤子上的尘土，一声不响地走回了自己的房间。

客厅自从父亲进来后一直没有开灯，皎洁的月光下，背影佝偻的男人表情格外凄凉。

也许立志出人头地的梦想就是在那一刻萌发的吧，不想长大成为同父亲一样窝囊的人，相反，是要守护卑微者的尊严。

石骏一瘸一拐地站了起来，活动了下四肢，并无大碍。他回到自己的小屋，用插销把房门反锁。

小屋还是十多年前父母结婚时装修的，一多半的地方被一张双人床占据，那是父母结婚前同居睡过的老旧家具；一张木质的桌子，对个子在同龄人中偏矮的石骏来说有点高，桌子的年头估计超过了他，还是爷爷在世时拆下祖屋破床的板子改造的。

桌子过去放在大卧室，父亲坐桌旁读书，那时他是个年轻上进的好青年，婚后第二年有了小孩。从石骏上小学开始，桌子就被父亲抬了过来，还买来一桶油漆，趁周末儿子同妻子去动物园时，把桌子重新油漆了一遍。父亲做事总是很仔细，又在崭新的桌面铺上一块硬塑料布。

房子散发着霉味，墙壁由于材料的节约做得很单薄，夏暖冬凉。老楼只要有一家没有按时缴纳取暖费，所有住户都要同等享受关闭供热栓的待遇，通常屋子里的温度维系在十摄氏度左右已是奢望，只能穿着棉服待在屋子里。

炎炎的夏日里，二十四小时开着窗户感觉不到一丝的凉意，阴面的墙壁上绿苔顽强地生长着。白色的墙壁失去了原有的颜色，变得更灰，久了成为深绿色，长期无人修葺，索性由它去了，潮湿空气中生长的小爬虫生息繁衍。位于二层的石骏家，是父亲当年单位效益好时分配的，搬迁时周围的邻居纷纷投来羡慕的目光。不过十年的光景，身边的熟人陆陆续续搬进了大房子，石骏一家却依然住在老楼里。

这里的住户长期不缴纳清洁费，逐渐成了卫生死角。老鼠在楼道里乱窜，楼下随处可见随意丢弃的垃圾，苍蝇乱舞，绿色的臭水形成了许多坑坑洼洼的小水沟。

石骏哭过后憋得难受，爬到床上拉开绣着“花开富贵”的老式窗帘，打开窗户来透透气。木质的窗框吱呀作响，他赶忙转身爬回来，他清楚地知道臭味会断断续续传播上来，不待在窗户边，这种味道会轻许多。

这样的家，说不上有多少回忆，母亲的离去，不过是使心中的刺痛更加深一层而已吧。

石骏的家，在那一年悄悄死去了，他的童年永远留在了那里。

第二十八章　放学后

阳光再次照进屋子里的时候，石骏醒来得很晚，他忆起母亲在时的情景："都几点了，还不起床，饭都做好了，上学别迟到啊，我家小骏最出色了。"

对母亲不辞而别的恨意渐渐消退，石骏望向床上的枕巾，不知何时已经被泪水洇湿了一片。

再也听不到熟悉的话语声了，再也看不到母亲关切的神情，很多事都是失去后才懂得珍惜，但又追悔莫及。

追悔时也变得渐渐成熟了吧，成熟的标志是话语慢慢少了。

石骏个子矮小，在学校存在感全无，他的喜怒哀乐，常说给正在忙家务的母亲听。母亲是一位最好的聆听者，表扬他，给他出主意，劝他远离坏孩子。

如今，母亲不辞而别，消失在他的生活里，令小石骏开始认真地考虑：是不是周围的一切都是假的？所谓的爱我都是骗人的？亲人间尚且如此，如果是恋人呢？选择和我相处，也是怀着某些不可告人的秘密吧？

石骏的内心深处似长满杂草的灰暗森林。

打开房门，一块被用来当餐桌的圆形木制大板子上，附着油腻腻的污渍。母亲在时，一日三四遍地去擦，现在大板子上摆着塑料袋，里面是半张凉透了的油饼，旁边的透明杯子里装着余温尚存的豆浆。

门廊处的皮鞋不在，大卧室的门半敞着，没有一丝声响。

柜子上的挂表显示七点五十，想必父亲留下早餐后去上班了，他一向兢兢业业从不迟到。

父亲很少管理儿子的一切，可能连上学的时间都不清楚，七点前不起床，七点半是到不了学校的。迟到了会被罚。

吃过早饭，背上书包，兜里只剩下一元钱，正常每隔三天，母亲都会给他些零花钱，作为中午的餐费。父亲不会知道这些，昨晚又遭受了剧烈打击，能想起来准备早饭，已是最大的努力了。

因为没有假条，老师让石骏在教室门口罚站。

中午的阳光是和煦的，上完第四节课，同学们纷纷三五成群去了学校食堂，或者附近的“小饭桌”吃饭。石骏收拾好学习用具，远远地跟在后面。

兜里的钱不多，踢飞脚下的一颗小石子，石骏坐在操场的一处长椅上发呆。时而微风吹过带起些灰尘，石骏眯起了双眼。

整个下午，石骏都是在浑浑噩噩中度过的，终于听到最后一节课的下课铃声响起时，他甚至以为大脑短路出现了幻觉。

石骏感觉今天的书包格外沉重，他拖着毫无力气的步子走出了校园。校门口很多家长把自行车停在一旁，满心欢喜地等待着自家宝贝。

石骏自从记事起，放学后，母亲从来没有来校门口接过他。父亲除了上班，回家后就坐在客厅里弹簧坏掉的沙发上看一台老旧的彩色电视机，好像家中的一切事物，都不用操心；或者回来得很晚，也不知道到底是加班还是鬼混，到家也不打招呼，倒头便睡。

与其说是家，不如说更像他人生中的一个旅馆而已，繁重的家务都落在母亲身上。母亲早早回来，开始忙活家务做晚饭，晚饭后又忙着刷碗拖地，几乎没有陪伴儿子的时间，更别说去学校接送了。

遇到家长会，父母间通常会展开一场拉锯战，父亲赖着不去，最后还是落在母亲身上。

石骏倒是很希望母亲去的，印象中唯一父亲去过的一次，其实成绩还算中上游，可他仍觉得颜面无光，狠狠地打了儿子一顿。从此石骏再没让父亲去家长会。

放学后的路，今天特别漫长，夏季天黑得很晚，石骏开始加快步子，一心想着早点回家。

几分钟后步子明显变慢了，他想起来即使到家，可能也没什么吃的，毕竟母亲出走了，不知道是赌气还是真的永远都不再回来。父亲按习惯一般回来得很晚，指望那样一位连早餐都对付的男人，一桌丰盛的晚餐显然不现实，能赶上心情好，要些钱来自己买些吃的吧。

他一边想一边走，右侧路边正在新建一片六七层高的楼房，这在希捷市的城市化步伐中比比皆是，中间散落着一些老旧的厂房，那是些因拆迁款没谈妥的钉子户，他们的破旧屋子孤零零的，格外扎眼。

石骏走到一片很大的空地边，不远处是一幢花花绿绿的高举架厂房，二层小楼，一楼的拉门开着，二楼的窗户，正有一位小女孩的脑袋向外探来。

女孩的眼睛很大，扎着马尾辫子很好看，她正在聚精会神地低头观察，视线落在楼下攀谈的两个男人身上。

男人中年轻的一个，嘴里叼着烟，板寸，穿着黑色背心短裤，踏着一双懒汉鞋，双手抱在胸前，说起话来哇啦哇啦，不像什么善类。

“李哥，你怎么又来了？可别敬酒不吃吃罚酒啊，不是都签了借据，你的工资我下月一起结。就这么办，磨磨叽叽你干什么啊你，信不信我开了你！”

说罢，眉毛往上一挑，狠狠啄了一口烟，吞云吐雾瞪着面前的男人。

年纪较长的男人点头哈腰，穿着一身粗布衬衫，声音压得很低，连连赔不是，声音断断续续传来：“女儿学校催着交学费，您看可不可以提前支付，我知道夏老板您是个讲规矩讲道理的人，可工资欠了一个季度，我天天在您这里上班，空手回去和家里没法交代啊。”听上去像是工人前来讨薪的。

记忆中这幢花花绿绿的房子是一家主营油漆的涂料厂，兼作油漆仓库。厂主夏王天是有名的地痞混混，想必打算黑心赖账。

这时看热闹的人越围越多。

“去去去，上一边去，下班放学都闲得是吧，赶紧给我散开。”

夏王天往围观的人群里喊了一嗓子，做出摆臂的手势，多一事不如少一事，大家都纷纷散开。

石骏离得远远的，他有着一双犀利的狐狸眼，同学常常这样嘲笑他，认为长着如此怪异眼睛的人，长大非奸即盗。

石骏从不把别人的嘲笑放在眼里，自己很喜欢父母赐予的东西，视力保护得很好，他能看清楚更远地方的东西。

二楼的女孩嘟着嘴，不知道是谁家的孩子，听传闻和夏王天是亲戚，平时放学后时常遇到。她在厂房前的空地上和其他女孩子踢毽子，夏厂主出现，挥手把她们呵斥开。

女孩像是很怕夏王天的样子，每次都吐下舌头，然后跑开。她的年龄应该小石骏几岁，个子不高，不清楚在哪里上学。

或者干脆辍学在家，随亲人做上买卖了吧。小小年纪，不学习知识，放在第三中学学生们的眼里，一定是嘲笑居多，所谓的五十步笑百步。

石骏几乎没有同龄的朋友，私下里却对这女孩充满了莫名其妙的好感，几次看她周围的人不多时，想过去友好地打个招呼，又总是被羞涩所困扰，临行时退了回来，始终没有迈出第一步。

琢磨事情间，面前的两个男人对话极其无聊，一眼瞥向二楼的窗口，女孩恰好看着自己的方向，做了个鬼脸。

石骏左顾右盼，身边并没有同样的一个人在，女孩是在向自己打招呼吗，他不确定。还是同样吐出舌头，回了一个鬼脸。

女孩笑了笑，趁夏王天颇感无聊抬头张望之际，一下子窜回了屋子里，只剩下开过的窗子，孤零零还在微风中摇曳。

经历了鬼脸对白，两个孩子间产生了某种默契。石骏的饥饿度减少了许多，或者是饿过了劲，心里袭来莫名其妙暖暖的感觉。

重新迈开脚步，踏上了回家的旅途。

第二十九章　命运之轮

“吱呀”一声，石骏打开家的外门。

暂且称之为家吧，家的概念究竟是什么？对于眼前的景象难以确定结论：涂过油漆的水泥地面落满了灰；左右的卧室门随意敞开着，门轴欠油咿咿呀呀地乱叫；桌子上的早餐由于没有及时收拾，招来苍蝇和蚊子；屋里散布着腐败的气息，除了人气。

父亲显然没有这么早回来，符合他的一贯风格，石骏放下书包望向厨房，里面没有切菜的声音，屋里也没有，原来母亲昨晚不是赌气。

空荡荡的狭小屋子里，失望之余不见任何人的影子，石骏叹了一口气，拿起储物架上尚未完全风干的面包，捧在手里，津津有味地吃了起来。

“当”的一声，从门口传来。

石骏急急忙忙跑出去，期待妈妈的归来。

幻想破灭，摔门的巨大响动，预示着父亲今天怒意更甚，石骏愣在原地，怯生生地看着这位原本就陌生的男人。今晚的下班算是最近一段时间来最早的一次，两鬓间的白发似乎突然长出了不少。父亲看到他“嗯”了一声，算是打招呼，鞋子几乎是甩下来的，他左手拎着塑料袋，几支爬满铁锈的自行车辐条露在外面，右手握着一瓶没有贴牌的白酒。

“喏，接着，烤肉串一起吃，你可以去楼下买个汽水。”

父亲阴沉地说道，把袋子递给了走上来的儿子，自己去简单洗洗手，拽过一把椅子，石骏怯生生地陪在一边，看着男人对嘴吹着劣质白酒，津津有味吃着烧烤，看着电视机，一副满不在乎的样子。

“爸爸，妈妈去哪里了？”

石骏冷不防的一问，时间仿佛在此刻静止。父亲明显听到了问题，一张一合的嘴抽搐了一下，目光涣散望了孩子一眼，又装作满不在乎的样子吃了起来。

“中午吃什么了，不饿么，问些没用的做什么？”

父亲试图岔开话题，破天荒地关心了一次儿子午餐的问题。

“嗯，还好，不太饿。”石骏一边往嘴里送着吃的，一边继续问，“妈妈真的走了吗，不会回来了？”

“大概是吧，我白天找了很多地方，朋友家没有，单位也在找她，没在你姥姥家，你姥爷恶狠狠地骂了我一顿，呵呵，老不死的。”

父亲咒骂着过去尚且一直维护亲属关系的岳父大人，这次索性不再隐藏内心的不满了，其实男人受到了很大的打击。人到中年，没在国企混上一官半职，工资有减无增，整日酗酒，现在媳妇也跑了，这种事在当年并不常见。

“看，这就是石铁山，家庭暴力把媳妇打跑了。”

“一个老爷们儿没本事，还自己带孩子。”

“听说他外边养了个小的，长得不怎地，花花肠子不少。”

石骏连续几晚失眠，母亲确实没再回来过，音信全无。最后也没正式办理离婚手续。厌倦到不希望再见一面把话说清楚的地步，不想再见孩子一面，母亲这些年间真的隐忍太久了吧。

石骏渐渐适应了这种生活，自理能力有了质的飞跃。

父亲的话又恢复到过去的少之极少，在家基本不与儿子沟通。回家的时间越来越晚，成天买酒买小吃，还养成了抽烟的坏习惯。

胡子许久不刮，穿过的脏衣服到处乱丢，石骏实在看不下去，主动承担了大部分家务，渐渐地，家里恢复了一些生机。

窗台上一盆不知名的小花开了，白粉相间，娇艳欲滴，一股沁人心脾的芳香扩散开来。

那是石骏精心培育的结果，妈妈走之前一直很喜欢，荒废了一段时间即将枯萎，爸爸一直冷眼旁观。

小孩子眼里的世界是美好的，比大人世界里同样的东西更加纯洁。

希望当下次它开放的时候，母亲就会回到身边。

结果等来的不是母亲，而是每月的匿名汇款。

就是传说中的抚养费吧，给儿子的，金额一两百不等，可父亲每次都是从邮局取回钱，揣进自己的兜里，分给儿子还是原来的数额，除了用于学校吃饭，没有多余的。

父亲曾试图按照汇款方地址去寻找，结果只是陌生地方的一家陌生的邮局，对面只是说有见到穿着严实的女人来过这里汇款，其他一概不知。

时间久了也就放弃了，找到了又能怎样呢？

2001 年，一款火车侠类的玩具火遍了大街小巷，当然也包括处在经济开放前沿的希捷市。

玩具来自日本的一部《铁胆火车侠》动画片，里面的新干线列车，通过画师笔下的奇思妙想，变成一个个厉害的小机器人，在校园的男孩子间疯传。

石骏放学早的时候，趁父亲不在家，通常偷偷看上几集，十多分钟的一个小故事，令充满正义感的小男生热血澎湃。

食杂店和报摊书店在显眼的位置，摆满了各种各样与动画片同款的山寨小玩具，几元钱一个。

上下学的时候，经常围拢着一堆好奇的小孩，喜欢得不得了，使用各种苦肉计逼着父母买下来。或者几顿不吃饭，用零花钱甚至是骗家长交学费多出来的钱消费此处，以搜集一套为自豪。

石骏也想拥有这么一套心爱的玩具，他没有过多贪心，哪怕其中的一两款也好，只是兜里的钱少得可怜，午饭都不敢买太贵的，更别说攒下这些钱。

骗交学费的事情更是枉然，父亲对日常开销把控得很紧，偶尔一次学校收得多了都引来他的怀疑，不停地抱怨，嘴里说着明天先去问问单位的同事家孩子再说，活出了一副中国版葛朗台的姿态。

直到一天石骏听同学说校外摊位新的一批火车侠即将断货，他抑制不住想拥有的贪心，想出了一个极其大胆的计划。

从家里偷是不可能的，父亲每笔钱都算得仔细。而且总结了上次妻子离开的教训，柜子锁得紧紧的，只有打别人的主意了，他想到放学路过的那家涂料厂，旁边是一家废品收购站，石骏留意到里面破破烂烂，好像收了一架木质的破梯子，一半露在外边，平时没人偷那个，故而没过于严格管理。

废品收购站每天放学后已经关门，隔壁的油漆出售在六点天黑前没有了顾客，估计差不多也关门了。

销售油漆一定会有很多现金吧。十四岁的石骏脑中没有犯罪的概念，仅仅为了买到心爱的玩具。

夏老板印象中是一个大大咧咧的人，不是那么在乎东西的，几天的流水进账那么多，即使丢了十元八元，未必像父亲那样及时发现。

而我仅要五十元，就能买到一套好玩的绝版玩具了，想到这里，石骏还是动了心。

想得到的东西，越想越控制不住自己。在一个小孩子的眼中，冒险花点手段是值得的。

一生的分水岭，一念之间。

石骏心不在焉地做好晚饭，洗洗手走出厨房，把菜一样样端出来。

两碗米饭，一盘木须柿子，一盘刀功不整齐的炒土豆片，都是他最近慢慢练的。石铁山前段时间看到儿子开始学习做菜，略表惊讶之余，没有说什么，慢慢习惯跟着一起吃，有时下班后，主动买一些原材料回来。

今晚的石骏有些心不在焉，想起明天地摊上的玩具可能断货，悲伤的内心几乎哭了出来，常有同学嘲笑他穷，没钱买玩具，令他十分自卑，所以今晚，说什么也要拼一下，按照计划试一试才死心。

开门声准时响起。

石铁山一脸倦容走进屋子，脱鞋时望见儿子坐在桌子边上等自己，桌上好酒好菜，不经意地嘴角上扬，算是微笑了。

石铁山把路上买的油炸花生米放在桌子上，转身脱下衬衫光着膀子，走去了厨房洗手。

“你快吃吧，我得慢慢喝，吃完去写作业，最近动画片看太多，注意学习成绩。”

石铁山破天荒一口气说了这么多，正中石骏下怀，他“嗯”了一声，拿起了碗筷。

石骏吃得饱饱的，端着自己的空碗去刷时，石铁山才刚刚眯着眼睛小酌了半杯。回到小卧室，石骏紧紧关上了门，躺在床上一声不吭，密切注意着客厅里的动静。

晚上九点刚过，隐约传来了父亲哼着小曲的声音，电视机声音戛然而止，接着传来大卧室木门的开关声，听上像是父亲吃过晚饭，准备早点休息。

石骏起身，用被子盖好书包，伪装成床上有人的样子。将窗帘拉得严严实实，屋里漆黑一片。他小心翼翼打开房门来到客厅。借着月色看到，桌子上的碗筷随意地摆放着，大卧室的门紧锁着。

石骏麻利地收拾好碗筷，不发出一点声音，蹑手蹑脚返回客厅，隔壁沉重的鼾声响起，观察瓶子里的刻度，父亲今晚喝掉了不少，几乎到了失去意识的程度吧，正好方便自己的外出计划。

踏上去年新买的球鞋，系紧了鞋带，换上一身方便的运动服，离远看上去像是一位小小的锻炼者，石骏轻轻拧开了家门锁，转身慢慢地关严。

第三十章　流星之绊

伴着月色，老家属区楼房下的水坑反着墨绿色的光。

石骏十分注意脚下，闪过了每一样会留下痕迹的东西，遇到人或车辆，他都低下头，目击证人为主的时代，不想让任何人记住自己的样子，以免有人提供线索，说自己曾遇到过一位很像盗窃犯的小孩。

“盗窃犯”三个字，回荡在脑子里让石骏脸红心跳，他不断告诫自己，不要把事情闹大了，自己最多算个小贼，无论遇到多少的钞票一丁点不能多拿，够买心爱的玩具五十元就好。

记得厂房一楼门口处就是结账的桌子，钱通常锁在两侧的抽屉里，顶上摆着一台大大的计算器，厂子对外直销，方便存钱记账才这么设计的。

石骏的计划是先去一旁的废品收购站拿梯子，他在附近观察过几日，那里没有路灯，恰巧在暗处，然后顺着梯子从二楼没关的窗子进去，再下到一楼，拿到钱就原路返回，顺利的话大概十分钟左右就能出来。

晚上工人都下班了，估计厂子里只剩下夏王天和那个可爱的小女孩吧，其他留宿者不详，如果有醒着的，凭自己短跑的机灵劲儿，一定可以及时逃脱，对方追不上，估计以为外来的小贼，无非在身后骂几句不了了之。

步行了十多分钟，目标近在咫尺。

比预计的情况好很多，工厂前的空地一片漆黑，卷帘门紧紧地关着，一楼二楼的窗子黑着，没有一丝的光亮透出来。

大概是夏季的炎热，屋里空气不流通，二楼的那扇窗果然有一半开着，石骏一刻没有耽搁，快速走到了一旁的废品收货站，白天看到的木头梯子还没有被挪走，石骏将它拽过来，比想象中重了许多，他拖着沉重的步伐，费了很大力气，才把晃得厉害的梯子竖起来。

由于厂房远离路边，虽然期间有一个骑自行车的人路过，但根本没有望向这边。

梯子竖起来的高度比想象中短了一截，距离二楼的窗子有不到半米的差值，石骏迈腿向上爬去，觉得自己的身子往前探一下便可以摸进屋里。

石骏猜想，靠近窗子的位置，不是床就是一张桌子或椅子，否则以小女孩的身高，不会每次都那么灵巧地上下自如。至于住在每层各有几个人他没把握，只能随机应变。

爬到顶端，石骏伸出双手够到了窗框的里边，他踮起脚望向漆黑的屋子里，借着身后微弱的光线，能看到里面屋子面积不大，不是一个储藏室，而是一间住人的房间，窗子的下边是一张桌子，符合了自己的推断。左手边是几个铁柜，里面不知道装些什么，分别上了锁，右侧靠近中间门口的位置，是一张床。

床上是白白的夏凉被，对着窗子的位置露出一只小脚丫，应该躺着一个人，这个人正在熟睡。

石骏很快计划好了下一步。

他快速地爬进窗户，蜷缩在桌子上，静悄悄地从桌子上移动到地下，整个人蹲着，挪步到正中间的大门口，门是向里拉的，没有上锁，他伸出手一点点打开门，心里默默祈祷门轴不要发出异响，约莫把房门拉开到可供自己侧身出入，一直没弄出任何的响动，旁边依旧是熟睡中平缓的呼吸声，石骏没再犹豫，站直了身子，贴着墙壁和门板，蹭了出去。

门外是走廊，距离下去的楼梯口不远，朝下望去，黑暗中微微有一丝亮光，也许是起夜照明用的小灯吧。

不次于父亲般的鼾声忽高忽低地传来，仔细聆听，发自同一个人，不清楚还有没有其他人。

石骏蹑手蹑脚地走到下楼的方向，身后的房门并未关严，石骏认为一开一关的响动比较明显，等会儿还打算原路折返，开着是最好的选择，万一被发现逃跑时速度更快。

顺利地走下楼梯，来到一层，一个个黑色的油漆桶摆得到处都是，前进的路上必须格外小心，没准碰到哪个弄出什么声响。

鼾声的发源地，是在靠近卷帘门的一侧墙角，隐约可见一个黑影躺在床上。

观察了一圈，视线内没有发现第二个人或者床铺的存在，石骏稍稍松了一口气。以此判断，二楼屋子里的就是那个常见到的小女孩了，前边不远处的那位，是她的父亲或家人吧。

床铺的不远处，对外营业的桌子摆放在那里，钱——此行的目的，应该就放在里面。石骏放松了警惕，一步一步向目标桌子移动了过去。

三米，两米，一米。

桌子的抽屉虚掩着，没有上锁，周围弥漫着酒精的味道，是石铁山身上常有的味儿。酒有时是感情的催化剂，更多时候扮演着痛苦的挖掘机。

石骏颤抖的双手打开抽屉，里面一打一打的钞票，散发着钱的气息。

夏王天真是个一毛不拔的土财主。石骏内心忍不住慨叹，想起了那天放学后门口见到本分的工人讨工资的一幕，眼下少说也有几千现金，吝啬的癞皮狗却不肯给对方一分钱。

拿他的活该！

石骏脑子里充斥着替天行道的思想，尚存一些理智，按照计划好的方案，抽出了其中一张五十元钱，揣进了自己的裤兜里。

圆满完成任务。

禁不住内心的狂喜，仿佛看到了唾手可得的玩具，幻想着伙伴们羡慕的眼神，撤退的石骏加快了步子。

“咣当——”

意料之外的事故还是发生了，虽然晚了一刻，但足以致命。

路过夏厂主的床边时，石骏的右腿碰倒了一个玻璃瓶子，瓶子倒后并未摔碎，里面倒像是有液体流出来的声音。

瓶子倒地的声音，接着液体流出的声响，在原本寂静的厂房里产生回音，听上去格外清晰。

“谁？”躺在床上的黑影传来男人的声音，吓得石骏差点尿了裤子。

记得从二楼下来时，床边的位置有一丝微微的亮光，这时亮光猛地扩散，一秒钟不到，灼热感随着剧烈的火焰从石骏身后的两三米处袭来。

“你是老李？你怎么进来的，干什么，要点火烧死我吗？”

男人激烈的斥责声瞬间被撕心裂肺的惨叫声掩盖，当石骏踢倒了不知道多少个地上的油漆桶飞快地转身爬上楼梯时，回头看到的一幕令他终生难忘。

只见不远处的卷帘门处包括床边，大火把周围照得通红，空气仿佛也燃烧了起来，变得极其燥热几乎喘不上气来。火势正在向着踢倒的油漆桶扩散过来，火舌的最深处，一个黑色烧焦的人形物体，发出痛苦的惨叫，自燃烧的床上掉下来，满地打滚，可地上的油漆，附着在他的身上，反而加剧了火势的蔓延。

一股焦糊的味道扩散开来，像是父亲带回来烧烤肉串火大时的味道。

石骏震惊于眼前的一幕，眩晕到几乎呕吐，火中的男人渐渐变得越来越小，分辨不出四肢，丑陋的躯壳纠结于一处，躺在地上一动不动。

石骏脑袋中只剩下一个词：快跑！

他手脚并用，费了半天功夫，跌跌撞撞地爬上了二楼，经过大火的炙烤，铁质楼梯热得烫手，像是要变形了一般。

此时的石骏全身湿透，来时的那间房门还虚掩着，可要命的是，刚才睡觉的小女孩正透过门，怯生生地望着自己。

她是何时醒来的，石骏边跑过去边想，她难道看清楚了一切：大火是我造成的？

善意战胜了一点点的罪恶之心。

我必须把她带走，否则一楼的出口已经被大火吞噬，无辜的她也会被活活烧死在这里。石骏粗暴地拽开房门，拉起小女孩的双手，向窗口狂奔。

“别怕，我会带你出去。”

“嗯。”小女孩处事不惊，淡定地回答，石骏没考虑过多，当先爬上了桌子。

外边的梯子还在，夜更深了，远处的街道上空无一人，尚未有人注意到这里。

“你上来，我在你下边，我们顺着梯子爬下去，别往下看，我会接着你的。”

“好。”

小女孩相比于慌张的石骏，依旧淡定，令石骏刮目相看。

男孩和女孩，一前一后下着梯子。女孩第一次尝试，所以下得很慢，石骏控制了步速，同样很慢，怕她一个踉跄掉下来摔伤。

一分钟左右，石骏双脚接触地面，人间如同过去了千年。

胸口面对着烧得炙热的仓库，一楼的玻璃承受不住热浪早已炸裂，石骏看到小女孩还差几步的距离，火舌已经窜入二楼的房间。

“快，跳下来，我接住你。”

石骏大喊了一声，人命关天，不再顾及周围是否有人目击，明火遇到油漆根本控制不住，像一条红色的长龙肆意吞噬着一切，一旁的废品收购站等下只怕也处在危险的境地。

突然。

身后的一道白光直射过来，十五年的生命中不曾看过流星的景象，莫非今夜来袭？

第三十一章　杀人之门

妈妈说，天上的流星，照应着地上的众生，划过夜空中的每一颗，都预示着人间一条生命的逝去。

眼睁睁看着烈火吞噬了鲜活的生命，谁能料到一次偷窃会造成如此严重的后果？

可惜天上并没有流星，巧合的东西只存在于小说中。

犹豫再三，小女孩闭着眼跳了下来，大概木制的梯子都被烤得灼热，她再也没有气力握住。

石骏把她稳稳地接在怀里，坠落的力道很大，两个人都往下沉了沉，还好在离地面几厘米时止住了。

“这是怎么啦？”

刚转身，黑夜里急匆匆地跑过来一个男人，手中提着一个手电，刚才白色的光线应该出自这里，不是什么流星划过夜空。

黑影急匆匆地跑到近前，过来的男人面貌普通、苍老，看起来比较面熟，憋红的脸上带着慌张、焦虑、表情极不自然，倒好像是这个人刚才点了一把火一样。

“你们没受伤吧，这厂子怎么起火了？”

男人一连串地发问，关切地望着男孩儿和他怀中的女孩儿，石骏通过声音立刻想起了面前的人是谁：不正是上次放学后路过，看到讨薪水夏王天口中的“李哥”吗？是这里的员工，半夜三更的，他来这里做什么？

“叔叔，我还好，她有点轻微的划伤，不要紧的。”说罢看着怀中搂着自己脖子的女孩儿，谁能想到人生中第一次与异性的亲密接触竟然发生在这样的境地中，没有时间留恋，“火烧得很大，如果再不报警，旁边的废品站恐怕……”

石骏的话显然没什么逻辑的，万一真拨通了火警，自己一定会被带去调查。火灾的诱因和自己有直接的关系，即使还未成年，但出了人命，造成了严重的经济损失，家庭的条件父亲根本无力赔偿，难道我的年轻岁月即将在少年劳教所里度过了吗？

姓李的男人沉默了，阴郁的脸上闪过一丝不易察觉的神色，他望了望已经蹿出屋外的火苗，把手电揣到了怀里，伸手接过了石骏怀里的小女孩儿：“给我吧，我不管你为什么在这里，快点跑，我有来这里的原因，好解释。谁问起你，永远不要说在这里见过我，就当从没来过。”

出人意料的回答，石骏看着非亲非故的男人，不明白为什么他要义无反顾地帮助自己，但来不及多想，抉择就在一瞬间。石骏感激地点了一下头，奔跑着消失在茫茫夜色中，怕对方想起什么事情再反悔。

“喂，消防队吗，我报火警，学院路夏日油漆仓库起火了，烧得很大，我救出来一个孩子，不知道里面还有没有人。

“对，我是他们的员工，叫李久立，你们快来，我怕整条街待会儿都要烧起来。”

自称李久立的男人放下破旧的手机，望着怀中的小女孩，女孩的衣服很单薄，看上去刚从睡梦中醒来。

“孩子，你什么都不要说，警察叔叔来时，说我路过救了你，明白吗？今晚只有我们两个人在。”

李久立哀求地看着对方，对方认得他是谁：一个要不到工资的老实男人，经常把女儿的小玩具带来分享给她，夏季炎热的时候，拉着她过街去买五角钱的冰棍。

“知道了，李叔叔放心吧。”

不知出于什么目的，女孩儿答应了李久立，厂主夏王天是她的伯伯，父亲的亲哥哥，在烈火中是死是活，她一点都不关心。

“你可以走路吗？叔叔要在警察来前处理点事情。”

“好。”夏可被放在地上，相距大火包围的房子有一段距离。

李久立扫视了一圈，确定四下无人，小跑去了隔壁的废品收购站。他从怀里掏出了一样东西，火光晃着是一把水果刀的形状，贼溜溜用力扔了出去，落在了院子里的废品堆里。至此，只要夏可不说，没人知道那柄刀本来是李久立带来的。

十五分钟后，刺耳的消防车警笛声划破夜空，附近的居民陆续被吵醒，按亮了家里的灯，有人在之前的几分钟已经发现了这边的火情，披上件外套出门凑上前围观。

夜里十点三十分。

五台消防车奋力扑救，干粉铺在了左右与其他房屋连接的地面，作为隔火带，高压水枪不停打向油漆仓库的一层和二层，暂时控制住了火势的蔓延。

“先生，您姓李，是您报的案吧。”

“对，是我，我叫李久立，这个厂子的员工。”拉着小女孩手的男人脸上熏得焦黑，一脸惊恐地回答。

脸上的悲催模样是用地上的灰土抹上去的，夏可帮他涂均匀。

消防队长提笔做着记录，怀疑的神色浮现在脸上：“李先生，据我了解这家仓库没有留员工留宿的规定吧？这么晚了，你怎么待在这里？屋里还有什么人？这个女孩是谁？”

一连串的发问，李久立在消防队到来之前构思得清清楚楚，淡定地回答：“厂长夏王天今晚约我，说要谈一下支付欠我工资的事，欠了好几个月，我孩子要交学费，挺着急，所以半夜才起来出门。谁知一来了却发现一楼着火了，这时听到二楼有小孩的哭喊声，我当时很乱，想让她跳下来我接着，她告诉我不敢，急得团团转，半天才发现隔壁废品收购站露出一个梯子，我搬了过来，摆上去才把她救了下来。”

“好的。”比较合乎情理，消防队长点了点头，按照火势的大小，基本推断大火在九点以后就燃烧了起来，只要询问下李久立出门时间的证据，人为作案的假设基本可以排除。

“是这样吗？孩子，这家厂子有几个人？”

作为当事人的小孩，通常不会撒谎。

“嗯。”小女孩肯定地点点头，大大的眼睛噙着泪水，“警察叔叔，你们快帮帮忙，我的叔叔还在一楼睡觉呢，平时只有我们两个住在这里。”

“啊，好的，你放心。”消防队长皱了皱眉，一楼已是面目全非，恐怕里面的人凶多吉少，火灾现场的心理辅导课十分重要，暂且安慰下受惊的小孩，以免在未来的生活中造成阴影。

李久立今晚是主动约了夏王天，电话中听上去夏王天喝了很多酒，他央求着要来谈一谈工资拖欠的问题，软磨硬泡，对方极不情愿地答应了。

晚上十点刚过，李久立穿好衣服，和妻子刘燕告别，没有叫醒睡梦中的女儿。

“我和夏总谈谈，今晚沟通好了，他能给我点钱。”故作开心地回答，李久立的内心在滴血，怀里揣着一柄下午时偷偷藏好的水果刀，目的明确。

先是好言相劝，如果不行，拿出刀威胁一下，这种人都惜命，一定会屈从的，实在不行，我就……

内心萌生了杀意的人，灵魂深处的一条腿已经越过了杀人之门。

脑中浮现的全是夏王天对员工的辱骂，一点不满意就扣钱，孩子生病想晚来一会儿在他眼里都成为了偷懒的表现，双手叉腰一副居高临下的地主姿态。

“每月发你们这么多钱，还敢请假，客户会等你们来了我再开业吗？”

深夜的风吹得硬朗，高纬度地区早晚温差很大，李久立的外套裹得紧紧的，步子迈得很急，心脏的火热程度掩饰了冰冷的水果刀，他已经打算好了最坏的结局：不行捅他几下，拿钱就跑，管他以后会怎样呢。钱本就是我应得的，对于赖皮的人，需要你比他更狠更残忍。

李久立走到离熟悉的仓库不远时，空气中传来了一股烧焦的味道，浓烟开始波及大街，不清楚发生了什么，他打开手电猛跑了几步，来到空地时，正看到男孩儿和女孩儿爬下来的一幕。

竟然失火了，仓库在烈火中化为灰烬。

他呆呆地愣在原地，脑中映射出“报应”两个词。

夏王天怎么样？

是他最关心的事，瞧见夏可被救了出来，印象中她的叔叔住在一层，而此时此刻，一层是烧得最旺的，起火点大概就在一楼吧。

想起一楼堆积如山的油漆桶，搭配清洗会经常用到的工业酒精，夏王天若真待在里面，处境恐怕是凶多吉少、神仙难救了。

萌生的杀意瞬间化为了泡影，之前的计划全部落空。

这个陌生的男孩是怎么回事？夜里路过见义勇为的吗？

可能性不大，莫非也是上门讨债不成，临时起意在我之前干掉了他？

思来想去，这种可能性极大，夏王天结仇很广，指不定又惹恼了谁，一场突如其来的大火将一切付之一炬，自己的工钱算是彻底没有指望了。

也好，男孩儿算是帮我了去一件心病了。说白了，我就是贱得要命，拖欠了这么久工钱还依旧为夏家甘心卖命，不舍得辞职，期待拖欠的工钱，以夏王天的性格怎么可能轻易给自己呢？拖得越久越好直到失去耐心吧。

我一把年纪死不足惜，一命换一命，眼前的男孩儿间接成了我的恩人，帮我解决了处理不了的心病。男孩儿还未成年，进了监狱这辈子就完了，我必须帮他一把。

李久立十分有把握，反正出门时老婆特意看过时间，还抱怨都十点了出去做什么，有这样的不在场证明，足矣袒护逃走的小男孩儿。

叫作夏可的女孩儿，配合得天衣无缝，三个人怀着不同的目的，在同一时间同一地点撒了谎。

从常理来说，没有利益关系的人，没必要串供撒谎，警察也会这么认为。

大火终于被扑灭了，那是在消防队到来一个多小时之后的事情，附近被围得水泄不通，希捷市好久没有遇到这样的大事件了。

出于安全考虑，直到浓烟差不多散掉后，几名消防人员才选择进入，刑警和法医也一起进入了第一现场。

过火的面积很大，仓库随时都有倒塌的危险，因为听到燃烧时一楼有人，必须去确认一下。

不一会儿，担架抬出了一个蜷缩成一团的黑色物体，盖着白布，据说是类似人体的东西，室内温度过高，无法辨认指纹，面目全非，若不是医生的辨认，谁也不能肯定那究竟是块焦炭还是一个人。

初步判断，尸体没有外伤，基本排除了先杀人后纵火的可能性。根据女孩夏可的供述，只有她的叔叔夏王天失踪，失踪前在一楼睡觉，被定为是本次火灾唯一的死者。

大火将罪恶付之一炬，第二天早报的醒目位置刊登了这场意外的消息。

石铁山喝着豆浆夹起油条，津津有味地边读边吃。

第三十二章　盛夏的方程式

一个人的一个秘密究竟可以保存多久？夏暖用实际行动表示，答案是一辈子。

从她被火灾现场救出后，彻底没有了直系亲属的依靠，被寄养在母亲的远房姑姑家，名字由夏可改成夏暖时，她默默决定把秘密永远埋在心中，一直带到坟墓里。

姑姑收留她，完全迫于无奈，而且相关部门送来她时，带来了一笔丰厚的抚恤金——夏王天辛辛苦苦攒下来的财产，七万多元存在一张储蓄卡里，大火烧毁后银行帮忙补办了一张，夏王天无儿无女光棍一生，夏暖是他唯一的合法继承人，这张卡就给了夏暖。姑姑强颜欢笑打开家门，嘘寒问暖，不至于赶走一个主动送上门来的万元户财神爷吧。

夏暖被定义为一个衰神。

三岁那年，父母车祸同时罹难，临死前把她从破碎的车窗扔了出来。

大难不死的她在随后的时光里先和爷爷奶奶一同住，老两口对孙女特别喜爱，照顾有加，夏暖刚步入小学课堂第一年时，回家发现老两口双双躺在冰冷的地面上。屋里煤气味很重，在她呼唤爷爷奶奶快要眩晕之际，隔壁的邻居恰巧下班，看到敞开的大门，听到屋里传来的呼喊声，闻到刺鼻的气味，急忙将虚弱的夏暖救了出来。

警察、医生、消防员，第二次同时出现在夏暖的生活中。

白色的担架抬着安详的老两口，经过夏暖身边时见了爷爷奶奶最后一面，一旁的医生戴着氧气面罩摇了摇头，小女孩儿的眼泪又一次夺眶而出。

随后夏暖面临再次被安排，寻找她的亲属，姥爷几年前就去世，姥姥正在敬老院度过余生，生活都不能自理的老人，又怎能照顾她的外孙女呢？

经过多方调查和寻找，夏暖父亲有一位亲哥哥，十多年前离家出走，听说去了希捷市打工。

就这样，夏暖又与夏王天生活在一起，直到发生火灾。

照顾夏暖的人，几年间相继意外辞世，迷信的说法，小女孩儿被当成不祥之人。夏暖在姑姑的冷嘲热讽中度过了几年，精神层面的暴力，远比肉体上可怕得多。

夏暖的衣服只有夏天和冬天各一套，还是爷爷奶奶在世时给买的，穿脏了出不去门，姑姑就把家里男孩儿剩下的衣服扔给她穿。上的学校比较一般，一日三餐都是家里的剩饭，几乎没有零花钱，姑姑还让久经磨难、才十岁的小女孩儿分担家务。

姑姑用夏王天的遗产完成了房子的改建，觉得夏暖成了多余的人，对她的态度更恶劣了。

夏暖虽然深刻感受到了寄人篱下的苦楚，但她没有一丝埋怨，而是心存感激，默默地承受着一切，相比于之前的叔叔那里，姑姑家已然是人间的天堂了。

夏王天，是她一直不愿意去回忆的名字，经常在噩梦中出现的人。许多个属于魔鬼的夜晚，终于在熊熊烈火中变成黑色的魔鬼，终于在痛苦绝望中被打入十八层地狱。

刚到希捷市，夏日油漆专卖店的仓库映入夏可的视线中。

看似“和蔼”的叔叔夏王天，友善地迎出了屋子，抱起小侄女亲了亲，对过来交接的人说道：“谢谢同志，你们尽管放心，我们骨肉间肯定最亲，况且我还没孩子，夏可就像咱自己的孩子一样，我一定好好地把弟弟的孩子抚养成人。”

见到这一幕，交接人员满意地点点头，安心地离开了。

夏可的脑海中产生了错觉：叔叔并不像爷爷奶奶说的那样，也许他离家后改邪归正了，承租了沿街的仓库，经营着一家私人买卖，雇用了几个工人，显然比爷爷爸爸混得都好，难道是经历了年少的叛逆，成年后顿悟了？若是如此，也算告慰爷爷的在天之灵吧。

美好的期待仅仅是幻想的泡沫。

交接的人员前脚刚走，夏王天立刻把夏可放在了地上，从屁股兜里掏出烟，点燃了一支。不顾夏可剧烈地咳嗽，一屁股坐在了门口的板凳上，色迷迷的眼神龇着一口大黄牙，慢悠悠地说：“夏可，你几岁了？”

“十一岁。”女孩儿摸索着破旧的衣服角，背着沉甸甸的行李，叔叔完全没有分担接过来的意思，继续问道：

“那两个老不死的，前几年煤气中毒？”

口中的“老不死的”，当然指的是爷爷和奶奶了。

夏可嘟着嘴，一脸的不快，她不允许别人在面前这么说自己敬重的人，即便他是自己的亲叔叔，未来还要生活在一起，第一印象瞬间降到了冰点：“嗯，爷爷给我做晚饭不注意，锅里的粥煮干时正在忙着别的事，等到我放学进屋发现已经晚了，爷爷生前挺惦记你的。”

“屁！老不死的，还惦记我，他一辈子就喜欢我弟弟。我说什么做什么都是错的，我弟放个屁都香。”夏王天拆穿了夏可为了维护家庭关系编造的谎言，间接还骂了一嘴夏可死去的爹。

世界上血缘关系最近的两个人，面面相觑一句话不说尴尬无比，夏王天发现在侄女面前说了些不该说的话，抽完烟转身回到了屋子里。

夏王天前些年原本分到一处政府救济房，老实住了一段时间，因为小事和邻居的老头打架斗殴致对方住院治疗，老头家里人找来要求赔偿。他一副要钱没有要命一条的样子，闹到了法院，判决结果拘留十五天，夏王天在里面过得憋屈，出来后左思右想把房子租给了别人，提前拿到一年的租金，全部交给邻居作为了赔偿金。

风波平息，无家可归的他去了学院路的一家油漆销售处打工，下午活少的时候四处游荡，时不常夜里趁工厂看门的不注意，偷出些钢材废料借辆三轮车拉出来卖给隔壁的废品收购站。

油漆厂主见他可怜，允许夏王天晚上住在仓库的一楼，兼作更夫。

时间久了，夏王天善于交际懂得溜须，把经销处打理得井井有条，厂主陈明飞把他当作哥们儿，晚上没事时常聚在一起喝酒，聊些家长里短。

一天，酒过三巡，陈明飞拍着伙计的肩，笑眯眯地问道：“老夏，有兴趣不，我准备去南方闯闯，这个店低价盘给你，怎么样？”说完转过头指着身后的二层仓库。

夏王天梦寐以求想当一回个体户小老板，连连点头回答：“陈哥啥也不说了，你真是讲究人，要多少盘店，您开个价，老弟钱不多你也知道，要是能优惠点，咱感激不尽。”

说着递过去一支香烟，说出去的话像泼出去的水，陈明飞酒醒了不少，感情归感情，自己经营的这家店，位置极好，起价起码在五万块，未来动迁，地皮涨得飞起，动迁费用足以让一个人变成几十万身价。

陈厂主心里清楚无比，夏王天拮据得很，经常盗窃财物换钱，但陈厂主懒得去管。而且夏王天喜欢喝酒赌小钱，一个月八百元的工资根本攒不下来，他绝对拿不出五万块钱。

不怕贼偷就怕贼惦记，当晚厂主没有给夏王天明确答复。

接下来的日子里，夏王天晚上偷东西的次数更加频繁，一见陈厂主闲来无事，马上买来好酒好菜请客吃饭，某天从怀里掏出一摞钱来，笑嘻嘻地央求：“陈哥，这是一万，算作你把厂子盘给老弟的定金，你给我留个账户号，以后赚钱了，我再给你汇过去。”

陈明飞经不住无赖的软磨硬泡，再加上朋友正不断催他南下淘金，于是下定决心，第二天就和夏王天签转让协议，不指望口是心非的夏王天未来挣钱汇给自己，一万元当是保底吧。

那个仲夏，陈明飞走后的第二天，夏王天大摇大摆地走进了涂料厂仓库，厂里面的几个雇佣工，平时瞧着不顺眼顶嘴的，统统辞掉，换了一批老实听话的，其中就包括李久立。

夏可刚来的一段日子，待遇还算不错，一日三餐随厂子的工人们吃。工人们是一些老实巴交的人，住在附近，看到与自己孩子年纪一般的新厂主亲戚，点餐时特意要一些小孩儿爱吃的东西，肉菜都让给她，尤其是李久立，家中的女儿差不多这般大小，女儿多出来的衣服、娃娃，李久立都带来送给她，夏可幼小的心灵感受到了父亲般关爱的温暖，对这位生活简朴的李叔叔充满感激。

幸福的日子总是短暂的，童话总是于吹起巨大泡泡后破碎。

遭遇那件事后，夏可想到了自杀，她开始认为自己是一位真正的衰神，不但给周围带来厄运，有一天厄运同样降临在自己身上。

夜里夏可在二楼的房间刚准备睡去，叔叔夏王天喝醉了酒，一脚将门踢开，醉醺醺地爬到了夏可床上，伸出长满老茧的大手摸摸索索。

“嘿嘿，乖侄女，在我这吃饱了养肥了，快让叔叔检查下发育完整了没有。”

夏可惊醒，激烈地反抗着，奈何男人的力气太大，没几下就丧失了抵抗能力。

抵抗了又能怎样呢？她甚至不敢大声去叫，自己的未来全掌握在床上男人的手里，再被抛弃，也许只有死亡一条路可以选择了吧。

不幸中的万幸，男人的理念中，显然没准备对这么小的孩子有进一步的举动，突破道德伦理。趁侄女未成年犯下案子，一旦被揭发出来，一辈子恐怕难以翻身。

过足了手淫的贼瘾，夏王天高高兴兴下了床，吹着口哨如同逛完妓院回家途中的公子哥，一脸惬意返回到一楼自己的床上休息，临走时留下一句话：

“乖侄女，我喜欢刺激的，下次激烈反抗点才好，哈哈。”

被子里充斥着汗臭味和酒精味，夏可边哭边开始作呕，第二天起床，把被子拿出去晒了一整天。

第二天，夏王天像个没事人一样，丝毫不提及昨晚的龌龊事，色迷迷的小眼睛打量着开始发育的夏可，令她浑身起鸡皮疙瘩。

“未来也是个美人吧。”小声咕嘟了一句。

接下来的日子里，夏王天隔三岔五借着喝醉酒，晚上只有两个人在仓库时，摸进夏可的房间里，夏可半推半就地应付着，惹得心理变态的夏王天非常不爽，每次出来时啐一口痰，嘴里念叨着：“我不讨媳妇看来明智，都什么玩意儿，天天花钱养着，好吃的供着，床上一点兴趣没有，不如火葬场里面的死尸。”

死尸，呵呵，夏可的灵魂，其实早在多少年前已经死去。

我的意中人是一位盖世英雄，有一天他会身披金甲圣衣、驾着七彩祥云来娶我。我猜中了开头，却猜不中这结局。

2000 年前后，香港的一部无厘头搞笑电影《大话西游》红遍了祖国两岸，各大音像店 VCD 碟片一时间脱销。在午餐之后闲暇时光，夏可随仓库里的工人们聚在一个角落，用叔叔低价买来的二手的 VCD 播放器观看了这部经典的影片。

小女孩儿当时看不懂刘镇伟的黑色幽默，唯独记住了这句话。

它是一部悲怆的爱情故事片吧，夏可十五年前给《大话西游》的初步定义。她心目中的盖世英雄，虽未踩着七彩祥云而来，却制造了一场轰动的大火，将她解脱出魔窟。

有一晚，李久立来油漆仓库取落在这里的家门钥匙，见一楼的拉门没有上锁便直接走了进来，听到二楼的异响，以为进了贼，悄悄跟了上来，恰好撞破夏家不伦的一幕，尴尬愣在原地。出于正义，他义愤填膺地呵斥了几句，把衣着不整的夏王天从床上拽了下来。

“老鬼，多管闲事，工钱不想要了是吧。”夏王天一身的酒气，一句话戳中要害，李久立之后劝人的话统统收了回去。

夏王天意犹未尽，“哼”了一声，一脸不悦地走下楼梯。

所以夏老板死的当晚，李久立认定了夏可会站在说谎的一边。

第三十三章 夏暖日记

合上日记本，它的女主人再次热泪盈眶。

我和石骏今生数不尽的纠葛，大概就是在那一天正式开始的吧。

时间变迁，茫茫人海，石骏终于成了自己的老公，嫁给了心目中的盖世英雄，我一辈子的夙愿，一路坎坷走来完成了一多半。

和石骏的热恋、结婚，包括因为展会上一幅画的相识，那不仅仅是美丽的意外。

上述的偶然情节不过是出现在韩剧里的东西，如果不是我多年的打听，不遗余力地追寻，怎能又有缘相遇直至结合在一起呢。

婚后几次趁老公喝醉，或者偶然驱车行驶在学院路新修建的六车道上时，我喜欢聊些轻松的话题，自然而然引到小时候的故事。

每次石骏总是默默无语，或者突然岔开话题："对不起，我以前不住在这里，上大学才考过来的。"

不愿意承认往事，他患上失忆症了吗？不可能，唯一的解释是，他不愿回忆惨痛的往事，内心也在小心翼翼地维系着一个秘密。对于当年的夏家小女孩儿，仅仅是一面之缘，从未将她和我联系在一起吧。

石骏变了，显著的一点，话比结婚的时候多了。

也许是职位的升迁、身边王伟这类朋友的影响，可我并不喜欢他现在的样子，想必他也是吧。

他近期患上了抑郁症，副总经理所管的事情较多，我尽量不去打搅他，他不喜欢的事情我绝不再提，早晚除了睡觉以外见到短暂的时间里，尽量保持微笑相敬如宾。长久以来，我感到疲惫不堪，不知道他是怎么想的，一门心思投入“智慧娃娃”的设计中，不修边幅，整个人看上去如同重新回归到单身汉的行列中去了。

婚姻生活的紧张让我开始逐渐丢三落四，工作中经常出错。学生说我太累了，劝我好好休息，我只有苦笑着点点头。几年没有再举办画展，这次在低调中重新开办，不是为了挣钱，那些石骏给我的足够，全当作是精神上的一种慰藉吧。

我爱好的工笔画，是在大学时代开始潜心钻研的。

高中时代偶然的机会,于学校的美术老师那里第一次接触工笔画艺术。一面之缘，调色板染色剂的味道类似油漆和酒精，依然那么的熟悉，让我没缘由地喜爱，日积月累形成爱好，起始点一定是源自这里吧——源于童年时代，对美好或者憎恶事情的深刻回忆。

记忆中有一片灰暗森林，生长在一片孤岛上，接触到一丁点光芒照射，哪怕不足以完成光合作用，生物的本能使然，树木在疯狂地生长。

错误的事情一件接一件发生，我开始心神不宁，昨天出门时忘记带家里的钥匙，下午临近绘画课结束翻包时才想起：早起装包时，握着钥匙刚好赶上微波炉到了预定的时间响铃，取出食物后两人坐在桌边用餐，随手将钥匙扔在了桌上。无奈只有给老公发去了一条微信，让他早点回家，他上班时间遇到我的电话通常情况下是挂断的。

石骏回家的时间一般都很晚，尤其李久立死后，公司需要解决的事情从闺蜜郭婉悠的嘴里听到不少，她也是转述爱人王伟的观点。希望今晚石骏可以提前一些。

第一次走出校门，办自己的工笔画展，是李久立默默资助的。

大火后，三个因一件事关联到一起的人，人生轨迹发生了翻天覆地的转变。

我在姑姑家忍辱负重、积极努力，高考的成绩下来，保持传统观念的姑姑脸上都容光焕发，破天荒举办了一桌升学酒宴，当然主要的目的还是借机收一些随份子钱，榨取我身上一切有价值的东西，逢人便主动谈起学习的话题，每每谈到高考，便笑得花枝招展：“我们家小暖，就是出息，我一直把她当自己的女儿看待，天天操持家务，学习还好，没怎么用功，轻轻松松上了希捷国际大学。”希捷国际大学，是一所中外合资的高等学府，位列全国大学排行榜前十。

李久立顺利排除了自己纵火的嫌疑，起火时充分的不在场证明：对面楼里一楼的住户，起夜时恰巧看见了李久立慌慌张张跑到失火仓库的情景。夜色苍茫，他分不清现场其实有过一位逃走的男孩子，只看见李久立抱着我孤独地站在那里。

涂料厂出事后，几个工人拿出了夏王天给他们写下的欠条，出于人道主义考虑，政府从夏王天的银行账户拨出相应的部分，给几位失去工作的合同工开了工资，李久立对石骏更是感激涕零，心底认为救了一个处在悬崖边上的小孩子，善有善报，上天终于把属于自己的钱完璧归赵，却没考虑过那次的火其实是一次真正的犯罪行为，他的包庇使纵火犯逍遥法外。

李久立在离职后去了玩具分销公司，再后来自己创办了童话王国，我只通过媒体和报纸了解过恩人之一浮出水面后的事迹，而崭露头角的李久立一直在私底下关心着我。

大学毕业生不着急就业，反而安心地发展工笔画艺术，背后强大的财力支持是必然的。李久立一直未曾出面，可能有意在回避此事，不出意外我们三个人这一生不该再有什么交集。

李久立同时提携了公司产品研发部的石骏，石骏大概很小就喜欢玩具吧，很有天分。老公究竟清不清楚老板的真实身份呢？我不确定。

接到老公的一条微信，内容很简单：我到家了，你开车回来，别着急，我点了外卖。

作为老公的石骏还是挺细心的，不善于表达的他，有着巨蟹座男人所具备的安全感和归属感，唯一使我困扰的，细细想来，是他近期迷上了上网。有时拿些水果或饮料送到书房时，屏幕上好像是在聊着天，登录着奇怪的网站，成片的外文。有时打打游戏，我不想过多地干涉，当作紧张压力工作下的他，到虚拟的世界发泄一番吧。

每年天气好的时候，郭婉悠经常随休年假的丈夫王伟出国旅游，石骏不懂得或者不适合这种强烈浪漫的表达方式，最多是情人节或生日请我去看场电影，到西餐厅吃吃晚宴。

选择了什么样的人，代表着接受理解什么样的生活。或喜或悲，或平淡，有的人不适应波澜不惊地度过一生，我恰恰相反，前半生过于紧张的刺激，倒觉得现在和他在一起的日子才是最真实的。

“叮！”

触碰了单元门上的按钮，里面传来拿起对讲机的声音，门锁“嗒”地一声打开，石骏依旧坚持了从不过问的特点，算过时间，他该猜得到是我回来。

“不好意思，早上走得匆忙，我忘记带钥匙了。”我脱下高跟鞋，整理了下薄袜，探头向里边望去：餐厅的桌子上摆着外卖，书房的门没有关，里面的灯还亮着。

书房里有一张大办公桌，上面摆着笔记本电脑，四周的书架从地面到天花板，摆满了各式各样的书籍。一部分是玩具专业方面的，更多的是小说，推理小说收藏了几位名家的全集。夜里他加班的时候，我也喜欢坐在书房柔软的地毯上，枕着靠枕，支上简易的茶桌，摆上奶茶，拽出一本津津有味地读起来。阅读是一件不错的享受，情节吸引人，有时遇到杀人案件怕怕的，石骏开门走进屋时会吓一跳。

他通常温柔地注视着我，然后拿起我手中的小说封面，赞美一句：“这本很不错，我喜欢里面的情节，和几个句子。”

他的涉猎真广，每本买回来不久，短时间内一一看完，与我分享故事情节，那是最快乐的时光吧。

近期石骏开始上网聊天，书渐渐买得少了，时常抱怨腰酸背痛，临睡前我会给他按摩，劝他少坐在电脑前。例如今晚，他回来得早，又坐在电脑前不停敲击着键盘。

“吃饭啦，吃完再弄。”我敲了敲书房的门，冲里面的他做了个鬼脸。石骏抬起头，冲我笑了笑，点了点头：“好的，马上就来，本来今天很累想休息，哎，隔壁讨厌的啼哭声，只有玩个游戏排解下吧。”

“嗯。”我转身走向卫生间洗手，“忍一忍吧，最近频率明显低了，网上说新生儿过了第一个月，哭得就少了，睡觉会好很多。”

“你懂得不少。”石骏跟了过来。

有口难言，我的内心多么希望有一个我们两人的孩子啊，到了该要宝宝的年龄，看着周围甜蜜幸福的一家三口，不敢明说，怕他生气，只有在网上搜一些文章和视频材料排解下心中的苦闷吧。

老公坐在里侧的椅子上，拿起一块奥尔良鸡腿，打开一听啤酒，悠哉地喝了起来。他和我说过，父亲石铁山以前下班就是如此，长大了开始学习老人家，发现确实挺放松的，就把这项“传统美德”继承了下来。只不过那阵没什么好吃的，一碟花生米够吃上几个小时。

“小暖，最近有没有警察找过你？”

看似漫不经心的一问，发问者减缓了吃东西的节奏，很在意我的答案。

“没有呀，警察来做什么，那件事，不都已经过去了吗？”

“那件事”指的就是李久立的猝死案。“哦，那就好，随便问问，别打扰到我们正常生活就好。”石骏心不在焉地回答。谁知道他又在想些什么，李久立死后，他在我面前变得更怪了，像是瞒着我一些事情。

“有个叫唐纳德的警察，结案后还来公司找我，我怕他去烦你。”

“放心吧，我知道怎么做。”我故作轻松地点点头，老公又喝了一口酒，冲我笑了笑，没再说什么。

吃过晚餐，我收拾了桌子。石骏换好了睡衣，走进卧室前又去了书房看了一眼电脑，回来时的神色很开心，像是得到了什么肯定的答案。

“游戏，我坚持到了最后，还不错哦。”

“你真厉害。”我随口回复了一句，不想说太多。

一年前郭婉悠陪王伟去欧洲五国游，回来时约我们一起吃了顿饭，席间谈到她在法国浪漫之都的见闻，一副意犹未尽的样子，谈话间从新买的香奈儿包包里拿出一个精致的礼品盒，告诉我是一款东方茉莉花味道的手工制香水，在大师的店铺里属于限量款，世界上绝对搭配不出完全一样的味道来。郭婉悠抓起我的手，递了过来，说这瓶送给你做礼物，她自己留下了另一瓶。

拿着价格不菲的礼物，我再三推辞，怕是她的丈夫王伟，借机想找石骏谋求个一官半职。况且我平时很少用这种东西，绘画人的嗅觉是追求艺术的天赋之一，过多接触香精类的东西，时间久了容易丧失灵感。

几番推辞之后，一向寡言的先生劝我收下，别辜负了朋友的好意，王伟顺水推舟，连连点头称是。

香水到手后我只打开包装欣赏过一次美丽的瓶子，上面的水晶小雕刻下足了功夫，就把它搁置在衣柜存放首饰的第三个格子里。

上周找东西的时候，不经意瞟了一眼，我发现香水不见了，连同包装盒一齐失踪。

第三十四章　香水失踪案

“亲爱的，注意到我的香水了吗？”第二天早起刷牙的时候，我瞥向身后正在背身上厕所的石骏，问了一句。

“哦，没，香水，什么香水？”看不见他的表情，一秒钟内，我得到了答复。

“就是那瓶啊，去年婉悠出国带给我的，之前放在首饰盒子里，没舍得用，前几天突然发现不见了。”

“再找找吧，也许忘在了哪里也说不定，你要想用，休息时拿卡去商场买一瓶回来，有空我可以陪你去，这周末上午吧。”

“嗯，没事，你知道我不喜欢那种东西，就是随便问问，逛街倒是蛮不错的提议，我们好久没一起溜达过了呢。”

“好的，最近太忙了，‘智慧娃娃’项目即将正式落地量产，到时候我们可以享受一段安逸的日子了。”

石骏转过身环抱着我的腰，脸上充满着幸福的表情，我也跟着笑了，也许这次真的到了要有一个属于我们的孩子的时候了吧。

石骏成功转移了我的视线，接下来的几天，香水的事情被我忘得一干二净。

周末的出行计划，因我临时决定的一次画作交流会耽误了，和客户谈完一幅画的交易后窗外已经是下午了。

低头拿出手机，显示栏没有未接来电和微信，看上去石骏在家等我并没有不耐烦，之前约好如果时间早，可以出去逛逛街吃顿晚饭。时间指向了十五点四十分，但愿还来得及，会客地点比较偏远，出门时想到回途可能打不到出租，我拿着老公帕萨特的钥匙，自己驱车往返。

家里只有老公的一台车，他十分节俭，不需要的东西绝不会买来闲置，工作日上下班我通常拼车或者乘地铁。

归心似箭，一贯稳重的我稍稍加快了车速，休息日的道路还算比较通畅。回想起来，离上次的一起逛街真得很久远了。李久立去世前的一段时间，感觉老公心事重重，问他只说正在谈代工厂的关键时期，后来听婉悠说是顺利谈下来了，李董事长亲自拍板。可接下来的几天，老公的眉头皱得更紧了，有意回避着我，不想让我发现，开心的事不拿来分享，我也很奇怪，他仿佛在犹豫着什么。

犹豫什么呢？我又说不出来，女人的第六感让我隐隐地焦虑，没过几天，李久立就去世了，这一切仅仅都是巧合吗？我不确定。

胡思乱想间，车子左右闪躲，超过了几辆正在磨蹭的家伙，前车的速度慢慢全缓慢了下来，一排排刹车灯亮起，我不耐烦地按起喇叭，如果再堵会儿车，我们的逛街计划就彻底泡汤了。

“您好，女士。”

一位帅气的交警小哥穿着淡绿反光的工装出现在我的驾驶室门一侧，微笑着冲我致意，伸出带着白色手套的手敲了敲车玻璃。

我踩下刹车，一脸疑惑地一边望着他，一边落下车窗。

“我有哪里不对了吗？抱歉。”

首先承认错误，笑了下试图博得对方的好感，网上说女司机用这个办法免去很多不必要的麻烦。

“那倒没有。”他笑着回答，“可以给我看一下您的驾照吗？”

“哦，好的。”挂上P挡，松开了踩着刹车的脚，帕萨特驻车在原地，我向右侧弯腰，打开了副驾驶座前边的储物暗格。我很早就把驾照和老公的那本一起存放在暗格里边，方便遇到事情时第一时间找出来。

长时间我没有帮石骏收拾，暗格里的东西较乱：像什么传单纸，汽车的保养通知单，行驶证的蓝本等等，黑色的两本驾驶证藏在了最里边。

我拿出驾照，拽的过程中带出银色明晃晃的小东西碎片掉在地板上，着急的我没仔细看，把驾照递给了交警。

“好的，夏暖女士，谢谢您的配合。”

年轻的交警小男生念着上面的字，将上面的照片和我对视了一下，确认无误，还了回来。

“给您。”

“有什么问题吗？”

“哦，没有，例行检查而已。”交警歉意地挠挠头，转过脸指着前方的拥堵路况，“实验中学今天召开家长会，车比较多，我们正在疏通，请您耐心等待，不要按喇叭，这样会干扰交通秩序。”

“哦，对不起。”我点了点头，表达着歉意，“今天赶时间，心里比较急，不好意思。”

我接过驾照，重新放回去。

地上的亮片晃了眼睛一下，我将它拾起，隐隐约约闻到茉莉花香的味道。

熟悉的味道，手里的碎片似曾相识，这是郭婉悠去年从法国带回来送我的限量款香水的味道。碎片是塑料瓶口环。

莫非是石骏拿出来放在车里的？

我做了几种设想，均不得要领：他带着女性的香水出来做什么？用自己老婆的东西讨好小三，成本太过于低廉、危险性太大了吧。

车辆的保养记录同时映入眼帘。

我拿过来仔细瞧了一遍，石骏几天前和我随口提起过，帕萨特刚做了一次养护，清洗了空调滤芯一类的东西，与保养记录单上的情况吻合。但是第二页的间隔保养登记记录颇有些不合理，从上面我看到，车子在春天的时候刚刚免费更换过一次滤芯，和这次的落款时间，相距不到两个多月，而且是自费更换的。虽然我对汽车的相关知识一知半解，但就像上面全面检查后维修师傅的潦草笔迹记录的一样：经机器及人工全面检测，车辆一切正常，不建议短时期养护，请再过 3000 公里或半年后再次检测。

一向节俭的老公，在更换空调滤芯的问题上没有听从专家的建议，付费进行了更换，目的又是什么呢？思绪混乱，此时排在后边的车不耐烦地按起了喇叭，回过神，我看到前方已经开辟出了一条顺畅的车道，急急忙忙把碎片揣到衣服口袋里，把保养通知单放到原来的位置上。

启动了车子，我心不在焉，速度没有开得很快，出不出去逛街的议题该好好考虑下了，现在我更关心的是老公反常举动的真实含义是什么。

到家停好车子，小区附近的节能路灯微弱的光线亮了，已经是晚上五点一刻了。

路上我微信告诉石骏有些堵车，今晚不准备外出了，老公没说什么，听不出失落或是其他什么情绪，淡淡地回了一句："那我待会儿下楼买菜吧，好久没有尝到我的手艺了吧。"

搁在过去，我一定会对这个提议兴奋地赞成，石骏有一天不干总经理的位置，他真的可以做一名好厨师，可今天发现的事情，我的心情低落了许多，回了句"好的"，放下手机心事重重地开着车。

打开家门，石骏常穿的鞋不见了，摆放的位置工整地排着拖鞋。

"老公，我回来啦。"我故作开心地说，试图缓解心中的压力，声音在空荡荡的房间回响，没有应答。

可能出去买菜了吧。

想着揣在衣服口袋里的香水瓶碎片，我转身已经摸到了书房门前。

轻轻推开门，他果然不在里面，偷偷摸摸地走向书桌，我开始好奇最近他到底在忙些什么。

笔记本电脑没有合上，打开盖子的奶茶喝了一半，看样子石骏是短暂外出的，桌子上没有收拾清理，预示着他会很快回来。

笔记本电脑的电源接着，屏幕的灯光亮着，一贯小心谨慎的他外出时设置了密码屏保，我敲击着键盘，分别试验了我们俩的生日和结婚纪念日等等，显示全部错误。

时间有限，我不能长时间纠结在破解他的密码，桌子上没有手机，一本合着的书引起了我的好奇。

《医学上稀奇古怪病症的诱因及特点》，名字十分有趣，印象中石骏只有抑郁症一种，抑郁症这么普遍的病症，莫非也归在稀奇古怪病症里面吗？

书的封皮很新，我记住了它在桌子上摆放的位置，小心地拿了起来，随意在翻了翻，如同私家侦探一样，探寻着同住在一个屋檐下他的轨迹。

这本书的内容丰富，注解配合着彩图，扫了眼目录，粗略分成：密集物体恐惧症、选择困难症、密闭空间自闭症、恐高症、高空坠落症、迫害妄想症、灯光刺激症、晕水症、晕血症、黑暗恐惧症等等。

五花八门，我从不知老公喜欢这些稀奇古怪的东西，看上去很有趣，随手向后一翻，书里面没有书签，否则我可以判断他的研究重点。

突然，有一段黑色的注释在某页一闪而过，像是做了什么标记，我马上翻了回来。

晕水症。

顾名思义，小时候受过某种刺激，例如被水淹过，猛然掉进水里等，有的人内心留下阴影，时间久了，形成晕水症。严重的不能下水，甚至看见透明玻璃杯里的水时间久了都会昏厥等等。一般人得上还比较正常，包括可以下水游泳，只不过一旦再溺水，或者进行潜泳周围被水包围时，这种病症可能复发。

老公貌似没有这种病症，也没听他提起过，相反他说自己的水性很好，我们和水有关的交集，只有十五年前火灾时见过的高压水枪喷射。

引起我兴趣的，是用黑色碳素笔画了横线的一句话："因溺水造成的晕水症，再次发作的后果，在短暂失去意识"，这句话旁边画了一个大大的问号。

第三十五章　秘密

书被重新放回我进来时的位置上。

本以为熟悉石骏一切的我，开始变得困惑了。

他身上的秘密有许多，知道的，不知道的，现在看上去变得更多了。

他对“晕水症”如此感兴趣，原因呢？认识的圈子里，不存在符合它症状的人，有空该给我的好闺蜜——从事心理咨询师的李心怡打一通电话问问，由抑郁症引出的怪癖究竟是怎么一回事。

回到客厅的沙发上，我拿起遥控器打开电视机，随便找了一部当下正在热播的爱情剧《一棵迁徙的树》，心不在焉地看着，石骏打开家门的声音将我抓回到现实，硬生生勾勒出的一个微笑，我和他，正在渐行渐远。

心里滴下了眼泪，一夜无眠。

太阳照常升起，洗漱吃过东西，我和石骏一同出门，挽着他的臂弯，在别人的眼里肯定是最令人羡慕的一对儿，心存芥蒂的我，今天怎么也高兴不起来。

“小暖，你好像不是很开心，遇到什么问题了吗？”

巨蟹座是一个敏感度高的星座，石骏启动车子前，按下车窗关切地问了一句。

“哦，没什么啦，是画作的构思问题，困扰了我很久，等会儿去下工作室，也许学生们给点儿灵感就愉快地解决了。”

我故作轻松的神态，撒了一个谎。

“那就好，路上小心。”

“你也是哦。”

目送石骏开车离去，心中空荡荡的，网上约的车准点停在道路对面，我没来得及多想，跑过去上了车。

画室的一上午时光感觉过得很慢，我发微信给我和老公共同的一个老朋友，对方磨磨蹭蹭地回复着："好的嫂子，那就中午见吧。"

中午十一点三十分，我准时走进了与童话王国相隔一条街的一家西餐厅，东张西望的王伟起身向我打了一个招呼，我点了下头，几步走了过去。

"来多久了，恕我冒昧。"

"别，可别这么说，嫂子，咱也才来。我和石哥关系这么好，咱们都自家人，平时工作上没少帮我。"

"嗯，对了，你石哥不知道我约你出来吧？"

"你放心，你嘱咐过的，我哪敢多说。"王伟肯定地点了点头。

我对着王伟笑了笑，叫来服务员点了几样简单的菜："你喜欢什么，再点。"说着把菜单递了过去，王伟连忙赔笑。

"嫂子见外了，你点的足够，我中午吃得本来就不多，要不下午上班犯困，哈哈。"

王伟把菜单交还给服务员，喝着果汁，准备聊天。

"嫂子，你找我是……"王伟率先发问。

"哦，没事，就当朋友好久不见了，别紧张，我想请教你几个问题。"

步入正题，王伟推算出一些，至于关于什么的问题，想必和不能告诉的石骏有关。

"嫂子你说。"

"最近你们工作忙吗？石骏身边来了些什么稀奇古怪的人吗？"

"稀奇古怪……"对方处理人际关系极其精明，尚未点破，已经明白了什么意思，连忙摇着手，连喝果汁的时间都不敢耽搁，"嫂子你多心了，不知道什么事叫你往那个方面想，石哥的为人你还不放心吗？'智慧娃娃'即将量产，两点一线的他哪有什么闲工夫。至于董事长身边，就上次新招来的秘书，婉悠也和你说过，想必石哥也和你汇报过了吧。有一段时间，可能有些风言风语，在我看来，都是竞争者的恶意攻击，石哥和小韩是纯同事关系，这一点我打保票。”

一口气说完，王伟拍了拍胸脯，我笑着摆了摆手。

第一道菜上来，我继续着刚才的话题。

“嗯，我放心他，你别太紧张啦，只是有件事比较奇怪。”

“啊，什么？”王伟放下了手中的刀叉，探着身子倾听。

“还记得你和婉悠去年从法国旅游回来，送给我的那瓶香水吗？”

“嗯嗯。”王伟肯定地点了点头，送礼总是印象深刻的事，“嫂子有啥问题吗？用得好不，要是喜欢，婉悠认识个欧洲代购，可以试试……”

“哦，不必。”我及时打断，“其实我用不惯香水，只是觉得好看，一直保存在柜子里，可是前几天突然莫名其妙失踪了。”

“啊？”

“失踪后我问过老公，他没有什么印象，可家里只有我们两个人，不至于长腿自己跑了吧。”

两个人都笑不出来。

“后来寻思也就算了，可奇怪的是，香水瓶口的塑料碎片，周末时我惊奇地发现出现在了石骏帕萨特的副驾驶暗格里，夹杂着香味。我思来想去不得要领，怀疑他是不是给谁用了。”

王伟耐心地听我把前因后果说完，嘴部呈现“O”字形的样子，他用舌尖舔了下抹在嘴唇上的奶油，回答说道：“这个我不敢确定，没法细说，嫂子你掌握的证据，我也不知道到底意味着什么。石哥每天我们都见面，除了在家我算是单位里监督他的人，不说别的，你们两个幸福我和婉悠都开心，所以媳妇跟我说，万一发现石哥走上了邪路，出于朋友的感情我也会提醒他的。至于香水，他从来没用过啊，而且以他的特殊身份，根本不敢用才对。”

“不敢用？为什么啊。”这次轮到我惊讶，婚后三年，老公的身上不敢用香水我还是第一次听说。

“嗨，嫂子，难怪你不清楚，只有公司的老人才知道，我们原先的前董事长李久立李董，花粉过敏体质，在室外闻到花草的味道都不行，要是当时的石骏副总天天敢喷香水在他身边乱晃，估计要了老命了，哪还有今天的飞黄腾达。虽然实话实说，石哥不太会巴结领导，但与李董亲近的人，不喷香水不在屋内养花，是大家一直默默遵守的规则啊。”

“李董花粉过敏？”我隐约记得一起在仓库时李久立到了季节爱打喷嚏。

“对啊。”王伟边吃边回答，了解了我对香水问题上的顾虑，他的一句不经意的谈话应该答疑解惑了，可我好像抓住了什么东西，串联起了什么事情。

李久立死后没过几天，石骏给车子在此做了空调滤芯的保养更换，紧接着我发现的家中香水丢失，丢失了多久无法确定，几件毫无关联的事情仅仅只是巧合吗？通过和王伟今天的闲聊，我隐约感觉到其中有什么不对的事情，我离触碰真相的时机，看上去不太遥远。

暂时先不去理它，收获已经很丰富了，还有一个问题，不知道对面的老公死党清不清楚答案：“王伟，你石哥亲密的人中，有谁患有晕水症吗，你是不是？”

“晕水？不，不是我啊。”王伟略有所思地摇了摇头，“晕水是什么鬼，我到现在也不明白，记忆中好像有谁提过这么一次？”

“谁？”我的心怦怦乱跳。

“我想想啊，哦对了。”王伟拍了一下头，“记得去年单位组织优秀员工团建，一起去海边，石哥当时也在的。下午大家换好泳衣准备下水凉快凉快时，李董说了一句奇怪的话：‘娜娜，你有晕水症，下去不会有危险吧？’嗯，对，就是那时李董对时任秘书李娜娜说的。”

我连忙问道：“是李董死后新闻里播报的，失踪的秘书李娜娜？”

“对啊，就是她。”说者无意听者有心，“谁知道她为什么玩起了失踪，难道案子和她有关？不好说，反正那个女人没心没肺的，吃喝享受类型的乐天派，弄不好躲在济州岛度假呢。”

“为什么这么说？”我发现王伟知道的的确很多。

“嗨，我有几次路过她的工位，没一次在认真工作的。不是在发微信聊天，就是网上登录旅游网刷新，有次她不在，我瞧见桌子上有一本护照，好奇拿起来打开看看，全是每年出入济州岛的记录。”

王伟说了许多抱怨的话，我抓住的只有几处要点。李久立、李娜娜，老公最近的怪异举动和他们俩或多或少有关，模模糊糊看过一次他的电脑屏幕，记得有一篇外文的网页，现在想想，不正是陌生的韩国文字吗？婚后我们极少出国，老公关注那边的动态目的何在？

这顿饭吃得并不是很愉快，起码我觉得是这个样子的，王伟不清楚哪句话冒犯了我，忐忑不安地用餐，讲着乱七八糟的开心段子，我却一点也开心不起来。

蛛丝马迹的线索链，我开始认真地考虑石骏是不是和李董的遇害案以及李娜娜的失踪案有关，至于推理小说中常提及的动机是有的，恐怕他已经认出了李久立是当年火灾晚上出现的那个男人，杀掉他的好处想想有很多：隐瞒十五年前的罪恶，那么知道的人现在世界上只剩下了我；再者杀掉前董事长，谋求权力的步子加快了许多不是吗？

不敢多想，李娜娜案发至今这么久哪里去了，她知道的事情太多，已经被石骏盯上了？我不完全明白石骏十五年前杀害我叔叔的真实原因，但是一个十四岁孩子随机应变设计的妙计，逃脱法律的制裁这么多年，搁在今日，杀人的屠刀等于在李久立的怂恿下一起成长，如果再犯下什么案子，一定就是所谓的不可能犯罪吧。

必须及时制止住他罪恶的火苗继续萌发，悲剧不能重复发生啊。

干脆地买单，稀里糊涂地要求王伟带我去了童话王国公司，一刻都不想耽搁，我要拯救我的老公石骏。

王伟一脸迷惑地望着我，走在前边带路，也许他在考虑是不是该先打一通电话给石总，难道原配大战小三的神剧情要在下午真实上演吗？虽然他不清楚我掌握了多少证据，面对的小三又是谁。

一个是老婆的闺蜜，一个是提拔自己的上司，狭小的电梯间，王伟额头不禁落下汗来。

“王伟，你看上去很紧张。”

“哈哈，怎么会，嫂子说笑，天气热而已。”

“其实不用太紧张，我找他就是聊点儿私事。”

“哦，方便透露些，我和韩秘书打个招呼？”

“事情不能明说，反正对石骏有好处，放心吧。”

听到我直呼石骏的名字，王伟识趣地闭上了嘴，标志“13”的灯在闪烁，电梯停稳后缓缓打开。

第三十六章　推理秀序幕——夏石对决

和绝望相比，虚假的希望更加邪恶。

——宫部美雪《模仿犯》

“您好，请问有预约吗？”

一位一等一的美女站在门口处的工位，夏季的清凉白色衬衫搭配短短的职业裙，露出一双修长的美腿，带着黑框眼镜，夏暖见过几次李娜娜，眼前的俏佳人比之前的秘书漂亮何止千倍万倍，同时她很年轻。

有这样一位美女陪伴在老公的身边，夏暖突然莫名其妙地担心起来。

一向在社交圈子里以高雅自居的她，现在开始变得多愁善感。

是自己变了还是石骏变了呢？时间的考量，他们都回不到过去了吧。

王伟从侧面闪出了身子，挡在面前打招呼：“小韩几小时不见，你又变漂亮啦。”

“嘁。”

熟人间的寒暄，女子并不在意男人的戏谑。

“给你介绍下，这位夏暖女士，是石总的夫人，她临时有事要见总经理，不需要预约。”

韩美琳一听，浮现出略带惊讶的表情，工作礼仪使她恭恭敬敬地鞠了一躬：“夫人您好，石总经常提起您，今日一见果然美貌与气质并重。您随我来就好，当然，如果有什么事，我可以先去汇报，石总现在正午休，可能还没醒来。”

她一边说，一边侧身做了一个请的手势，算是把夏暖从王伟的旁边迎了出来。

王伟满脸忧虑，好不容易把神仙请走，未来出了什么事，起码能推掉一部分责任，不至于双方冲突起来把自己夹在中间，到现在也不清楚夏暖吃过午饭，改变主意直接上楼“将军”是什么意思，希望事情不至于无法收场，先回办公室等待消息吧。

纤细的手敲了房门三声，里面传出了毫无情感的一声：

“请进。”

韩美琳忐忑地打开办公室大门，里面的光线洒向地面，身边的女人气质高贵，不怒自威。

我婚后是否也能具有她一样的出色气质呢？

韩美琳目送女人进屋，大脑里却在思考着奇怪的问题。

夏暖面对缓缓抬头的石骏，关上了办公室的大门，接下来的事她不准备让第三个人知道，这是他们之间的秘密。

“你，怎么？”办公桌后的丈夫脸上写满了惊讶，心里隐藏着什么，无人看穿。

“刚好路过，来看看你。”夏暖走到了会客的椅子前整理好裙摆坐下，四目相对，她在逼迫他说出更多的秘密来，“顺便有个事情，我想我们应该好好谈谈。”

“嗯。”石骏伸了个懒腰，故作轻松的姿态迎接，向后推了一下椅子，温柔地望着妻子，“时间不多，下午可能还有个电话会议……”

“我不会占用你太多时间的，一会儿就好。”夏暖面对一双睿智的狐狸眼，突感今天过来的匆忙，临时起意，不知道哪里才是谈话的最佳切入点。

“喝点什么？”不喜不悲，难道她看穿了一切？石骏淡定地起身，从书架旁的储物柜拿出妻子喜欢的饮料品牌，伸手递了过来。

这是夏暖第一次参观总经理办公室，说起来有些悲哀，婚后几年各忙各的事业，如今老公已经入主帝国的最高层，她却是第一次到他的办公室来。

打开手提包，一个晶莹剔透的小碎片被夏暖搁在了桌子上。

那是香水瓶口的碎片，一切推理的出发点。

侦探小说中常常写到，犯罪者见到绝对的物证时，他的脸色一定会变。

石骏亦然。

“小暖，呵呵，你给我看这样东西。”石骏笑了，惊讶的神色一扫而空，微微的怒意转瞬即逝，就像两人刚结婚在家捉迷藏做游戏时的样子，他不再掩饰，拉出抽屉，点燃了一支香烟，掩饰了很久的戒烟形象此刻荡然无存。转身背对着自己的妻子，打开一扇换气小窗子眺望窗外，“你知道多少了，是全部吗？你不可能知道的。”

像是在自言自语，其中包含些许的自信，吞云吐雾中，长长吁了一口气。憋在心里长久的秘密，一直无法分享，被发现后，究竟是从未有过的快感，还是彻彻底底的悲哀呢。

眼泪啪嗒啪嗒滴落在脚尖，夏暖站了起来，面前的男人从他们认识的第一天起，呵护她、哄她开心、带给她快乐，唯一的遗憾是要孩子的问题，其他方面，全是安全感和责任心的包围，她从未哭泣过，今天却不自主地落下眼泪来。

心目中的盖世英雄，虚伪的面具下是一位隐藏极深的犯案高手吗？至少现在来看，她的过往经历中，有两次全是：第一次李久立为了男孩儿的人生前程，选择挺身而出包庇了他，这一次呢，是借着完美的犯罪，再次蒙混过去？

“我，我不知道什么。”夏暖幽幽地回答，“只知道你把我的香水拿去做了不光彩的事情，你对李娜娜的晕水症似乎挺感兴趣。如果你至今还在设计着什么可怕的计划，阿骏，求求你放弃正在进行的事吧。”

凌乱的步子预示着决心的动摇，完美的犯罪手法露出了不完美的破绽。

终于，他摇了摇头。

“哦，对不起，此刻说已经没用了，不妨告诉你吧，一切都已经晚了。”

石骏转过了身，悲伤地望着哭泣的妻子，走上前递过一张纸巾，抬起手轻轻擦拭着她的眼泪：“别哭了，你这个样子很不好看，我很难过。”

夏暖举手一拍，拨开了石骏的大手，咬着嘴唇：“可不可以告诉我，你到底都做了些什么，李董事长真的只是猝死吗？我不能接受与一个不明不白的杀人犯在一起生活。”

话刚出口夏暖开始后悔了，这次说得很重，老公平时不太喜欢表达自己的情绪，刚才的那句话会刺激到他敏感脆弱的神经吗？但已顾不得那么多，她坚定着来这里的目标。

“哼，我没有杀他，你记住，是李久立杀死了自己，我能做的只是拯救而已。”

“拯救？”受够了对方的假仁假义，夏暖必须戳穿一件事实，“拯救等于杀戮，害死了一个曾经救过你的恩人吗？阿骏，十五年前，学院路夏日油漆仓库的往事，你忘记了吗？李久立是谁，你到底清不清楚……”

“够了！”石骏大声吼着，不计较房间的隔音效果，他的目光中猛地泛起了浓浓的杀意，伴着空调的吹动，屋子里的冷空气令人不寒而栗。

“小暖你记着，从今往后，在任何人的面前，只有“童话王国”和我们之间的关系，没有什么过去。这句话我今天就说一次，也是唯一的一次，其他陈芝麻烂谷子的往事，都烧掉了，烧死在当年的家里。”

石骏发疯似的连说了一整段话，丝毫没有喘息的机会，恨恨地坐回到椅子上，目光空洞地望向天花板。

受到不小的惊吓，夏暖的眼泪更止不住了，她努力控制使声音不再颤抖：“老公，我今天出现在这里没别的意思，如果真的是你做的，坦然面对不可以吗？我知道，你一定有自己的苦衷，说出来又如何呢？背负的压力太重，我怕你有一天终会承受不住，彻底堕落下去。”

“小暖。”石骏再次望着她，目光中充满真挚，“再相信我一次吧，为了逝去的人，所以我不能说明原因，让这一切都过去吧，请看在夫妻的份上再相信我一次，从今往后，再也不会出现类似的悲剧了，我保证。”

连续用了两个“再相信我一次”，苦劝效果甚微，夏暖摇了摇头，拿起桌子上香水瓶口的塑料碎片，快速走到落地窗边。碎片自手中飞出，顺着打开的换气窗，飞向了十三层高的地面。

这样，就永远没人知道这个秘密了吧，证据已然被毁灭。

石骏清清楚楚见证了这一幕，内心有东西在翻滚，他真想不顾一切地冲上去抱住自己的妻子，短暂的温存，将事件的始末和盘托出。最后时刻，理性战胜了感性，多一个人知道，事件总是多一分风险，尤其想起唐纳德睿智的目光，锲而不舍的追逐，公布于众是谁都承受不起的结局，有的东西比生命更重要，石骏的秘密正是如此。

忍住好久没有起身，座位上的男人清楚地表达了对女人的态度。

动之以情晓之以理，夏暖意识到石骏的决绝，即使自己心甘情愿把手中的证据放弃，都无法唤醒他的良心回心转意。

他究竟维系了一个怎样的秘密？石骏的种种举动，显然不是单纯的杀人灭口、铲平升职道路上的障碍那么简单。

过度的上网时间，古怪的医学书籍，石骏的生活点滴全部交给了犯罪领域，抑郁症的下场是终将归于疯狂的自我毁灭吗？

“吃过午饭了吗，我们一起去用餐吧。”

显然石骏不准备在过去的问题上再谈下去，犯过罪的人，没有胜利者的微笑，而是一脸的悲哀，叫人不忍心深究到底。

到底是继续保护他还是学李久立再放纵他一次，她犹豫不决。

“我吃过了，今天打扰了，我回画室去了。”

夏暖擦干了眼泪，头微微下弯，像做过错事的孩子一样，转身离开，不想再多看一眼。

“小暖，真的不会再有事了，‘智慧娃娃’量产后，我们去好好度个假吧，欠你的完美世界我会一一偿还。‘智慧娃娃’的量产，也作为我送给咱们未来孩子的最好礼物吧。”

“啊？”

一语双关，夏暖的心绪乱乱的，丈夫竟然在如此悲哀的时刻，主动提出了自己几年来的心结。算什么呢？是一种妥协退让，作为保守秘密的条件，还是他认真地考虑过，决定随同龄人一样选择安定的生活呢？

夏暖没有回答，她没有相关的答案。

“少抽烟，对身体不好。”留下了唯一的一句独白。

关上办公室的门，仿佛经历了一个世纪的漫长，上一次有这种感觉是在十五年前火灾中被抱出的那天。

石骏的反应，分明知道了十五年前的一些事，认出了一些故人，他对故人的真实内心想法，不曾感知。

走廊里，韩美琳与女人对视互相微笑了一下，出于敏感，判断女人刚刚哭过，什么样的事情惹得恩爱夫妻事业有成的家庭如此悲伤呢，大概每个人心中都有难解的疑团吧。

这并不是韩美琳第一次见到夏暖，只不过上次对方在明她在暗。

松涛市的美术展，韩美琳本想接近石总的夫人好好聊聊，精心化妆，在镜子前反复地训练姿态。

天知道发生了什么事，顺利的跟踪没多久竟然换来了被跟踪的悲剧。

一位打扮成游客模样的男人，心不在焉欣赏着墙上的画作，其实一直在偷偷注意着自己。眼见夏暖从身边离去，韩美琳不能错过这个千载难逢的机会，步步紧逼，几乎和陌生的男人撞个满怀。

道歉的一句话脱口而出，想收回时已经没有了机会。

对方一声不吭，显然发现了自己年龄上的不匹配，韩美琳发疯似的逃跑，男人犹豫了一会儿，随即跟了上来。

想摆脱他真不容易，还好这时赶上门口涌进来一帮操着台湾口音的游客，三十多人的队伍冲散了许多人，夏暖不知道去了哪里，管不了太多，韩美琳慌慌张张逃进女厕所，跟踪她的男人消失不见。

男人仿佛也在进行着什么任务，处于隐藏身份的考虑，光天化日下尚不具备硬闯女厕的能力。

韩美琳抓紧时间，卸下了脸上做过的细致美妆，重新整理了头发，褪去了外衣和里面的充气枕，对着镜子打扮梳妆了一番。相信现在的另一套打扮，刚才的男人保证认不出来。

路过游客装扮的男人前，对方还在四处张望着，韩美琳抿着嘴偷偷笑了，消失在松涛市美术馆门外。

她来这里的秘密，和她的真实身份一样成了谜。

第三十七章　张浪之死

时间不会冲淡痛苦，时间只会让人习惯痛苦。

——绫辻行人《another》

黑色的夜空下，男人喝多了酒站在天桥。

被风吹过全身，惊不醒消沉的意志。

过不了多久，自己的公司就会濒临破产，连续两个月的停工早已传出不和谐的声音。一笔流动资金的非法转移，后半生大部分时间恐怕要在铁窗内度过。

李久立和李娜娜。

满脑子回荡着这对狗男女的名字，男人心中反复咒骂着：老的不明不白地死掉了，媒体没有曝光巨额财产来历不明的事情，看上去一定是存在姓李的女秘书账下了。警方疏于控制，丑女人第二天就消失得无影无踪，这让天桥上的男人更加确定，几百万的好处费，一定在她手里，躲起来隐姓埋名，风声一过换个身份过上款姐的日子。

最毒妇人心，没准李久立就是死于这个女人之手，辛辛苦苦经营半辈子的童话王国毁于一旦。

树倒猢狲散，姓石的小子，怎么会在乎与代工厂之间的一纸协定呢？

其实是三个人联手害死了自己。

想到这，男人闭上了双眼，身子向下倾斜，展开双臂跃入了无尽的黑暗。

“有人自杀啦！”

伴着过路妇女惊恐万分地惊叫，桥下几辆车发现了前方路中间的障碍物，紧急踩下了刹车，后车的车距较近，保险杠亲上了前车的尾翼。

司机慌张地跳下车，第一时间没有观察车损的情况，借着远光灯的照射，一个人形物体躺在冰冷的地面一动不动，深红色的血迹洇湿了路面。

早晨七点五十三分，石骏出现在了“童话王国”的第十三层办公室内，女秘书韩美琳一一汇报着近期工作，包括一件昨晚接到媒体通知的突发事件。

“石总，雅马哈民声、多隆头条、四库热点和斐讯四家媒体今天想对您进行一次采访，询问您对曾经的合作伙伴——新大洲总经理张浪昨夜跳桥自杀的看法。”

韩美琳坐在石骏的对面，记录摘要的小本子搁在膝盖上，迅速记录着领导口中的要点，有时需要速记大量文字的时候，她会选择打开一款录音笔摆在旁边。

石骏点了一下头，面无表情地回答：“和媒体朋友解释下，我最近很忙，抽不出采访的时间。张浪先生是希捷市老一辈中杰出的商界代表人物，作为曾经的意向性合作伙伴，我代表‘童话王国’对他的死表示惋惜。”

炭素笔记录下了每一个文字，韩美琳皱了皱眉，说出了自己的顾虑：“石总，有句话我想说，请您决定，我怕会对公司的名誉产生负面影响。”

“请讲。”

不再低头记录，韩美琳面对石骏，组织着昨晚接到消息就在考虑的事：“有一些不良媒体，私下散布小道消息，说张浪的死跟‘童话王国’不讲商业信用，单方面撕毁合约有很大的关系，所以……”

“浑蛋。”石骏狠狠地拍了一下桌子，情绪十分激动，伸出食指指向门口，“去把公关部的方平叫过来，养他们有什么用，马上给我处理掉，传出来就是不应该！”

“嗯。”

韩美琳很少见到石骏生气的样子，包括墨常一派第一次的开会发难、PPT 事件，他都用微笑一一化解，今天关于张浪的小道消息散布，不满意之情毫无保留地展现出来。

韩美琳离开石骏的办公室，拍拍起伏的胸口，长舒了一口气。公关部的方总是石骏近年来一手提拔起来的得力帮手，和王伟组成了新一届领导班子的左膀右臂，等下叫来被训斥一顿相信也就平息怒火了。

“韩大美女，说说什么情况。”

方平一边走进电梯，一边擦着汗询问。石骏虽说是提拔他的恩人，可性格一点研究不透，不苟言笑，话语颇少，聊天仅限于工作而已。

“你注意言辞哦。”韩美琳性感的小舌头吐了一下，回头对方平说，“还能什么事，关于新大洲张总的死，报纸都登出来了，小道消息说了什么，你们部门不会没收集吧。”

方平心中有了底，默默念叨着怎能不收集，只不过一直抱着侥幸心理，多一事不如少一事，领导不问，咱们自找没趣说它作甚，让石总不开心的事少做方为上策。

他听说过王伟与石骏私底下的关系，自己一直没能攀上一点半点，小心谨慎日复一日在公司混日子，没什么大不了的，每个公司或多或少都养着像他这样的几个闲人嘛。

引方平进入总经理办公室后，韩美琳坐在工位上掐表，转眼间过去了近一个小时。

一丁点声音没有传出，看样子屋子里的石骏没怎么大发雷霆，她替方总捏了一把汗。

办公室的门终于再次打开，方平沮丧地走出屋子，平日里总借机会和秘书打趣的他，直接按了电梯，一言不发。

“方总，还好吧？”韩美琳走上前关切地问。

“哦，还行……”未等回答完，办公室方向传出了石骏的嗓音：“韩秘书，你来一下。”

告别了公关部总经理，韩美琳打开了办公室的门，离开座位的石骏正待在沙发的位置，点燃了一支烟。

她找不到自己的位置，索性站在了石总面前，对着那张脸，上边的表情冷冷淡淡。

“晚上有空吗，出去吃饭如何？”

身为总经理的男人第二次主动提出要求约自己，到底是什么路数呢？

“哦，还好。”她点头，自己一直单身，全公司的人都知道，敢在这个节骨眼上找理由拒绝，等于不给石骏面子。

“行，今晚六点，老地方等我，过去吃面。”

石骏掐灭了指尖的烟蒂，定好的事情不再多说一句话，走到办公桌后坐下，头枕着椅背，转向了窗外，韩美琳识趣地向后退去告辞。屋子里没人后，石骏一个多小时拒绝了所有来电，静下心，考虑下一步的打算。

他站起身，开门去了一趟厕所，路过韩美琳的秘书工位时打了个招呼，韩美琳慌忙起身点头示意。

洗过手重新回到屋子里，关紧门，石骏走到书柜旁的一个三尺见方的保险柜面前，凭着记忆中的密码，扭动着圆形的齿距，“噔”的一声，齿轮间的一环咬合处因八位数字的吻合松弛了下来，手向外轻轻一拉，柜子门缓缓打开。

柜子分为上下两层，上面是一摞厚厚的文件，作为公司机密，其中一个厚厚的牛皮纸袋包得很紧，上面用胶水贴着封条，名称栏没有详细标题，只在右侧底部落款处有小小的三个字“新大洲”。

保险柜是前董事长李久立两年前购置的，密码原本只有他一个人知道，随着石骏地位不断攀升，也只是偶然进办公室一次恰巧撞见李董正蹲着往里面放东西。

真正被告知密码还是在李久立去世前的一个月，李久立叫他到办公室，嘱咐了一些事情，包括保险柜的密码，里面存放了什么东西，石骏当时并未了解李久立将这些告诉自己的目的，没过几天，他慢慢懂了，猜透了一些内容。

牛皮纸袋被石骏从柜子里拿出来，没有打开，里面的内容清楚无比，回过身塞进了平时上下班携带的公文包暗格里。

他明白，张浪既然死了，牛皮纸袋中的文件就失去了意义，需要尽快处理掉。

搞定了牛皮纸袋，回过头来继续在保险柜的下一层隔里摸索着，很快摸到了要找的东西，拿出来是一柄长杆精美的钥匙。

根据掌握的情况，这柄钥匙世界上应该只存在三把，当然那个女人没了，如今剩下两把才对。

石骏把钥匙同样放到了公文包的另一处暗格里，关上保险柜的门，拨乱了密码锁。

等待夜幕降临，石骏先给妻子夏暖发了一条微信：“今晚陪客户吃饭，回去很晚，你先休息吧，别等我。”

很快收到了回复：“好的，少喝酒。”

他撒了一个谎，不敢早些到家面对几乎戳穿真相的夏暖，面面相对四顾无言的场景想起来就尴尬，万一继续下午的话题，他怕终会忍不住告诉她。

相信时间会冲淡一切吧，学习遇到危险时的鸵鸟，把头深埋在地下。

至于约会韩美琳的原因么，石骏总结起来有几点：上次的一次宿醉详谈，感觉小女生还是比较聊得来；再者她是新来的外人，离案件的核心部分非常远；找一位年轻美貌的单身女性约会充满着莫名其妙的刺激感；最后一点深层次的考虑，女秘书看上去嘻嘻哈哈，她的身份究竟如何，需要私下接触了解。

其实石骏在怀疑一个人，没有确凿证据前，不会戳破这个秘密。

海归派的韩美琳档案，石骏亲自过目了几遍。

自第一次面试奇迹般通过了墨常的法眼那天，疑云就已经布满脑海。

不是太简单，恰恰相反，面试女子的资料过于全面：父母是谁，家庭条件基础，籍贯在哪，小学到高中在哪里就读，留学时所在的美国大学，教授名字，拿过几年奖学金，甚至谈了几任男朋友都进行了标注。

这莫非是国外应聘工作的标准版个人简介吗？石骏并不这么想，一身清白的出身，过于做作了，它的背后，一定有所隐瞒。

装作酒醉本以为贴身的丫头能诈出自己什么隐秘，韩美琳却只是谈谈心，一副无忧无虑的天然呆，相处起来倒是比较合拍。

希捷市的夏季夜色十分迷人，这一点是石骏喜欢多年在此处生活的原因之一。即使少年时代有过几次不愉快的记忆，大体上还是积极的。

本来是更爱母亲一分，可时过境迁，父亲的占比在之后的几年变得更重要起来。

印象中最深刻的，无非是放学后晚上做好饭菜等待父亲的归来。父亲提着小菜，时不常带回些烤串，配着白酒，眯缝着眼睛看体育赛事或新闻联播，多少年，当你厌倦一些一成不变的事情时，却发现悄然间错过了迷恋中的永远。

时光定格，物是人非，车子开过十五年前的厂办家属区时，三年前动迁拆除危楼后变成了一座富丽堂皇的商务会馆。

石骏抻着脖子向右眺望着属于童年的回忆和往事，视线不经意间同时落在了副驾驶位置韩美琳的上半身。

韩美琳的着装时刻散发出青春活力的气息，就像今晚的出行，她换上了点缀着可爱卡通形象的吊带，外面披了件薄衫，下面穿着裸露白色脚踝的裤子，踏着粉色蝴蝶结的凉鞋拖，是一身夏季商店里在售的流行款。

头发染着淡淡的黄，有几处卷卷的波浪。拥有着迷人的曲线，坐在一旁的韩美琳因发觉石骏的眼神飘忽到自己身上，胸口有些起伏。一路上基本很少有交流，偶尔想到公司业务上的事情或者谈论车多人挤、天气的变化，她保持没话找话的状态。

不经意间目睹到胸前的一点波涛，石骏脸上一红，急忙调整了视线，握紧方向盘。

“小心，领导。”

为打破尴尬，韩美琳提醒了句，一辆车由外侧并道进来，石骏立即做出反应减速躲闪。

在面对社会上各种各样不同类型的女人方面，他仍只是小学生水准。

第三十八章 淡水霸王

郑氏拉面馆门口，无论节假日或是下班饭点的夜晚，三个停车位基本空闲。

偶尔插入了一两辆车，也是隔壁的洗浴中心实在没位置，客人们趁面馆老板不注意时停进来的。市中心的车位少得可怜，郑老板上一趟厕所的工夫，经常就有司机不打招呼直接停车。

车大灯晃在了门口坐在椅子上的郑老板脸上，他叼着烟望过去，熟悉的车牌，透过玻璃瞧见里面的两个人，属于面馆的两位客人终于到来。

喜笑颜开，郑老板扯着嗓门指点帕萨特停车，石骏打开车门走下了车，向他愉快地打声招呼。

“大哥还好吧。”

伴随着亲切的称呼，副驾驶位置走出了青春靓丽的俏佳人，对着他做了一个鬼脸，郑老板对她记忆深刻，上次来过一次，喝点就醉，却倔强地跟着不停陪酒，听着两位无趣的男人翻来覆去唠叨些钓鱼的琐碎。

一位实在又有耐心的女孩子，当今的“90后”中少见，郑老板亲切地摆摆手，既然第二次过来，可见和小石的私人关系比较特殊。

边让着一起往店里走，郑老板不停抱怨：“我身体倒还好，没灾没病的，但生意是一天不如一天，等哪天不行了，我干脆闭店算了。”

“不会吧，大叔做的面那么棒。”韩美琳接上了话茬，店里冷冷清清，唯一的声音从电视机中传来，“还是你经营不认真吧，成天心思不在店里，桌子还有两个没收拾。”

“啊哈哈。”被指出短板，郑老板尴尬地笑了笑，“也不是太脏，现弄就来得及，丫头别介意，我给你俩挑个干净的位置就是了。”

短暂的寒暄，郑老板向两人推荐了最新的招牌鱼肉板面，便闪身到后厨备餐，剩下孤零零的两个人并排坐在一起。

石骏想起车上经历的脸红心跳，女主角在侧，身上飘散着淡淡的香味，令正常的男人不禁意乱情迷，他借着上厕所的工夫，回来时从木桶里拎出两瓶冰镇过的啤酒，搁在桌子上，又走到各种小菜的托盘前，拾起夹子仔细观瞧。

“你吃点什么？”冷不丁问了一句。

“哦，随意吧。”

他夹了一盘花生和一盘毛豆，皆是老菜系，这两道小菜比较下酒。

“嘭！”

用餐桌侧面悬挂的瓶起子打开了两瓶啤酒，石骏仰头便喝，发出了酣畅淋漓的感叹。

“那瓶是给老郑的，你今天可以不喝，又没做错事。”

“我去拿杯。”

韩美琳拒绝了领导的美意，石骏口上虽然这么说，眼睛中分明带有挑衅的味道，敢作敢当的一代，还怕陪“老年人”喝酒不成。于是走到吧台的消毒柜子里，翻出了一只大杯，随手又提过了一瓶啤酒：“喏，这瓶你和郑叔来。”

言语间一点不服气，略带一丝挑衅的味道，八小时之外下班的时间里，不用把这个男人当成领导的。

石骏笑了，秘书的举动看起来很符合他的胃口，公司里见他的人严肃认真，除了妻子夏暖，大概也只有她敢对自己如此了。

想起夏暖，眉间晃过了一丝忧虑的神情，下午不愉快的一幕再一次浮现在眼前：妻子知道了自己的秘密，他们还能相安无事吗？

当两盘热气腾腾的面条端到面前时，石骏手里的瓶子已空。

郑老板笑呵呵地坐在对面，毛巾擦拭着忙碌额头间的汗，拿起一粒花生：“小石啊，今天一进门，你就愁眉苦脸的，莫非遇到了什么烦心事，说出来听听。”

“口渴而已吧。”石骏伸出筷子，夹了盘子里的面条吃了一大口，“好吃，炒面的味道真棒。”

“嘿嘿。”郑老板憨厚地笑了，端起瓶子喝了一大口啤酒，旁边的韩美琳拿起陪了一杯。

“丫头，还是你好，开心和痛苦都写在脸上，笑起来那么漂亮，不像你们的石总，把心事深深地锁在这里。”

说着，指了一下自己游泳圈似的肚皮，惹得一老一小不约而同地笑了。

石骏对挖苦也不见怪，苦笑了一声算作回应，起身到柜台前边，又拎回几瓶啤酒来。

郑老板又起开两瓶，放在两人的面前，剥开一粒花生放在嘴里，一边嚼一边说：“小石，上周我的一个钓友说，周六他在夕云水库碰到了你，见你一个人坐在树荫那儿，钓了一下午鱼，不够意思啊，怎么不叫上我呢？”

石骏点了点头，拍了一下脑门儿：“哦，那天赶上媳妇一天有事，我闲得无聊闷得慌，本没计划钓鱼的，开车转转恰巧到了那儿，天气不错，人又不多，后备厢里放着钓具，手痒痒得很，索性待了一下午，怕哥哥你忙，所以没过来找你。”

“嗨，我能忙什么，你还不知道。”郑老板拍了一下大腿，“一天到晚能有什么指望，你要过来接上我，立马关店就去了。”

“大叔，还说你没偷懒，抱怨店里的生意少吗？”韩美琳接上了一句，做出看穿一切的表情，郑老板嘿嘿一笑，被说破了心思，颇难为情。

这时有三个打扮朴素的工人走了进来，戴着安全帽，吵吵闹闹聊着工作上的事儿，围坐在一桌，招呼着点餐，郑老板说了句“你们先吃，待会儿我过来”，起身张罗着。

目送他再次走向后厨，对面的三个工人不时地朝这边望过来：男人自顾自地喝酒吃菜看电视，女人吃面安静地喝酒，两个坐在一起的人忙着截然不同的事，外人的眼里暗暗称奇，猜测男人和女人的关系。

“韩美琳。”

“嗯？”听到石骏突然叫了自己一声，韩美琳放下了碗筷，歪着头瞧他：进店后过于快速地饮酒，第三瓶马上要空，脸上微微泛红，目光直直地望着远方的电视机。

“什么事？”

韩美琳需要确认下，对方叫了声自己却没有了下文，这代表什么意思。

“哦，也没什么。”石骏像是在自言自语，转过头四目相对很严肃认真，“我是不是挺可恨的，公司的人，表面恭恭敬敬，背地里都在嚼我的舌根吧。”

“石总，您喝多啦，怎么能这么说？”韩美琳忽闪着大眼睛。

“哎，你不诚实，下次我会慎重考虑该不该带你出来了。”

“我……”美丽的女秘书哑口无言，领导问了一个奇怪的问题，敷衍了事被抓了现形，即便说真话又能怎样呢？恐怕惹得在座的人很不开心。

人类真是一种古怪的生物，明明内心知道答案，非要从别人的口里说出确认，确认后又能如何呢？不过是自寻烦恼而已。

“记得上次约会时我说过啦，其实你是个挺有趣的人。”避重就轻，韩美琳委婉地转移话题。

“约会，我们现在的样子算是约会吗？”石骏抛出了一个更深奥的话题。

女孩儿赶忙把视线移开，不知道是酒精的作用还是话语间的暧昧，端起杯自顾自地喝了一口酒。沉默，算是默认吧，作为最好的回答。

他仿佛间，也觉得自己说了不该说的话，不再去凝视，同样喝了一大口酒。淡黄的液体刺激着喉咙，冰碴触碰胃壁的一下无比的舒爽，然后随着酒精的挥发更晕了。

是啊，作为一位有家室的已婚男人，两次晚上借着职务之便，约单身的小女生出来做什么？如果说上次是妻子恰好不在家，没有晚饭找理由出来，这次呢？妻子独自在家吃饭了没？是不是正等待自己回去给一个完美的解释呢？

我在做什么，寻找丢失的感觉吗，等待一夜情的眷顾吗？还是真的厌倦了阴暗的人生，迷失了自我，索性堕落了？

因为我刚好遇见你

留下足迹才美丽

风吹花落泪如雨

因为不想分离

石骏的手机铃声响起，一首最近流行的歌曲，打乱了他的思绪。

反射弧拉得很长，慢吞吞地摸索着带在身边的公文包，伸进去掏出了手机，来电显示“王伟”的名字。

这小子下班后从来不跟我联系，今晚主动打给我什么意思？

按下了接听键，听筒凑向耳边。

“喂？”

“喂，石哥吗，不好意思啊，这么晚打搅你。”

“没事，你，有什么事吗？”石骏直奔主题，懒得听对方客套，对方犹豫了几秒，显然听出了石骏有些喝多了说话大舌头。

“石哥，外面喝酒应酬呢？没啥大事，刚才我在卧室，听见婉悠在和嫂子通话聊天，聊着什么事，估计你没在家，所以我才打电话问问，今天没啥事吧？”

“嗯，没事，挺正常的，你嫂子就是聊聊我抑郁症的事，不放心，逼着我找医生试试，最近夜里失眠得厉害。”

“哦，这样啊，哈哈，我说她怎么突然找你去了，吓我一跳，没事就好。”

“嗯，对了，你孩子睡了？”

“哈哈，我刚哄睡着。”

高高在上的“童话王国”董事长，破天荒地与王伟聊天，谈到了孩子的问题，告别了过去的冷淡，反而让王伟摸不透路子。

“嗯，好好带吧，以后到了我当父亲的时候，和你探讨下经验，到时候教教我。”

“莫非……”一瞬间王伟甚至忘记了职位高低之分，像朋友似的打听起来，“石总，莫非你和嫂子有啦？”

“别瞎说。”对方矢口否认，又加了一句，“不过，我想快了吧。”

“恭喜恭喜，哈，那石哥，我不打扰你了，盼早日听闻喜讯。”

“嗯，拜。”

挂掉了手机，坐在身旁的韩美琳听到了大部分，一脸惊诧，伴着女孩一肚子的疑问，石骏又抿了一口酒。

相聚通常是短暂的，意识模糊醉醺醺的时候，你会感觉时间过得飞快。

郑老板忙完后，陪两人坐了许久。男人间继续攀谈着他们共同的爱好钓鱼，相约下次一定要一起去。

谈到兴奋处，郑老板开始了炫耀："丫头，听说过淡水霸王吗？"

"那是什么啊？"韩美琳连连摇头。

"哈哈，去年年初，我还陪你们石总在附近的水库钓到过，它的学名叫鳡鱼，性情暴躁，以其他鱼虾为食，生存能力极强，一般一到两年成熟，长大了足有我这里两张桌子排在一起。"

郑老板边说边比画，韩美琳一脸不信。

"大叔你骗我，海里就鲨鱼鲸鱼大，水库里哪有这种东西呢？"

"有的，小韩。"石骏接上了话茬，"你的郑大叔，饵料喂得好，专门钓鳡鱼用，那也是我初次尝试，成年鳡鱼在水里劲儿大得很，多亏老郑帮我，凭借巧劲儿收了上来，后来卖给鱼贩子了。"

"啧啧。"郑老板慨叹了一下，"据说淡水霸王味道不错，有入药的功效，几十斤以上更加难得，可我偏偏不稀罕，钓时就被不远的鱼贩子盯上，懒得往回运，折价给他算了。我常和小石说，会钓淡水霸王，他的钓鱼生涯算是迈上了新台阶哦。"

男人间总是对这类事很感兴趣，聊起来没完，正如女人们聚在一起，攀谈衣服包包化妆品是一个道理。

第三十九章　抑郁森林

生命可以归结为一种简单的选择：要么忙于生存，要么赶着去死。
——斯蒂芬·金《肖申克的救赎》

是夜，节气将至入秋，北方八九点钟的时候，正是户外闲逛最舒服的时刻。

酒过三巡，石骏的酒量相比面馆的郑老板，微微逊色了一些，当然也可能是他平日商业谈判积攒下来的宝贵经验，几瓶过后，主动认怂，郑老板亦不劝酒，又加了一盘拍黄瓜上来解醉。

韩美琳一直在用酒杯跟了将近三瓶，几乎到了自己的极限，只能不停地吃菜，试图缓解大脑的眩晕感。

“我们走吧。”之前的三位客人早已离去，石骏估计到了附近饭店打烊的时间了，希望上了岁数的老郑早点休息。

他把两张一百元的人民币压在酒杯底下，多次过来吃面的经验告诉他，算账在两个好友之间是不太可能实现的，晃晃悠悠地和郑老板挥手作别，不管秘书的状态，扶着桌子向门口走去。

勉强打起精神，韩美琳愉快地说了声“大叔再见”，几步追了上去，不避嫌地搀扶了石骏一把，石骏扫了她一眼，没多说什么，当作无声的默许吧。

打了一辆出租车，剧情和上次一样，韩美琳直接说了句去江边。不同的是，说完这句没过多久两人在后排依偎着睡着了。

“滴，滴，滴。”

司机师傅故意狠狠按了两声喇叭，韩美琳从昏睡中醒来，首先看到了一张不耐烦的脸："二位到站了啊，想睡觉开房去，六十九元，抓紧我收车了。"

连声说着抱歉，韩美琳从手包里拿出一百元等待找零，每次出门打车均是自己垫款，石总过后也不给报销。

脑中过滤到"开房"几个词，韩美琳被酒精点缀的双颊更加红润了，瞅着依偎在肩膀上的寂寞男人，其实安静时长长的睫毛还是很帅气的。

不忍心叫醒他，迫于无奈，喊了声"嗨"，唤醒了沉睡中的大男孩儿。

石骏从昏睡中醒来，观察了下周围的情况，摸索着整理好衣服抬起头，身边的公文包紧紧地夹着，轻轻地咳嗽了一声说"我们走吧"，关上车门下了车。

不似上次的尴尬，车子停下的位置对着一条绿荫小道，晚上锻炼的人基本散去，只有孤独的路灯一桩桩矗立着，空气中飘散着江水独特的味道。

男人走在前，女人在侧紧跟着，一路上一言不发，喘气声听得真切。

江堤曲曲折折的栏杆边，石骏选择了离一棵柳树不远的位置，一屁股坐了下去。韩美琳距离很近，坐在旁边。

几场大雨过后，江水持续上涨，处在下游位置的此处，二级缓台已经完全淹在水下，石骏面前向下十多米处，是那波澜壮阔的江面，月影透过云层散在上面，魔幻而迷离。

比江水更迷离的是石骏的眼睛，瞪得很大，眺望着视线所及的黑暗处，以及江中心即将被淹掉的小岛。

岛上漆黑的一片，是疯狂生长的树木，即便有一天它们跟随小岛沉入江底，顶端的树梢依然漂浮在水上，诉说着它的倔强。

其实人跟树是一样的，越是向往高处的阳光，它的根就越要伸向黑暗的地底。

不经意间，石骏打开了随身的公文包，拿出了下午于保险柜中抽出的那份牛皮纸袋，左手掐着一角，右手拨动了打火机的打火石。

红色长长的火苗在空气中乱舞。

"喂，你在做什么啊？"韩美琳惊叫着一声，眼睁睁看石骏在两人面前把牛皮纸袋点燃，飘出一缕呛人的浓烟，行将烧到手上时，潇洒地抖腕儿一甩，纸袋的灰烬缓缓落到了江水中，洇湿后沉没在水里没留下一点痕迹。

“哈哈，一切都该结束了。”石骏双臂一起高扬，向后弯曲着身子，整个人就像获得了新生一般，开心地大笑起来，抬头仰望着夜晚璀璨的星空。

这一幕似曾相识，如同史蒂芬·金《肖申克的救赎》里面，男主偷偷挖掘隧道，逃出来的夜晚，雨水打在脸上，洗刷着几十年入狱的冤屈，这一刻，没有什么再能阻挡一颗追逐自由的决心了。

身边的人仿佛都受到感染似的，韩美琳不知道他开心的原因，反正看见他大笑时，自然而然地也跟着去笑了。

“小韩，你为什么开心？”石骏瞪着那双熠熠生辉的眼睛，大大的，不再是过去的一双狐狸眼，今晚恍若间失去了警觉的一面，变得柔情似水。

“看到领导开心，如获得了自由，可能感染了我一些吧。”她说出了心中的感受，毫不掩饰，“石总，您的气色较上次来时，真真正正地好了许多，我现在甚至可以看清江心岛准备筹建的一座灯塔了。”

使用了一则隐喻，就像上次同样的评述，石骏自然懂得其中的内涵，点头回答：“但愿吧，但愿。

“小韩，你很聪明，聪明的女人在我身边帮助很大。

“我说过，我做的一切都为了使李久立董事长苦心经营的‘童话王国’变得更加伟大。

“我实现了诺言，履行了我的承诺，再过四天，也就是下周一的时候，‘智慧娃娃’项目产品将全球同步发行。

“届时将创造一项伟大的奇迹，公司的名字会载入历史的。

“张浪死得一点不冤，他死得其所。”

一连串的话语，石骏酣畅淋漓地发泄完，然后闭上嘴点燃了一支烟，吞吐着烟雾。

“领导，张浪自杀的事？”

“呵呵，你很想知道？”

“哦，不是，只是有点好奇。”韩美琳急忙解释。

石骏把烟掐在手里，沉默了良久，一声叹息：“你不会以为世界上每个跟我有关联的人死去都能和我扯上关系吧？”

“哦，您误会，我没这个意思。”韩美琳再次解释。

“嗯，我又没有怪你。”他幽幽地说道，“我若再不信你，带你出来聊什么天呢。其实我患有严重的抑郁症，一直隐瞒不告诉周围的人，仅此而已。”

“哦，其实抑郁症没什么的。”她认真地回答，“这个烦躁的社会，人们或多或少有些这类病症吧，开朗地面对困难，我觉得自身可以克服的。”

“呵呵，你的理论听上去很不错，我努力尝试战胜它却失败过很多次，你接触到的抑郁症患者可能都是口头上的失败者吧，而我截然不同，是成功者的抑郁，我的抑郁，让我仿佛身处森林覆盖的孤岛，我迷失在其中，坠入深渊里。”

说完，石骏的声音戛然而止，目光中积极的一面黯淡了下去，消沉浮现在脸上，一种绝望中的悲哀。

“石总，振作些。不管多么深的抑郁森林，自己永远不可能被自己打败，为了公司的辉煌，请坚持下去。”

“哈哈，今天聊得话题好励志，好心灵鸡汤。”石骏不愠不喜，回归到了上班时的样子，“天色不早，我们回去吧，有机会再聊。”

“嗯。”

听到了肯定的答复，石骏的心中莫名泛起一阵伤感。真的还有这样的机会吗？琢磨不清的直觉告诉自己这将是他们间的最后一次闲谈。

“喂，你好。”

“喂，洪老弟吗？”

“是我，您是……”希捷市公安局局长洪涛办公室的座机响起，放在耳边，对方的声音十分熟悉。

“墨常，墨老八。”

“啊，原来是墨老。”墨常在农村的家谱中排行老八，仅有少数与其熟稔的几个人知晓，洪涛心里隐隐感觉不妙。

四年前洪涛来希捷市任公安局局长，新官上任，陌生的环境最在乎不过时局的稳定，希望各层面都给些面子，当时作为“童话王国”首任副总的墨常，主动给洪涛提供帮助，洪涛曾经多次想尽办法自购贵重的礼物拜访墨家，墨常每次都在电话中找各种理由拒绝，一拖就是几年。

今天的一通电话，对方主动找上自己，未必有什么好事。

“明天中午忙吗，一起出来吃饭怎么样？”

墨常直接抛出了话题，洪涛摸不清对方什么套路，不如借机好好聊聊，带上些礼物，算作是主动示好吧。

“可以啊，难得墨老不忙，哈哈，那就明天，我订好饭店约您，怎能麻烦您亲自出面。”

“也好也好，饭店信息发到我手机上便好，一定准时。”

“行，不见不散。”

午休时间，洪涛草草地吃过饭，拿上车钥匙，准备去趟名品店。

见墨常的礼物，必须仔细考量：不可以太贵重，以免不收，同时还要送到对方的心坎里，马虎不得。

临出门撞到了匆匆进来的唐纳德，两人都走得急，肩膀擦了一下。

“对不起领导，中午您这是去哪啊？”

唐纳德点头示意。

“哦，买点礼物，明天去看望下故人。”洪涛边说边走。

“领导，不会是和‘童话王国’有关吧？”

“嗯？什么意思？”停住了脚步，被说中心事，一脸惊讶地望着唐警官。

“哈哈，看样子果然是。”唐纳德点点头，“一切都在有目的地发生着，狐狸终于露出了它的尾巴。”

“我不明白，小唐。莫非你还在怀疑猝死案，这都多久了，别告诉我你发现新的证据了。”

洪涛打了一个喷嚏，几天前在抓捕一窝传销组织时，蹲在电梯间一宿惹上了感冒。

“有了些眉目和信息，我相信新大洲的张浪不是白白死掉的。”

洪涛皱了皱眉，感觉自从触碰这件案子以来，烦恼的事总是不断，涉及的人物越来越多，一环扣着一环，难道刚才墨常的反常举动也是为了这件事吗？

没有充足的证据前，洪涛不愿再翻出那件案子来，万一推理有误，会造成一系列负面影响。

唐纳德根据神情猜到了洪涛十有八九就是会晤童话王国的实权人物，翻手都能数得出来，除了朋友较少、常有抵触的石骏，剩下的则是拜访过言语行为与传言极不匹配的墨常了吧。

暗处的嫌疑人及相关人员可能已经放松了警惕，唐纳德决定先不告诉洪局长相关的事情，带着主观臆断去见人容易出现错误的判断，帮对方加强警惕是谁也不愿见到的局面，当下故作轻松地说：“洪局先去忙吧，我总结下上午搜集来的有关材料，会在恰当的时间告诉你的。”

唐纳德卖了个关子，洪局长颇有些不爽，看了下手表，又不能过多耽搁，“哼”了一声，带着满脑子的疑问出了门。

第四十章　推理秀狂想——唐的决断

诡计其实就是一种魔术手法。一旦揭穿，真相是非常简单、稚气的。

——江户川乱步《幻影城主》

次日，洪涛上午十一点在换衣间脱掉了警服、锁上柜子，换上了一身休闲服，把工作证揣到了手包里，拎起低调包装的礼品盒，里面装着几款上好的茶叶。记得墨常说过他和李久立喜欢喝茶，所以昨天特意精挑细选了几款带功效的，对上了年纪的人养生大有帮助。

高升酒楼坐落在希捷市中心，与格莱美酒店隔街相望，选择这里的原因，是用餐的桌子之间距离很大，环境幽雅静谧，非常适合商业谈判。

洪涛提前了十五分钟到达，点了几道养生煲汤，他拿起张餐巾纸擦拭鼻子，精神上的重压使感冒愈发严重了许多，说话嗓子火辣辣的。

“等下有位姓墨的先生来，请帮忙引他到这里。”

“好的，您放心。”服务生女孩儿年纪不大，干脆地点了点头，听着沙哑的嗓音，略带关心地问道，“先生，建议您少饮酒哦，先喝那款汤，发发汗对流感有帮助的。”

“谢谢。”洪涛感激地交出菜单，“你按照刚才点过的菜开始上吧。”

“好的，您稍等。”

当第一道煲汤端上来时，市公安局局长洪涛看见了餐厅门口处一个熟悉的身影，男人鬓角斑白，眯着眼笑时会出现褶皱的尾纹。

“墨老，这边。”洪涛连忙起身挥了挥手，来者向这边望了望，大跨步走了过来。

距上次参加李董事长送别会已经过去一个多月，墨常苍老了许多，主动伸出了粗壮的大手，两人友好地握在一处，彼此寒暄。

面对面落座，洪涛递过去礼物，墨常喜笑颜开，就着话题边吃边聊，谈了些无关痛痒的私生活，墨常喜欢破案的故事，洪涛投其所好，提及了不久前省厅迟子建破获碎尸案中未被披露的一些经过。

墨常津津有味地听着，没有一丝不耐烦的样子，待到刚刚讲完，接上了嘴："迟子建不错，你们局我还知道一位，前段时间还访谈过我，叫唐什么？"

"唐纳德。"洪涛接了上去，提起令人头疼的警员，自然想起了红极一时的李久立猝死案，解释道，"小唐其实挺不错的，作为国外名牌大学的高材生，刑侦专业毕业，他对很多案子有独到的见解，其实碎尸案能那么快侦破，多亏采纳了他不少建议，不过这次在咱们'童话王国'案子上出了点岔子，也正常，年轻人嘛需要锻炼。"

墨常微笑着点了点头，端起酒杯和洪涛碰了一下，抿了一口酒："嗯，小伙子挺不错，思路清晰我喜欢，哈哈，对了，省厅这次提拔后备干部，我看洪老弟挺有戏的。"

"不行不行，我老啦。"洪涛假装谦虚地回答，心里却在盘算对方的真实意图，莫非是要助自己一臂之力吗？所以没把话说死，"我倒是提交了材料，陪年轻人一起试试吧。"

"好，好，我看你的机会还是很大的。"墨常毫不掩饰，一点不转弯抹角，坚定地表明了自己的态度，"厅长刘远航和我是故交，每年年终的时候，我们都会聚在一起吃饭聊聊天，这样吧，等再过二三个月我见到他时，会把你引荐给他的。"

"啊，那太感谢了。"洪涛清楚地明白墨常所说的引荐代表着什么，本来凭自己的资历，在竞争中要排在三四名的样子，如果有了墨常的推荐，水到渠成。

想到这里他端起酒杯，站起身恭恭敬敬地满上一杯酒："若不才此次侥幸成功，定然登门拜谢墨老提携。"

“哎，别客气嘛。”墨常同样站起，碰了一下酒杯，“老洪实力在此，我不过是锦上添花，哈哈。喝完这杯酒，老朽倒有些简单的小事相求。”

“哦，好。”

一饮而尽，洪涛明白每次和商人间的谈判总会带有附加条件的，希望简单些不太过分便好，举手之劳也是应该的。墨常几次帮助自己，他不想欠下更多的人情。

“我的事一点不难，听说新大洲总经理张浪自杀的案子，派给了唐纳德去调查？”

“啊，对。”每每牵扯到唐纳德警官的事，洪涛的神经就会被紧紧地提起来，顾不得吃饭，洗耳恭听。

墨常喝了口汤，故作轻松：“洪老弟，算我碎叨，自杀案有什么好查的，基本上天天这座城市都在发生，只不过张浪的公司当初在合作上和我们‘童话王国’有点关联，我怕你们的小唐啊，弄不好又联系起来。”

心里咯噔一下，洪涛暗叫了声不好，唐纳德昨天得意的神色浮现在眼中，说明已经获得了一部分材料，事件多少如预料中一样和“童话王国”有着牵扯，他说过待到好的机会再向自己汇报呢。

“怎么，洪局长看上去有难处？”见洪涛不吱声，一脸忧愁，墨常有所不悦，直呼了对方大名职衔。

“哪有。”洪涛连忙赔笑干了一杯，干咳了一下，“偶感风寒晕晕的，思维短路，墨老莫怪。”

“嗯，那就好。”墨常继续夹菜，说出了自己的意思，“尽快结案吧，小唐工作努力我清楚，听说还是单身吧，工作太忙你们应该平时多多关心。”

“那是那是。”

“我看这样，你们局里不是有年假么，劝他休个假吧，有没有喜欢的女孩儿，带着出国游玩一圈，我看不错，年轻人，都喜欢浪漫，你说呢？”

洪涛似小鸡啄米点着头，后背不知道是喝酒还是感冒的原因，渗出了冷汗。墨常说得无比客气，其实等于祭出一道强硬的杀手锏，逼着唐纳德暂时离开，未来会怎样不清楚，可显然小唐已经成为某人眼中的心腹大患。如果继续坚持下去，唐纳德丢工作事小，自己的乌纱难免岌岌可危。

但唐纳德态度坚决，必须想到一个委婉的说辞才行。

“墨老，我办事你就放心吧，就按您说的办，我回去就安排。”洪涛拍了板，给对方吃了一剂定心丸，“小唐对区里的许琪警官颇有意思，我一直都在撮合他们，哈哈。”

回归轻松的话题，墨常也保持了一贯的稳重：“年轻人，只要不影响工作，同一领域谈谈朋友是非常不错的选择。你们工资待遇不知道怎么样，需要旅游经费的话，尽管说，和公司无关，是我个人的提议。”

墨常敢赔上这么大的本钱赶走唐纳德，洪涛心中咯噔一下，之前听小唐的分析，记得好像现任总经理石骏是猝死案的重要嫌疑人，难道真的是他杀案件，只不过方向错了，墨常才是幕后的元凶？

接下来的用餐是在猜忌和防备中度过的，洪涛脑中进行了不止一种设想，如果把墨常定义为嫌疑人，显然是不符合逻辑的。他和前任董事长李久立的关系里外皆知，好得像是一个人，灵堂上的一幕绝非做作。即使真的是他做的，后辈小生石骏冒出来渔翁得利如此顺利，打乱了一切计划，那现在爆出“自杀”的人恐怕不应该是张浪而是石骏才对吧。

脑子乱糟糟的，墨常在本案中的位置，绝不可过早妄下结论，况且自己的高升之路需要此人铺平，千载难逢的机会就要这样错过吗？

权衡利弊，可能再给唐纳德几个月的时间，他也未必能探知真相，不如顺水推舟成人之美，醉醺醺的洪涛开始琢磨从哪里能要到许琪的手机号码了。

只要许琪亲自出面，约一次唐纳德，局里马上批复给一个假期，传言迟子建也对许警花垂涎欲滴，唐纳德嘴上不说，想必正等着一个与心上人亲密接触的机会吧。创造这样一个千载难逢的理由，祭出一招美人计，目前看起来是转移唐纳德调查视线的唯一手段了。

偏离了目标，违心的计划逐渐酝酿，幕后交易即将掩盖天亮前黎明的唯一一束光。

送走了墨常，远远观望着背影，希捷市公安局局长洪涛走出了高升酒楼。正如店名的寓意，中午的谈话预示着自己未来的定位。

尚且存在一丝的犹豫，双脚悬空在越界的空间，人生的十字路口轮到自己选择时，第一次为难。

“洪局，下午好啊，你们吃得可真慢呐，我都快睡着了。”

听到熟悉的声音，洪涛猛地一惊，顺着声音传来的方向看去，太阳的照射下，唐纳德按下车窗，一副开心的样子盯着自己，话语虽然简简单单，目光却格外传神。记得去年那个轰动全国的大案，小唐在局里案情分析讨论会上的最后一次演讲，正类似如今模样，用逆推的方式将在座的所有人带出犯罪者设下的天罗地网，准确地指出了隐藏了几层的动机，成功锁定了凶手，惊得几位老警察拍案叫绝。

“你怎么来了，跟踪我？”洪涛边走上前边问。

“怎么会，领导你可是全省出色的反跟踪能手，我可不敢班门弄斧。”唐纳德下车，打开了车门，两人面对面地站着，能看清脸上的细微汗珠，“我不过是午休时间到您的办公室汇报工作，您恰好不在，推开门发现换过皮鞋，推理出是见重要客人去了，桌子上电话机旁放着一张高升酒楼的名片，再加上昨天我们碰面您提起的送礼，一切的结论汇聚在一起，我便开车在半小时前到来，果然看见了车停在这里。只不过等得太久了，墨常刚打车离开，才见您出来。”

“哎，你这个小子，我熬不过你，说吧，现在什么意思，不会约我再去吃点吧。”

“当然不是，想到墨常嗜酒，领导您定然相陪，开车回去上班是不可能了，所以我特地来接您。”

“哦？”带着一脸的疑惑，鬼才相信唐纳德这么远跟来只为了接送开车的，怀着疑惑的神情，洪涛绕过车子打开副驾驶门，他倒要看看唐纳德葫芦里到底卖的什么药。

洪涛早已计划好。如果一路上，唐纳德还设计畅想不符合逻辑的案情，和“童话王国”牵扯关系，回去后要做的第一件事就是联系上片区许琪，以上级的名义过个话，然后下一道强制休假命令，这样对所有人都有好处。

唐纳德回到了驾驶室，自信地关上车门，瞧了一眼茫然中的洪涛，系好安全带，车子发动了起来。

车子驶离停车位，行驶在宽阔的路上，闷热的驾驶室里空气不流通，奇怪的是既没有开空调，窗户内部上锁也无法打开，洪涛换了几个姿势，渐渐酒精挥发全身开始流汗。

“小唐啊，你在搞什么鬼？”坚持不住的洪涛发炎的嗓子几乎喘不上气来，“车里热得怪怪的，不开空调省油呢？”

“哈哈，洪局，我可是为此刚刚还特意把车放在阳光底下暴晒了许久呢，是不是温度比外边高多了？”

唐纳德英俊的侧脸同样在滴着汗珠，即使他只穿了一件衬衫，也扛不住狭小空间的闷热，何况上了岁数喝过酒的局长洪涛呢。

“小唐啊，你有时真怪，我甚至不知道你在做什么，室外快要三十多度，你车子那样停放，确定对它好么？”

“洪局说得很对，我认真开车呢，那么你来打开空调吧。”

洪涛往前仰了仰身子，摆弄了一会儿前部控制面板，坐过几次这台车，很快舒服的冷空气由排风口吹出，狠狠地享受了一下清凉的感觉，四周温度立刻降下来不少。

“阿——嚏。”

洪涛打了一个喷嚏，随手从兜里拽出饭店用餐时剩下的餐巾纸擦拭着鼻涕，打开遮阳板照了照里面的小镜子，等会儿还要回单位，必须注意自己的形象。

“小唐啊，不是我批评你。“洪涛嗅了嗅空气中的味道，不得不发作，“一个单身大男人，希捷市警局的一员，车里弄得什么味儿啊。刺鼻的香气，莫非来之前你拉过别的女人？”

第四十一章　推理秀表演——完美罪行

“洪局，你也觉得这个味道不好闻？你都感冒鼻塞还能闻到啊。”

洪涛摆手在面前扇了扇，又贴上脸凑到换气孔嗅了嗅，发现香气是从车载空调孔里飘散出来的：“小唐你倒进去了些什么，车该做保养了，一股呛人味儿，我嗓子不行，鼻子还凑合，闻不到才怪！”

“哈哈。”面对洪局长的质疑，唐纳德一副计谋得逞的表情，路上的车比较少，他侧过头来看着洪涛一字一顿地说道：“洪局，我是故意为之，只是在还原‘童话王国’李久立董事长自杀那天的真实情况而已，当日天气比今天热许多，地表温度大概在四十一摄氏度左右，调取的饭店监控录像，总觉得哪里奇怪，后来有一天失眠无意中发现了秘密点：明明饭店的门口有背阴处的停车位，石骏却有意地把他的帕萨特暴露在阳光下暴晒，车窗关得紧紧的。之后，李久立喝多了酒，同样的重感冒，更要命的是他患有严重的花粉过敏症，坐在驾驶位置的石骏淡定地开着车，您觉得李董事长会怎样？”

“什么？”不舒服的感觉抛之脑后，洪涛惊讶得说不出话来，怔怔地思索了好半晌，才终于摇了摇头，“不可能吧，这些都是你的假设，车子随意停靠是很正常的。而且你说的香水味，有什么证据能证明石骏用过同样的手法？”

“确实。”唐纳德并没有泄气，“我在案发后找机会搭乘过石骏的车子，那时同样开着空调，没有多少异味儿。但既然作为一桩最完美的不可能犯罪，敢在光天化日之下实施，事后他一定会仔细地清理犯罪现场。”

“清理，所以？”洪涛提起了兴趣。

“所以我把此案抛出来进行反推理，从结果推测过程，果然，发现了一件有趣的事。”

“哦？”

唐纳德右手摸索着座椅靠背的口袋，很快拽出了一份报告，扔到了洪涛的怀里。

“希捷市大顺发大众4S店保养记录。”

洪涛打开手中的袋子，是一份保养记录的复印件，记载着周日有过一辆帕萨特，在店里付费做了更换空调滤芯的业务，其中的疑点都被圈定出来，第二页赫然写着检测员建议滤芯更换周期过短可过一段时间再来，最后一页的右下角签着客户龙飞凤舞的名字，可以清楚认出“石骏”二字。

除了上述的一份资料，配上几幅清晰度糟糕的照片。洪涛多年的刑侦经验，判断是由监控探头截下来的图。

一张是一个男人身着西装，打开副驾驶室的门，蹲下向里面张望。另一张是一个穿着4S店维修服装的年轻人，拿出一块黑色的物体放在鼻间嗅的样子，黑色物体像极了车载空调压缩机里面的滤芯。

见洪涛阅览过了全部证据，唐纳德将车子的速度降低了不少，开始逐一解释几件东西的含义：“洪局，是不是看过了维修记录很奇怪，石骏放弃了每年一次享受免费保养的机会，主动选择了在李久立案发后三天，自费给车子更换空调滤芯。而在两个月前，他曾经更换过一次，我在店里的维修档案中，调取了他两次的行驶公里数，结论是本次的再次换滤芯，完全是多此一举。”

“那也不见得有什么吧。”洪涛的观点在动摇。

“您可以那么以为，在我调取监控前，算作自然。但您注意到那两张图没有，我按照照片里的动作做了一下，第一个半蹲，其实是石骏打开了副驾驶位置的暗格进行检查。”

“检查，检查什么？”

“嘿嘿。”唐纳德正在带入实施的真相，“检查他之前放在这里的香水瓶，是不是落下了什么东西之类。”

洪涛眉头紧锁，不可思议地摇了摇头：“为什么非要是香水瓶，你怎么肯定，他在观察着什么，有人证？”

“有！”

一声坚定地回答，霎时间空气中凝固着紧张的气息。

“洪局，您看第二张照片，维修工人正拿起空调滤芯闻着什么，我亲自问过他，他说，是香水味，淡淡的茉莉花香。”

“小唐，我肯定你确实厉害，好吧，就算是香水，又能怎样，香水能杀人吗？开玩笑吧。又不是推理小说中的桥段？”

“呵呵，不是推理小说，可凶手却志在做推理小说中最完美的犯罪者，他的计划不一定百分之百成功，一旦做了，只能说有大概率的可能。”

“大概率可能……小唐，这看上去是荒谬的事情吧。我今天虽然喝了酒，但不想陪你在这一起胡闹。”

两个人同时沉默了，各怀心事，洪涛的意思分明是在大事化小小事化了，唐纳德懂得。可再次错过了这次千载难逢的机会，抹去证据，嫌疑人从今往后就真的不存在了吧。

唐纳德下定决心，他要继续坚持。

“洪局，我利用罪犯的手法，相信经过几次演练，今天有机会大概率杀掉你。”

“什么？说什么呢，你疯了。”

唐纳德目光坚毅，从口兜里掏出了警官证扔了出来：“以此为赌怎么样，我愿押上我事业的全部。”

“你？”对方明显被将了一军，万万没想到一向工作出色的唐警官，希捷市第一神探，敢拿未来的前途作赌注，只为了揭开一件案子的真相，激起了洪涛些许的好奇心，他权衡利弊，愿意一试，觉得眼前的年轻人不仅仅是一位梦想家，说得对还则罢了，不对正好以此为契机劝他休假，“好吧，不过记住，这是最后的一次机会，开始你的推理秀吧。”

“案发当日，石骏陪着身患重感冒的李久立，驱车去饭店赴约，他为了今日，做足了准备，连续的几天，参加各种谈判，还把司机张通达请回在了家里，不准他开车。几天下来，李久立的身子变得更虚弱了，这在他的妻子刘燕那里确认过，几日来石骏连续开车载他的时候，花粉过敏反复发作，却不知道原因。

“会见新大洲总经理的那天，像监控记录的一样，石骏把车子停在了太阳光下暴晒。席间，李久立非常开心即将到来的合作，喝了不少酒，吃了一条冰镇黑鱼，我在医学杂志上了解到一个冷门知识：夏季过量食用冰鱼，会加快血液循环，再配合酒精的作用，心跳随之提速不少，这对于上了年纪的李久立来讲，负担会加重许多。

“饭后，醉酒的李董事长，在石骏的搀扶下上了车，里面的所有陷阱早已设置妥当：锁死的车窗、空调滤芯里倒入的茉莉花香水。帕萨特启动不久，车内闷热，李久立不得不打开空调，进入了另一个圈套，本来嗓子不舒服的他，闻到会使自己过敏的花粉味道，简直快要窒息了。

“一旁的石骏自然不傻，如果李久立猝死在车里，第一怀疑对象肯定是他，为了避免这种情况，他延长了李久立的存活时间：例如找个理由选择打开车窗，或者紧踩油门尽快开到公司楼下。”

说到此处，唐纳德按下了多功能方向盘，关闭了车内空调，解除锁定，打开了前后窗玻璃，瞬间，坐在一侧的洪涛有了种奔赴刑场又突然被特赦的快感，虽然室外基本无风，相比较而言，强过车内的怪味道千倍万倍，长时间过量吸入同一类有味道气体后，洪涛浑身难受，头晕目眩，中午喝下的啤酒翻江倒海，嗓子冒烟，想死的心都有。

“洪局，看来您身体素质还不错。”唐纳德打了一个哈哈。

“少说风凉话，还不是被你折腾的，快到地方，我下来缓缓。”

说话间，唐纳德猛踩了一脚油门，车轮摩擦炽热的地面发出了“吱吱”的响声，洪涛握稳了车门上面的扶手，一言不发，不是不知道该说些什么，而是怕再次张嘴，中午食入的好东西恐怕将直流而下。

车子稳稳地停在了市公安局门口，洪涛一路上被“特别照顾”，此时如临特赦，快速飞奔下车，找了处没人的地方，扶着墙干呕了几声，待到唐纳德锁好了车笑嘻嘻跟上来时，他整理好状态重新站起身，接过递上来的一张餐巾纸，清理了一下控制不住的鼻涕。

“小唐，好吧，也许你是对的，李久立当时可能比我好受不到哪里。可惜我体会不到花粉过敏的真实滋味，感官上可能稍微差了些。”

洪涛随唐纳德走进了市局办公楼，门口的值班室警卫起立脱帽致敬。

“洪局，接下来，就是石骏陪李久立上电梯了，我们同样。只不过他们的楼层高一些，希望未来局里建设也适当考虑下‘童话王国’的气派风格。”

电梯转眼来到五层，不太关心关于局里建设方向的调侃，洪涛似乎才反应过来：“小唐，刚才你把我们假想成石骏和李久立，千万别告诉我你还有陷阱在等着我。”

“哈，还是洪局您聪明。”唐纳德看着精心仿制的诡计一步步落实，心里轻松了不少，比起条文框框里面的东西，在脑中长久勾画的最完美犯罪手法运转起来才是最好的推理秀说教，“既然我们说到了手法，在本案是一则概率论，属于数学问题。刚才的路上所有的诡计，即使完美的全部触发也未必置人于死地，极度的不舒服是一定的。可看过‘童话王国’案发时的监控录像，李久立回来时的状态显然要比想象中好很多，这和自身身体素质、用餐时喝了多少计量的酒、犯罪者何时打开窗子透气，以及泼洒了多少毫升的香水都有着一定的关系。嫌疑人是一位特别聪明的人，他不希望完美的布局出现任何疏漏，即使第一个空间还能让李久立活着回来，为了加大猝死的概率，他在办公室埋下陷阱，实施了第二次犯罪。”

话音刚落，唐纳德当先一步打开局长办公室的大门，做了一个请的手势。

“可不可以给一个提示。”

“嫌疑人可不会哦，我会在实施最终步骤前，进行告知的。”

洪涛小心翼翼地走进了屋子，凭借多年的断案经验敏锐地观察了半天，没发现什么异常，不过是会客沙发旁多了几瓶冰镇饮料而已，可能是清洁人员外面集体采购搭配给局里每个人的福利吧，这在闷热的夏天习以为常。

转过身看着唐纳德，打开手做了一个不明所以的姿势，唐纳德耸了耸肩，关上了房门。领导和下属面对面坐着，洪局长拉开抽屉，准备服用些感冒药。

“洪局，我给您沏壶茶，吃药。当时李久立也是要喝茶，通过呼叫机找到了秘书李娜娜。”

洪涛满脸疑惑地望着唐纳德走向了茶盘，倒出茶叶，熟练地做着规范动作：“你别告诉我，在我茶里放了什么东西，嫌疑人当时是用了某种手法，给老上司下的毒。李娜娜沏的茶，可是很难经过石骏的手里啊。”

“不错，所以茶里根本没毒啊，大胆喝就是了。”唐纳德把第二泡碧螺春递到了洪涛面前，自己转身拿了一瓶冰镇饮料，打开瓶子仰头便喝。

见洪局长服下了感冒药，他继续着自己的推理："石骏喜欢喝饮料，不喜欢喝茶，而李久立恰恰相反。茶水平时多喝，有一定程度上的保健治病的功效，可今日的李久立却不同，之前吃过的东西，喝了不少酒，车上又闻到香水味翻江倒海强忍住呕吐，这个时候喝茶，是非常容易翻出胃里东西来的，洪局，你感觉现在情况如何？"

"还好吧，我喝得少，怕你小子要什么花招，可有一点啊小唐。"洪局长提出了自己的质疑，"一切都只不过是概率论而已，李久立喝了一口，发现肠胃不适，他也能学我停下来啊。"

"嗯，当然，所以我会找你聊一些非常有意思的话题分散你的注意力啊，当事人越聊就会感觉口渴，自然而然就不停地喝茶了。"

"好吧，那我也再喝点。"洪涛配合着推理步骤，"对了，屋子里是不是太热了，你还把门关得那么严，开会空调吧，怎么回来了还节省？"

"哦，不。"唐纳德表情开始变得严肃，学着石骏平常的样子，"李董事长，您感冒尚未痊愈，忽冷忽热的开空调，不利于身体健康。"

"你……"

"是的，洪局。正如你正经历的一样，石骏当时就是这么拒绝李久立的，所以空调一直没有被打开，后来我们警方到达现场时有冷气，其实是凶手在故意拖延尸体被发现的时间，造成才刚刚死去报案的假象，突发性心脏病引发的猝死医学上在三分钟之内是最有效的抢救时间，而石骏，于十三层的密闭空间里，上演了一出见死不救的好戏。"

"好吧小唐，我相信你今天所说的都是事实，可话说回来，李久立的死在过程上推论，暂且还是该算作意外的，不过是聊天过程中突感不适罢了。"

"是啊，聊天的过程，石骏反复向李久立提及关于新大洲的一笔好处费；李久立和李娜娜的男女关系，他早就知道了；类似这些话题吧，惹得一向在意身份地位面子的前董事长越想越怕，心脏病突发。"

"啊，还有这些事？"

洪涛呆坐在椅子上，"童话王国"表面风光的背后，看上去的确肮脏不堪，望着办公室高处悬挂的警徽，他知道现在需要站在谁的立场才正确了。

第四十二章　嫉妒

“心怡心理诊所”坐落于希捷市繁华闹市区高档小区的底商处，面积约四十平方米，里外套间，粉刷着暖色系的墙漆。其中每一件摆设，都体现出它主人的用心，来到这里的人，无论出于什么目的，心情都会伴随舒缓的音乐安静下来，独自坐上一下午也是一件惬意的事情。

李心怡是这里的女主人，此刻正翻看着一本时尚杂志，里面诊疗室床上闭着眼平躺着一位女人。女人头发花白，年过半百，经历了半个小时疏导和治疗，哭过哄过，患者渐渐平复了内心，长时间的熬夜心力交瘁，硬凭着执念坚持不了太久，李心怡稍微用了下心理辅导中催眠的一部分，她便鼾声渐起。

李心怡识趣地退出屋子，轻轻带上了门，这在几年的职业生涯中习以为常。毕业后努力创办的心理诊所，几年间积攒到了足够的名气，回头客颇多，也算是完成学生时代的夙愿吧。

能把兴趣爱好铭记在心，毕业后付诸实践，人类中若多一人能如此作为，他定然十分的幸福吧。

为了拼搏，不似男人与生俱来的一些优势，女强人一词多数意味着她无法兼顾家庭和事业，李心怡也成为其中的一份子。毕业四年，身边几乎没出现过什么男人。她绝不是禁欲一族，校园时代谈过一任男朋友，因为对方劈腿受伤很深。毕业后参加过家里安排的几次相亲，对象不尽满意，毫无感觉，随着女儿搬迁到更大的城市，老两口的热情也逐渐淡了下来。

下午的光阴稍纵即逝，转眼到了四点半的光景，今天的客人想必也就这样，等待屋里沉睡的病人醒来，李心怡准备闭店回家。

她的住宅就在身后不远的小区里，每天步行只需要十分钟，合上杂志，考虑晚上买些什么菜。

“嗡，嗡，嗡。”

上班时间，为了不影响到客人的情绪，李心怡的手机一直保持震动状态，看见屏幕上的陌生号码，显示来电归属是本地，经常会有这类陌生的访客，她从不见怪。

“喂，你好，这里是心怡心理诊所。”

“喂，你好。”对面传出中年男士的声音，沉默了几秒像是在犹豫。一般打来电话的人，除非是患者的亲属，喋喋不休地诉说遇到的困扰，其他这类，基本是些毫无主见的患者本人，有人甚至不敢详谈，直接挂掉电话。

“你好，你是李心怡吧，我是夏暖的老公，你记得她吗？”

夏暖。

多么熟悉的名字，李心怡怎能忘记，记忆搜索到了尘封多年的大学往事。

考入希捷国际大学后，宽敞气派的校园里聚集着全国各地最优秀的学生，他们都来自各地的名牌高中，身份基本是同年级的学霸学神。

李心怡出生在高干子弟家庭，是亲戚眼中的小公主、父母手心里的掌上明珠。记得第一次学校报到分配寝室时，是父亲的司机老程开着奥迪A8送她的。

车喇叭驱散着周围的学生，坐在后排的李心怡打开车窗的一半，戴着墨镜冷酷地望向车外投来的羡慕注视。

走下车子，一身名牌，手里拎着父母庆祝她升学新买的LV全球限量款手包，昂头挺胸，走向了宿舍楼的大厅；身后跟着大包小裹的程师傅，富贵的气势咄咄逼人，同龄的女生侧目围观，没底气心虚的左右躲闪让出一条路来。

李心怡需要的就是这种万众瞩目，从小到大都是。一米七三的个子，配上九厘米的高跟鞋，走到哪里都是人群的焦点。她的面容姣好，初中开始接触各类名牌化妆品，经常对着镜子打扮，升高中后割了双眼皮，打了耳钉，戴上美瞳，画着重重的眼影，摘下墨镜长头发向侧面一甩，更具别样的美感。

205 寝室的门钥匙握在手里，寝室的门开着，李心怡推开门，第一次见到了中规中矩一身运动装的郭婉悠，正在帮着另一位打扮普通长相一般的女孩子打理着床铺。

女孩儿名叫作夏暖。

四寝室还有一个人，当时不在屋子里，后来也经常出去疯，深夜才回来。那是一位叫作刘维祎的女孩，短头发，喜欢摆弄吉他等电子乐器，属于女生中酷酷的一类。

四年的时光，李心怡大部分的记忆都与这三个女孩有关。

郭婉悠是一位和事佬，女孩子间斤斤计较的一些鸡毛蒜皮的小事，她喜欢出面帮着双方和解；学习能力一般，领悟能力不突出，考上希捷国际大学纯属超水平发挥，踩着分数线，这在每次期末考试中体现得非常明显：她总是找一处自习室或者图书馆，独自做题到深夜；或者带上夏暖，一起复习知识点。

平凡的郭婉悠自身亮点细数起来还是有的，与生俱来的嗓音不错，爱好朗诵，别人都在嬉戏荒废时间，她比较有野心，主动报名了学生会，一来二去和高年级学长兼学生会宣传部主席王伟混在一起，不久确立了恋人关系，整天腻在一起形影不离。

同处一室的夏暖安分了许多，穿着、饮食、化妆品等方面的节俭，显示出她的家庭条件一般。

大学时代正是女孩子爱美的花季年纪，夏暖的衣服按照季节，就那么几件，单调乏味；吃饭规规矩矩地在食堂，很少去学校不远处的美食一条街破费，参加聚会更是少得可怜；化妆品没什么大牌子；被子经常换洗，背包袋子断开自己补上，当寝室三人大二的时候都配上笔记本电脑时，她总会拿着一本书到床上读，李心怡和郭婉悠的网瘾较大，所以经常外出的刘维祎，出门前常常喊一声：“小夏，我的电脑开着，你先去玩，之后帮我关机哈。”

赶上节日或者李心怡有了什么开心事，不是出去请客吃饭，就是点些外卖四个人围坐在宿舍里分享。李心怡仗着零花钱多，自然扮起了寝室一姐的角色，出手阔绰。

寝室的四个人表面上相处得十分融洽，其实女人间的小矛盾不是一丁点没有，只不过它比男人间隐藏得更深一层。

男人间的误会，通常骂几句打一架，回过头来冷静下吃顿酒，搂脖子抱腰还是好兄弟；女人间呢，误会有些并不明言，一件一件琐碎的事情埋藏在心里，以为会过去吧，可时间长了呢，不但没有淡忘，反而越积越深，最后无法破解，就像树木的根茎，埋藏在土壤下的部分盘综错杂，越理越乱。

李心怡正有这么一道坎，对象是从不争风吃醋的夏暖。

夏暖可能从头到尾都不清楚这件事，她从未走进过李心怡的内心世界。

从小到大，李心怡一直是班级里的班长，即使不如意时，也弄了个学习委员当。大一的那次竞选前，深谙人情世故的她，招待了班级里有影响力的几位男女生，相约方圆百里最知名的酒店包房，加上自己的三位室友，潇洒地消费了一顿，席间透露出自己的志向：班长，甚至校学生会，均是不错的努力方向。

醉酒的男同学溜须拍马，大献殷勤，拍着胸脯表示包在身上，一旁的女生笑了笑，附和地说着客套话。

偏偏天不遂人愿，竞选的当天，李心怡一早高烧不退，加上生理期恰好到来，强忍着双重折磨在室友的搀扶下来到了竞选班会现场。

几名竞选者纷纷发言，慷慨激昂，包括之前力推李心怡上位的男生，观瞧本尊趴在桌子上面露虚汗，终于没控制住，自己也上台吹嘘了半天，气得台下的李心怡牙根痒痒。

“小暖，你上去竞选吧，帮我教训教训他。”李心怡嘤嘤的蚊子声催促着身旁认真拿着本不知道正在记录什么夏暖，她的思维意识里，得不到的东西宁可毁掉。

“我？”

还在犹豫间，郭婉悠出于真心为朋友考虑，鼓励的眼神望向她：“小暖你就去吧，咱们寝室除了心怡，只有你行，试试看，我们支持你。”

这时的郭婉悠初入学生会宣传部，所以底气十足，实际上在她的心中，夏暖才是所有人中最出色的。可是每天接受李心怡的招待，又占了不少便宜，所以她不敢当面明说，客套地顺着人家的意思来。

夏暖第一次怀着忐忑不安的心情走上了人生的舞台。

紧张了不到两秒钟，她就进入了自己的状态。

声音中绝无发颤的痕迹，神情中绝无做作的表演。从人生的几件小经历，到对新环境的认知，包括对班级组织建设的意见，每件事计划得井井有条。她的口才不次于校广播站的专业主持，令人刮目相看。

原本堵了一口恶气的李心怡，精神上仿佛振作了许多，继而又感到不安。夏暖，一直被当作全寝室中最不起眼的一个人，话很少，平时别人说什么都是微微一笑，作为影子存在于她们的周围。谁知夏暖一鸣惊人，在结束语落幕时，班级辅导员带头鼓起了掌。

在众人的注视下，夏暖走回了座位，对着李心怡抱歉一笑，又回到了羞涩的角色里。

此时此刻，李心怡心中夏暖的位置，已经由普通朋友，转变为嫉妒的对象。刚才下台时万众瞩目的光辉，以前只有自己享受过，如今却在自己无意中的授意下，被一个普通的女孩儿把它夺走。

她不甘心。

班会后的第二天，结果出人意料，夏暖成为了大一班级的班长。也许是她昨天的演讲真的触动了大家，但李心怡相信自己的推断：所有接受贿赂的人，都想看自己的笑话，选择了名不见经传的夏暖。

白眼狼。

养病中的李心怡心中将所有人咒骂了一遍，瞪着给自己买药归来的夏暖，淡淡地说了句“谢谢”，憋在心里不发作，渐渐地，她把所有的不满全部转移到占据自己位置的这位室友身上。

下学期的时候，夏暖开始接触到绘画，很快，天生有艺术天赋的她，迷恋于工笔画艺术。闲暇时间，常常一个人躲在艺术楼画室一画就是一个下午。室友们都在赞叹身边要出一位艺术家，只有李心怡心口不一。

上学期期末，李心怡刻苦努力，成绩在班级中排第三名，在聚集各路学霸的班级，她应该对自己的成绩感到满意。

拿到成绩单伊始，她确实沾沾自喜，一回寝室就不停炫耀，可得知对面床位的夏暖轻轻松松地得到第一、获得唯一的那份奖学金时，内心的愤恨又深加了一层。

她开始小心谨慎在背地里散布夏暖的坏话：受过诅咒的人，考试作弊等等，夏暖对此一无所知。委屈过一次还被李心怡假仁假义地安慰过，殊不知对方的心里早已经乐开了花。

不可容忍的事情发生在大二那年，李心怡恋爱了。

男朋友是即将毕业的大四帅哥，整天在校园内游手好闲不务正业，他们在一次同系联欢舞会上相识，不久便坠入了爱河。

男朋友的家境条件一般，李心怡毫不在意，大肆挥霍着父母的钱财，三个月才过，就以男方名义置办了一辆十多万元的新车。一门心思坠入爱河的女人总是傻傻的，当男人得到一切时，李心怡却听到男方陪学妹喝酒一夜未归的传言。

李心怡不信，直到逛街时远远看见男朋友开车载着一个花枝招展的女生进了宾馆。

她发疯似的狠狠踹裂了车玻璃，回到寝室捂着被子痛哭。

直到次日上午，男朋友电话约她下楼详谈。

“你姿色不错，家庭条件优越。”渣男边笑边说，“可上次见过你的父母，私下里他们一问起我的家境来，满脸写着不愿意。装什么装啊，告诉你，我现在这样才开心。”

“所以你选择劈腿？”李心怡不甘心。

“哈哈，你以为你谁啊，唐明皇的杨贵妃，天下围着你转，早晨起来卸了妆丑得要死。”渣男留下了最后一句话，“你们寝室的夏暖，我看就比你好看得多。”

望着曾经的男朋友远去的背影，李心怡心如刀割，一句玩笑的“夏暖比你好看”，深深刺痛了她的心。

第四十三　插足

夏暖老公的电话，点醒了封尘已久的记忆，李心怡按捺住了怦怦乱跳的内心，平和地用专业知识解答了长期困扰这位男士的问题。

像对每一位抑郁症患者的手段，几年来的经验积累，寥寥数语掌握到对方的核心困扰点，场面上安慰着“没关系”，交给我就好，阴暗的心里却禁不住的狂喜：那个不可一世、优秀的夏暖，竟然终于有一天，会有把柄栽在我的手里。

其实自从毕业后，感情受伤的李心怡潜心研究起了心理学，内心的低沉与失落从不外泄，反而不断努力，考取了心理咨询证书，用工作掩盖自身的不足，在父母的资金支持下，于希捷市的繁华地段购买商铺开起了诊所。

与此同时，她在默默观察着夏暖，自信满满地以为：一位大学里学画画搞艺术的人，在这个社会根本不缺乏，怀才不遇久了通常沦落成平庸之辈，渐渐磨平心中的理想，毫无其他赚钱能力，最后降低身份去某个公司当一名靠吃基本工资天天加班的小职员。

而夏暖的成名再一次粉碎了她的恶念。

随着作品的累积，夏暖成功举办了多场个人画展，甚至从郭婉悠那里，李心怡拿到了一份做工精美的邀请函。

李心怡将邀请函撕得粉碎，那个夜晚，痛彻心扉。

自己真的就要一辈子活在她的阴影里吗？

父亲的精明能干，完美地遗传给了她，冷静下来细细品味，李心怡觉得这件事绝不简单，背后没有强大的财团支持，仅凭借小小的理想，是取得不了这么大的成功的。

李心怡利用人脉关系打听投资夏暖幕后的主使，几个月下来一无所获，看来黑暗中的人影，是非常强大的存在。

另一件事倒是让她精神为之一振：夏暖结婚了。

对象是"童话王国"玩具公司一位普通的部门小经理，其貌不扬，据说是通过郭婉悠的介绍。

李心怡内心禁不住一阵狂喜，慨叹上天的报应晚了一些，若不是自己那几天恰好回外地探视父母，真应该参加人家的婚宴。婚礼的现场一定是一味最好的良药，可以医好她大学四年的那块心病吧。她托郭婉悠带去了两千元的礼金，在这位深患公主病的千金眼里，不求回报，只要开心就好。

李心怡开心的日子不算太长，一次随意地与郭婉悠通电话闲聊，听说夏暖的老公成了公司的副总，最近，报纸上连续几天写满了石骏的名字。

他，成了本市坐拥千万资产的准富豪。

看来上天还是眷顾夏暖的，她并不像第一次在讲台上自我介绍时，是一个亲人眼中的灾星。她每一次下注在李心怡眼中都赌赢了，可怜的失败者，需要安慰的人，只剩下自己而已。

李心怡和石骏约定了见面时间，是在明天下午两点，李心怡很谦虚地要来了地址，她准备亲自上门，拜访一下这位商界传说——"童话王国"代理董事长兼总经理石骏。

二十七岁的年纪在许多当红小说中都是最美好的青春，但缺少了爱情的滋润，李心怡对自己的容颜没有底，晚餐后破天荒地照了照镜子，打开冰箱里拿出去年郭婉悠出国带回来的名牌面膜，洗完脸敷在面部，枕着沙发独自一人欣赏爱情伦理剧。

往日里她通常拿上一包零食，嘻嘻哈哈看得着迷，今晚却不同，拽过一包薯片犹豫再三，还是选择了放弃。杂志上说女生夜里吃油炸食品容易胖，虽然自己的身材依旧，凹凸有致，还是破天荒地戒了一次。说来奇怪，即将见到夏暖的丈夫，心里却扑通扑通小鹿乱撞，说不出的感觉，一个惊人的计划埋藏在脑海。

摘下面膜，镜子中的自己嘴角微微上扬，由两侧向中间挤了挤高耸的乳房，对自己说了声“晚安”。

第二天上午，李心怡只接待了一位长期做诊疗的病人，她拒绝了下午的电话预约，收拾好屋子里的一切，锁上了诊所的大门，把“休业中”的牌子挂到了门外。

回到家简单地吃过午饭，心思早已飘到天际。来到卫生间，对着欧式的梳妆台，李心怡换了一身昨晚精心准备的服装：白色女士衬衫，上面点缀着金丝和点点花纹；天蓝色的超短裙，显得腿部修长，轻柔的黑丝包裹在腿上，大腿到臀部的迷人曲线一直是她的杀手锏；高跟鞋将优秀身高突出得更明显；她的长发盘在脑后，体现商业女性的成熟美，喷上淡淡的香水，性感的味道呼之欲出。

涂上淡粉色的口红，李心怡对着镜子中的自己来了一个飞吻，挎上名牌小包，关上了家门。

正午的毒辣阳光刚过，一辆出租车停在了童话王国的停车场外，李心怡优雅地走下车,眼前的宏伟建筑造型新颖,楼上落地窗反着日照熠熠生辉。

我可以征服里面的男人，进而征服一切。

她有这个自信，在来来往往行人和员工的注视下，进入了大厅。

等电梯的时刻，几个男员工窃窃私语。

“哎我去，这妹子不错，谁呀？”

“不会新来的吧。”

“不知道哪个部门的，真带劲儿。”

“谁的媳妇吗，艳福不浅啊。”

…………

乌七八糟的话出自几个猥琐男的口中，李心怡听到了一部分，她丝毫不在意，从小到大早已习惯了享受这样的待遇，直到夏暖出现……想到夏暖，她就胸口发闷，要通过心理暗示平复杂乱的思绪。

电梯里一共五个人，另外四个都是男士，看情况像是午休时间出门抽个烟，四个男人一起站在李心怡的身后，对前边的美女品头论足。

八楼到了，电梯门缓缓打开，身后的男人们恋恋不舍地走出电梯，思维还在沉浸于梦幻般的艳遇中。

“呀，你是……我想想，李心怡，李大美女。”

一个男士走进了电梯，高高帅帅的，对自己摆了摆手，李心怡朝他望过去，也想起了希捷国际大学的老学长：“王伟哥，嗨，巧啊。”

“巧啊，什么风把你吹来啦？”王伟不放弃任何搭讪的机会，眼睛在女人身上乱瞄。

“哦，我和你们总经理有约，去见一下他。”

“啊，我想起来了，婉悠和我说过。”王伟回忆起了，妻子曾说过把同寝这位做心理医生的好友电话告诉给了夏暖，为了根治石骏的抑郁症。

两人心照不宣，相视一笑。

王伟心里犯了嘀咕，女人同样的年纪，相比较起来，李心怡愈发美丽，隐约记得去年见过一面，受妻子之邀在一起吃饭，一年的光阴，时光的印记没有写在眼前女人的脸上，反而更加有味道，以后有机会，自己倒是应该找个理由约约美丽的心理医生。

被孩子牵扯，上学时花心的王伟有所收敛，担负起家庭和丈夫的责任，本来以为已经戒掉了猎艳的习惯，可今日一见小学妹的装扮，不禁再次春心荡漾起来。

到达十一层，电梯门不解风情地打开，王伟原来打算就是找其他部门领导商量事情，没有更好的借口待在原地，他恋恋不舍地走出电梯间，回头歉意地说：“李大美女，我还有事，先去忙啦，等有空叫上婉悠，我们出来聚聚。”

不敢直接约对方，抬出妻子搪塞，希望到时候赶上妻子有事，自己再努力单独约上俏佳人一次，能和美女出来聊天，对于任何年龄段的男人都充满着刺激。

“好的，王哥。”电梯关闭前，李心怡礼貌地点了点头，露出洁白的牙齿，“那么，拜拜。”

“再见。”

王伟意犹未尽。

电梯的指示灯显示十三层，一路上李心怡在众多男士如饥似渴的眼神中，寻找回了昔日的自信。石骏会如何看待自己，她很期待。

“您好,请问有预约吗？”一位同样漂亮更年轻几岁的女孩儿迎了上来。

“嗯，有的，我叫李心怡，和石总是朋友，约在下午两点。”她按照和对方约定的话语应答。

“哦，我们石总提过，请随我来。”

女孩儿在前边引路，李心怡跟在后边，即将见到夏暖的老公，她有点期待。

敲了一下门，里面传出了“请进”两个字，推开门，韩美琳示意身边的李心怡进去。

李心怡第一次走入“童话王国”最高层的办公室，宽敞屋子正中，摆放着深红漆面的办公桌，桌子后面的男人正在办公，听到门口的响动停了一停。

男人年纪不大，最多长自己一两岁，一张极其普通、街上路过都形容不出任何特点的脸，他有些瘦削，眼窝深陷。

“啊，您好，请坐。”男人站起身，稍微怔了一怔，这些反应正中李心怡的下怀，“你是李医生吧，您比小暖给我看的照片里还漂亮。”

“谢谢。”李心怡微笑地坐了下来，把一张准备好的名片双手恭恭敬敬递过去，“我是‘心怡心理诊所’的心理医生李心怡，很高兴见到石总，谈起您的妻子，我们相当熟悉，是四年大学的好闺蜜。”

“嗯，我听她提起过。”石骏回赠了自己的名片，眼神却飘忽不定，“可能郭婉悠和你提起过我的一些事情吧，今天冒昧把你找来，昨天我和小暖也说了，她一直建议我去找你。”

“哦，别客气，都是自己人。”李心怡的话语精雕细琢，既得体又贴心，举手投足间展示出一位心理医生出色的专业素质，令陌生的患者觉得可靠放心，“石总昨天电话里叙述的症状不是太具体，今天我们当面，您不妨敞开心扉。我们的职业操守，一定替客户保密，请放下顾虑，把我当成一位好朋友，可以倾诉的对象就好。”

“嗯。”石骏陷入了深深地沉思，拉开抽屉，“介意我抽根烟吗？”

“虽然抽烟对身体不好，但如果那样能使您放松神经，我不介意的。”

“谢谢。”

点燃了一支香烟，他狠狠地嘬了一口，烟雾缭绕下神情变得迷离，说起了最近的遭遇。

避重就轻，石骏小心翼翼掌握着说话的尺寸，当然不会告诉对方十五年前的往事，以及近期的几个案子，谈的无非是抱怨隔壁邻居孩子太吵，影响到了自己的睡眠，再加上工作上的重压，变得神经衰弱，凌晨三点一刻必醒等等。最近愈发的难受，晚上不靠酒精就难以入眠。

可这些均不是长久之计，每天只睡几个小时，白天总有那么几刻精神恍惚，熬夜使身体各脏器渐渐起了反应，食欲下降，整个人变得萎靡不振。

看似合乎逻辑，有时谎言和真实一样无懈可击。

李心怡无疑是一位极好的聆听者，纤纤玉手抚在脸颊的样子散发着迷人的气息，中途秘书韩美琳敲门进来为客人沏茶倒水时，瞧见石骏的脸上出现从未有过的色彩：那是一种痴迷，对美好事物的深深眷恋，眼睛盯着对面的心理医生，这在过去的记忆里绝无仅有。

其实李心怡别有用心，毫不避讳与石骏的目光交汇，偷偷使用了一点点催眠术，利用石骏聊天放松的状态，用充满暗示的目光稍微控制了一下他的情绪。

不得不说，不仅仅因为石骏是夏暖的丈夫，接触之后，李心怡感觉这位面貌普通的男人拥有着一种说不出的魅力，那是能吸引女性的东西。

第四十四章　约会

听完石骏的讲述，李心怡平和地道出自己的专业分析：“石先生，听完您的讲述，我认为您是我所遇到的抑郁症患者中非常理智的一位，懂得控制自己的情绪。可能是工作忙碌的原因吧，没有一个合理的宣泄渠道，所以才感觉抑郁程度越来越深。其实像今天对我一样，把所有难受的事情全部讲出来，就会轻松很多，然后慢慢心情会舒缓，多次的尝试，症状是可以消失的。同时，希望您能多抽出点空闲的时间，外出走动，参加各种交际，对放松紧张的神经一定会有好处。”

石骏目不斜视地点着头，毫不忌讳与妻子闺蜜间的对视：“李小姐，你说得很对，我在交际上可能存在一些障碍吧，像外出，我也只喜欢安静地钓鱼，最近一年因为工作的忙碌很少去了，其余的想不到什么能够和其他人玩到一起的东西。”

“呵呵，没关系，慢慢发掘嘛，钓鱼平复心情也不错哦，需要坚持。”李心怡笑起来很甜，“至于您说的总在凌晨同一时间惊醒的事，医学上定义为大脑神经系统出现紊乱，生物钟失灵，越在意，它出现的次数反而越频繁，通常需要外界的干预调整。我倒是有一种办法可以尝试，是催眠术中一个简单的手法，令您夜晚在我的催眠干预中睡去，再次醒来时，我们再记录一下时间，看看是否有变化。”

“哦，这样可以吗？”石骏若有所思，似懂非懂地点着头，“它困扰我太久，倒是可以尝试下。但我对催眠方面一窍不通，那个就是电视中演的被催眠者会被催眠师无意识的情况下套话，说出心中的秘密吗？”

“呵呵，您的担心是多余的。”李心怡不便戳破，她大概清楚石骏的抑郁症其实在内心隐藏了太多的东西，不能让对方产生抵触的情绪，“催眠分许多种，套话的比较高深，我只是利用一些皮毛使您睡着而已，不会窃取到任何个人的隐私，这一点您大可放心。何况石先生您是我好闺蜜的丈夫，我一定更加小心的。”

石骏还在犹豫，似懂非懂，出于礼貌地点了点头，暂时没提出反对的意见，李心怡心中窃喜，趁热打铁：“不知石总何时有空，最好晚上来一趟我的诊所，一夜的前期治疗，试试效果。当然，夜宿单身女人的诊所传出去颇为尴尬，我们不妨一同向夏暖请个假，配合下治疗，您看可以吗？”

眼前的男人当然不知道美丽的女人怀着何种心思，站起身，转过头望向窗外：“好吧，请假倒是不必了，刚好夏暖明天回姑姑家，她的姑姑如今身体不好，也许会留宿住上几日。既然是看病，我不忌讳什么，你也没关系吧。”

“当然啦。”大鱼上钩，李心怡在勾勒接下来的计划，嘴上却还在掩饰，“我经常给有睡眠障碍的患者进行这种治疗，诊所里两间屋子都有床铺，出于避嫌的话，隔离开就好。况且专业角度来讲，心理医生说白了也是医生的一种，所以没有所谓的性别之分。”

石骏答应了这个方案，两人又简单聊了些心理学上的问题，李心怡的回答十分专业，她也向石骏简单地了解下玩具公司的事情，石骏只要提起发明创意，眼神中充满亮光，答应等第一批新产品出来，送给李心怡作为感谢。

聊完郭婉悠王伟夫妇的话题，李心怡识趣地站起身，看了眼手机，已经谈了两个小时。

“那么时间不早，石先生，我先回去了，明晚六点准时哦。”

“好的，李小姐，我一定准时。”石骏起身相送，怀着恋恋不舍的心情，眼神游离在女人双腿包裹的黑丝上，如痴如醉，两人明晚相约一起吃饭，然后回到诊所进行治疗。

看着婀娜的背影，空荡荡的办公室飘满了余香，石骏瘫坐在椅子上，目光涣散地望着韩美琳进屋收拾杯子。

韩美琳的姿色确实不错，年轻又机灵古怪，可脑海里占满了李心怡的音容笑貌，想起那张依旧青春的脸，和更加丰满的胸部，石骏心跳开始加速，猛然间找回了丧失很多年的悸动感觉。

胡思乱想了半天，石骏幡然悔悟：自己如今在做什么？是真心去看病吗，还是期待一次令人激动的约会，难道也在经历李久立的灾难——婚姻中的出轨？

他麻痹自己的神经，在心里默念着：妻子的朋友，普通聚会吧，别那么正式。

思来想去，不知道究竟哪种想法试图欺骗着自己。

早晨，石骏开车送夏暖到火车站，自从上次的对峙之后，夫妻间表面波澜不惊，暗地里心存芥蒂，夏暖借着这次机会，只身前往外地的姑姑家，是在选择躲出去冷静冷静。

动车组进站与出站，不过是五分钟的时间。现代社会的科技进步，老电影中车站绿皮火车泪别的一幕渐行渐远，提速的同时将心与心的距离快速扯远。

石骏站在空荡荡的候车大厅，听到列车出发的鸣笛声，像是告别的号角，他转过身，头也不回消失在炽热的阳光底下。

妻子的模样于心里越来越模糊，十五年来她的重要程度超过自己的生命。原以为他、李久立、夏暖，三个人之间的缘分都在那场火灾后戛然而止，毕业后求职和恋爱一路平坦，深刻探究了，才发现世间的一种缘分永远维系在中间。

李久立是上天派来的福星，从第一次相遇就是如此。开始他想不透对方为什么义无反顾地帮助自己，在家忐忑不安了几天，关于火灾没有任何不利的消息传来，那个本分的男人一定坚持了他临场所做的决定。

“童话王国”的李董事长，石骏没有把他和那个陌生人联系在一起，他当年也没有试图打听油漆仓库年长师傅的名字，晚上离开得匆忙，哪有心思细看，再加上玩具公司的这位董事长岁月的痕迹清晰写在了脸上，直至他开始不停地想方设法提拔自己，石骏才暗自留意，最终偶然的酒后套话发现了这个秘密。对方究竟怀着什么样的心境呢，是为了共同的秘密想拴住自己，悉心培养作为他的心腹、利用其完成更多违法的勾当？心怀叵测的社会，种种猜测需要时间去证明。

十五年前的夏暖还是个小孩，十五年前她还叫作夏可，因此她的变化更加难以判断。

画展、约会吃饭、家庭聚会、结伴旅行、决定同居、热恋、结婚，一步步地演变开始时石骏只当做是王伟夫妇真心实意地牵线搭桥，他们的结合是因为男女间的相互吸引、爱情融合的使然。

一直到彼此脱光衣服相依偎在床上，酣畅淋漓时，石骏无意中借着酒店的床头暧昧的小夜灯，瞧见了夏暖肩膀上的一小块乌黑色的痕迹。

是胎记吗？平时隐藏在衣服里，遮盖在长发之下。

他没有把问题抛出，像对待每一件事，都谨慎地埋在内心。

学院路旧址、醉酒后，身边的妻子有意无意间的提醒，他终于清醒了：相比于胎记，乌黑色痕迹更像是当年他随小女孩从梯子上下来时，仓库里灼热的大火炙烤留下的伤疤；他先下来时头发的一侧闻到了烧焦的味道，失去了一小缕头发，小女孩儿属于后下来的人，而且不清楚她在起火时是否从屋子里出来过，火苗窜到了哪里，她又是否目睹到灾难的真实起因。

十五年后，通过画展的“精心布置”，在熟悉朋友的介绍下，昔日一面之缘的火灾见证者之一成为枕边的爱人，美好的爱情背后难道是一个圈套吗？

石骏的怀疑成瘾。

几年的经历，延伸到最近，身为妻子的她敢为自己放弃案件的决定性证据，他的芥蒂才完全消除，希望过去的不愉快，通通过去吧，他们能重新开始。可李心怡的介入，如同平静的湖面划过一只船桨，本觉得她是个过客，却在湖面上泛起一片涟漪，残留路过的足迹。

所以和李心怡的私下约会，让石骏在亢奋中度过了一个上午的工作时间，打了鸡血般批阅积攒了半周的合同文件，包括几个人升职加薪不符合正常流程的贪婪举动，也大笔一挥写下“同意”，惊得女秘书韩美琳天真地认为心理医生几小时的坐诊干预果真名不虚传，以后遇到什么生活工作中的烦心事，不妨尝试请过来看看。

到了午餐的时间，石骏破天荒没有到常去的饭店，叫来韩美琳点了一份午餐，继续上网登录账号对公司邮件逐一浏览。

午餐后，鬼头鬼脑、满脸赔笑的品宣部副总陈文斌走出电梯，看到女秘书，急忙小跑几步，上前打着招呼："小韩啊，石总现在方便吗？我有事见一下，麻烦啦，哈哈。"

笑声尴尬，说话人知道韩美琳对自己心存芥蒂，刚来到公司的那次会议，因为 PPT 事件，几乎令她失去了饭碗。现在可好，品宣部业绩经常被董事会挑刺，辞退了几位员工，陈文斌也混到了山穷水尽的地步。私下纷纷传出公司要辞退他的消息，陈总也在谋求各种关系准备跳槽，可谓小动作不断。

陈文斌在落寞时试图带上礼物亲自临门拜访墨常，可惜天不遂人愿，双方谈了几分钟，墨常下了逐客令，甩下一句"你好自为之吧"。

痛定思痛，陈文斌默默观察如今公司的内部形式，制定了一套重新上位的计划。他不惜花费私房钱，约出石总身边第一大红人市场部总监王伟，下班后去酒吧畅饮寻开心，王伟嘻嘻哈哈巧妙周旋，既不拒绝又不承诺，在成与不成之间打太极，几天下来收效甚微。

陈文斌把矛头又对准了女秘书韩美琳，既然关键的会议上犯错，第二天石骏和她都像没事人照常出现在公司，可见个人关系确实不一般，打听到对方还是单身，觉得约出来应该不费力。这个年龄段的女孩子，一般情况下虚荣心泛滥，只要肯多在金钱上下功夫，何愁不能轻松收买。

结果仍然出乎意料，吃饭、看电影、逛街、送礼物，韩秘书一一义正词严地拒绝，陈文斌又怕对方告知石骏，不敢张扬，故而公司里尽量躲着她走，唯独这次不得已上楼找总经理，只好麻烦她代为传话。

"好的，您稍等，有什么事，我帮忙转达。"

"哦，嘿嘿。"陈副总规规矩矩的，搓着手带着商量的语气说，"我约到了彼得公司的策划总监金龙先生，难得晚上有空，想见一面，我想和总经理汇报。"

希捷市的彼得公司，在海外市场声名远播，国内 500 强企业之一，能约到它的策划总监很不容易。韩美琳明白这件事情意义重大，在"智慧娃娃”上市之前，如果能有高人的指点，必然会少走些弯路。石骏念叨过彼得公司的金龙，没想到陈文斌竟然真的约到对方，她立刻点头答应，向门口指了指，意思明显：我先进去汇报，可以的话你就进来。

第四十五章　一夜

挂断手机还是一副意犹未尽的样子，石骏表达了对不能按时前往“心怡心理诊所”的歉意，彼得公司的分量不言而喻，他听完陈文斌眉飞色舞的讲述后便决定参加今晚的聚会，陈副总早已订好了高档酒店。

电话那边的李心怡表现得依旧通情达理，表示明白商业谈判对公司的重要性，不在意对方的爽约。

“真的不好意思，李小姐，要不这样，如果结束得早，我还是希望过去。”石骏依依不舍，打心眼里还想争取一次机会，“您如果不方便，那再改日。”

“石先生，倒是没什么不方便的，我只是怕我的好闺蜜夏暖知道了会吃醋哦。”

“啊，这点没关系。”石骏看了看表，脑中思考着商务谈判的事宜，估量如何能尽快结束，“我说过，小暖她一早去了姑姑家，如果我这边散得早也没什么事，既然遇到了专业医生，治疗还是越快越好，失眠太痛苦了。”

“那好吧。”电话那边还是有些犹豫，吊足了胃口，“到时候再订吧，先预祝您谈判顺利哦。”

“嗯嗯，一定一定。”

饵料已下，等鱼上钩。

李心怡放下手机后，尽早结束了诊所的营业，收拾好，锁上了诊所的大门。

她嘴角似笑非笑，愉悦地走向了家的方向，自己仿佛一点也不担心，十分确定石骏会来。

夏暖，大学的四年，你凌驾于我的头顶，掩盖了我的光辉，这次，我一定让你尝尝此中的滋味。

石骏到底扮演着什么角色呢？报复的筹码？偷情的对象？还是萌生爱意的男人？现阶段李心怡不能确定。

邪恶之花肆意盛开。

当晚的谈判进行得极其顺利，石骏带着韩秘书、王伟和陈文斌一同出席，对方彼得公司由总监金龙领衔，团队的四位大咖齐聚，当场口头约定了“智慧娃娃”出口欧美市场的商业代理交由彼得公司全权负责，费用不算太高。其实背地里是陈文斌花钱托人找到了策划总监金龙的一位游手好闲的堂叔，收了好处费，帮助“童话王国”对侄子讲尽了美言。

这边恰好赶上金龙团队为了年终的任务计划，收入上差一大笔进账，对合作公司实力也是早有耳闻且心之所向，所以谈判才能如此之快。

陈副总等于出门捡到了“金砖”，宴席上不停地献媚倒酒左右逢源，在热烈的气氛烘托下，觉得自己的位置短期内不会风雨飘摇了。第一大红人王伟也对他投来羡慕的目光，估计也在琢磨这小子究竟掌握了什么人脉。

酒过三巡，石骏习惯性地低头不时看一眼时间，脑袋晕晕的，一心惦念着和李心怡的约会。春潮蒙蔽了双眼，如果划分出轨的种类，精神上的出轨应该归出一类吧。

王伟与他相处几年，嗅出了石骏心情的焦虑，借着上厕所的间隙，嘿嘿一笑偷偷地询问：“石哥，今晚有约会？那我找个由子咱们早点撤，这边差不多了。”

石骏脸色泛红前后摇摆点了点头。

王伟以为是领导家中娇妻夏暖的缘故，上次听说石骏有意要个孩子，便想顺水推舟尽一份微薄之力，不成想间接促进了石骏掉入温柔的陷阱里。

回到酒桌上，王伟豁出架势陪对方连干几杯，坐在一旁的陈文斌也不是吃素的，看出了石总回来后和下属上演的双簧是什么意思，推波助澜结束了这场聚会，石骏几人歪歪斜斜地走出酒店。

王伟和陈文斌争着抢着要送总经理回去，石骏当然不会同意：“小王，你消停回家，孩子太小，省得弟妹怪我；小陈，你待会儿送下小韩，她一个女孩子喝了酒，独自回公司寝室不方便的。”

“我还行，自己可以打车回去。”韩美琳倔强地摇了摇头，瞪了石骏一眼，一直有所企图的陈副总在身边，她才觉得危险，谁清楚这个品行不端的人是要趁机占便宜还是利用她上位。

“哎呀，我看就这样。”王伟很识趣，迫切想要石骏回家，安排上比较合理，陈文斌觉得也不错，路上开导开导顽固不化的美丽女秘书，劝她多提携提携自己。再者石骏嘴里口口声声叫自己“小陈”，多么亲密的称呼啊，公司里伸手数一数只有王伟、韩美琳、穆永鹏几个人获得过这样的称谓了，岂不是默认了今晚对自己在工作上成绩的褒奖么。

几个人各怀心事，挥手作别，石骏被第一个送上出租车，坐在后排，随着车子的启动，观察他们都走远了，才对司机说出了准备去的位置：“麻烦调头，芳华小区心怡心理诊所。”

芳华小区，是李心怡之前用微信发过来的地址，石骏发了条微信“我二十分钟到，才结束”。他没有等待对方的答复，大胆出击，冥冥之中仿佛感受到彼此的心灵相惜。果然对方很快回复“好的石先生，我一直在等你，时间刚刚好，诊所因为临时停电无法营业，改在我的家里可以吗，没外人，我的地址是……”

女人同样不带有商量的口吻回复，她也有对方不会拒绝的自信。

“好”。

石骏毫不犹豫，关闭了手机。

屏幕最后闪了一刻，是夜里九点四十。

温暖的季节，暧昧的时间段，有时放弃了手机——唯一和外界通讯的手段，等于放弃了自己。

“叮咚——”

清脆的门铃回荡在楼道，这是一栋高档的住宅小区，不次于石骏居住的地段，李心怡的身世夏暖提起过一次，好像是家境非常富裕，经常接济寝室的几个人，尤其因为夏暖的身世可怜，对其特别照顾。昨天下午见过她一面，穿着的确考究，配得上眼前的房子，就是单身独居有些可惜，条件优越没找到像样的男朋友吗？

打开了大门，石骏抬起头，对面是穿着粉色薄薄睡衣的李心怡，胸前隐约可见两个凸点，楼道里声控灯的照射下，她的淡妆较之前又迷人了几分。

他害羞得不敢直视，女人倒是一副坦荡的样子，闪身把他让了进来。

换好鞋，石骏摸索着小心走进屋子，长长的门廊两侧挂着许多风景画，几种灯光色彩交错，搭配玻璃吊的顶棚，像是身临酒吧的感觉，客厅黑黑的，没有亮灯。

“你家的厕所在哪里？”还是说出了憋在心里的话。

“哦，左手边就是，开关在进去后左手边墙上，你随意。”两个聪明人相视笑了，李心怡想到了石骏的顾虑，所以笑得很开心。

关上门，打开灯，卫生间宽敞奢华，欧式的装修十分考究，梳妆台上的东西摆放整齐，扫过一眼尽是名牌，镜子整整镶嵌了半面墙。

石骏正方便，感觉到周围正有水气逐渐扩散开来。稍微留意，雾气飘散的源头在右侧的挡帘后面，伴随着花香。按下冲水按钮，忍不住好奇心，他轻轻拨开了挡帘，向内观瞧：一米多长的白色浴缸，里面存满了热水，水面撒上着些花瓣，蒸汽上升，这本是在言情剧中常见到的场景，现实中映入眼帘。

她是洗过了还是将要洗呢？

石骏恋恋不舍地放下握在手里的帘子，酒精持续发酵，伴着满屋子女人的体香，脑子里充斥着李心怡裸体出浴时的样子。

白玉脖子，丰腴胸部，迷人小腿……

走出卫生间，关好灯和门。这时门廊里的灯已经熄灭了，朝客厅的方向望去：一张餐桌上，正点燃着三支蜡烛，烛火坐在灯托里。椅子上女人跷着二郎腿，旁边放着一瓶瓶口细长的葡萄酒，她优雅地端着酒杯，深情的眸子如夜空下的大海，嘴唇由于液体的浸润而颜色鲜艳，女士拖鞋随着有型的小腿肚一颠一颠，随意的姿势令人陶醉。

房间的角落处，老式的留声机播放着黑色碟片上的音乐，一首古典委婉的钢琴曲，特别适合一个人安静的氛围。石骏不忍心破坏这种气氛，轻轻迈着步子走到近前。

李心怡闪动着眸子，岁月几乎没有在她完美无瑕的脸上留下任何痕迹，尖尖的下巴，漂亮的五官，还是一副未出校园清纯的学妹模样。

女人感知到了石骏的出现，既不惊讶亦不客套，像是见到多年未遇的情人一般，放下高脚杯转头指了指对面："石先生，坐下再喝一杯呀，这酒度数低，有养生安神的功效哦。"

他点了点头，走过去安静地坐了下来，举起酒杯，李心怡为他斟了半杯。

"我今晚之前喝得可以了，再喝恐怕……"石骏欲言又止，女人主动邀约喝酒，究竟自己该不该拒绝呢，是一个模糊的概念。

"不多的，喝了这半杯就好了。石先生，你说过今晚来接受治疗的，喝了它，活血安神，也是治疗的一部分哦。而且你来晚了，对于等待你的女士，不也该喝点赔罪吗？"

完美无瑕的解释，石骏不好意思地点点头，举起酒杯，互相碰了一下，用实际行动表达着自己的歉意。

听了会儿音乐，石骏发现对方一直用炙热的目光凝望着自己，是自作多情吗？偶然交汇了一次眼神，确实如自己所见，马上装作不在意的样子，含羞地飘向他处去了。

"石先生，你仿佛是害怕我，有意在躲闪我，是因为我没有夏暖漂亮吗？"李心怡抛出了一个分量十足的问题，双手并拢托着下巴，一脸好奇的神色等待对方地回答。

"怎么会。"石骏赶快摇头，"李小姐足够漂亮，是个大美人，呵呵，恕我不怎么会评价人，你别见怪。"

李心怡心满意足地发出"咯咯"的笑声，端起酒杯自饮了一小口。暗叹夏暖你是什么东西，你的丈夫终于拜倒在我的石榴裙下。

"我们开始治疗吧，你觉得怎么样？"

"好的，昨天见面仓促，想起来我还没付您诊疗费。"

"不必，都是朋友了，今晚过后，可以一起支付的。"

"好，好。"

石骏放松了神经，对方开始步入正题，胡思乱想的自己总算回到了正轨，看样子不切合实际的梦终要回归于实际，刚打算坦然面对心理治疗，李心怡的一句话却令他差点喷鼻血。

“脱衣服吧，去泡个澡，浴缸里有水。”

“啊？”

回忆起卫生间的一幕，所有的浪漫莫非都是为自己准备的？

“你傻愣着做什么啊？我在按照医学书上的步骤，喝红酒、泡澡、听轻音乐，对舒缓神经的作用十分明显的，不信上网查一下。”

“可我……”

“哎，别磨蹭，泡完出来裹浴巾吧，我这里没有男人的衣服，然后躺下我再进行催眠，试试效果你就知道了。”

说完，她起身进了里边卧室，关上门，留下了不知所措的石骏对着即将燃尽的蜡烛发呆。

仙人跳？

石骏都为自己的神逻辑感到无比可笑，立即否定。遇到美女主动投怀送抱的经历少得可怜，他不明白李心怡是怎么想的，不会就是普通治疗吧？怎么步骤上合乎情理却又猥琐无比呢。

先泡个澡再说，总不能在这里一直坐下去吧，反正吃亏的也不是自己。

想到此处，石骏吹灭蜡烛，摸索着来到卫生间，打开灯，把门关严反锁，对着镜子开始脱衣服，裸着消瘦不算健美的身体抬脚踏入了浴缸里，水温刚刚舒服，联想到曾经有位美丽的女人在此沐浴，一时间春潮涌动。

第四十六章　沉醉

网上说醉酒后的人不适合洗澡，水蒸气的作用下酒精挥发易造成猝死。

石骏偏偏不信这个邪。

以往的经历中，虽然夏暖有时规劝，但禁不住自己的软磨硬泡，石骏总能在酒后回到家里睡前美美地冲个凉。

今晚也不例外，甚至更加舒适，嘴里哼着刚才听到的曲子，记住了几段简单的旋律，心情瞬间愉快了许多。

如果说韩美琳的江边两次相陪，是精神上的放纵，那么今晚在美丽女人家泡澡，是肉体上彻底的解脱。

愿未来更加美好，案件的洗礼，像泡沫一般，让它烟消云散吧。

冲洗过身上的尘埃，放尽浴缸里的水。石骏擦拭好了身子，拽过一张大大的浴巾围在下半身重要部位，犹豫再三，还是先在里面穿上了内裤，以免出去走几步就掉了，酒后动作迟缓行动起来甚是尴尬。

浴巾不会用的也是李心怡常用的那条吧。

想到此处，裹在身上的浴巾上凸起了一点，赶紧想几则工作上的事，试图分散下龌龊的想象力。

算起来最近已经有段时间没和妻子有过亲密接触了，本以为自己的神经趋于麻木，今晚的遭遇反观不太正常，连石骏都不清楚自己到底怎么了。

“石先生，你完事了吗？真得好慢，我都快睡着了。”在发呆之际，李心怡正斜靠在卧室的房门口，她的每一个动作都连带出撩人的姿势，石骏眼睛控制不住地游走在不该看的地方，停下来贪婪地注视，羞涩感和陌生感通通抛之脑后，待到几秒钟，唯剩下征服者的原始欲望在心中不断燃烧。

他粗暴地冲上前去，把她推到卧室里的床上按倒。

“石先生，你不需要心理治疗了吗？”嘤嘤细语回荡在耳边，痒痒得很舒服。

“这也是治疗的一部分吧，不是吗？”石骏饥渴难耐压在上面，作为征服者般吼叫。

汗水过后，这一夜石骏睡得格外香甜。

“水，我要喝水。”他挣扎着试图起身，脑袋沉沉地打不起精神，四周一片漆黑，陌生的环境，努力回忆，记起是在李心怡的闺房。

“你醒啦，我这就去拿。”李心怡站起身子，披上睡衣，点亮床头的小台灯，映衬着迷人的曲线。

“等下，帮我看看现在几点了。”

李心怡一愣，回答“哦”的一声。

“凌晨四点二十一。”

“什么，确定吗？”石骏硬撑着支起上半身，脸上写着兴奋，“快给我看看表，我之前每晚起夜都是三点十五左右的。”

“喏，骗你干什么。”她轻松地从不远的柜子上拿过一个小巧的闹钟，上面的时间记录着事实。

“哈哈，哈哈，宝贝。”石骏没再要求拿水，忍不住亲上去一口，身体又不由自主地压了上去，“我终于好了，我的抑郁症快要痊愈了吗，你真是我的福星。”

“弄疼我了，讨厌。”李心怡娇嗔地叫了一声，半推半就，两人忘却了起床的目的，伸长胳膊关闭台灯，缠绵在夏凉被里，房间只剩下浓重的呼吸声。

当太阳的柔和光线再次照在床上男人脸上时，石骏缓缓睁开了眼。

温暖的被窝散发余香，属于它的女主人却不在身边。

伸了一个懒腰，石骏感觉浑身舒爽，好久没有这么愉悦的心情了，浑身上下每一颗细胞都经历了爱情的洗礼，他走下床，发现房间的门虚掩着。

窗帘拉开着，不远处的沙发上散落着女性的内衣，是李心怡昨晚脱下的吧，转身来到柜子前，闹钟上显示的时间是上午八点四十分。

哦。

一向严于律己、坚持规范工作时间的石骏看上去今天是非迟到不可，他没有一丝懊恼的样子，嘴边挂着喜悦的微笑。

“你醒啦懒猪，真能睡。”

向声音的发源地望去，李心怡已经画好了美美的妆，推开卧室的门走进来，还是昨天的睡裙，背过身，毫不忌讳地褪去，当着闺蜜丈夫的面开始穿内衣。

石骏按捺不住，迈上一步从后面紧紧地将她环抱，忘情亲吻她的脖子和锁骨，一双手轻柔地抚摸挺立的双峰：“起来了宝贝，这一宿睡得真沉，我想我的抑郁症是不是痊愈了，我该给你一笔丰厚的诊疗费吧。”

怀中的女人眼睛半睁半闭，十分陶醉：“坏蛋，你真厉害。哪是我的治疗，算是快要自愈了才对。”

一语双关。

“是吗，还需要几个疗程，给我开一张贵宾卡，晚上我准时来。”

“讨厌，原来你也不是榆木脑袋，会说甜言蜜语呀？”

“和你学的，哈哈。”

“那我倒要问你，石先生，你的妻子夏暖怎么办？”

愣了几秒钟，石骏松开了李心怡，双手抚摸着自己的脸，无所适从。

“别提她了，我也不知道该怎么办。”

李心怡忐忑地转过身，整理好衣服：“对不起，为难的事情先不要想啦，你放心，我永远不会说的，随你怎样。”

“真的吗？”

他天真地问，脑子里却全是前董事长李久立近一年来被第三者所困，寝食难安的样子。莫非自己也要步他的后尘？

李心怡伸出双手，轻抚着石骏的眼角：“别担心了，我会信守约定的，夏暖也是我的好闺蜜，昨晚可能醉酒失态，只是一场意外而已。况且你的病情刚刚有所好转，思索太费脑，书上说要出皱纹的。”

“嗯。”他像个孩子，握住女子的手放到嘴唇边亲吻，贪婪地吸吮着体味，既然已经发生了，后悔也挽回不了什么。而且真的只是醉酒的美丽邂逅吗，还是……石骏不敢质问自己的本心。

洗漱完毕，拿过卫生间晾衣架上的衣物，他一边慢吞吞地穿着，一边长按着手机电源。

开机画面闪烁几秒，移动网络信号接入，微信提醒占满了状态栏。

有韩美琳的安全回到寝室报平安；有商业上的几个应酬计划时间安排；有陈文斌副总经理的趁热打铁嘘寒问暖；有妻子夏暖的询问，等不到应答，孤零零地回了句晚安；最后是王伟的几条“石哥，我以为你回家了呢。嫂子找不到你往我这打电话，原来她去外地啦，我说你肯定回去了，估计手机没电了关机了，你想好怎么回复她哈”。

早餐是在昨晚的餐桌上进行的，酒杯和蜡烛早已清空，一切如故，昨晚的种种就像是做了一场美梦。

我和李心怡的关系，也如这收拾过的餐桌就好了，当作什么都没有发生过。

石骏一边吃着面包，喝着对方亲手制作的浓咖啡，一边如是思考。

“石先生，我对您的抑郁症有几点建议。”

“哦？”回归到了正确的话题，抬起头竖起耳朵用心去听。

“建议你在条件允许的时候，可以选择换一种居住环境，倒不是说现在的环境哪里不好，为了躲避小孩哭声什么的，而是你长时间生活在这种环境下，思维上过分的焦虑症已经形成。中国有句古语：一朝被蛇咬，十年怕井绳，就是这个意思，或者说杯弓蛇影，熟悉的环境会使人潜意识产生相同的反射半径，例如我有的患者曾经年少时遇到过火灾，导致后来他的人生中见到有关火的东西就不自觉的抵触，有时经常梦到被火烧什么的……”

“啊，好的，我懂了。”石骏放下杯子，打断了李心怡的继续辅导，聊起火灾，他同样不愿提及，那是封印在记忆最深处的十五年前往事。

“我会考虑换个住所的。”

他想到了公文包里的那柄李久立郊区别墅的钥匙，其实简单搬过去住一段时间，散散心倒是不错的选择，再回来时，即使不能够痊愈，隔壁邻居的孩子长大了，哭声也会逐渐减少的吧。

两人用过早餐，石骏拿起公文包准备告别，犹豫了许久，还是伸手从钱夹里拿出厚厚的一叠，放在了桌子上。

“这是什么意思？”之前一脸甜蜜的李心怡突然神情严肃，眼神直勾勾对准走向门口穿鞋的男人，“你把我当成什么啦。”

“别，你千万别误会啊，李小姐。”石骏歉意地笑了笑，慌忙解释道，“诊疗费啊，我没别的意思，你收下。”

“才不。”她拿起桌子上的钱，跟上几步，硬塞回石骏的怀里，“都是朋友，我收什么费啊，而且我们都那个了，你再给我钱，是买我的意思吗？”

“哦，不。”其实石骏不安分的内心多少有点这个意思，多给些钱作为女人的封口费，王伟说过，现在社会，无论什么样的女人，多是些贪财的主。当然明面他绝不敢这样说，慌忙掩饰着：“心怡，这些钱就是治病费啊，没别的意思，你别往心里去。”

“好吧，那你立刻拿走。”李心怡坚持立场，一只手扶着公寓的大门，“拿走就代表你不是那个意思，否则我真生气了，记得还需要我的时候，可以随时来约我就好了。”

“嗯，好吧。”

石骏不敢强求，听说美丽的女人还在主动约会自己，脸色绯红，临别时留下一句：“我会来找你的。”

像做了错事的孩子，他低着头，不敢主动与任何遇到的路人对视，生怕被熟人认出来，一个人溜出了芳华小区。

精神恍惚地来到了童话王国，电梯里碰到了王伟，王伟几次欲言又止，决定还是少管上司的闲事，只是正常地打了一个招呼，在十一层下了电梯。

石骏一天在浑浑噩噩中度过，首先给妻子回了条短信，怕她担心，顺着王伟的意思，说自己谈成了项目，特别开心，所以酒后稀里糊涂关掉了手机，绝口不提有关去李心怡那里治病的任何事。

而且联系的过程都是微信打字，他不敢电话或是语音，总感觉做错了事，一旦听到对方的声音，几句话露出破绽就糟了。

这一刻，石骏终于身临其境体会到李久立当初的境遇，只有切身之痛，才感知深入骨髓。

韩美琳进来几次，忙着琐碎的事，从不迟到的总经理今天来得颇晚，无人敢询问原因，可能是昨晚谈成生意兴奋喝多了吧？石骏处理着“智慧娃娃”上市前的各种事情，空闲的时间，脑中就会浮现昨晚闺房中香艳的画面，如成人电影中的慢动作一般，久久难以忘怀。

夏暖将在两天后回家，下班后百无聊赖的他，不再约会女秘书小酌，选择孤独地回到家里。拨通了送餐电话，打开冰箱里的一罐啤酒，蜷缩在沙发上对着电视节目发呆。

原来妻子每晚就是这么度过的啊，体验了一次才切身感觉到孤独、寂寞、无聊，糟糕的情绪排山倒海般袭来，以为这些年来，夫妻间是多么的体贴了解，实际上，不过是一次次地选择性逃避。他终于开始后悔，出于对这份爱情的自责：从没认真善待过真心爱自己的夏暖一时一刻。曾经爱过，那已经是很久远的事情了，在他们领到结婚证书的那一天，新鲜和激情注定早已结束，支撑着走到今天的只剩下责任而已。

石骏幡然醒悟，夏暖又是如何以为的呢？

再一次失眠了，躺在床上辗转反侧，拿出手机，有一条上午收到的微信舍不得删，它来自朝思暮想的李心怡。

“昨天，于我而言，是一个永生难忘的夜晚。”

迷迷糊糊睡着了，当石骏再次醒来时，习惯性地翻开手机。

凌晨三点十五分。

第四十七章　梦想

失眠固定起夜的老毛病又犯了，才间隔一晚。

反反复复的病症最折磨人，难道离开了李心怡一天，所做过的努力就白费了吗？她到底具有什么样的磁场、何种的魔力，牢牢牵引着自己脆弱的神经！

上班再次迟到，石骏去了趟书店，买回了几本心理学催眠学的教程，到公司后把自己关在屋子里，翻开书，希望找到些理论上的支持。

又是一周的最后一个工作日，星期五下午的例会该准备些什么内容才好呢？他坐到最高的位置后，第一次开始考虑这个议题。

其实会议的相关事情已经制定完毕：宣布与彼德公司合作的好消息，三个工作日内履行正式合同文本；同时宣布下周一“智慧娃娃”全球上市，邀请各大媒体前来采访。几个月来，终于有一则“童话王国”的正面消息了，低迷的股市预计将瞬间回暖。

此时此刻，石骏所考虑的重要事项，是要不要告诉李心怡自己的睡眠状况。这只是一个堂而皇之的借口吧，男女之间一旦有了逾越朋友界限的奇妙关系，一天不联系，整个心里只剩空荡荡的失落。

仅仅是单方面的自作多情吗？李心怡冷静得异常，也许她对男女之事一向随意，把我只当成是生命中的过客罢了。

不可能，果真如此，又发过来那句“昨天，于我而言，是一个永生难忘的夜晚”干吗，叫人浮想联翩。

下午，公司的重要例会只有一个人没来参加。

墨常的病据说越来越严重了，上周 CT 检查时在胸腔发现了阴影，不能确定良性还是恶性，固执的他选择了保守治疗，拒绝动刀，石骏三天前曾经带领几位高层，去医院特殊病房看望过他。墨常喝退了众人，与石骏在房间里单独详谈了许久，韩美琳路过门口，透过一扇小玻璃向里面张望时，石骏半蹲俯身凑在墨常的耳边倾听老人的嘱咐，露出的侧面半张脸上表情凝重，几滴眼泪滑过。

她的内心剧烈颤抖了一下。

有些事，尽在不言中，憎恶的最后一道心理防线土崩瓦解。

随后，墨常叫来了剩下几名董事，郑重交代道："关于'智慧娃娃'项目的董事会决议，我会委托代表签署。下届董事会选举，我希望各位可以赏我个脸，支持石总正式出任董事长。公司今后大小事情，全听石总安排吧，我希望'童话王国'各位同仁继续努力，为逝去的李董事长创造美好的未来。还有，过段时间我会把我的董事会席位让出来，交给胜任者接替，面试考核由石总全权安排。"

墨常说完闭上了双眼，等于下了一道逐客令。没有谁敢提出质疑，意味着从今以后，石骏的权威在"童话王国"再无障碍。

下午的例会，列席者的脸上都洋溢着喜悦的神色，他们将有幸见证公司的历史性腾飞阶段，一向歌功颂德的王伟，今日的风头被口若悬河的陈文斌压住，部门领导发言时，陈副总动情地站起身，用二十分钟的长时间脱稿演讲表达了对之前石总为首的国外设计团队的由衷赞美。

"相信公司的未来更加美好，愿我们与彼得公司的战略合作愉快。"

陈文斌总结性的发言，特别在彼得公司几个字上加重了语气，开会前自石骏的口中探知，下周的合作合同将由自己代表"童话王国"作为乙方签字，当场感激涕零，有领导的撑腰支持，说话时底气十足。

石骏不停看表，心事重重，时不常看一眼手机的微信和来电记录，耐着性子听完众人的发言，站起身说了几句韩美琳写好的总结词，伴随着各部门领导的热烈掌声，内心突感空荡荡的失落。

可以说毕生不断追求事业上的成功，今天以后，该属于自己的快乐偷偷溜去了哪里呢？

不在家庭，不在朋友，它不知不觉，落在了美丽女人的房间里。

此时，石骏左右为难，通常偷过一次腥的男人，即使巧妙地控制思想，可终究还是抵挡不住第二次的诱惑，然后彻底堕落下去。同样是凡人，石骏摆脱不掉这个怪圈。

下午五点刚过，按捺不住内心的挣扎，想到夏暖依旧不在，石骏站在了落地窗边，望着微暗的窗外世界，拿起手机拨通了“心怡心理诊所”的电话。

“呵呵，石先生，我知道您还会打来电话找我的。”

熟悉的声音透过扬声器传来，此时它比世间的任何声音都叫人安心。

“哦？哪里的自信呢。”石骏说起话来，轻浮得很，这是在其他人面前从来没有过的事情，“别告诉我你还会读心术。”

“哪有，我只是觉得，有人会念我的好，回来复诊的。”

“嗯，确实需要复诊了吧，昨晚我醒来发现又回归到以往的时间了，哎，你的治疗是不是会出现反复？”

“倘若一次就治好，我真成神医啦。病症不是一日而来，都需要巩固治疗的，今晚你过来我再看看？我的石总经理。”

“行。”石骏希望对方更主动一些，抹杀掉自己的负罪感，虽然结果并没有什么不同，它们的出发点归结在最原始的情欲，“我六点半左右到你家，要不出来吃点？”

“你人到就行啦，出去好麻烦，在家里做点，给你尝尝我手艺。”

李心怡发起嗲来的杀伤力是致命的，石骏感觉整个心都要被融化。

“好的，晚上见。”

“拜拜。”

放下手机，石骏开心地笑了，这种笑只在和夏暖的婚礼上出现过一次。脱下衬衫，换好一早准备的休闲服，至于为什么今早起床要提前精心准备这一身呢，是早有预谋？当事者不愿意承认。

晚餐几样简单的家常菜，色香味俱全，女人不但美丽，还做得一手好菜，比起夏暖毫不逊色。很难想象，常年养尊处优，她竟锻炼得非常不错，具有家庭主妇的优秀潜力。

伴着烛光、红酒和古典音乐，石骏徜徉在轻松愉悦的氛围里，烦躁的心情一扫而空，封闭的内心大概只有在这里才被完全打开。

接下来的事情不必过多的赘述，又是放纵温存的一夜，两个肉体如陨石碰撞般的激烈，石骏睡得很沉，醒来后同样是李心怡为他把闹钟拿到枕边。

凌晨五点零三。

未等李心怡推它回原位，石骏迫不及待爬了过来。

“讨厌。”

石骏用力亲吻着她每一寸肌肤，哪管那些爱情滋润下的淫语，即使明天地球走向毁灭，享受过今晚的二人世界足矣。

天亮再次分别时，仿佛中了对方的蛊术一般，石骏总觉得该说些什么，却又给不了对方些许承诺，说得太多，反而会把自己逼入绝望的境地。

“我想过了，可能正如你所说，周围环境制约着我脆弱的神经，下周夏暖回来的时候，我准备搬家了，去郊区的一座别墅。当然，不排除是和你的夜晚我才好转的，你是我唯一的药引。”

“油嘴滑舌。”

“呵呵，我哪敢。”石骏换好了鞋，陪李心怡打情骂俏起来，出门前继续说，“搬家后，按老家习俗第一顿饭是新房起伙，所以我想邀请你去。”

“不会吧。”停顿了一下，带着玩味的语调，“你不怕被夏暖发现？”

“不会的，我也邀请王伟他们，你们都很熟。”

“那好吧。”

“你答应了？”

“嗯，情郎找个理由想见我，为什么要拒绝呢？”

“哦。”

石骏尴尬地笑了笑，向李心怡挥手作别。

夏暖提前打过招呼，周末下午三点，石骏准时驱车赶到火车站等候。

站前广场出口处的人多了起来，一位拖着旅行箱的女人，穿梭在人海。

石骏认出了她，最熟悉的人，几日不见，略感陌生。

陌生的是一种超出表达范围的情感，因为另一个女人的介入，这段婚姻正在悄然发生着改变。

“这些日子吃得好吗，你好像瘦了。”

“累的吧，没事，见到你就开心了。”

石骏接过了旅行箱，挽着妻子的手臂向停车场走去。没有热恋相见时的拥吻，有的只是简单的寒暄。

到达家中，屋子里收拾得干净整洁，石骏上午特意打理过，冰箱里摆满了日常的点心和蔬菜，曾有两个夜晚自己不属于这里，庆幸没有邀请李心怡过来。

女人彼此间的感觉是一种说不出的灵敏度，就像是草原上的狮子各自有着神圣不可侵犯的领地一样，一旦遭遇了外来生物的侵袭，即使打理得再完美，终究会露出破绽。

夏暖是一个细心的人，之前的香水瓶事件足以验证她的观察敏锐。现在最重要的是自己的言谈举止千万不要露出什么破绽，去女人家穿过的衣物，起早后通通倒在洗衣机里洗过一遍，甩干后工整地晾在阳台。

几个小时的旅途奔波，夏暖的样子看上去十分疲惫，她强打起精神，把包里的衣物拿出来放回原位，石骏站在一旁帮忙。

“阿骏，晚上我给你做些好吃的，想必离开的几天你总点外卖，要不就是聚会喝酒，生活没了规律，馋了吧？”

“嗯嗯，没关系，你要是累了，我们去附近的饭店也可以，我给你接风。”

“哎呀，我们间还谈什么接不接风的，姑姑的病看起来很严重，离开时听家里人说，她恐怕熬不过这个冬季。”

夏暖长长地叹息了一声。

“人各有命吧，你也说过，她对你一直一般，不要过分悲伤了，反正我们的心意送到了。”

“是，你说得也对。对了，昨天发微信，你说准备搬家，是真的吗？还是临时兴起？”

石骏点了点头，看着妻子的双眼：“是真的，想换个环境，换个心情。

李董事长生前有一套郊区别墅，我有钥匙，他当年也是准备奖励给我的。”

撒了一个小谎，石骏仅仅是知道这栋别墅的存在而已。李久立瞒着家人购置的，作为情人的幽会地，产权证又是变成植物人李娜娜的名字，没有人会想着找回，空着怪可惜的。

“而且是暂时搬过去，我们权当是去度假吧，它的后院有一个很大的水塘，日常可以钓鱼。别墅有两层，有单独的书房和换衣间，可以分别满足我们的梦想了，你觉得怎么样？”

提起梦想，刚结婚不久，一穷二白的小夫妻临睡前曾经窃窃私语过。

石骏喜欢读书，他期待有一天自己的家里有一间屋子比卧室还要大，四周没有一扇窗子，从地面到屋顶覆盖书架，堆满书籍，他愿意整日待在这样的环境里。

夏暖喜欢漂亮的衣服，她同样期待有一天自己的家里，有一间宽敞的屋子，四面是到顶的柜子，柜子里收藏着来自不同地区、不同风格的衣服，春夏秋冬四季齐全，她愿意邀请闺蜜来参观，心满意足地整天对着镜子欣赏。

当时的经济条件不允许，两人同时处在事业的上升期，等到石骏真的事业有成了，又失去了时间和对生活追逐的无限乐趣。

现在的房子两百多平方米，已经超出许多同龄人，可还是没完全达到梦想中的样子。小小的遗憾，不知道是否这次可以真的实现呢。

“那就先搬过去看看吧。”

夏暖选择了同意。

第四十八章　搬家

周一早晨，童话王国股份有限公司的楼下人满为患。

六点半，室外的停车场刚刚开启，大批的媒体新闻记者驾驶着采访车蜂拥而至，架起摄影机，抢占最有利的位置。

几辆豪华的商务车陆续驶入，玻璃上遮盖着厚厚的车窗膜，司机从驾驶室的窗子递出邀请函，地下车库的栏杆立刻竖起，戴着白色手套的大厦保安指挥着应邀贵宾有序入场。

这是9月份甚至下半年希捷市商圈里最重要的一件事——新品发布会，二十名交警临时被派到指定岗位，负责疏散车流，防止即将迎来的上班高峰期拥堵。

希捷市公安局局长洪涛，领着唐纳德、迟子建等人穿着便装赶过来，每个人的耳边都带着一个微型联络接收器。倒不是应邀参加今天的玩具首发仪式，而是昨晚局里接到市委秘书通知，听说希捷市市长谷行云受邀，计划出席剪彩仪式，车队将于八点二十分驶达，必须保证会场的绝对安全。

各主要出入口全部布置妥当，唐纳德主动申请随洪涛进入二楼主会场。

“小唐啊，今天咱们谨言慎行，这么多领导在，别弄出什么幺蛾子来。”洪涛一边走一边嘱咐，迟子建不屑地瞟了唐纳德一眼。

“洪局您放心，我自有分寸。”唐纳德眨了眨眼，同时对迟子建做了个无所谓的神情。

自从上次在局里领导办公室详细地演示了犯罪手法，洪涛开始偏向唐警官一边。再者前几天在医院特护病房看到行将就木的墨常，恐怕不久于世，让洪涛对墨常之前的承诺产生了怀疑。

于是他告诉唐纳德，一切皆可以秘密调查，必须掌握全部证据，第一时间向他汇报。唐纳德的调查只能是自己，不可以掺杂其他人的帮助。唐纳德假借休年假，实际上飞去了韩国济州岛，搜集关键的证据，昨天下午才下的飞机，本来假期尚未结束，可预计“智慧娃娃”项目好事临近，非嚷着让洪局带他来凑个热闹。

预言应验，当晚便接到了上边通知，新闻里同步播报，业内专家分析，“童话王国”此次宣传策划绝对是扭转颓势的壮举。

新玩具的首发仪式定在北京时间八点三十分，在“童话王国”二楼礼堂准时举行。

礼堂打扫得干干净净，前几排的位置按级别重要性摆放好姓名标牌，公司选拔出二十名面容姣好的年轻女性员工，统一穿着中式红色旗袍，由公关部方平和市场部王伟负责指挥安排，充当今天发布会的接待。礼堂上次使用时还是年初2月份的新春年度总结大会，由最高领导李久立主持，半年多前的场景历历在目，如今已是物是人非。

谷行云步入会场，他年近五十，对着镜头挥手示意，身旁的男秘书拿着包，他对这种场面已经司空见惯，摆几个经典的Pose，闪光灯快速摘取难忘的瞬间。

谷行云与石骏无任何交集，在他的眼里，石骏不过是一个运气比较好的后生晚辈。李久立和墨常他倒是见过几次，墨常的处世之道，值得深交，这次原计划派副市长或者秘书赶来意思一下即可，后来在智囊团的测算下，“童话王国”即将通过该项目使今年的希捷市财政税收、出口外贸额、人均产值GDP同时大幅度增长。经研究后谷行云决定还是亲自前来一遭。

石骏准时出现了，穿着一身浅蓝色的西装，戴着黑边眼镜，黑皮鞋反着漆面光；女秘书韩美琳一袭职业套装，紧紧跟随，左手拿着笔记本；不常露面的海外市场负责人谢小川刚从东南亚归国，头发烫着波浪卷，一派艺术范气息；品牌宣传部陈文斌陈副总挺胸抬头，按照规矩跟在三个人的身后，要知道，自己混到如今的位置，耗费了多少的心血，高光来临时，感觉一切值得。

像多年不见的老友，石骏几步走上前，微微弯下腰，主动向市长谷行云伸出友善的手来。谷行云久经世故，缓缓伸出了手，同时脸瞥向镜头的方向。两个人握住手大幅度上下晃了几下。

“石总，恭喜你，也恭喜咱们公司新品上市，你是青年企业家中的杰出代表，为希捷市的民营企业做出了巨大贡献啊。”

客套的官方词汇，换一个人名称谓，百用不倦。

“多谢谷市长百忙之中光临公司，蓬荜生辉，无限荣幸。请坐请坐，等到会议的宣誓仪式时，还要聆听您的精彩演讲呢。”

石骏默背了韩美琳写给他的应答，练习过多次，表达流畅自如。

“好好好，你也请。”

众位嘉宾纷纷入场，二楼的礼堂座无虚席，两边和中间过道的位置，站满了不知疲惫的媒体记者。

大屏幕开始播放“智慧娃娃”的宣传片，与我们见过的各大厂商发布会如出一辙，影片刚刚结束，伴随着热烈的掌声，石骏手持第一款“智慧娃娃”的样品，孤傲地走上舞台，一双狐狸眼，迸射出梦幻般的色彩，口中滔滔不绝，边讲边去演示它最尖端的科技成果。与会人员，第一次接触到的，听得惊呆了，即使对玩具产业只了解皮毛的唐纳德，心中都暗自赞叹它必将垄断中高端市场。

“最后，感谢各位对‘童话王国’公司的持续关注，经历了风风雨雨，落井下石的只是少数，大多数还是站在我们这边的。”石骏放下产品，动情地说道，这段是自由发挥，把心里的最后一口闷气通通发泄出去吧，“这款产品严格把控质量，利润压得很薄，相信绝对会令更多挑剔的人满意，也在告慰我的恩师——前董事长李久立先生的在天之灵。

“过去的是是非非就让它过去吧，我们将砥砺前行。最后告诉各位一个好消息，今天持有嘉宾邀请函的朋友，临走时我们将为每人送上一个‘智慧娃娃’体验款，希望大家喜欢，可以送给孩子，自己体验下童趣也是不错的，哈哈，最后谢谢大家。”

雷鸣般的掌声，台上的石骏深深鞠躬，谷行云点了点头表示钦佩。不虚此行，别看姓石的小子名气不大，但人格魅力是十分出众的。

发布会的进程一切顺利，剪彩环节市委领导与工商界知名人士一道登台，在谷行云的简短讲话后，红绸子在他们的手中支离破碎。上午十点整，公司门口礼炮齐鸣，礼堂棚顶的巨大彩蛋破裂，漫天飞舞的七彩条纹散落一地，石骏看着精心布置的一切，开心地笑了。

“童话王国”像是自己怀胎十月的孩子一样，与它的出生、它的成长相比，岁月长河中的坎坷并不算什么，确定目标，终究会长大成人的。

这大概就是本案的唯一动机吧，公司和个人的名誉甚至超过了生命。唐纳德随着众人退场，意味深长地透过人群盯着石骏的脸上，拨云见日的灰暗森林，终于即将见到久违的曙光。

两天后的上午，石骏租用了一辆搬家货车，将主要的家电、书籍、衣服，分别整理成箱，在王伟的张罗下，驶向了希捷市城郊的“青松别墅开发区”。

雇佣的搬家公司的工人，搬着一件件熟悉的物品从夏暖的眼皮底下经过，将它们合理安排在别墅的各个位置。它的前主人李久立曾经购置了很多家具电器，能派得上用场的一律保留，所以两人把大部分的家当还留在市区的家里，只当做是来短暂的度假了。

下午，郭婉悠把孩子送到了婆婆家里代为照顾，自己先行赶来与丈夫会合，坐在别墅的沙发上，见到容光焕发的闺蜜夏暖，由衷地称赞：“小暖，石哥对你还是蛮上心的，这么大的屋子，说买就买了呢。”

“嘻嘻。”夏暖羞红着脸，捂着嘴幸福地笑了，“其实也没什么了，房子是别处分来的，我们就是暂住。”

“暂住，不会吧，它……”

没等郭婉悠把话说完，王伟刚收拾完东西，从二楼的红木旋转楼梯上下来，听到妻子又在东问西问，怕言多必失，赶忙插嘴道：“媳妇，你们聊什么呢？嫂子，你的衣帽间打扫干净了，让婉悠陪你去整理下吧。”

“对，我们走吧。”夏暖接上了话，她也不愿提及房子和李久立相关的故事，拉起郭婉悠的手。

“好的呀。”女人的兴趣更多地集中在对男人、化妆品、衣服的讨论上，“我正想看看呢，王伟也不争点儿气，乱花钱，结婚时许诺我的衣帽间还没落实呢。”

“哎呀，这不都是为了孩子嘛。”王伟不好意思地挠了挠头，“公司今年年末的业绩好，等石总分红了，我就给你置办。”

上到二楼的夏暖听见，嬉笑着面向郭婉悠：“怎么样，王伟还是不错的呢。”

“呵呵。”

讨论到此，两位女人相视而笑。

二楼靠近里侧的第二间房，夏暖在前，推开了门。

郭婉悠惊呼着看到的一切，伸出手遮挡着张成O形的嘴巴，在电视剧中见过不少富人的衣帽间，但当自己身临其境的时刻，还是惊讶于它的庞大。

即便谦虚，夏暖的神色依然显露出她内心的兴奋，她庆幸自己之前能爽快地答应老公暂时搬来此处，哪怕只是享用一个月，也足够满足一位灰姑娘入住城堡的幻想了。

郭婉悠跳跃着打开每一架造型别致的柜子，里面或是一面典雅的镜子，或是造型别致的衣服架，夏暖的衣服尚未完全挂满，其实全挂上估计只能占到一面墙壁的一半吧。

打开全部的柜门，大概耗费了两分多钟的时间，足以看出这间女士衣帽间的庞大，用什么比喻好呢，更像是一家剧院的后台，可以供二十多名演员同时化妆、换衣服而不会显得拥挤。

此时此刻，郭婉悠真想用衣服将地面铺满，慵懒地躺上去翻滚，一天什么都不做，那才是她想要的生活。

“小暖，这里真棒，我想李心怡的衣帽间，一定比不过你的。”

当初在学校，李心怡一直是几位家境一般的女生奋斗的目标，不知夏暖是如何考虑的，郭婉悠虽不如其他人急功近利，但美好的梦想总是有的吧。她明白，王伟今天见过这里，内心的压力一定挺大，所以刚才说道两人要来这里时，才一副那样的神色。她温柔体贴，何况现在有了孩子，享受此刻的精彩就好了，再见到他时，一定不要表现得过于贪恋痴迷，去给丈夫太多的压力，平凡的日子，是远超于梦想而存在的真实幸福。

夏暖拽过两张欧式椅子墩儿，分给闺蜜一个：“我们坐下来一起整理吧，聊聊天。”

“好呀。”

“对了，我听说李心怡要来？”

“是吗，她没和我说过。”

“哦，是阿骏告诉我的，她的治疗效果看起来不错。这次建议搬家，也是她的主意，作为治疗过程的一部分，换个新环境，有助于康复。”

“她呀，好久不联系了，有时神神秘秘，也不着急找对象，谁知道喜欢什么样的男人呢。”

熟悉的女人间，聊天的话题说上几天几夜都说不完，反正别墅的客房很多，夏暖提出寝室的三个人再相聚，也不妨住在这里。

“我上次和你说，石哥正准备要孩子呢，你不介意如此机缘的今晚？”说完，郭婉悠用胳膊肘捅了夏暖一下。

“哎呀，不算不算。”夏暖羞红了一张脸，“等什么时候，他戒了烟酒再说吧。”

第四十九章　夜宴

大学时代，李心怡无论走到哪里都是大家瞩目的焦点。光阴带走了青春，却从未带走过她的气场。

就在石骏归来不久，望着一楼餐厅桌上的丰盛晚餐时，外边隐约传来了门铃声，算一下时间估计是她到了。

临走下班前，石骏私下发过一条微信给对方，李心怡很快回复了过来“亲爱的，马上出发”。

忐忑不安地删除了这条信息，脸上洋溢着欢喜的表情，走出办公室碰到整理文件的秘书韩美琳，随口邀请了一句：“小韩，晚上有什么事吗？”

“没啊，领导您是……”欲言又止，她想起了什么。

“哦，放心，今晚不是吃面。”

两个人不约而同地笑了。

“我乔迁新居，今晚起伙做菜，热闹热闹，希望你能来。”

“啊，这样呀。”韩美琳明白后还有一丝丝犹豫，“我去好吗？家宴不太方便吧？”

“有什么不好的，都是我妻子的朋友，在家里做点好吃的。对了，王伟也在，人多才有趣。”

“行，那领导等下，我换个衣服就来。”

“好的。”

韩美琳到来后，简单做了自我介绍，发现夏暖和郭婉悠没什么阔太太的架子，尤其上次公司见过一次总经理夫人，再次见面格外亲切，于是很快融入后厨的繁忙中，帮着两位女士打下手，一起制作美味佳肴。一进厨房，赞叹宽敞程度快赶上食堂的后厨了，“郑氏拉面”顶多有这里一半大吧。

王伟陪石骏坐在餐桌的一角闲聊，关于养孩子、公司上下关系的一类琐事。石骏不常于每个楼层走动，通过朋友的口中大概了解了些同事的工作状态，结合韩美琳定期的汇报，做到心中有数。

空荡的郊区别墅因为一行人的到来重新焕发着生机。

郭婉悠擦拭过冲洗干净的双手，走到大厅的门廊处打开别墅的大门。

“大家猜猜是谁来了？”

伴随着欣喜的问候，一位打扮时髦的女人带着一盒礼物走进门。

“哟哟哟，李大美女，你是姗姗来迟啊。”

王伟对于漂亮的女人表现得一贯积极主动，当先一步迎了上去，接过李心怡手中的礼物，色迷迷的眼睛离不开人家。

“王哥，别这样，不怕嫂子吃醋嘛。”来者打趣道，声音轻松，路过石骏的身边时，只是礼貌地点了点头。

石骏的内心是无比尴尬的，当着众人面见到情人，虽然之前做了许多设想，有了足够的心理准备，可真的到了见到活生生的本人，闻到她身上特有的味道时，回忆起床上的缠绵，情不自禁咽了口口水。表情上不知是否暴露，借机上了一趟厕所，慌忙掩饰。

李心怡毕竟是心理医生出身，处理各种场合心态平稳，感觉到石骏的不自然，装作没看到的样子，顾左右而言他，赞美起这栋别墅来：“这房子太漂亮了，像宫殿一般，嘿嘿，小暖这下一定幸福得要命吧。”

“那是当然，快来，小暖弄菜忙不开，她说等你来了马上去厨房找她。”郭婉悠拉起李心怡的手，迈步向厨房的方向走去，临过王伟的身边时，故意装作生气的样子，“死鬼，别见到美女就走不动道，快去帮着传一下菜，马上要开饭啦。”

“哪有，我从大学那阵，就是本着审美的眼光看待你们寝室的这位，每次找你，做到了目不斜视，感情绝对专一，苍天可证，对不？要是动了歪心思，能挺到现在吗？哈哈。”

“去去去，少贫嘴。”几个多年前从校园里熟悉出来的人，借这次难得机会再次相聚，嬉笑是难免的事，学生时代的王伟虽然一直以花心著称，可他对妻子的爱毋庸置疑，今年又收获了上天恩赐的宝贝，父亲上辈子的小情人——喜得千金，每天忙完工作早早地回到家里，陪孩子、哄老婆、洗尿湿的小衣服，慢慢地，于男人而言，心智又成熟了几分。

三个女人一台戏，太多聊不完的话题，再加上韩美琳的知书达礼，直到王伟第三次嚷着“饿死啦”的时候，厨房中的女人们才边聊天边依依不舍地走进了餐厅。

李心怡带来的礼物别有深意——两瓶高档红酒，正是石骏过夜的那两晚喝过的牌子，她从醒酒器中逐一为在座的每个人斟上半杯，来到石骏身边的时候，偷偷略带深意望了他一眼，石骏的身子有如过电般，端酒杯的手在微微颤抖。

“喂，石哥，今晚在这儿，都自己人，我就不叫你石总了啊。”王伟举杯圆场，调节着酒桌上的气氛，“听嫂子说李大美女对你的心理辅导不错，今天是不是该借花献佛啊，一起喝之前，单独敬人家一杯，下次说不定免你一笔诊疗费。”

话音刚落，大家都乐了，跟着起哄，石骏急忙起身，目光不敢对视四处游走：“王伟说得对，呵呵，我确实好多了，如今精神状态不错，多亏李小姐的治疗，谢谢。”

没敢碰杯，直接举起酒杯来一饮而尽，李心怡连声说“太客气”，拿过自己的酒杯，陪着干了一杯。

夜宴在欢快的气氛中进行着，众人品尝着美味佳肴，称赞几位美丽女士的手艺，聊着喜欢的话题，不知不觉间，之前准备好的十多瓶啤酒渐渐被清空。

李心怡的酒量是几个人中最好的，频频举杯；郭婉悠处于哺乳期，有意控制自己的酒水摄入；夏暖喝过两杯红酒，掺了一瓶多啤酒脸色泛红；韩美琳则还是一副天不怕地不怕的样子，硬是陪到了第三瓶，席间上厕所时摇摇晃晃。

“小韩，你差不多行了，喝点饮料吧。”石骏劝她。

“是啊，小韩。”夏暖也过来劝慰，“女孩子出门少喝点儿，对身体有好处。没关系，今晚路上不便住在这里就好，至于明天上班，让阿骏别那么严厉，特批晚点行吗？”

“行，哎，夫人发话哪有不行的。”

“喝多了油嘴滑舌。”

夏暖娇嗔地顶了一句丈夫，温柔地望着疲倦的他。连日来夫妻间的冷战，相信随着醉酒后的敞开心扉，就让它烟消云散吧。

夜深了，圆圆的皓月挂在当空，中秋佳节临近，映照着各怀心事的每个人。

人有悲欢离合，月有阴晴圆缺，此事古难全。

宴席享用得差不多，女人们接受夏暖的邀请，准备参观下别墅；王伟陪石骏上到二楼，打开正中的房门，是一间家用办公室，里面的摆设内容，与童话王国总经理的那间屋子别无二致。

“石哥，来一根啊，嫂子不在，虽说你们准备要孩子，不差这一天，烟酒不分家。”

石骏接过了递来的香烟，王伟帮他点燃，两人站在正面的落地窗旁，远处隐约可见水的波纹。

“那是一片人工挖掘的池塘，说有一根管子连向希江的支流，李董事长健在时常来这里钓鱼，老王负责打理，水里养了不少种类的鱼。”

“哦？”顺着石骏的指引，王伟看向远处，虽有树木遮挡但依然能感觉面积极大。

“原来这里还和老董事长有渊源啊，是他的产业吗？”

“算是一部分吧。”烟雾缭绕下石骏惬意非凡，“很少有人知道这里，王伟啊，今后你在单位少提及这件事，我找你来聚会，都是咱们彼此太信任了才放心。”

“好，好的，石哥你放一万个心，我是个嘴紧的人，哈哈。”

男人们互望了一眼，不约而同看向了窗外，空气中安静了下来，只剩下吞云吐雾的香烟。

王伟的感觉怪怪的，高高在上的男人身影更加模糊叫人看不透了，他隐藏的秘密越来越多，同样的一颗人心，里面空间真的都装得下吗？

隐隐察觉到，石骏仿佛和李心怡之间有着说不清的关系，久经江湖男女之事的王伟观察得透彻，两人席间极少说话，最多是象征性的客套，但越是如此，越是古怪，尤其目光交错总是显得那么的不自然，李心怡有几次甚至在眉目传情，看石骏和看自己时绝对两种意味。

听说是上次公司之后，又在诊所会面了一次，男人女人两次就勾搭到了一起，不符合逻辑啊，尤其石骏的为人一向本分正直，放着近在咫尺美艳的女秘书无动于衷，反而对妻子的闺蜜——一位不结婚的老女人感兴趣？玩得也过于心跳了。

他不敢多问，涉及名誉上的事情，何况人家是高高在上的领导，无论是与不是，傻子才会对下属承认呢，一旦触及了雷区，自己的前途将毁于一旦。

王伟胡乱想着，突然记起几天前的一件事来。

与彼德公司聚会那晚，石骏的异常举动，心不在焉，夏暖不在家却张罗着早早离去，之后整夜的消失，莫非……

一个可怕的事实，又是一个最接近真相的事实吧。

作为朋友，他想暗示些什么，可话到嘴边，想起面对的人是总经理，硬生生憋了回去。

哎！

心里默默叹了一口气，希望别人眼中最完美的神仙眷侣千万不要一步一步脱轨得太远。

不妨有机会同婉悠谈谈，回家小两口分析一下，女人的细腻应该知道下一步怎么办吧。

其实王伟夫妻两人也是有着秘密的，替夏暖共同保守的秘密，单独瞒着石骏，一瞒就是几年。十五年前的往事，世间知道的人不止两个。

恶意的真诚远比善意的欺骗更令人信服，可悲的是社会上绝大多数人选择把前者伪装成后者，李心怡就是其中的代表人物之一。

参观过别墅，看到夏暖脸上幸福洋溢的表情时，李心怡的心在滴血。报复计划从见到石骏的第一刻开始实施运转，已然停不下来，下一步究竟何去何从，如果只是让她发现丈夫出轨、离婚，甚至能分到一大笔夫妻间的共同财产，李心怡并不甘心。

我要令他们身败名裂，家破人亡才好。

头上顶着丧门星的女人，她的后半生不应该得到这些眷顾，上天对她的惩罚太晚，迫不及待，她要抢先一步替天行道。

世间的折磨对她言之太轻，弥补不了多年来自己单身的苦楚，或许只有让讨厌的人彻底消失，才是唯一的解决方式吧。

当然，计划一定要完美无缺，如果得到石骏的配合最好，她可没傻到报复别人先把自己搭进去，神不知鬼不觉、变成一次意外正好。

李心怡托词劳累身体不适，选择了别墅的一间客房；郭婉悠陪着夏暖去了另一间，可能要彻夜长谈；韩美琳则去了另一间较小的先睡了。

其实李心怡身体好得很，酒量不错的她维持了七八分清醒。不愿意去陪着室友聊那些无聊的事情，她需要的是清醒的头脑，手里有那么多石骏的把柄，该如何利用它们令夏暖永远从世界上消失才是关键的事。

每多和她相处一刻，杀人的决心就会出现动摇，只有自己安静地狠下心来，寻找最原始的杀意。

石骏绝对是一位不简单的人，李心怡通过两夜的接触，利用了人类放松后精神的懈怠，略施催眠小计，套出了惊人的事实。

偷腥和杀人都一样，只要越过了那条界线，那么就一定会有第二次。

月光洒在床前，她美丽的脸颊，阴森森地笑着。

第五十章　恶意

痛苦的时候要假装快乐是很困难，但快乐的时候要假装痛苦却还好办。

——东野圭吾《恶意》

搬到新房，硕大的别墅，有时走在里面空空荡荡，尤其夜晚来临石骏加班回来很晚时，周围的房子间隔很远，少有人烟。夏暖总是早早地结束课程打车回家，走进屋子，然后把里外都上好锁，待在属于主人的卧室中，蜷缩在一个小沙发里，一路上经过的地方打开很多盏灯，才能找回些许的安全感。

石骏怕她劳累，也怕她寂寞孤独，花高价雇来两位很有经验的女佣，平均三十多岁的样子，干活麻利，一位负责打扫房间，一位负责饮食起居。一楼空出了一间卧室，每周一到周五，女佣们就住在里面，这样夏暖有了伴，空闲时可以找她们聊天解闷。

其中一位姓马的女佣，孩子上了小学一年级，夏暖尤其喜欢跟她聊一些孩子方面的事情，女佣也愿意讲，一来二去两人成为了不错的好朋友，里里外外当做自己家人，石骏随妻子称她“马姐”；另一位姓乔的女佣，话不多，从家政公司了解到，她离异无子，人倒是不错，看上去像是男方婚后出现了严重问题，问也不说，石骏盘算，觉得她倒是和面馆的郑老板很般配，下次吃面见到，不妨提上一句。

“智慧娃娃”从问世以来供不应求，预订通常都要排到两周之后，黑市上的价格更是水涨船高，有商业头脑大批囤货的商人狠狠地捞了一笔，随之而来的，“童话王国”的股票连续三个交易日涨停，足见市场对其持非常乐观的态度。

自从搬到郊区的别墅以后,石骏选择在每个下午空闲的时间早点回来，天气晴朗的时候，约上没有课程的夏暖，手牵着手漫步在别墅后院的石板路间。老王昨天过来喂鱼，临走前在池塘边竖起一把遮阳伞和一张宽大的躺椅。

在离池塘边不到一米的距离，石骏摆好小凳子，拿出钓竿，调节好渔线，鱼钩处挂上从郑老板那里弄来的饵料，标准姿势甩杆出去，安静地坐下来注意水面鱼鳔的动态。下午的日光很足，夏暖几天前网购了一对情侣款大草帽，两人分别戴一顶。

相对而言，夏暖十分惬意，躺在遮阳伞下的躺椅上，手里拿着果汁，怀里放着一本书，悠哉地注视着老公的背影。

婚后几年畅想的画面有朝一日终于实现，妻子不要求丈夫多么的努力多么的伟大多么的能挣钱,有时平凡得如今天一般,也是难得的一种享受吧。

周五的下午，不到一个小时，简短的例会结束。

内容多是世界几大主要市场和电商平台关于“智慧娃娃”的傲人战绩，数据逐一上报给韩美琳汇总，多数分销商期待代工厂能够继续扩大生产规模，石骏考虑了一下回复一句：“在保证质量的前提下我个人没什么意见，实在满足不了市场，可以先以国内为主，同时接受半年期预定。饥饿销售也是如今的主流销售方式之一，我想各位都明白，没什么大不了的。”

与会高管联想起国内市场上另外几家优秀电子产品，在官网上常年缺货要求消费者交现金排队，心领神会地笑了。

石骏看了一眼手机时间，打断了接下来歌功颂德的几则发言，站起身，目光扫向众人：“周末准备组织一次公司内部聚餐，级别不限，我来买单，地点在我们一楼的食堂，烦劳各位逐级传达。到时候共同举杯，我们可以尽情畅想美好未来，今天会议暂且到此吧，各忙各的，提前预祝大家周末愉快。”

伴随着经久不息的掌声，身边的人悄然发现他们的新总经理正在默默发生着巨大的改变：由冷酷无情转向理性沉稳，逐渐关心起周围的人或事来，尤其对于墨常一派的柔性收编，值得称赞学习——没有开除任何不听话的管理层，而是挨个叫过去谈心。每个人走出总经理办公室后的状态都在发生改变，一种魔力牢牢控制着他们：变得不再拉帮结派怨天尤人。破格提升的陈文斌副总，依照能力和对公司近期的贡献，正式公布成为董事空缺席位的候选人，接受组织考察，使得众人心服口服。岗位工资比同行业高出 3 至 5 个百分比，傻子才会跳槽。

天色从一早就开始阴沉沉的，午后乌云遮盖了太阳，不久便淅淅沥沥飘起了入秋以来的第一场雨。伴随着雷暴天气，在办公室坐得久了昏昏欲睡，石骏此时就是这种感觉，打了一个哈欠，收到妻子微信通知：绘画班上的一名学员作品在市里得奖，邀请老师和同学晚上聚餐，之后可能去唱歌，会回去得很晚，所以提前打个招呼，让老公别忘了按时吃饭。

“好的，我这里也有个生意上的赴约，晚餐倒是不用操心的。”

石骏撒了谎，接下来的时间他是一直自由的，只不过心里痒痒，随手拨通了熟悉的号码。

因为糟糕的天气，李心怡下午闭店回家，躲在屋子里不愿意动弹，刚睡醒没多久，接到了男人打过来的约会电话。

寒暄了几句，约定好时间，挂掉电话后她开始起床梳妆打扮。

估计用不了半个小时，情郎就会开车赶过来，据说可以待到晚上十一点左右，去掉吃饭的时间，还剩下五六个小时，可以偷偷地享受来之不易的二人世界。

比预计的时间晚了一点点，门铃响起。

李心怡穿着居家的服饰跑过去开门，充满期待的样子。

门外站着石骏，手捧着一把红色的玫瑰花，上面沾了点外边的雨水，娇艳欲滴，散发着迷人的香气。

“谢谢亲爱的。”她接过鲜花，和男人紧紧地拥吻在一起，一日不见，如隔三秋。

“不会怪我吧，来晚了拐去了一家花店，刚好没有关门。”

“当然不会，这几年没收到过比这更好的礼物啦。”女人依偎在怀里撒娇。

“那就好。”石骏换完了拖鞋，像回到自己家一般，脱掉了外套，李心怡接过去挂好，红玫瑰插在了空塑料杯的里面。

“周末我去买一款漂亮的花瓶，把它们好好地培育起来，象征着我们的爱情。”说完拉着石骏的手，向卧室的方向走去。

“哦，不要这么心急吧，我想先去冲个凉，开了一下午的会，身体很疲惫。”石骏冲着对方不好意思地笑了笑。

“哎呀，你个色狼，想哪里去啦。”她羞红了脸，如玫瑰般妖艳，“满脑子都是些什么东西，人家要找你进屋看电视啦。”

女人的心思很难猜破，就像石骏面对心理医生李心怡，盖在同一张被子里，又算得上什么关系呢？

这种关系要持续多久，多久才不会被外人戳破，一旦东窗事发，名誉、工作、家庭、妻子、未来，它们还会依然眷恋自己吗？

石骏不敢去想，没时间多想，想完也没有解决的办法，只会叫内心的抑郁症越来越严重，直至无法挽回的地步。

夜里，两人依偎在卧室的床上，微信提示音不合时宜地响了几遍，石骏懒洋洋地蹭下床，从一堆缠绵的衣物里拿出手机，看了下时间，十点四十，也到该回去的时刻了。

微信的发件人是妻子夏暖，没有责备等语气夹杂在其中，只是普普通通的一句：

“早点回家吧，夜里不好打车，喝酒后不要驾驶，我到家困了，先说声晚安。”

信息的杀伤力，比甜言蜜语威力甚之，石骏良心难安，急忙穿起裤子来。

“你又要走吗，敢不敢找个借口，陪我一晚？”

床上的女人从身后一把抱住了他，滑溜溜的双乳紧紧地贴在宽广的后背。

“对不起，别墅附近的郊区比较荒凉，留夏暖一个人在家，我总是不放心。”

“夏暖夏暖，你口中只有她，心里只有她，那还找我做什么？回去陪老婆，不要再来了！”

李心怡控制不住感情，破天荒地发怒了，话说得很狠，石骏一愣，停下了手里的动作，不敢回头看她。

“我们，我们不是约定好了吗，李小姐，你要反悔？”

“李小姐，谁是你的李小姐？”

“哦，对不起，亲爱的，心怡，我错了。”

说完，石骏转回身抱住了她，她的小脑袋枕在肩头，不知不觉，落下眼泪来。

“你哭了。”

“才没有，值得吗？懒得理你。”

李心怡挣脱开怀抱，抬起手擦拭了一下脸颊，石骏的整颗心都融化了。

“你究竟爱着谁，是我还是她？”最不愿提及的话题，面前的女人还是问了，真叫人心乱如麻。

慌张的石骏不知所措，稍微回答不得体将是两边得罪人，其实和李心怡发展情人关系的第一天他就有所提防，无论陶醉在爱情中的女人怎么言语，你如何通过感情和金钱试图弥补她，头脑冷静后回到现实，她一定会欲壑难填的，这就是李娜娜所一直要求的李久立吧，把一位成功男人逼上绝境。

道路都是自己选择的，如果不是和妻子的感情生活真正的出了问题，怎么会允许第三者如此轻易地插足进来呢？

几年前，不可否认他对夏暖是真心关爱、认真呵护的，可随着权力的增加、野心的扩张，他悄然间变心了，安稳贤惠已经满足不了自己，而漂亮知性才是认清择偶标准后选择的下一个目标。

做错事可以反悔，那么失败的婚姻同样可以吗？

石骏需要冷静地开始考虑这些问题了，否则拖延下去，时间久了，会导致谁都不想要的结果，所以他回答：“心怡，给我时间，让我好好想想吧，我所处的位置你应该清楚，不是随随便便就能够休了她娶你的，现在不是个人问题，整个集团的利益同样需要考虑。说实话，我是更爱你的，但既然先遇见了她，这没有办法。”

“你是想学电视剧中那样，随便给出一个无望的期限让我傻等吗？告诉你，我的年纪也不小了，经不起那样漫长的等待了。”李心怡幽幽地回答，试探性地触及一些实际的问题，“出轨的离婚，你将损失很大一笔财产吧，帝国的一半？或是几分之几。”

“哎。”石骏摇了摇头，想起十五年前的往事，想起破碎的香水瓶，“你不明白，我和她之间的瓜葛不仅仅那么简单，说分开就分开的，算是前世修来的缘分吧。”

阴暗的角落，李心怡眼珠转了一圈，明白了石骏所指的事情，那是通过催眠得来的把柄，宣判夏暖死刑的杀手锏，不能说破。她巧妙地通过心理暗示掩藏，提醒了一部分：“好吧，看样子，你们之间许许多多的事情我并不了解，也懒得管太多，不会是人家掌握了你什么把柄吧？”

“你什么意思？”猛然一惊，被他人说破些鲜为人知的事情惊出一身冷汗，李心怡明显话里有话，难道暗指夏暖是一位有心计的女子吗，隐藏在平凡背后的女人。

十五年前淡定从容、画展邂逅十有八九出自某人的巧妙安排、包括婚姻、掌握到案件的决定性证据、坦荡地当着自己面前销毁，她的目的究竟是什么，隐藏了十五年的阴谋？那时非亲非故的她为什么偏要铤而走险故意作伪证呢？

石骏的脑袋里画了无数个问号，越想起来，枕边的那个女人就越是可怕，再加上李心怡略有深意的笑，谈话间更没有多少底气了。

“阿骏，其实很多事你不知道。”李心怡学着夏暖的口吻，充满着关心，几次欲言又止，“你的妻子夏暖，虽然是我的好闺蜜，可她绝不是你印象中简单的女子。”

“怎么讲？”怀疑容易成瘾，一旦有了形状瞬间发酵开来。

“她年少时的生存环境恶劣，作为心理医生的我认为，童年的一些事使她心里产生了阴影，没有经过有效地干预治疗，已经不再那么纯洁，私下里表现出工于心计。”

“哦？”

“我接下来的话，绝无骗你的成分，郭婉悠有时也受了蛊惑，不能正确地看清一个人。”

随后，李心怡讲述了大学四年夏暖“争夺”她地位的一幕幕戏，当然，其中不少添油加醋的成分在：例如抢夺自己的男友，故意在考前贿赂老师拿到真题，不惜为了奖学金背叛出卖自己。

“我不信，你别冤枉她，小暖不是这样的人。”

石骏不可思议地摇了摇头，仿佛李心怡口中形容的是另外一个女人。

“不信你可以单独约一下郭婉悠，她最清楚内幕了。”

“什么？”

李心怡敢这么说，因为她了解谨小慎微的石骏，以他的性格，懒得和任何人核实这些事，怀疑容易成瘾，一旦冒出头，往往像迷雾一般，以惊人的速度蔓延开来。

而石骏恰恰觉得在与妻子偶遇的这件事上，王伟夫妇似乎是处心积虑的，这正与李心怡所说相吻合，这让夫妻间的裂痕更难弥合。

第五十一章　妖怪

由于生活实在太过无意义，有好一阵子我真的是名副其实的行尸走肉，过着吃饭、起床、睡觉的平淡无奇的日子，仅任由种种空想在脑中萦绕，这个嫌无聊，那个也嫌无趣，极尽挑剔之能事，生活过得比死还痛苦。没想到这种生活在别人眼中却是无比安逸舒适。

——江户川乱步《红色房间》

怀着一颗猜忌的心，石骏于夜里十一时三十分左右返回郊区的家。一楼的大厅和上楼的走廊都开着灯，这是妻子搬过来居住形成的习惯。

李心怡的话飘荡在脑海中，开始他不太在意，认为是女人爱之深，不择手段使出的离间之计。但不自觉去琢磨：起码知道的部分绝不是空穴来风，其他的事实，不知道的部分，是不是该去问问郭婉悠呢？

路上石骏一直在思索这个问题，最后还是选择放弃。因为结局无非是两种可能：相比于李心怡，郭婉悠与夏暖的关系更好，体现在画展偶遇的设计、对过去相识一事的隐瞒，不知道是何居心，大概自称兄弟的王伟也知道了内情，却从没和自己分享过，还是把妇人当成自己人更多一些；其次，从他与夏暖十五年前第一次认识时，她过分的冷静就令人印象深刻，或者正如李心怡所设想，年少如此淡定，长大后想必内心的阴暗面更甚，她利用自己的精明在欺骗周围的所有人。越想越可怕，莫非自己一直活在对方的设计里？

掌握了他谋杀李久立的决定性证据，与其说她的毁灭证据是当面表态，换个思路想呢，假设她也具备杀害对方的动机，不如说石骏不过是提前一步成功被利用的可怜人。世界上最完美的犯罪者不只要做到毫无犯罪痕迹，借刀杀人，才是更加完美的方式吧。

推理小说中的情节浮现在脑海里，作为同样喜欢该类小说的妻子，把类似场景运用到生活中不是不可能。何况十五年前，李久立夜里突然出现是何原因，自己并不清楚，小夏暖为何起床，同样不了解。如果是女孩儿和仓库老工人，私下早已商量好，趁月黑风高夜合伙杀掉夏王天呢？可能性绝不是零。

越往坏的方面想越是可怕，一堆毒妇的经典形象蚕食着石骏的思想，不经意间他打了一个冷战。在微微凉风的夏夜，心中之寒冷更甚一些。

李心怡的出现恐怕不单单是作为婚姻的第三者，细细品来，她的条件完全可以找到更出色的对象。唯一的解释是，通过几次越界的接触，她真心爱上自己了吧，才会随着爱情的强烈，稍微给自己一些提示，不便说破，不忍看着心爱之人一步步滑入圈套越陷越深。

打开卧室的门，床顶亮着一盏昏黄的小灯，妻子躺在柔软的床上，香甜地睡着，可以看清楚半张熟悉的面庞，不带有丝毫的恶意，熟悉中透着一份陌生。

一件件再次褪去衣服，石骏悄悄地走进隔壁套间的卫生间，灯光下仔细检查了前胸、脖子、肩膀。即使离开李心怡那里前曾检查过一次，做了错事的男人，还是唯恐在微小的方面露出破绽。

回到房间，床上的夏暖没有被惊醒，石骏悄悄地躺在另一侧，拽过自己的被子蜷缩在里面。随着搬家后床铺的增大，夫妻间床上的距离却越来越远。

凌晨石骏自然醒来的时候，卧室被厚厚的窗帘遮住漆黑一片，他懒得去瞧时间，不想也该清楚现在会是几点。

搬家后确实远离了隔壁邻居的孩子哭闹声，可准时三点十五分醒来的毛病依旧，按照李心怡所说，不能太把这件巧合当回事，过分紧张只会使失眠的治疗适得其反。

强忍着抵触的情绪，石骏窝在被子里试图再次睡去，卧室里不知道为何此时寒冷了许多，这在夏天绝不多见，自己的身子一会儿冰冷，一会儿又热得滚烫，他紧了紧被子，将自己牢牢地包裹在其中。

早上睡得很沉，是被先起的夏暖拍醒的，即使在慵懒的周六，妻子也坚持着早起的好习惯。

石骏亦没有赖床的习惯，今晨却格外懒散，迷迷糊糊地睁开眼，重重地打了一个喷嚏，忽感浑身无力，一点胃口都没有。

夏暖关切地探过头来，伸手放在了老公发红的额头上，那里热得滚烫。

“阿骏，你经常熬夜疲惫，夜里踹被子了吧，像是发烧了。”

“啊。”傻傻地回答着，他很少病倒，一向以优异的体格著称，难怪夜里醒来感觉忽冷忽热，原来不是室温的问题，而是自己感冒了。

难道是和李心怡这段时间的频繁男女运动折腾的？

想起她立刻脸色变得绯红，还好发烧，否则真得要露出些破绽就糟糕了。

妻子的敏锐观察力，今后一定要小心，昨晚从李心怡家里回来，内心徒增一道新的警惕。

夏暖拿出一支体温计，像幼儿园老师对孩子般哄着说：“来，不听话的老公，这下病了吧，刚好休息待在家养一养，快，伸开胳膊，测测看。”

石骏顺从地费了很大的力气抬起左臂，一副无精打采的样子任人摆布。

“我今天上午有一个定好的绘画座谈会……”

“去吧，可惜我不能陪你。”

“哦，没关系，我尽早回来，陪病号才对呀。”

石骏冲着妻子挤出了淡淡的笑容，连说话的力气都积攒不足了。

“我准备打车去，能快些，等会儿我告诉马姐给你做点清淡的早餐，然后熬一碗姜汤喝吧，今天让她晚点回去，给她加班费。”

平日里，两名女佣周一到周五工作日住在别墅，周六周日放假。

“嗯。”石骏表示同意。

夏暖化好了妆，离别时进屋子里轻吻了病榻上的老公，眼中满是歉意，石骏没有给她太大的压力，硬撑着端起碗喝了一口粥，以实际行动告诉对方没什么问题。

望着妻子关房门时的背影，石骏吞咽了一粒退烧药，喝了杯子里倒好的水，又吃了几口饭，准备躺下休息，凭借最原始的办法摆脱病痛。

迷迷糊糊，仿佛听到了卧室门“咚咚咚”被敲响，懒洋洋问了一句：“谁啊？”心想这个时间多半是马姐或者乔姐进屋收拾碗筷。

“石先生，是我，乔远芳，有些事情想说，可以进来吗？”

“哦，好的。”边说边把枕头竖过来倚着床头，这样背靠着省力气还舒服，“进来吧。”

颇感奇怪，乔姐一般打扫室外，别墅内也仅仅局限在一楼，很少闯进男女主人的视野中，也许是马姐煮姜汤忙不过来吧。

这位叫作乔远芳的女人开门走进了卧室，随手关上门，动作显得迟缓不连贯，脸色发青，手部哆哆嗦嗦的，如同受了某种惊吓一般，左顾右盼，看着床上的男主人，一句话就悬在嘴边，因为暂时性的语言障碍，几次试图发声都没有表达出来，发青的脸部瞬间又憋得通红。

“乔姐，怎么了？都是自己人，不妨直言，有什么困难？”

石骏不明白离异上了一定岁数的女人有什么话非要单独和自己说不可，人变得奇奇怪怪。

“石先生，这个吧……”乔姐犹豫着，“我不知道当不当说，害怕吓到夫人，她胆子本来就小，所以才敢说给你听。”

“哦，到底什么事啊，别婆婆妈妈的，你也听说了吧，我今天起来就发烧。”不喜欢她的性子，石骏不耐烦地大声回答，说完话，咳嗽了几声。

“那个，就是……”乔姐一脸的惊恐，不知为何眼神自打进屋开始直勾勾的，一直不敢看向窗外，“先生，这别墅有妖怪，好大的妖怪。”

“什么？”这下轮到石骏惊得说不出话来，品味了半天，又感觉对方哪里不对。

一般迷信的人，通常会说撞见了鬼，至于“妖怪”是什么事物，自己闻所未闻。女佣的表达有误？为了确认，他加重了语气：“乔姐，你可要把话说清楚，什么是妖怪，你在哪里看到的？”

“妖怪就是妖怪，错不了，还是只水妖哩。”女人信誓旦旦，找到了谈话切入点，一股脑儿地说出来，“我昨晚见到的，妖怪夜里在后院的池塘里出没，脑袋足有牛头那么大，它身子十多米长，跳跃起来，浑身闪着白光，没等我认清，转眼消失不见了。”

乔远芳一边说一边伸手比划，怪不得她进来时不敢望向窗外，主人卧室的落地窗，正对着楼下不远处的池塘，离得太近，万一被吃掉了怎么办？

石骏听她形容完，先是一愣，随即哈哈大笑起来，乔远芳脸上一片茫然，不知道自己哪里说错了，莫非男主人是位深藏不露的除妖法师吗？

“石先生，你怎么啦？”

“哦，乔姐，你先不必惊慌，我没有力气，你去隔壁第三个房间，我的书房，进屋左手边下面数大概第二个架子上，找一本写着《淡水鱼类图选》的书籍来，我将为你解开妖怪的悬念。”

“真的？”半信半疑间，乔远芳迷惑地转身，男主人在她眼里是一位沉闷而又研究许多稀奇古怪东西的人，经常见到他随女主人坐在池塘边垂钓，这些日子来，他们是不是也同样撞见过那只妖怪呢？

五分钟过后，接过女佣手里的专业书籍，石骏翻开了几页，停留在介绍江河中“淡水霸王”的一页，把上面的图片指给乔远芳：“乔姐，您仔细瞅瞅，是不是妖怪长得类似这条成年亚洲鳡鱼？”

“这……”乔远芳努力回忆着昨晚的经过：夜里九点多路过池塘边，打算清理一下垃圾桶里的脏东西，这时一阵“妖风”吹过面颊，预计不久大雨将至。

乔远芳背对着池塘，弯腰取下套在垃圾桶上的塑料袋，正要起身，说时迟那时快，背后突然间怪声响起。

那感觉有如一只庞然大物在拖曳什么事物进入水底，又一想绝无这种可能。大半夜的，又不是正经的江河湖面，池塘的那条破木船在岸边栓得好好的，只有每隔一天，看塘人老王驾船打理着塘中的鱼儿，那么现在发生响动又是谁呢？

想罢，乔远芳拿着垃圾袋转过了头。

那一幕毕生难忘，她的语言匮乏，形容出的情景不过所见到的万分之一：只见一只巨大的“妖怪”腾出水面半米多高，尖尖的嘴里叼着什么东西，停留空中几秒钟，“扑通”又一声折回到水里，水花四溅，虽然和“妖怪”隔着好几米，乔远芳的上衣也被池塘里的水溅到了许多，这让她确信不是做梦，生怕对方下次再出来生吞了自己，连忙小跑着回到别墅屋子。

女人遇到怪事没了主见，又十分迷信，不敢对其他女人说，只好悄悄地藏在被窝，估计对方尚且不敢上岸，等明天石骏回来再议。

“好像……就是这个东西。”想到此处，乔远芳一拍大腿，“乖乖这到底是什么啊，池子里怎么会有那么大的‘妖怪’？”

“呵呵，它不是‘妖怪’，是淡水中体积较大的一种鱼。”石骏合上书，自信满满地科普着专业知识，“这个池塘本来就是和江河贯通的，希江的小鱼顺着管道游进来，喂养着这几只大鱼，当然，那些小东西根本不足以把它养那么大那么肥，所以我才派老王，每次他都运来一后备厢的活鱼饵料，就是为了给它们啊。而随着它们的体形变大，想游到江里已经不太可能，关在我的池塘里屈才喽。昨晚兴许是要下雨，深水中氧气不足，一只成年的淡水霸王耐不住性子冲出水面，被你看到了而已。它们生性残忍，但只限于水里的。”

解释完女佣心中的疑虑，石骏恍惚间想起另外一件有关的事情。

别墅的原主人李久立今年年初喝多酒后，趁周围无人，对他提过一套完美无瑕的杀人计划。

“小石，我烦透了某个女人，想把她杀掉却不留痕迹，其实眼前就有一个不错的手法：我郊区有座别墅，池塘里有精心培育两年的淡水霸王，你懂得钓鱼，自然知道那是什么。从认识她的第一天开始，我就以防不测设下了这个局，现在把它翻出来，觉得可以尝试。试想，如果一位不懂垂钓的女人，接过了我手中的鱼竿，站在靠近岸边的地方硬要钓起鳡鱼会是什么场面呢？”

石骏的酒醒了一半，望着一向温顺的李董事长，他似笑非笑、说话忽真忽假的样子叫人琢磨不透。确实，没有垂钓经验的人，一旦激怒了鳡鱼，别说是人，不松手的下场，一只小船带入水底都不成问题，李久立敢对自己说，也是因为掌握他的把柄，有恃无恐。当然，很久以后，石骏才考虑到李董事长这一计的对象是外表丑陋心灵更不美丽的李娜娜。

可惜李久立的计划最终没有实施，转眼间，完美的杀人陷阱轻易地落在石骏的手里。

第五十二章　钓鱼

新的一周伊始，李心怡频繁地出现在“童话王国”总经理办公室。

问起原因，女人总是娇嗔地说一句：“人家想你来看看不好吗？”

次数多了，石骏变得不那么淡定，公司里的八卦新闻一向传播的速度极快，尤其是王伟，一定会推理出男女间的不正当关系。上次的聚会，与王伟独处时谈起李心怡，略有深意的一笑已经说明了问题。

石骏行走在刀刃上，稍微一个疏忽恐将身败名裂。

一个可怕的念头徘徊在脑海：若是把李久立设计的杀人陷阱，移至第三者的身上灭口怎么样呢？

他悬崖勒马制止了这种可怕的想法，石骏已暗自发誓金盆洗手，况且市局的唐纳德一直暗中观察着自己，从未放弃，再逮住一个小尾巴，连续的意外案件发生在自己身边，尤其最近和女方走动频繁，监控录像到处铺满，傻子都会明白他们之间存在的必然联系。

而且最主要的是石骏的于心不忍，知性而性感的女人这辈子能遇到几位呢？不可轻易地放弃，选择起来，他宁愿失去旧爱的发妻夏暖，毫不迟疑投入到新欢的温柔乡中缠绵。

喜新厌旧是多数人类潜藏在内心的初始想法，它源自哺乳动物的本能和欲望。

妻子知道了他太多的秘密，如果有一天她出了意外，那么才是真正的安全吧，届时世界上需要保守秘密的人只剩下自己了。十五年前的火灾案尘埃落定，同样是赌博杀人，石骏冷冷地想到解决了这个女人方能一了百了，从根源处断绝罪恶的一切。

可怕的念头不知道是从哪天发酵形成的，也许是与李心怡无意间的谈话，闲谈中加上心理强行干预，令一位有前科的凶手成功转移目标猎物。

欲望使人疯狂，这结论一点不假。

周四的下午，当石骏与李心怡在快捷酒店约会时，他试探性地说出了自己的想法。

“心怡，夏暖前天临睡前突然问我，你对我的治疗怎么样了，最近有相约继续治疗吗？”

“那你告诉她，有一两次呗，我可以圆谎，有什么的。”女人小鸟依人般依偎在臂弯。

“哎，要是那样敷衍过去就好了，可实际上我刚想编瞎话，她眼睛直勾勾地盯着我，里面充满着怀疑，好像发现了什么……”

“你太神经质了吧。”李心怡满不在乎地回答，心里面偷着乐，她几天前拿出了致命的杀手锏：偷偷发给夏暖一段两人喘息时的录音，几分钟后夏暖回复了不知所措的一个问号，李心怡连忙选择撤回，打上了准备好的几个字，“对不起，发错了，亲爱的。”

故意营造这种误打误撞的氛围，因为她看到夏暖和石骏的微信昵称前两个字均是“唯爱”——相同的情侣款名字，估计是夏暖统一起的，名字上这么的用心，夏暖一定在接收的两分钟内听出了熟悉的声音，再稍微一思考，自然会联想到老公和闺蜜的不正当关系吧。

李心怡通过朋友圈设置单独可见，“精心准备”单独发送了一条状态，配图是摆在家中石骏送给她的玫瑰花，特意在顶部加入了几个爱心的表情。

夏暖果然上钩，留言询问了好闺蜜的图片：“亲爱的恋爱了吗？恭喜恭喜。”李心怡没有回复，而是立刻删除了这条状态，装作无意间被别人发现了秘密的样子，惹得夏暖狐疑，自然而然与昨天的语音联系起来想，所以才忍不住向石骏发问。

看到老公慌乱中撒谎的样子，妻子似乎察觉了什么。

夏暖开始对自己冷漠了，虽然时常有短暂的亲热但表情却是一副逃避的样子，偶尔还相伴去池塘边钓鱼，但感情上的微妙变化换作亲密的人之间显得极不自然又扎眼。

与之成为鲜明对比的，李心怡见缝插针，对男人连番施展强烈的攻势，面对女人的过分主动，本来心生动摇的石骏难以应付。

每一次外出，不管是合理还是欺骗，夏暖的眼神里只剩下不信任，仿佛看穿了做坏事的孩子。石骏经常像逃难一般逃出家门，当年的泰然与坦荡，此时荡然无存，剩下一副可怜的快被榨干的躯壳，绝望地孤立着。

当把与妻子相处的每时每刻都看作是一场煎熬的游戏时，石骏告诫自己：与其被逼上绝路，不如自己先行出手。

他盘算李心怡已经知道了大概，虽然没形容过详细的手法，意思是清清楚楚的，她没有出言阻止，选择了冷静的默许。是啊，妻子有天意外离世，不但分不走家产，运气好了还会得到一笔不菲的保险金，几年前夫妻俩购买保险时受益人签的都是对方的名字，当时出于绝对的相互信任，谁承想走到今天的境地呢？

唐纳德，接招吧，在我所有完美手法面前，你仍然是失败者，希捷市第一神探，猎人赛不过狡猾的狐狸的，生命在于赌博，请接住最后一次致命一击。

石骏变得疯狂了，无尽的杀意淹没了本心。作为心理医生，不进行合理的干预，为了一己私心反其道而行之，李心怡最终摆脱不了干系，即将扮演凶手的帮凶角色。

他不怎么去公司了，制定好了规则，“童话王国”的一切流程有序运转，整日闲在别墅的后院钓鱼，要求夏暖有空就来陪伴。夏暖大概觉得待在家总比出去鬼混好吧，安静地拿一本书，坐在池塘边读着。

“小暖，我去接个电话，你帮我盯着鱼竿。”

“小暖，我有封重要的邮件需要发送，回一趟楼上办公室，你帮我钓一下鱼。”

观察久了，夏暖以为熟知了钓鱼的方法，石骏手把手教了几次，她的胆子大了许多，经常能够轻松地钓起小鱼来。

小鱼，包括鲫鱼、鲤鱼、青鱼、草鱼等等，不同的饵料，钓起的鱼类各不相同。

送给乔远芳一笔两千元的好处费，使其心怀感激，不再去到处谈论“妖怪”的事情，石骏将犯案前的准备布置得天衣无缝，他在钓一条“大鱼”。

开车单独去了趟郑氏拉面馆，从郑老板的手里要了些自制的鱼片。又打电话联系管理员老王，告诉对方辛苦之余，可以休探亲假回老家几天，工资照常。老王在电话里连番道谢，一切前提条件的布置或许比一年前的李久立设计的还要完美许多。

鱼片作为饵开始使用，尤其在雨天的前后，池塘边泥泞的道路湿滑，夏暖怕弄脏鞋子，只穿着舒适的平底鞋。

石骏有两次感觉自己钓到了水中的鳡鱼，力气很大，余光看向夏暖，丝毫没有在意这边的事情，他使用了一个简单的手法，偷偷松掉了鱼竿上的渔线扣。

然后回过头，脸上失望的样子:“哎，渔线绑得不紧，换一条吧，可惜。”

玩了个心眼儿，他不想让妻子先见到淡水霸王的样子，有所防备。

几天下来，石骏进屋的频次逐渐增加，站到别墅二楼的办公室，有时去给李心怡打一通电话，聊着无关痛痒的事情。对方心知肚明石骏在忙碌着什么，却只在利用心理暗示平复着他的罪恶感。

她也在等待着好消息，相信喜爱的男人有这个能力。他几个月前能悄无声息干掉李久立，一个小小的夏暖，岂能阻止住凶手的步伐呢。

杀人不过是秀手法技艺的一个手段，如同一日三餐般的简单，石骏天生具有的本领，李心怡偶尔发掘自己本心竟然喜欢这种变态，电影中描绘的冷酷杀手陪伴在侧想起来都刺激。

计划进行的第三天，是周五的上午，天阴晦得厉害，几个闷雷过后，天空飘落下细细的雨滴。

没有受天气的影响，今天的鱼儿纷纷上钩，夏暖主动钓了几只，被勾起了兴致，和老公一人一杆进行着竞技比赛。

“小暖，我回去发个邮件，东南亚市场需要指示，你来我这边看着杆。”

石骏一边说一边把渔线收回来，换上了鱼片饵料，丈夫经常像这样换来换去，夏暖懂得不多，由得他去。

“试试它，没准能钓上来什么大鱼。”

“嗯。”接过了配置特殊饵料的鱼竿，石骏转身离开，池塘边的泥土被雨水浸透了一层，走到哪里都留下深浅不一的鞋印。

来到二楼不久，透过雨水打过的玻璃窗，他望见了鱼竿在剧烈颤抖。

平静的池塘中露出鱼鳍的上端尖尖，石骏经验丰富，判断这条鳡鱼的大小不会少于两米。

夏暖在用力，这直接激怒了水中淡水霸王的权威，蛮力起不到任何作用，她也在犹豫是否松手，可耽搁的几秒，足以致命。

正确的做法是顺着鱼的方向沿岸奔跑下，来回扭动几次，待它折腾得筋疲力尽，缓缓收线，再用大网罩住一下，运气好兴许钓得起来。

夏暖却当成普通的草鱼一类对待，重心后移，站稳脚跟，以为相持不了一会儿，小鱼就会服软。

当石骏内心剧烈挣扎的一刻，脑子里多少次想象的一幕还是发生了：水中的鳡鱼经不起挑衅，带着渔线猛地窜出水面高高跃起，就在夏暖惊呆的时刻，巨大的鱼身重重地摔向水底。专业杂志上测算过，两米以上的成年鳡鱼水中的拖动力量约等于 200 斤—300 斤，娇小的妻子哪里是它的对手，尚未反应过来，直接一个踉跄被带到塘边坠入水里。“扑通”一声，她终于松开了手，人工池塘水深最少也将近两米，为了饲养这种大鱼，挖得更深，夏暖扑腾了几下，呛了几口水失去力气，渐渐没了动静，奇怪的是自始至终没听到她的呼救，可能因为石骏的脑子嗡嗡作响，已经分辨不出其他的声音了吧。

池塘重新恢复了宁静，雨水淅淅沥沥地落下。

她走了吧。

从今往后世界上只剩下孤独的自己。她的闺蜜李心怡，将成为未来那片绝望森林中唯一的一束光。

石骏放缓速度下楼，打开通向后院的大门，再也看不见妻子的身影，故作紧张，发疯似地奔了出去。

住在一楼的马姐和乔姐，听到动静纷纷奔了出来，眼见男主人奔向池塘，呼喝几声脱下外衣做出要跳下去的举动，赶忙冲了上去，死死地抓住他的双腿不放。

“石先生，您是怎么啦，石太太呢？”马姐的声音。

“先生，夫人哪去啦，莫非妖怪现身啦。”乔姐的声音。

马姐惊讶地看着乔远芳，脸上现出难以理解的神情：“什么妖怪，哪里的妖怪？”

“你们快松开我，夏暖不小心掉水里了，我要下去救她。”

男主人的一句话打乱了两人的询问。

“什么？”女佣们异口同声。

乔远芳更有生活经验，抱腿的手抓得更紧了，想起当初在农村遇到小孩儿溺水，热心救援的人十之八九白搭上自己性命，现在水面上哪里还有夫人的影子？几分钟前，在屋里隐约听到落水的声音，现在过去了这么久，很难救回来了。

“马兰芝，你快取手机报警，我看着先生。”

“啊，好。”

此时的马兰芝早已吓得魂飞魄散，条件反射撒腿往回跑，路上不小心摔了一跤，顾不得查看伤情，起身拍拍膝盖上粘的灰尘，咬咬牙继续跑。

二十分钟以后，警方和一支专业的打捞队陆续抵达。

警官唐纳德走在人群的最前边，临近中午的雨越下越大。

水雾中，池塘的岸边石骏瘫坐在原地一动不动，任凭雨水打湿了头发和全身，腿上牢牢压着一名上了年纪的女人。

接到报案，原本是另一拨警察前来，听电话中女人惊慌的声音，初步判断是女子家中钓鱼时脚下打滑发生了意外。

可报案人最后留下了石骏的名字，出意外的是他的妻子夏暖。

唐纳德由同事口中了解后，禁不住谴责了自己的失职，决定亲自前来。他认定嚣张的凶手，正在又一次挑战法律的底线。

夏暖一定掌握了重要的证据，石骏在杀人灭口。

第五十三章　往事

打捞队捞起了夏暖的尸体，她被冰冷的池塘水浸泡得惨白。

距离石骏二楼看她掉下去已经过了将近四十五分钟，医生检查后叹息着摇头，表示无能为力。

结合目击者的讲述，暂时会以意外案件处理，唐纳德一双智慧的眼睛自到达现场的一刻，始终未从第一发现人石骏空洞的目光中离开过。

咬牙切齿、愤恨、握紧了拳头，如果不是周围人多和良好的修养，他恨不得立刻过去揍他一顿。有时只有拳头才能解决问题，哪怕是严刑逼供，不惜一切代价，也要套出他杀人的丑陋事实。

“尸体有被啃食的痕迹。”法医做着笔录不带感情地陈述，“还有一件事，不知道死者的家属是否清楚，死者怀有身孕，一个月零三周。”

唐纳德的笔记写到此处停下了，案件的复杂程度超出了以往的经历。如果从人类最本质的良知情感出发点，丈夫选择在这个时间段对妻子动手，唯剩下三种可能：一、他真的不清楚这件事，怀孕只是一场意外事件，女方尚未来得及告知他；二、他知道这件事，腹中的孩子是属于隔壁老王的；三、男人有了外遇，不惜一切代价，不管搭上几条人命，杀人的行动无法挽回，得到了第三者的默许。

凭敏锐的感觉，唐纳德把第三种的考虑圈起来打了一个大大的问号，在质问自己的同时，也需要探探当事人的口风。思索再三，他决定悄悄走到遮阳伞下躺椅上坐着的石骏身边，冷不防提出这个疑问，观察对手的第一反应。

石骏是被众人搀扶着离开夏暖尸体的，离开后一直呆坐在躺椅上，直勾勾望着水面，一声不吭好久了。

精神上的打击一定很大，又有谁能直接看透他心中所想呢？

唐纳德准备一试。

男人遭受的打击足够震撼，此时告知人家死者有孕，明显是在火上浇油，可不趁此时提问，这个阴郁的男人又可以得到喘息的机会，重新伪装，案件存在着继续成为悬案的可能性。

接下来还会不会有死者出现呢？唐纳德不能保证。关于案件的关联人究竟有多少谁都无法估计，警方处处被动，是时候攒足底气拿出拖得太久的逮捕令了。

“我们又见面了，石先生，也许你已经知道，你的妻子因溺水时间太久，我们无能为力。”警官服肩头沾满了雨水，唐纳德面无表情陈述着客观事实，“临走前有件事情想请教石先生，即使在你的心中因为上次的事对我们警方存在什么偏见。”

“哼。”算作回应，水滴啪嗒啪嗒从石骏的下巴滴落在地上，是眼泪还是雨水呢，通通混为一谈了吧。

从始至终没把警方放在眼里，唐纳德也不动怒，说出了想说的话。

“石先生，之前听了你的叙述，我们基本断定这是一件意外事件，表示十分遗憾的同时，有件事情我们不太理解，你的妻子既然有孕在身，按理讲应该去安心养胎，为什么还要从事钓鱼这种危险的活动呢？”

观察他的表情。

石骏先是瞪圆了眼睛，嘴角抽搐了几下，猛然间深吸了一口气，空洞的目光突然重新焕发了神采，显然这句话的分量于心里炸开，威力不次于在广岛投下一枚原子弹。他脸憋得通红，额头的青筋暴涨，恍惚间强行站起身，一句话不说，握紧了拳头朝盖着白布的担架跑了过去，像一只发现猎物的豹子，一位警员被他硬生生撞了一个踉跄，他用力推倒了护在旁边的法医，伸手揭开了白布，捧着妻子失去温度的脸，号啕大哭起来。

哭声中透着幽怨，一向冷静的石骏肆意宣泄着自己的悲哀，唐纳德怕对方又在施展什么诡计，趁乱销毁尸体上残留的证据，急忙赶了过来，伸出双手去按他的肩。

肩部如触电一般，石骏回过头，那双眼睛不再属于人类，任何看过它的人，今晚恐怕将有噩梦陪伴，唐纳德随即松开了手，被气势所逼后退了几步。石骏不依不饶，温柔地放下尸体，带着恶狠狠的凶光猛扑上来。

温文尔雅的总经理形象一扫而空，如今癫狂的他是一副恶魔附体的模样。

“满意了？这回你满意了？为什么逼我，这些都是你害的！”石骏发出绝望的怒吼。

躲闪不及，唐纳德白皙的脖子被狠狠地掐住，越握越紧，他试图用擒拿学来的巧劲挣脱，两次竟然全部失败，脸瞬间变了颜色。

周围的人反应过来后纷纷冲了上去，奋力将家属与警方负责人分开，这种事情在平时并不多见：一则意外事件，家属的情绪失控可以理解，但是对警方高层发泄是什么情况，而且那么用力，分明要把人逼上死路方才罢休吧。

混乱之际，“童话王国”几名高管先后赶来，王伟夫妇赫然在列，韩美琳这次的表现没那么积极，离得远远地观察，弱化了存在感。

松开了脖子，仅存的理智让石骏瘫坐在潮湿的地面喘着粗气，熟悉他的下属，每个人接到通知后一路上了解了大概，脸上尽是凝重的神情。

所有的悲剧都围绕在眼前的石总经理有关的人身上发生，李久立、张浪、夏暖，只是小概率的巧合吗？还是早有预谋？下一次不幸又会降临在谁的身上呢？

清理完现场，打捞队第一批撤退；接着是医院方面，救护车拉走了遗体；最后是警方，搜集到的细微痕迹需要拿回局里的检验科化验再下结论，关于夏暖身上的几处陌生咬痕，唐纳德不得要领。

岸边的鞋印，倒是像极了打滑造成的意外，按照石骏的供述，他因为要发一封重要的邮件回到屋子里，案发现场只剩下钓鱼的夏暖，也许是雨湿路滑一个踉跄，不小心翻入了水里。待石骏回到后院时才发现，一边大声呼喊一边奔到岸边，为时已晚，哪里还有妻子的影子。

警方到了别墅二楼，站在石骏的办公室窗边简单地巡视了一圈，在邮箱的发件箱中找到了关于东南亚市场开发的重要邮件，时间确认与意外事件基本吻合，又没有设置过定时发送的痕迹，加上两位女佣对声音的供述，大体上还原了案发的经过，石骏具有比较合理的第三方不在场证明支持。

美中不足的一点，这座别墅的后院没有像前门一样安装防盗摄像头，现代社会刑事案件影像资料通常作为侦破案件最核心的证据，缺失了一项例证总显得不那么完美，却又不能怪谁。装与不装是个人的习惯，倘若石骏真是煞费苦心最近安装了监控，那样才显得别有用心吧。

回归最初的案子，“童话王国”前董事长李久立众目睽睽下的猝死，高智商的凶手从不担心遗留下什么证据，因为他们对犯案的手法始终充满自信。

无关的人员在议论后渐渐散去，韩美琳不知何时消失得无影无踪。陈文斌轻轻拍了拍石骏的肩，没敢多说，算作是无声的安慰。

郭婉悠见到大学四年的闺蜜就这样离去，短时间内无法接受这个事实，眼泪不自觉流了出来，几次试图冲上来质问石骏，都被老公王伟牢牢控制住。

见人终于少了，郭婉悠挣脱出放松警惕的怀抱，一个箭步冲到石骏面前，不容分说伸手就是一巴掌，恶狠狠地小声啐了一句：“你这个没良心的负心汉，小暖嫁给你是真的瞎了眼。”

右脸颊通红，火辣辣的疼痛席卷全身，女人的语言像一把尖刀，一针见血，远比打在身上的雨更加的刺骨寒冷。

“婉悠，你干什么，怎么能这样对石哥？”王伟冲了上来，抓住了媳妇还要试图抬起的右手，还好同事们差不多散了，要不见到总监的夫人当众打总经理一巴掌，恐怕再好的私人关系也挽救不回来。

“你们男人哪有好东西，合起伙来骗人还不让说了。”郭婉悠一边挣脱怀抱，一边不依不饶，王伟的脸色变得很难看，密切注视着石骏，生怕脑袋一热怪罪下来，哪怕轻轻地说上一句“你明天不用来上班”，足以致命。铁饭碗在这种情况下比其他事情都重要，况且人死不能复生，知道得说出太多又有什么用呢，又能挽回什么呢？

“呵呵，打得好。”不怒反笑，石骏站起身，阴森森地瞪着夏暖最好的闺蜜，“有什么尽管来吧，打醒我就真的好了。”

“疯子，你是个不折不扣的疯子。

“小暖那么爱你，再看看你，都做了什么？

“怀了你的孩子，准备下个月过生日告诉你，让我们都瞒着你说是给你个惊喜。

“你出轨她还再忍着，等待你的悔悟，维系残破不堪的家庭，你根本不配！

“你竟然跟了李心怡那个心机婊！”

…………

“够了，闭嘴，郭婉悠。”王伟提高嗓音，把妻子的话硬生生压了下去，毕竟用人还在不远处。

“你都知道了，我和……”石骏一副不可思议。

“石哥，这件事确实来讲，嗯怎么说呢，是你的不对了，怎么能和李心怡那种女人啊。”王伟忍不住多说了一句，言语间些许带了些责备的意思，“这里不是谈话的地方，我们回屋好吗？让婉悠和你说吧，她知道的比我多得多，夏暖几年来的动态，大概只有她真正了解过。”

石骏顺从地点了点头，此时此刻他没有了什么主意。本想着风波过后找一部公用电话打给李心怡，汇报一下结果，计划着未来该如何，在此之前他手机中完全删除了两人的通话记录，以免被警方怀疑。

可自从唐纳德口中得知了夏暖怀孕的消息，犹如一道晴天霹雳，恨不得立刻同她去死，他开始相信世界上真的有“报应”一词，曾经做过的恶事太多，终于攒到一起来惩罚自己。

而王伟夫妇竟然知道了他与李心怡的私情，包括夏暖也知道，那设下的陷阱还有什么意义呢？再过几天，警方就要登门拜访了吧？对他下达正式的逮捕令。

总不能谁知道了就灭谁的口，这世间的知情人何时杀得过来？沾满鲜血的双手、脆弱的神经终于到达临界点，他选择了放弃，是唯一的一条路。在这之前，他要从别人的口中，了解结婚四年的夏暖，真实的她究竟是什么样子的。

昨晚还睡在枕边，不到几个小时的光景天人永隔，别再用意外去解释这件事了，是自己害死了她，自己就是杀人案的真凶。

二楼的家庭办公室，石骏走到落地窗边，背对着郭婉悠，点燃了装在兜里受潮的一支烟。火烤了许久它才极不情愿地燃烧，烟雾透过换气小窗，弥散到窗外。

郭婉悠边啜泣边讲着夏暖的故事,从结婚后不愿意要孩子的事情说起，看不见石骏的面部表情。通过他哆嗦的肩膀、佝偻的背影、伸手时不常用力撕扯着头发，也知道他听到这些故事后的痛心，是夏暖生前不曾与自己讲过的事情，她全部埋藏在心里，带进了坟墓。

接着，讲到了十多年前，那是寝室毕业那年临分别时夏暖告诉她的故事，一再嘱咐要她发誓，一定不可以外泄给第三个人。

郭婉悠半认真半玩闹地发了誓，夏暖才决定告诉她，开始的出发点只是觉得年轻时的经历挺有意思而已。随着夏暖的严肃，徐徐讲述着寄人篱下、忍受伯伯的虐待，郭婉悠恨得咬牙切齿，接着到了火灾的那天，自己睡得不沉，听到响声打开楼上的房门，偷偷向楼下望去，正瞧见那个男孩儿踢翻了酒精瓶子，遇到火星燃烧，最后无法控制。她没有发出任何声音，幼小的心灵认定这是迟来的报应，她的盖世英雄把她救离了火场，随后她和另一个到达现场的人，为了男孩儿撒了谎。

“这些都是真的吗？”郭婉悠觉得事情过于离奇，没有全部相信。

“当然。”夏暖用力地点了点头，真诚和幸福挂在脸上，“毕业后，我即将踏上寻找他的旅程，作为他救我的答谢，我愿意嫁给他为妻。”

毕业后，夏暖幸运地和郭婉悠同在一个城市，往来密切，一次邀请闺蜜去她的房间，指着一幅画说：“我把当年我与他的遭遇抽象地画了下来，希望有一天他能亲眼所见。画的名字叫《午夜的光辉》，纪念只属于我们的往事回忆和共同的秘密。”

第五十四章　威胁

如今到了无所不谈的程度，夏暖看上去真的把猝死案的证据烂在了肚子里，甚至没有对最好的闺蜜去讲，至于十五年前的事，石骏现在也明白了陌生的小女孩儿当年对自己的真实想法——原来在她的眼里他一直不是罪犯，无意中成为拯救者，定情信物的那幅画，饱含着浓浓深意。

在郭婉悠的眼中，夏暖原来是如此的理性与可爱，那么欺骗自己的，应该是李心怡才对！

不愿接受这个历经艰辛换来的残酷现实，石骏保留最后一丝美好的希望："小暖，她怎么知道我和李心怡之间……"

"正处于怀孕期间的她，人变得傻傻的，哪有心思发掘你们的出轨。"郭婉悠越说越气，语气里带着极大的不满，"还不是那个狡猾的李心怡，她这些年不念旧情，王伟和我分析，多半认为小暖在学校时抢了她的风头怀恨在心，我们之前都没注意。然后借着给你治疗的机会，主动勾引你，没承想你的意志如此不坚定，竟然轻易上钩，李心怡那个女人怎么会轻易放过，你看这是什么？"

石骏充满疑惑地转过头，看见郭婉悠打开手机，一条和夏暖两天前的聊天记录被调取出来。上面是一幅状态的截图，图片里的内容十分熟悉，是他送给李心怡的玫瑰，公然展示在李心怡的朋友圈。

"为什么，为什么我没看过这条状态？"

"她聪明得很，本条状态只设置成夏暖可见，夏暖问了句'你恋爱了吗'，人家马上删除，做成奸情被发现的样子。小暖出于好奇，她第一眼见到就截图发给了我，问知不知道这件事，留下了李心怡恶劣手法的证据。"

"心怡她竟然！不可能，不可能的。"

美好的幻想一一破灭，石骏心里不断拷问自己：爱情加入了欺骗的成分，一直被女人利用却迷惑在温柔乡中，这就是我吗？一个受女人摆布戏耍的团团乱转的可怜虫，天真地以为杀了妻子就能和她长相厮守？

"你还不相信我吗？"郭婉悠声嘶力竭，"到如今，夏暖走了，你还是选择相信欺骗你的女人？李心怡的算计不仅如此，小暖说她把你们之间做的龌龊事录下来的声音发给她听，刺激她，然后又瞬间撤回，不想留下证据，你的心里竟只爱着工于心计的女人是吧！以后别说我们瞧得起你，以为你是王伟的领导就可以为所欲为，这样的想法我劝你尽早放弃，不稀罕你的施舍，你就是一个无可救药的杀人犯。"

连续的发难就像一管激光炮一般，每一颗炮弹上膛准确无误戳进了石骏的心脏，痛得叫人喘不上气来。

嘴中喃喃念叨着："原来这才是她，她的真面目，你们为什么不早一些告诉我，为什么？"

"不告诉你是小暖的意思。她一直在努力维护着你的名誉，她懂得今天的一切来之不易，希望你可以自己迷途知返，不至于在女人那里陷得太深，何况你们有了属于自己的孩子，闹起来能怎样？新出生的孩子失去了父亲，对他的成长极为不利。小暖从小失去双亲，而你也是单亲一路走来，你们明明都知道这种痛苦，为什么还要在后代的身上继续这种悲剧呢？"

"你走吧，你们都走吧，终究是我对不起小暖！"石骏蹲下了身，双手抱着头，开始拒绝同这个世界接触，"是我害死了她，待我处理完几件事，我就去自首。"

"莫非真的是你杀了她？"

事到如今，闺蜜仍不愿相信事实，他们只是猜测，没想到沉默寡言的男人竟然会做出这样的事情来，恐怕得知真相后他们一辈子不会原谅。

"对，是我，我需要冷静冷静。"

鄙视地望着凶手，即使他的手法再完美，他的帝国再辉煌，他的成绩再伟大，他就更可恨。

郭婉悠夺门而出头也不回，这也许这是他们双方的最后一面了吧。法律将制裁这个男人很多年，他的内心，也许仅存的良知将额外惩罚他一辈子。

时间过得飞快，抬头看了下屋里的挂钟，已经是下午三点多。

没吃午饭但感觉不到饥饿，之前满是悲伤的感情，深深的自责，不久逐渐演变成了歇斯底里的愤怒，对那个女人的怨恨达到了前所未有的深刻，压抑了许久的抑郁森林，肆意宣泄着阴暗，石骏拿起手机，明白自首后罪孽深重很难重见天日，在这之前，必须亲自审判同样犯下罪孽的那个女人，若死不悔改，他将代替法律行使制裁。

拿起手机，第一通电话拨给了女秘书韩美琳："小韩，明天上午九点，召开公司高层领导紧急会议，要求全员出席，有重大事项宣布。"

"嗯，好的。那个……"对方犹豫了一下，"领导，您还好吧，您的心情我理解，需要多休息调养，还要坚持开会吗？"

"是的，传达我的命令。"语气坚决，没有商量的余地。

"明白。"

石骏挂掉了第一个电话，一刻不耽误，查找通讯录，拨通了第二个号码。

"喂，我的石总经理，今天这么有空，难得啊？"曾经的声音百听不厌，如今显得格外刺耳。

就是她，最毒妇人心，原来的幸福家庭因为她的出现才变得四分五裂，如白纸中间被剪刀割开无数口子，怀有目的性的插足，即使犯下了滔天大祸，她还是像没事的人一般，哪天觉得无聊随时踢开自己，撇清所有的关系。

她所犯下的罪行不可以饶恕。

当然，此时的李心怡对事件一无所知，必须抓紧行动，一旦从新闻知道消息，她多心，明白事情的严重性质，再想动手就麻烦了。

"心怡，明早七点，我去你家找你怎么样？"

心怦怦乱跳。

"啊？"有些惊讶，但她没有拒绝，"为什么呀？现在想我都那么猴急了吗？夏暖在家，你那么早出门她不起疑？她若真的不在，不如今晚我去陪你。"

每提起夏暖的名字一次，石骏心如刀割，强忍着怒意，语气平和："哦，她明早有事要先出门，我在她之后出门就没什么关系。”

“那好吧，我们明早见。”送话器里传来隔空亲吻的声音，石骏浑身鸡皮疙瘩，挂断电话，独自走到卫生间洗了把脸，对着镜子，喃喃自语。

“小暖，这种女人不配活在世上，再等等老公，最迟明早，我一定让她来陪你，省得你在那边孤单寂寞。”

一反常态的电话聊天，李心怡撂下手机待在诊所忐忑不安，每次约会没这么匆忙，好像对方很赶时间的样子，而且吻别后并没有惯例收到回吻，可能石骏打电话时表达不太方便吧。

匆忙的背后是在掩盖什么呢？思来想去不得要领，还是赶在明早见面亲自问他吧。同时也该“善意”的提醒，不择手段抛弃夏暖的时间不多了，要给他足够的压力，恩威并施，通过肉体补给他足够的甜头。被情欲冲昏了头脑的男人，通常做起事情一定是不计后果的。

李心怡微笑着，下雨的天气客人几乎没有。

下午四点半的光景，她锁好诊所的外门，撑起雨伞，打算路过超市买点菜晚上吃。

超市外边的液晶显示屏，平时经常播放着地方新闻，很难引起女人们的注意，李心怡也不例外，她随意地扫过一眼，正准备拉开店门走进去。

希捷市今早的一则要闻吸引了她驻足。

女主持人讲述着内容经过：“今日上午十点左右，希捷市警方接到报警，在城郊某别墅后院水塘发生意外落水事件。溺亡者为一名女性，是我市近几年知名的女画家夏暖女士，经调查是独自钓鱼时不小心滑落水中，基本排除他杀。当时她的老公，‘童话王国’股份有限公司总经理石骏正在别墅内办公，并未注意此事，发现后为时已晚……”接下来是两人的背景简介，耳熟能详，李心怡选择忽略。

石骏已经得手了？

李心怡幻想中的事终于实现，抑制不住内心的狂喜，心爱的男人做得干净利落，定义为一场意外，果然是天生的罪犯。

拿出手机，李心怡打算把电话拨回去，确认一下事实。

等下。

拨号前犹豫了，她隐隐觉得不对劲，石骏下午的电话中，借口说夏暖明早有事要出去？

为什么要骗我？心照不宣的计划，难道是又发生了什么变故？

石骏不会是露了马脚，人已经被控制，给我打电话约我，不过是放长线钓大鱼？那么怪怪的手机谈话内容很好解释了。

我的心理犯罪指引能算是从犯吗？其实可以选择主动报案，以我手中的证据，合理地解释，撇清和案件的所有关系。

等下，新闻里还披漏了更重要的信息。

“意外的死者夏暖女士，经法医鉴定已经有孕在身，这令婚后几年无子的丈夫石骏听到消息后悲痛欲绝……”

夏暖竟然怀孕！不可思议，记得婉悠明明和我说过，石骏夫妻间一直在用避孕措施，包括石骏和我每次都是如此。

如果说失去了妻子还在两人的计划之内，那么多出来的小生命，必将使可控的天平严重失衡。多方面的渠道了解，石骏工作之余，确实想要一个孩子，那么我的举动间接上等于令其绝后。

短暂的性与爱即使蒙蔽双眼，石骏一定还会怪罪自己的，那今天下午的那通电话就显得极不正常，和没事人似的，他清醒后不会疯狂报复自己吗？

她清楚石骏抑郁症的严重程度，癫狂起来可能连他自己都控制不住的。

意识到正处于危险之中，李心怡不能坐以待毙，必须抢先一步展开行动。

刷新了一下朋友圈，特别关注里，夏暖一天没有动静，倒是郭婉悠下午发布了一则漆黑的图片，图片中黑暗的死神形象拿着镰刀挥舞，洁白的背景相衬十分扎眼。图片上配着几颗破碎的心和哭泣的表情，没有任何文字，看上去婉悠和石骏还是见面了，悼念好友的同时，她应该揭开了我编造的全部谎言。

东窗事发，李心怡哪有心情买菜，如果石骏临时改变了主意，自己的生命危在旦夕，他可能此时正蹲在家门外的黑暗角落等待呢吧，电话内容只不过是确认自己今晚几点回去。

“喂，你好。”

“你好，这里是希捷市公安局 110 指挥中心。”

“我想报案，同时寻求警方保护，有关于‘童话王国’总经理石骏的杀人案件。”

晚风微凉，李心怡站在嘈杂喧嚣的店里，使她有了一定的安全感，斜挎的包夹得紧紧的，里面有两人在一起时的重要对话录音、床上的刺激镜头和催眠后石骏供述的几件犯罪事实，原打算吓唬夏暖威胁石骏所用，不承想今天派上了用场，成为了保护自己的救命稻草、攻破最完美犯罪手法的利器。

希捷市的夜晚美丽而梦幻，几年的城市化变迁，打造出了一座繁华的不夜城。

下班后的主要街道，通常拥堵到深夜，工薪族的夜生活才刚刚开始。

坐在警车驾驶座的男人一丝不苟，眉宇间透着一股英气，他被誉为希捷市第一神探，下班临走前局里 110 报警中心反馈，一位名叫李心怡的女子报案，据说掌握着童话王国现任总经理石骏的犯罪事实，拥有最全面的证据资料。一直未曾放弃的唐警官当机立断穿好警服，驱车前往报案地点。知情人告知她正处于被灭口的边缘，寻求警方的保护，一路上唐纳德调取了一份关于李心怡的资料，唯一的联系是和石骏死去的妻子有关。

上午的意外现场，印象中这个女人没去，怎么突然报案，唐纳德也是一头雾水，等接回局里询问，也许将真相大白。

待到侦破石骏的案子后，也该好好休息了，那时一定鼓起勇气约出来警花许琪，去下塘街新建的酒吧坐坐，像其他的普通情侣般。

唐纳德默默期待，冲破曙光前最后的黑暗。

第五十五章　推理秀落幕——凶手石骏

凌晨三点十五分，再次于睡梦中毫无征兆地惊醒。

困意全无，石骏站起身，走到卫生间开始打理起自己的外表来。

眼窝深陷，胡须茂盛，两边鬓角一夜熬白。

哪有心情睡觉，只是怕失眠导致第二天办重要的事没有精神，他昨晚用劣质的酒精把自己灌醉，接近零点的时刻方能入睡。

李心怡的治疗彻底失败，回忆前几次在人家的闺房醒来时间的诡异，解释起来简单无比：每次都是她递过来的闹钟，估计到现在还能够留下些线索，女人为了使他相信，是她在枕边的魔力改变了自己，一定事先调好了闹钟的时间，拨快一些即可。一个简单骗小孩子的把戏，一段时期耍得石骏深信不疑，有关心理学书籍里交代得最清楚不过，人体的生物钟需要耐心的调节才可以慢慢复原。

而恶毒的女人为了短期达到害死夏暖的目的，哪里会真心实意帮助自己解决问题！才弄出时间误差的错觉，一切都是谎言，没有真实存在过。

里面穿了一件灰色的衬衫，外边套了件黑色的西服，今天的着装特别深色系，防止女人肮脏的鲜血，溅到衣服上引起路人的注意。

清理掉公文包里的钱财，空出更大的空间，他从柜子里找来了一把水果刀，刀尖锋利透着寒气，那是夏暖曾经最喜欢的一把，心灵手巧的她常用来给老公削苹果，一块一块地递到嘴边，温馨的画面已成过眼云烟。

石骏拿起它贴到脸颊温柔地抚摸着，仿佛妻子又回到了身边。

一滴眼泪打湿了刀刃，他咬紧牙关用一张 A4 白纸把它的锋利处妥善包好，留出刀柄的位置，塞进了公文包内。李心怡，这将是我送给你最好的礼物吧。

早晨六点刚过，算上路上的开车时间，和女方的约会时间差不多。

他打开别墅大门，外面天色蒙蒙亮，嘴里咬着一块面包充饥。

其实根本感觉不到饥饿，失去了美满的家庭，心被掏空只是拖着一副残破的躯壳，强行为自己补充点体力，分散杀人前的注意力，只为最痛快的那一刻。

按下电子打火，帕萨特如一只愤怒的野兽呼啸而出，石骏猛烈地踩下油门，透过打开的车窗，空气中的冷风是他唯一感知这个苍白世界的途径。

希捷市警察局灯火通明，几位刑侦科的警员一夜未眠。

由唐纳德负责主审，局长洪涛隔着玻璃在审讯室外监督旁听，市局里的刑侦老专家一齐围站在周围，他们等待着结果，它的披露必将是本市乃至全国近些年的一桩大案。案件的性质极其恶劣，均属于谋杀连环作案，凶手的身份特殊，证据链指向现任上市公司童话王国股份有限公司的代理董事长兼总经理石骏。

椅子上的女人叙述着她掌握的全部资料，引出一件十五年前的火灾案，令在场的众人啧啧称奇。

“小刘，按唐警官的指示，马上调取十五年前夏天，发生在我市学院路夏日油漆仓库的纸质卷宗。”

“明白。”一名警察急忙去了地下一层档案库，那里存放着十年前还未完善网络资料库前，所有希捷市的各类案件卷宗。当时只作为意外事故处理，所以洪局要求寻找档案的同时，明早八点上班时间派人前往市档案馆，调取当年的报纸资料，更全面地了解夏日油漆仓库的真实报道记录。

“洪局，我觉得本案还是有所欠缺。”老刑侦员于航摇了摇头，“催眠问话录音怎么可以作为直接的证据提供呢？好像没有相关这类的条文啊。”

洪涛摘下旁听耳机，沉默了许久，寻找着理论上的支持：“老于啊，这次我们遇到的嫌疑人，绝不简单，手里的证据少得可怜，知情人李久立、李娜娜、张浪、夏暖，已经相继死亡，难道要眼睁睁看着凶手逍遥法外吗？

去年我在全国的刑侦报告会上听到过一种说法，催眠术被定义为是一种合理的形式，在催眠中当事人的叙述不一定是证据，但是催眠中的叙述经过了法定的程序被记录下来，这个记录是可以作为法律问题依据使用的。既然案件错综复杂，我们不妨大胆地尝试一次，再加上小唐连日来整理出的其他客观事实，我赞成对石骏签发公安部一级逮捕令。”

唐纳德走出审讯室，丝毫不带有倦意，安排执勤人员提供李心怡的早餐，腾出一间办公室让她休息，门口安排女警巡视，要求必须保证报案人安全，一旦发现情绪波动，马上汇报。

原来李心怡竟然是石骏的情人，聪明一世糊涂一时，得意忘形的嫌疑人的破绽终于现形，他插翅难飞。

根据判断，石骏不像是准备逃离的样子，李心怡的报案多半是出于恐惧，石骏电话里的平和语气看样子已经设计好了作案计划，周四的清早七点，就是失去理智的他最后的动手时间。

避免打草惊蛇，不知道石骏携带什么样的武器，洪涛集合刑侦三个支队的骨干力量，齐聚会议室。拽过战术板，龙飞凤舞地几笔标记出嫌疑人可能出现的地点，并联系特警，配合联合行动。

“今天我们的行动要求各位全部便衣，以抓捕为主，速度要快，避免伤及无辜。他的郊区别墅去四个人，按照犯罪心理判断，在家的概率极低，一旦没人，马上赶往他在市区内的房子，蹲守他回没回去。”

“下面说到的两个地方，小唐你来选择带队去哪，我准备派你和迟警官一人一路蹲点。”

“我去玩具公司吧。”唐纳德脱口而出，从局长这里领命，“迟哥你去芳华小区，注意安全，石骏那小子报仇心切，你也清楚，想必带着凶器约李心怡，立功的机会到了。”

“用你说？我有经验。”迟子建一脸的不屑，等抓到了凶手，也算是弥补这么大案件没参与到核心部分的遗憾吧。

带上本组人马，迟子建五点三十分率先从局里出发，提前研究过芳华小区李心怡家附近的草图，规划了应该如何蹲伏不被对方发现，渔网布置的紧密，不能让嫌疑人在眼皮底下脱逃。

唐纳德不紧不慢，清空脑子过了一遍案件的始末，推理上天衣无缝，他计划晚些出发，石骏到公司一定跑不掉的，关于这点，他有绝对的自信。

“小唐，你怎么不去芳华小区呢？我不明白。分析不是说过，嫌疑人的性格特点一定会选择先去复仇，你错过了绝佳的机会啊。”洪涛走到唐纳德工位，点燃了一支烟，提提神，熬夜使上了岁数的人颇感困倦，又随手递过来一支。

“我不抽的。”年轻警官拒绝了领导的美意，略带深意地一笑，“洪局别那么确认嘛，敢不敢赌周末的庆功宴，谁赢了谁请客，我押注石骏今天不去找李心怡，直接来公司，送给我最终的大礼。”

“你这么自信，不怕失败吗？”年长者问年轻的人。

“石骏是一个比任何人都自信的人，冷静下来后，他不会在私事上耽误对未来目标的安排。我在石骏的身上，曾经栽过几个跟头，这一次，到了正义战胜邪恶的时候了，所以坚持正义的我，永远不怕失败。”

“好，加油，等你们的好消息。”洪局拍了拍唐纳德的肩膀，以示鼓励。年轻警探的成长是不可限量的，借着破案的理由，相信明年的竞选省副厅长道路，前途一片坦荡。用实力和业绩说话比商人的关系引路来的更真实。

还有五分钟的路程，车子即将驶入芳华小区，稳妥起见，石骏先拨通了女方的电话，最后确认一遍是不是还在。

电话响了许久，一直无人接听。此时的李心怡手机锁在警方的办公桌里，怕她临时生变，切断了和外界的一切联系。

听到最后一声传来“对方无法接通”的应答，石骏挂断手机，猛地踩了一脚刹车。

不正常的背后一定存在合理的解释，快到了约会时间，李心怡照常应该守候在通信设备边上才对。

昨晚她听到了风吹草动，聪明地预感到了自己接下来的目的？

唯一也是最大的可能。

等待七点零五分过去，道路上班的车辆开始多了起来，石骏的手机铃声和微信提示无一应答。

这一定是出现了变故的危险信号。

给自己留下的时间不多，在自首前还有件事情要办，一刻耽搁不得。石骏打开左转向灯，压黄线违章掉头，目标是公司的方向。

韩美琳。

她比李心怡还要重要。

满脑子都是女秘书的名字，他必须在最后一刻解释清楚，不能让老董事长的亲人怨恨他一辈子。

推理接近事实，韩美琳被墨常选中介绍给自己的原因：她并不是所谓上天眷顾的宠儿，翻阅人事档案稍微对比，就能发现她像极了一个人。即使被所有人保护，她的能力气质掩盖不了她散发出来的光辉，只有家教严格的李久立，才配做她的父亲。

韩美琳姓李才对，她的档案被幕后操控者做了手脚，饱含深意。

车子没有像往常一样驶入大厦地库，那样过于招摇，警方是不是已经全面地采取行动，布下天罗地网，究竟掌握到多少证据不得而知，不得不提防。

于是石骏隔着一条街停下了车，步行穿过了人行道，从不起眼的一侧接近公司总部，决定转到后门上楼。

离着挺远的距离，一高一矮的两个陌生人引起了他的注意。陌生人耳朵里黑黑，像是带着什么东西，在后门来回闲逛，看似漫不经心，一双眼睛时刻不离往来的人员。

石骏急忙转身朝相反的方向走去，回到车子跟前，打开驾驶室的门坐了进去，密切观察周围是否还有同样可疑的人。

“童话王国”已经被监控，看样子很难回去。

他忐忑不安拨通韩美琳的号码，但愿对方行动自由，不要被警方控制或者监听，车子处于启动模式，右脚踩着刹车，随时察觉不妙立刻开溜。

“喂，领导。”

“小韩，我是石骏，你还安全吗？”

“嗯，市局的唐警官正坐在会客室说是要见您，我听到电话震动，借机去了趟厕所。”

冰雪聪明的韩美琳声音淡定，周围没有任何嘈杂的成分，石骏松了一口气：“你想办法出门，别让警察们看见你，我们老地方见。”

所谓的老地方，当然是指两人每次约会吃面停车的地点。

“嗯，领导，您是不是遇到什么困难？”

秘书委婉地表达着，石骏听完笑了：“还好，一切都会逢凶化吉的，如果告诉你，警察正在全城围捕我，我是杀人犯，你不害怕吗？出来有被当人质的危险，你考虑清楚再下楼，或者选择报警立功。”

电话的另一端沉默了几秒，韩美琳的内心也许正在激烈地挣扎，石骏自首前想见的人一位都不在，与其孤独地灭亡，不如最后再赌一把。

几秒后，电话的另一端终于有了回复：“傻瓜，你真是一个傻瓜，答应过老人的事情就不应该反悔，‘童话王国’再失去你，就真的无可救药了。”

轮到石骏沉默了，危急时刻说出这句话，她果然是那个人。

“给我几分钟，摆脱他们我立刻来见你，别继续做傻事了。”

“嗯，我答应你。”

他对很多人许过很多承诺，一部分化为了泡影，一部分见证人先一步进了坟墓。

第五十六章　死因

十分钟后，穿着工装套裙的韩美琳小跑着向停车的位置奔来。

石骏落下车窗张望，没见对方引来什么可疑人员，挥了挥手，如平时约会般的自如，招呼了一声："这里，快上车。"

打开副驾驶的门，她刚刚落座，石骏猛地踩下一脚油门，巨大的推背感伴着汽车排气管的轰隆声直窜了出去。

韩美琳咬紧牙关，右手牢牢地抓住一侧扶手，系好安全带，忍不住责备了一句："石骏你慢点，注意安全，他们没发现我的。"

"哈哈。"石骏升上一半的车玻璃，车外相对的风速较快，吹拂着女人的秀发来回飘荡，"没大没小的，出门敢不叫我石总了？"

"有领导上班时间不在工位，约会女员工出门兜风的？"

韩美琳嬉笑的口吻顶嘴，一点不在意他们所处的危险境地，哪里还有"90 后"毕业小女生的风采，更像是打家劫舍的雌雄大盗亡命徒，一副满不在乎的样子。

她坐稳后脱下高跟鞋，整理下丝袜，揉了揉脚尖，一双小脚踩在鞋子上，不停抱怨："哎呀，穿高跟鞋跑步真累，还容易崴脚，你要有事早说啊，我就不换工装了，弄一双平底鞋出来还方便。"

"你还真是天不怕地不怕的，性格不像你的父亲。"石骏说完用余光瞧着她。

"啊。"韩美琳故意装作惊讶的样子，摆弄衣服一角分散着注意力，"我的父亲你也认识吗？就是普通工人呀，和我母亲在同一个工厂相识的……"

"是么小韩，哦，不对，应该叫你小李才对。"石骏降低了车速，为了更好地侧身与眼前的女秘书谈话，“你的父亲我们十五年前就见过，那时的他在学院路夏日油漆仓库当分销员，我们的交集因为一场火灾，后来我们又一起在‘童话王国’共事，感谢他的提携，我才有了今天的成绩。”

提到的李久立，韩美琳的思绪开始凌乱，她转过头，与石骏深情地对视了一眼：“你都知道了，是什么时候知道的？”

“从墨常知道我选中你，而他出奇地没有反对的那一天，我就开始怀疑你，私下调查过你几次，虽然你的性格与老董事长迥然不同，大概是出国留学的原因，但你的作风行为，却几乎与他的影子重叠；再加上我仔细参照了刘燕女士的面容，再年轻几十年，你和你母亲的样子有七八分的相似；至于你的那个档案啊，我猜测是墨常托人做的，故意拿给我看，引起我的兴趣。还有最直接的证据，不怕你不承认，人之将死其言也善，前段时间我去医院看望墨常时，他确定了我的结论，麻烦我好好照顾你。”

“既然你什么都知道。”情绪激动，她的声音颤抖，“为什么还留着我在你的身边，不怕我为父报仇吗？没想到其实我一直在偷偷搜集证据给予你致命一击吗？”

与此同时，车子驶入了希捷市希江畔的停车广场，工作时间到处是空位，石骏沉默不言，泊好车子熄火，略带疲惫的口吻说了声：“下车吧。”

时针走到了上午九点一刻。

会议室屋子里冷冷清清，不见接待人员前来，十三层安全通道、电梯口、总经理办公室的警员每隔五分钟汇报一次，结果都是一样：未见石骏的影子。

唐纳德隐隐感觉不妙，推算的石骏过来应该万无一失的，难道哪里泄了密？一小时前接到迟子建扑空的消息，尽在掌握，怎么连公司也不来，兴衰成败与他而言是超过了生命的东西，听漂亮的女秘书说，原定九点还要召开紧急会议的。

航空港、高铁站、高速公路、铁路客运网点一早八点各卡口全部接到了通知，石骏的画像、身份证信息、车牌照通通提供了过去，一条有效的反馈没收到，别墅的用人明明十分肯定地说主人昨晚还在的，今晨听见车子启动的声音，嫌疑人究竟去了哪里？

昨天下午，夏暖身上的几处痕迹检验结果出来了，是一种鱼类撕咬的痕迹。自家的池塘里养了食人鱼？根据这个线索链，翻看整理的石骏关系网，市区里郑氏拉面馆的老板郑诤浮现在唐警官的脑海里。

于是，唐纳德驾车独自去了店里。面馆的店面很小，生意冷清，招牌面倒是做得不错，郑老板也很健谈，听说食客喜欢咨询钓鱼的事情，主动夹了一盘小菜，带着啤酒坐了过来。

聊了些无关痛痒的事情，打开话匣子的郑老板渐入佳境。

“哎呀，老弟，好久没聊得这么开心啊。”郑诤伸出大手拍了拍食客的肩头，吐槽发着牢骚，“和我一起的一位钓友啊，自从搬家到郊区后就不过来了，他说自家后院有鱼塘，也不约我去钓。还有常陪他一起的丫头，夸我面好吃，自己也不愿意过来，好久没这么聊过啦，过瘾。”

仰起头又喝了一大口。

对号入座，老板口中的钓友，应该是石骏无疑，多方走访的资料显示，石骏是最近几年迷上这个户外项目的，引路人就是眼前的这位。丫头又是谁呢？唐纳德筛选了石骏身边的几个女人，夏暖和李心怡明显上了岁数，“丫头”一词形容显然不太匹配，按照管自己叫“老弟”的称呼，女子的年龄似乎更小一点，女秘书韩美琳的形象浮出水面。

韩美琳和石骏的关系？

今天起，又要把新的关联人物写进调查本里。

“老板，您说起的钓友我好像认识，他最近来过吗？是不是叫作石骏？”

唐纳德试探着问，暂时不准备暴露自己的警察身份。

“对啊，‘童话王国’的总经理石骏，原来你认得他。”

郑老板肯定了唐警官的猜测，随后想了一下补充说：

“他最近还真来过，向我寻钓一种鱼的饵料，淡水霸王，老弟你听过没？”

摇了摇头，在钓鱼的领域，唐纳德是个初级生。

郑老板喝多了酒，谈话起了兴致，不待食客发问，主动搭讪道：“淡水霸王是我们钓友圈子里的称呼，俗称鳡鱼，附近水库就有，那家伙巨大无比，轻轻松松把人拖进水里。”

“拖进水里。”重复了一遍对方的形容，联想起发生在郊区别墅石骏妻子的死因，等下，好像其间存在什么必然的联系。女人意外落水，之前据说是在独自钓鱼，如果鱼饵换上了从郑老板这里要到的这款鱼饼，会怎样呢？

唐纳德放下酒杯，他从错综复杂的关系中梳理出了案件的头绪，目光变得炯炯有神，一反之前的轻松自如，认真地问道：“老板，如果是一个几百平方米见方的池塘，里面有没有可能有人故意饲养这种鱼？”

“哦，这个嘛。”老板挠了挠头思考着回答，“一般活水的饲养概率更大，而且有一点制约。”

“哦？”

“鳡鱼处在水中食物链的顶层，几乎没有任何天敌，靠着吃小鱼小虾等等生存，除非是特别有钱的富人，否则养它只为了入药，成本太大。此鱼面相丑陋，毫无观赏价值啊，也没有什么迷信的寓意。”

“原来如此。”将杯中剩下的啤酒一饮而尽，唐纳德验证了自己的推断：石骏郊区别墅后院的池塘，用人说通过管道连着希江，看塘人老王每隔一天都会过来投喂，若不是里面饲养了像鳡鱼这类的庞然大物，根本不需要如此频繁，那么夏暖身上的伤口全然解释得通，一定是水里的鳡鱼发了狠。

何时饲养的淡水巨兽呢？石骏的杀意是在出轨前的几年就形成的？这不符合逻辑，他们才搬来不久，别墅的前主人，看来是本案的另一个突破口。

电梯下降了一层，门缓缓打开。

唐纳德急匆匆走了出来，向十二层的会议室看去。只见很多高管聚集在门口，脸上或焦虑或疑惑不解，熟悉的面庞是市场部的总监王伟，他几步迎了上去。

“王总，我们又见面了，看见石总了吗？”

王伟转过头，神色多少有些不自然：“啊，还没有，我们也在等，石总手机一直关机，可能正在处理某些事情不太方便。”

正准备再盘问一番，刑侦组小宋神色慌张地从楼梯跑了下来，凑在耳边私语："头儿，韩美琳突然不见了，开始以为她在上厕所，确认过十三层的卫生间没人，她刚才说要去方便，稍后布置一下会场，可这里也没有人影啊。"

暗叫一声糟糕。

百密一疏，只关心嫌疑人石骏，贴身女秘书在眼皮子底下金蝉脱壳，唐纳德拽出了别在腰间的对讲机，大声呼叫："A 组 B 组，前后门是否走出过一位女子，个子很高，大概穿着职业装，年轻漂亮。"

韩美琳走得匆忙，不像换过衣服的样子。

蹲守在后门的 B 组及时回话："报告，有两三位女子符合头儿的要求，有什么问题吗？"

"时间报给我，出去还没回来的年轻女人是重点对象。"

一一汇报过时间，其中有一位与韩美琳的失踪时间较为吻合。

"妈的。"唐纳德当着众人面冲对讲机骂了一句，思维在高速运转，布置接下来的安排，"你们原地待命，我出去一趟。"

穿过窃窃私语的人群，唐纳德走进电梯，看着缓缓变小的数字，心想还是把对手考虑得太简单了。原以为找不到目标李心怡，石骏该主动上门束手就擒，几个案子归结起来虽然证据确凿，但其中偶然的成分太大：李久立心脏病突发，李娜娜溺水变植物人，张浪负债累累跳桥自杀，夏暖案的罪魁祸首是淡水霸王，主动自首，坦白交代问题，最多入狱几年，嫌疑人毕竟没有亲自动手杀人的事实。

希江畔，还是那棵柳树下，石骏和韩美琳并排坐在一起，旁边也有几对小情侣如此坐着，享受初秋上午时光的惬意。

今天的天气晴朗，蓝蓝的低空飘着形态各异的白云。不同于前两次的黑夜，此时此刻完全不用费力，远处江心岛的轮廓清清楚楚，偶尔几只水鸟飞过去嬉戏。其实上面并不如想象中的破败不堪，树木生长在荒草中错落有致，中间还有一座木屋，不知道它的用途，可能是江上来来往往忙碌的清洁工人临时的休息室吧。

石骏叼着一支烟，一句话不说，之前车上的问题他不准备回答，难得宁静的时光，破坏了甚是可惜。

“你怎么不说话，只是带我来坐坐吗？”

女孩儿先开了口，她的着装招来路过的行人纷纷侧目，以为哪里的艺人来江边进行制服Cosplay（角色扮演），工作装的裙子很短，坐在栏杆上容易走光，韩美琳尽量闭拢了两腿，把双手压在上面。

“算是吧，可惜没有机会吃面了。”石骏无奈地长叹了一口气，抬头望向天空，眯缝着眼睛，“我先回答你之前的问题。猜测到你的身份时，开始我怕得要命。随着长时间相处，我发现你是个理智的女孩儿，不会是非不分，不会胡乱做事，即使真的有杀父之仇，你也一定要搜集到所有线索，提前告知警察，通过法律途径将我绳之以法。”

“你那么自信？”

“嗯，而更重要的一点，不断地搜集证据，你就会惊奇地发现，手中掌握到更多的资料全是对自己父亲不利的消息，一旦把我供出去，我受到什么惩罚不要紧，你父亲的名誉将毁于一旦，那么他的死就显得毫无意义，这才是最可怕的事情吧。”

韩美琳沉默了，男人的话句句戳中要害。正如他所言，曾经信誓旦旦地对墨常叔叔许下诺言，自己将通过合理的手段调查父亲的死因，墨常听罢摇了摇头，说了一句“随你去吧，真相揭开的那天，你会发现维持现状才是最好的选择”。

被憎恨冲昏了头脑的韩美琳当时只觉得墨常在妥协，明明清楚父亲的死因，却依然选择和凶手站在一起，逐渐地调查取证后她才明白，父亲变了，不再是唯唯诺诺的居家男人：他有了金钱和权力，被欲望冲昏了头脑，包养了女秘书作为情妇，欺骗感情；同时呢，不知悔改，反而越陷越深，对贴心人的规劝充耳不闻，为了满足情人的需求，不惜牺牲“童话王国”金字招牌，一意孤行与新大洲公司签订了代工合同。

副总石骏了解内幕，新大洲计划着以次充好，把最低廉的原料混入“智慧娃娃”的生产中，表面处理得天衣无缝，长时间放在口腔的吸吮可能产生毒素，孩子们和家长哪里知道这些事，多年后即使个别用户出现了后遗症，又怎会想到和年幼时手里玩过的一款娃娃玩具有关呢。

韩美琳一次下班后独自留在办公室整理文件时，发现了秘密协定的一份副本，触目惊心的原料，现在想想一定是石骏故意放上去留给她看的。

她慢慢地了解了沉默的石骏，他对孩子对玩具事业的热爱无比狂热，甚至超过了自己的生命，父亲不死，有问题的“智慧娃娃”就会批量生产毒害人间，走在刀尖上的李久立失去了回头的道路，也许只有死掉，回归残酷而原始的方法，正直的接盘人才能扭转乾坤。

她对他，忘掉了所有的恨意。

除了血缘关系，韩美琳想不到其他理由继续支持“老实”的父亲。

第五十七章　破绽

“其实你可以选择去司法部门举报他的，再怎么不对，也不应该设计杀死他，沾满了鲜血的双手不值得称道，我们都应该面对正义的法律审判。”

韩美琳收起了回忆往事的悲哀，神情变得庄重。

石骏掐灭了烟，划出一道抛物线，弹到了江水中。

转过身，无可奈何地笑着：“你真以为我通过一些小伎俩制造了最完美的犯罪？”

“不是吗？”韩美琳惊讶地反问，在这之前，她一直这么认为。

石骏竟然摇了摇头，脸上不确定的表情，否定了她的推论。

掏出手机，按下了开机键，石骏滑动手指，翻阅着通讯录，按下了一个号码，听筒靠近耳边。

“喂，是唐纳德警官吗？

“对，我是石骏，你上次来公司临走时留下的名片，我存了起来。

“你不是说有线索想聊天时打给你吗？

“嗯，我不在公司，韩美琳和我在一起。

“希江边，离停车场 C 区不远，我希望你自己过来，我们好好谈谈。

“好，就这样，不见不散。”

身边的韩美琳惊得说不出话来，他先是选择逃避警方，现在却又暴露位置，主动约警察过来，是打算就此自首吗？还是另有企图？

身后公园里树荫下的长椅，不知何时坐下了一位老人，手里握着把二胡，独自一人，拉起了悲伤的调子。

那是韩美琳说不出的曲目，只感觉很熟悉，“90 后”的她很少接触到老一辈的民间艺术，平时根本不会在意，今天有机会认真去听，饱含格外的凄凉。

石骏远眺着江中心的小岛，目光游离在过往的船只之间，沉默起来一句话不说，像是很享受这种久违的时光。

他的内心在想什么呢？

昨天的美好三口之家瞬间破灭，她不清楚他的心绪现在究竟是怎样的。表情上不喜不悲，一向挺直的腰板如今佝偻着，自信的灵魂正在脱离躯壳，飘向江水的对岸。

时间一直在前进，它从未停歇。

一辆私家车像是在搜索着猎物由远及近，直到他们身边，像确定了一般，减缓车速，规矩地泊在空位上。

车子熄火，下来一位男人，他依旧阳光、帅气，眉宇间比前几次见时多了一份凝重。石骏被来者触动了一下，韩美琳感觉得到，但他却保持着先前的姿势没有回头。这位叫作唐纳德的希捷市第一神探向女孩儿挥了挥手，挤出一个笑容，算是打过招呼了。

韩美琳侧过脸点了一下头，没有从坐着的河堤栏杆上下来，年轻的警官同样没有选择进一步上前，和他们保持大概五米左右的距离，清楚地看着彼此，他心怀芥蒂。

“石总，我们又见面了。”

几个人同时想到昨天上午郊区别墅后院的事情，唐纳德条件反射缩了下脖子，白皙的上面隐约可见一道深红的手印，那是石骏丧失理智后的杰作。

“呵呵，唐警官，我挺佩服的，你很勇敢，敢自己一个人前来。”

说话间石骏转过了身，拉着韩美琳的手，一起站了起来，和警官面对面。

韩美琳羞红了脸，试图用力缩回被男人紧紧握住的手，努力两次都失败了，索性放弃了行动。

“石先生也不错嘛。”唐纳德当仁不让地顶上了一句，几次碰面，经常是被牵着的感觉，这次他自信将扭转颓势，“能在这么多便衣的眼皮子底下逃跑，反侦察能力果真不错，怪不得连续犯下最完美犯罪，令我十分敬佩。”

“敬佩”两个字加了重音，是一句不折不扣的反语，充斥着不屑的语调。

“呵呵。”石骏不怒反笑，“我不知妄称希捷市第一神探的人知道多少，你的自负害了你。”

“是吗？”唐纳德懒得再和对方废话，从怀中拿出准备好的一纸文书，展示给对方，“今早签发的一级逮捕令，对象是你，石先生。”

韩美琳暗淡的目光注视着他。

微微有些惊讶，看到后石骏点了点头：“不错，官方的正式手续都有了。但我很好奇是什么罪名，请不要冤枉一位普通的市民好么，你们有什么证据我是凶手？”

唐纳德淡定地收回了逮捕令，露出自信的笑容：“我不相信世界上真有什么最完美的犯罪，任何巧妙的手法都会露出破绽，作为刑侦人员我们要做的就是拨开迷雾，发现最阴森的灰暗点。你旁边的这位美女有兴趣吗？你们一起听一下我的推理和警方所掌握的证据如何？”

韩美琳不置可否，望向石骏。

“听一下吧，上午陪帅气的男警官一起在江边聊聊天，难得的机会。”

石骏嘴角挤出了略带生硬的微笑，他的世界已然没有了阳光，痛苦是现存的唯一伙伴，同时他的内心还是比较自负的：知情人均以阴阳两隔，唯一的证据被彻底毁掉，警方能推理到哪一步，他觉得不会深入到核心部分。

过分的自负有时带来的结局是无比的失落，唐纳德清了清嗓子，开始了自己的叙述。

第一起关于“童话王国”前董事长李久立的心脏病猝死案，和洪局演示过的手法此时毫无保留地叙述出来。韩美琳曾经只是考虑到了犯案人物，却没详细研究透犯案手法，这回听到了警方专家的完整推理，几个小特点确实是父亲常有的习惯，可行性和可信度极高，随之一起歪头望向站在一旁一言不发的石骏，期待从对方变幻的表情中，证实这种结论的可靠性。

一气呵成，讲到李久立在绝望中等待死亡，他身旁的亲信石骏不是准备去援救，而是忙着重新打开空调延长死亡时间的结论，把调查人员带入死胡同里，造成种种猝死的假象。

韩美琳原本是选择慢慢宽恕了眼前的这位男人，可听到父亲是在如此折磨中离世，心中还是积累了许多的愤愤不平，毕竟是血浓于水的亲骨肉啊！她悄悄握紧了拳头，眼泪在眼眶里打转，不知道该怎么办才好，等他点头承认，先揍他脸上一拳也好。

“精彩。”石骏抬手鼓掌，是在故作掩饰也是在讽刺，“唐警官的推理秀就像小说，那么也轮到我也想学剧情的发展冒昧问上一句，您有证据吗？”

“完美的犯罪中，嫌疑人通常自信地以为已经销毁了所有的证据，确然，本案就是典型。你一定还记得李董事长的前秘书李娜娜吧，以为通过了一些小伎俩让她闭嘴万事大吉，因为她是唯一一个当时到过猝死案现场的人，她的一部分口述证据会对你不利。”

“我不知道你在说什么，提一个已经失踪的女人做什么？没准凶手就是她，借机下的毒也说不定，监控录像摆在那里，你们反复研究过没有？”

“好吧，我们暂且放下那个失踪女人，虽然她的失踪案后期有些对你极其不利的证据，我们之后再说。”唐纳德回归到了推理证据链，“我去过4S店，看到了关于你的一份不符合常理的保养记录：几个月内在维修师检测后不建议你对车辆进行维护的时候，你选择了案发后间隔一日自费做了空调保养，更换了空气滤是吧？”

“嗯，那又怎样？”石骏的表情开始变得不正常，破绽之一，他隐约知道证据其实还存在一些，是永远消灭不掉的痕迹。

“我看过4S店的一段监控录像，你曾经蹲在副驾驶室的门口，清理着里面的什么东西，想必就是香水瓶类似的物件吧，这一点更换滤芯的维修工人可以作证。他说在帮你拿掉几个月前刚换过的滤芯时，里面散发出一股茉莉花的香味，李久立花粉过敏，你掌握的事实，按照我之前的推论，你令醉酒后的他老毛病又犯了。”

“够了，如果我说这仅仅是巧合，都是巧合呢？妻子之前开过我的车用过香水不小心洒在里面了，不行吗？”

“当然可以，别那么气急败坏嘛。”唐纳德耸了耸肩，双手摊开，“反正当事人我们现在无法核实了，你说什么都是对的。可惜，与你有关的第二件李娜娜溺水案，又露出了重大破绽，哎，你以为小说中的远程遥控杀人能那么轻松实现？实话告诉你，你的好网友朴正东先生已经被韩国警方控制归案，让一位患有晕水症的女人一次溺水哪是轻松的事情，他自作了点小聪明，擅自加入了些元素，留下了过多的证据，毁了你的一切，他也变成真正的凶手了。”

“什么？”

这句话的杀伤力决然是巨大的，虽然两人远隔大海没有见过面，脑中大体上描绘出那位韩国男生猥琐的样子，几个月来细心栽培领他上路，服从于自己，关键时刻，竟然没按照既定计划，偷偷加了些东西进去。远程遥控杀人手法的弊端就在这里，不能掌控全局，综合的考量怎么偏偏被他捅到了要害？

诡计有被拆穿的风险，石骏最不放心的就是这边，只见唐纳德自口袋里拿出了一张白纸，打开对折线，那是一张激光打印的彩色照片，上面是手掌大小的塑料瓶，里边装着无色不知名液体。

“这是在朴正东的卧室搜查到的，经过化验，猜猜看，是什么？”

大概想到了几样东西，石骏的脸上暗淡无光。

唐纳德重新合上了白纸，继续说道：“三氯甲烷与乙醇的混合物。”

“那是什么？”韩美琳茫然而陌生。

“两种化学药剂，推理小说常见到的迷幻液体，三氯甲烷对光线敏感，遇到空气中的氧气，一瞬间分解成氯化氢，再加上乙醇，合适的计量能使闻过的人晕厥。”石骏像背课文似地解释着。相关的知识都是他于推理小说中了解到的冷门知识，唐纳德点了点头，表示赞同。

“据我们了解，朴正东的亡父，早些年因为钢铁行业的不景气，试图去一家药品科研机构打工，他手脚不干净，经常偷出一些产品藏在家里。这一切坏事都被独子默默记在心里，单身多年的朴正东，喜欢独自一个人看一些成人影片或杂志，受里面的不良情节影响，企图夜随暗恋多年的女孩儿用药后实施性侵。

“龌龊的计划正在徘徊时恰好被你的犯罪计划介入，据朴正东交代，他早已对你的计划了然于胸，所谓的哄她下水其实是对你的欺骗。真实的场景是朴在对李娜娜按摩时趁对方不备，使用了随身携带的迷药将她弄晕，然后套上游泳圈拖着她送到海里，这也正解释了李娜娜溺水没有大声呼救引起别人注意的原因。现在听上去是不是很可笑，你花费心思买到的口哨、弹弓、水枪、油漆等等，根本没有被犯罪者带在身上。他决心帮助你，一方面是因为报酬的丰厚，另一方面，其实是为试验一下迷药的威力。

“当我在济州大学医院见到李娜娜的主治医生时，当地警方告诉我，中国女人的口鼻和游泳圈上还有残余的药品。加上济州国际酒店，笨手笨脚的朴正东在监控镜头下拖延得太久，配合酒店前台的证词，我们排查以酒店辐射为半径，寻找一位本土韩国男孩十分简单。”

石骏又拿出了一支烟，点燃后递到嘴里，同时送上来一支：“你来一根？”

“我不喜欢抽烟的，石先生。”唐纳德一字一顿，“尤其在工作的时候。”

话语间充满了强烈的威慑力，意在告诉对方，警察正在与犯人交涉，此刻不是在闲聊，而是在办案。

“能短期内抓到他我承认你们的能力很出色，可又能怎样呢？我在李娜娜案件里扮演着什么角色，归根结底，动手的并不是我。”

“石先生，您说得很对，等稍后回局里，看过变成植物人的李娜娜与李久立董事长好上后直到出事前写下的日记，保存在 1503 的房间中的那本，你就不会觉得跟自己一点关系都没有了吧？新大洲总经理张浪之死也解释得通，本案隐藏在幕后最深入的动机，显而易见了。”

终之章　坠落

石骏沉默了，对方确实掌握了由于小失误遗留在现场的证据，酒店房间的日记本属于他的估计之外，李娜娜竟然留下了一本亲手写下的日记，是李久立没提到过的事情。他们无论如何努力结局却殊途同归，最终都栽在了女人的手里。

日记本上涉及的本案动机，韩美琳同样在意，她抬起头，恳切地说："唐警官，一面之词可以全信吗？每位和案件相关联的人，不过在为自己脱离干系想尽借口，是不是可以调查清楚前不对外公布案情或者是动机，作为对死者的尊重？"

"利萨李小姐，请允许我这么称呼你，这是你在美国的真实名字，中文名是李赛莉没错吧？李久立唯一的女儿。"唐纳德肯定地说道，面向着被称作"利萨李"的美女，"之前当你作为案件关联人浮出水面之际，我一直在考虑你在这其中究竟扮演者什么角色，与此同时，我总觉得在哪里见过你。今早出门前再次调取资料我才肯定，上个月去刘燕女士家中拜访时，墙上挂着你们全家六七年前的一张合影，我想说，你比过去更加美丽成熟了。

"关于你父亲李先生的所作所为，我们会尽量考虑到被害者家属的感受，适当对媒体进行披露，请理解我们锲而不舍的职业要求，揭开真相是我们唯一对这座城市的繁荣美好和人民群众的知情权做出的承诺。如果怀揣有一点点的私心，这桩案子早在初始的一刻就可以结束，那也不是你希望的结果。你不也因为想自己调查父亲真实的死因，变换身份来到嫌疑人的身边吗？"

“好吧，就算是吧。”声音压得很低，她选择了主动放弃坚持，知道自己的话阻止不了真相的最终揭开，做过的错事总要有人负责，名誉害死了多少成功人士，追逐功名利禄与美女于怀的道路上遍布丑陋的尸首，悲惨的事实，它还将继续伴随着无尽的欲望徘徊在人世间。

“石总经理，讲了这么多，接下来不准备和我回局里一趟吗？我们想了解一下关于‘童话王国’前董事长与新大洲公司总经理商业贿赂的事实；同时，请你配合调查，关于李久立、李娜娜、包括你的妻子夏暖的死因，你有着充分的动机并且付诸于行动，法律上虽然界定不了凶手的身份，但基于以上两点，是逃脱不了干系的。”

唐纳德侧身让出了一条路。其实关于对石骏量刑的最终裁决，很难通过现行法律有效地进行制裁，他们双方都清楚地知道这一点，只能是良心深处，会在未来的很多年里使他寝食难安。尤其尚未涉及夏暖的钓鱼意外，完全出自她最信任丈夫的设计。

斯人已逝，是无法弥补的伤痛，如果任凭此类的犯罪者继续逍遥法外，才是真正令人痛心疾首的事情，是逾越了嫌疑人界定本身之后彻底的悲哀。

“果然，李心怡在你们手上，呵呵，那个可恶的女人没有受到应有的惩罚，反而利用法律保护了自己，可笑之极。”

说罢，石骏一脸悲怆，打开揣在腋下的公文包，从里面拿出了白纸包着的凶器。剥开它的外衣，明晃晃的刀刃在阳光下映照得刺眼，白色的反光闪现过几个人形态各异的一张张脸。

“你要做什么？请冷静。”唐纳德想到过嫌疑人身上可能藏有凶器，而韩美琳距离石骏更近，一旦拽过去要挟作为人质，向警方提条件，今天的事情可能就不会轻易解决了。

唐纳德后背惊得流下冷汗，同时随机应变展开行动，周围的群众较少，他右手缓缓移动到后腰。去年全市警员练兵的射击比赛考核中，唐警官蝉联冠军。估算相距八米左右，正是固定靶以及移动靶的最佳射击距离，在人质受到致命威胁时，他将毫不犹豫给予致命一击。

石骏用余光瞥见了唐纳德的举动，付之以不屑的微笑，他没打算停止自己的行动，抬手把刀尖放在嘴边忘情的亲吻，如同抚摸着多日不见的爱人一般，一滴泪花落在上面，温柔的喃喃自语，然后猛地挥动手臂，刀划了一道长长的抛物线丢弃在江水里，溅起不大不小的浪花。

“唐警官，何必那么紧张呢？杀不掉那个女人，放弃就是了。我只恨自己，没能早一点醒悟，池塘的阴谋，本来就该用在第三者的身上才对，由此看来，我反倒不如李久立先生的决绝了。讲到这里，告诉你也罢，我的杀人决心，十之六七都是那个自称心理学医生的女人引导的，你又会说，法律上关于催眠和心理暗示属于看不见摸不着的范畴，不作为直接证据，同样无法定罪，所以等待你们警方出手，我能得到些什么安慰呢，我的亡妻屈死的冤魂到底要用谁去祭奠呢？”

“你错了。”唐纳德意志坚决否定了对方的说法，“李心怡投案自首后，经过我们的耐心开导下，坦白了涉及她的那部分罪行，口供已经被记录，她作为从犯，我们将依法予以严惩。郑氏拉面馆那里我也去过，你的钓鱼计划有了确凿的人证，相信等稍后我们的技术团队在池塘里打捞出挂着渔线的那条淡水霸王时，只需和岸边你的那套钓具做一次对比观察是否吻合，一切证据链均可以取得关联。”

“好吧，我认罪，就是我动手杀死的夏暖。”

石骏幽幽地说道，唐纳德的叙述使韩美琳了解了大概，她倒吸了一口凉气，外界的如何干预暂且不提，仅此一事还是令人感觉极度的不舒服，新总经理夫妻恩爱世人尽知，揭开真相后全部是美丽的谎言吗？

“我认罪并不等于我是凶手。”石骏还在狡辩，“我只是为了给夏暖一个交代，她是那样真心爱过我的女人啊。”

告诫自己一万次，千万不要哭出声音来，悲伤的眼泪只能表达情绪的万分之一，它们汇聚成一道涓涓细流，咽进肚子里，滋润了心灵最深处的一片抑郁的森林。

“石先生，李心怡交代的远不止局限于此。”

“哦？”

颇出意料，石骏调整了下思绪聆听着，印象中他和那位女人在一起时，与案件有关联的部分一直隐藏到滴水不漏，剩下来的时间更多花费在床上，那是表露欲望最野性的呻吟。

唐纳德清了清嗓子，继续说道："李心怡女士在催眠学上确实有一番不错的基础领悟，谈起来可能龌龊，可她还是为警方提供了丰富的录音资料，关于你在梦境中袒露的东西。"

"卑鄙。"咬紧牙关，石骏狠狠地握住了拳头，催眠学他略知皮毛，李心怡果然一直都在利用自己。

"时间差不多了，石先生，待到我的同志们陆续赶来就不好交代了，所以说在这之前，我一个人约您回局里好好谈谈，现在您的行为我可以视为自首。就从十五年前发生在学院路夏日油漆仓库的火灾讲起吧，两个素不相识的人心甘情愿地为你做了伪证，相信他们是真心帮助过你的，希望你的前途不被年轻时的贪欲毁掉，可你呢，十五年前纵火案的坏男孩儿，十五年后变作凶手，这就是他们希冀的终点吗？"

"够了，说这些已经晚了，唐警官，有个秘密你一定不知道。"石骏凄惨地笑了下，粗暴地打断了对方，"是不是觉得和我有关的案子为什么总是那么容易，概率犯罪不一定100%成功，而我却一直受上天的眷顾似的。"

"多试验，反复N次，概率总会大的吧。"唐纳德随口一说。

"不对，你理解得太肤浅，看样子能抓到我，归根结底还是运气成分居多。"

"你？"

"我说的话一点不假，不妨给你点提示：如果被害者心甘情愿地去赴死，当他或她明白行凶者的手法而选择主动配合时，等于处在最危险的境地，自己首先选择放弃了生命，那么杀人的成功率一定是100%。"

原来如此。

唐纳德听到这一理论的震撼程度深入骨髓，尽管他之前隐约间已经想到了这一惊人的结论。

无论是被害人是李久立或是夏暖，他们都没有选择在生命的最后大声呼救，前者因为小三的事件以及商业的贿赂，陷得太深，再走下去，结局也是距离自杀不远；夏暖是知道了小三是大学时代最好的闺蜜，忍气吞声，为了即将出生的孩子，倔强地单方面等待老公回心转意，被拽下水中的一刻，她不是没有松手的可能，但她的灵魂，永远无法解脱，一闭眼，冰冷的池塘也许才是她和孩子的归宿吧，所以毅然决然。

想到此处，唐纳德叹息了一声，两人临死前石骏就在身边，检查过郊区别墅二楼的办公室时，窗边掉落的烟蒂引起了他的注意。

小心地拾起，尚有余温，根据香烟自然燃烧的速度，妻子掉进池塘的一刻，站在二楼落地窗前的老公看得清清楚楚，可石骏还是决心停住脚步，等到很晚才下楼。

目睹两条鲜活生命于眼前离世，尤其感受到对方临死前明白要害死他们的人是谁时，一点怨言没有，毅然选择放弃宝贵的生命，那种绝望的触目惊心，将成为石骏记忆一辈子的事情。

“小韩，好好照顾你的母亲，代替我说声对不起。

“‘智慧娃娃’的问世，它就像我的孩子，倾注了几年的心血，把‘童话王国’带上了正轨，未来无论怎样，我无愧于这么多年以来，对玩具事业的执着，对曾经关心它的每一个人，有个完美的交代。

“以后我不能再尽力了，想想其实挺轻松的，能者胜任，把精神继续传承下去就好，我们都只是历史长河中的一枚棋子，看似重要，实则微不足道。

“今天天气真好，我怪罪自己仍苟且地活在这个世上，我们一家三口的重逢，那才是我下一步的目标。”

石骏一连串说了很多，痛苦万分，伴着座椅上老人凄婉的二胡声，他终于抑制不住情绪开始哽咽。

突然，他毫无征兆地转过身，张开双臂面对江水，闭上眼毫不犹豫地跳了下去。

急速坠落。

初秋的希江正处于涨潮中，石骏如之前扔下的那柄刀一般，瞬间被一道浪淹没，他同样没有选择挣扎，直到波涛重新恢复平静的那一刻！

唐纳德几步窜到近前，望着浑浊不堪的江水，哪里还有人的影子？韩美琳呆站在一边，眼前的一切发生得太快，根本来不及反应。

“你怎么这么傻，石骏。”她终于哭出声音来。

嫌疑人于眼前自尽，多少会成为唐纳德职业生涯中的一个抹不掉的污点。

其实更逃不掉的是他逐渐扭曲的灵魂。

最早把石骏锁定为猝死案的嫌疑人时，他完全推测错了动机。之所以一直在坚持，不必说，是唐警官隐藏在自身体内的灰暗森林。

相比于石骏，身为警员的唐纳德远比他优越，瞧见人家高傲的样子，久而久之，内心悄然泛起了浓浓的嫉妒。

他心存偏见把石骏作为罪犯，从结论开始去推断过程和手段，加上迟子建的赌约，他更不愿输掉假想中已经归属于自己的女朋友许琪。

隐藏最深的灰暗森林早已在唐纳德的心中生根发芽，吞噬掉其他的森林后，它的领地若不加以限制，会扩散得更快。

就像故事的开始他的结论一般：犯罪者展露着邪恶的内心，而社会上所谓的“干净人”，纷纷学会了隐藏！

情不知所起，一往而深，是最美的爱情。恨不知所起，深入骨髓，是最冷的人性。原罪被放大，总有一角照出自己。

（全文完）

番外篇　我的幻影城主

我的家乡位于中国北方的美丽城市哈尔滨，它冬冷夏热四季分明。回溯到两个月前，9月末的一天，进入深秋以后，这里早晚温差较大，路人早早穿上了长衣长裤。

春季和秋季是上天赋予这座城市两件最好的外衣，人们在感觉凉爽的同时，呼吸舒适顺畅，晚上七点过后，路边的大排档一家挨着一家，我常常约上几位好友，外出享受北方特有的啤酒烧烤，乐趣无穷。

“十一”将至，同事们都沉浸在长假前的欢呼雀跃中，因为公事的原因，我代表公司陪同两位客户，买到了哈尔滨直飞深圳的机票。

熟知中国地理的朋友们一定知道，本次行程由北向南横跨祖国的大好河山，飞行时间预计五个小时，身处于密闭的空间许久，意识中对“脚不能踏实地”的恐惧，长期被失眠症困扰的我，选择拿出一本实体书阅读。

日本的东野圭吾先生被誉为畅销书界的印钞机，这话一点不假。哈尔滨太平国际机场等候区的各大书店，醒目的位置摆着他的畅销作品，我手中的这本《彷徨之刃》，是某电商平台促销的时候买的，比实体店里便宜许多，一直没有看完，于是决定借着难得飞上蓝天关闭手机的机会认真阅读。

内容是青少年犯罪的题材，我脑中却一直闪现作者的其他几部作品。例如上半年中国翻拍的那部《嫌疑人 X 的献身》，如今已经成为很多山寨文学极力模仿推崇的对象。

还有一本，没有《嫌疑人 X 的献身》那么出名，它讲述的是关于女人利用精心布置的陷阱，通过老公日复一日的习惯，大概率杀人的故事。我在《孤岛》主人公读书的细节描写中对那本书的精髓做过详细的披露。

思维跳跃，想到这里我合上了书，伴着飞机上美丽空姐提供的免费果汁，一边品味一边在构思：是否可以摆脱现行国内悬疑推理小说的局限性，创作一部同样精彩的概率性杀人小说呢？

推理小说不同于悬疑类，悬疑作品只需要层层推近、配合几个惊天反转即可完成得相当不错，而推理，则需要动机，更需要逻辑上的推理合乎情理。在日本推理小说界，我喜欢江户川乱步、横沟正史、岛田庄司、绫辻行人的本格推理小说，东野圭吾先生则更擅长社会派描绘人性。有的人也许会质疑，你的小说手法现实中根本杀不死人，都是虚构的小伎俩而已，对此我想引用亚洲推理教父江户川乱步于《幻影城主》的一段话来解释：

> 很多人都问过我："你小说里的点子，有许多是来自真实的犯罪案件吧？"而我会这么回答："不，没有一个点子的灵感来自真实犯罪。它们与我的推理小说之间一点儿关系都没有，它们是另一个世界的东西。因此我一点儿都不觉得犯罪实录这类读物有趣。"

江户川乱步作为20世纪战后日本本格小说的创始人，他的一番精彩回复令我产生共鸣：创作的文章情节精彩就好，为什么非要纠结于犯罪手法能否完美实现呢？它只不过是作者精心打磨的一件"艺术品"，而不是纯粹意义上的杀人日记。包括后期，日本那些受到他的启迪影响深远的推理作家中，他们最著名的句子、桥段，都归结在我的这篇《孤岛》里，向名家们致敬。

飞机在起飞前发生了一些小故障，乘客们挤在舱内等待了许久，烦躁不安的心情给这次出行增加了额外的经历和趣味性。我继续读书，终于在下午接近五点的时候平稳降落在深圳宝安国际机场。

这是我第一来如此遥远的南方，三十岁的人生旅途里从未去过比深圳更远的地方，所以十分好奇，出行计划属于主动争取，不远万里带客户考察下分公司以及合作客户的相关情况。

走出舱门，一股热浪瞬间扑在脸上，室外不同于北方的闷热，这里湿湿潮潮的，急行几步，会感觉喘气困难，这些是我一个土生土长的北方人第一次来南方的真实感受，难怪出行前同事们嘱咐我睡前多冲冲凉。

饮食习惯的差异、水土不服、走访的劳累，混在一起不到两天，整个身子如散架一般。夜晚坐在吹着空调的分公司领导的私家车上，上气不接下气，咳嗽伴随着作呕的感觉无法用语言形容。

脑中突然飘出一句话：这是要杀人的节奏啊。

归结于无厘头的想法，此时创作的灵感突然出现：身边确实有这类花粉过敏者，入秋气温交替之际受到某些刺激每天各种打喷嚏，如果给这些人再加上一些冷热变换等外部的环境刺激，设下一个陷阱，他们是不是会感觉比我还难受，有种“想死”的冲动呢？

晚上回到酒店客房，嗓子在燃烧发炎，咽下口水都会感到疼痛，我失去了第一次来深圳的兴奋感。没有选择外出游览，乖乖地步行到对面街上的便利店买了杯凉茶消消火。

回到屋子头晕晕的，拿出手机打开便笺，按照习惯把想好的点子记录了下来，那阵已经参加了比赛，是一部悬疑短篇，总觉得缺少点什么，恰当的时候该拿出一部像样的长篇挑战一下了。

上面的记述部分我放在了《孤岛》有关李久立的死因推理中，男主石骏利用了这个手法，可行度经过了我的亲身验证，不折磨个半死，反正挺难以叫人忍受。

10月1日开始动笔，国庆的八天长假可以算是我的创作灵感高峰期。结合生活中某人的一些小习惯，加上出差的亲身经历，写下了《孤岛》的许多章节。

凌晨三点十五准时起床并不是凭空捏造，而是我在酒桌上听一位催眠术的资深学员讲起的他亲身的经历，过程恐怖而又灵异，最后在老师的帮助下破解了隐藏在心灵最深处的秘密，从此他再也没那个时间点醒来过。当然，文中我只是引用了一个桥段，其实催眠是一门很深奥的学问，叙述者的故事未来完全可以独立出现在我的其他作品中，很好的一个素材，而在这部推理小说中不再过多赘述。

有写友在我的写作过程中表示格局上一定要大，我同意这个观点，案件的发生不必全部局限在国内，这和我的大纲不谋而合。都说艺术创作来源于生活，开始想写东南亚发生的案件，刚动笔发现基本上不了解人家的风土人情，写起来难免出现漏洞。考虑了一两日，决定把《孤岛》第二部分的远程遥控杀人放在韩国。

每年我都飞去韩国一周左右的时间，免签的国度，说走就走的旅行，只是作为随意的游览项目，身处于异国他乡，就像故事中逃亡的女秘书一样，可以把所有的压力尽情释放出来。

就这样，良好的节奏和氛围，两个月间长篇小说终于完成。

欧美的推理和中国的同样有很多名家可以借鉴，在这里不一一列举，因为我的精力有限，很多经典未曾涉猎，慢慢会更加丰富这方面的内容与素材。

最后想谈一下抑郁症，说起来简单，其实分门别类后，身处于大城市压力下的我们每个人的确都存在，它根据轻重缓急，分成不同的类别，就像有的读者通过留言向我咨询，一些见怪不怪的习惯算不算，需不需要医治。

我想说其实人类自己是调节情绪最好的导师之一，发现苗头时需要我们主动舒缓抑郁症带来的压力。听听音乐、读读书、放松心态工作、保持良好的社交，这些有利于身心健康的事多做一些有益无害。

啰唆了这么多，感谢铁粉们一直的支持。至于神探唐纳德，他在我的笔下，被描写得并不完美，留下些许遗憾。也许某天，他的故事还会在这座城市精彩上演。

飞翼

2017 年 11 月 26 日夜